Olaf Thumann

Der Freibeuter von Wismar

Im Dienst für König Friedrich

© 2024 Olaf Thumann

Verlag: BoD · Books on Demand GmbH, In de Tarpen 42,
22848 Norderstedt

Druck: Libri Plureos GmbH, Friedensallee 273,
22763 Hamburg

ISBN: 978-3-7693-1074-0

Gewidmet all jenen, die irgendwann in ihrem Leben am Strand standen und die Wellen des Meeres beobachtet haben. Diejenigen, die den Traum von der Seefahrt träumten und in Gedanken in fernen Ländern waren … Zu einer Zeit, als das Wort eines Mannes noch Wert hatte.

Covergestaltung, Karten und Illustrationen: Olaf Thumann

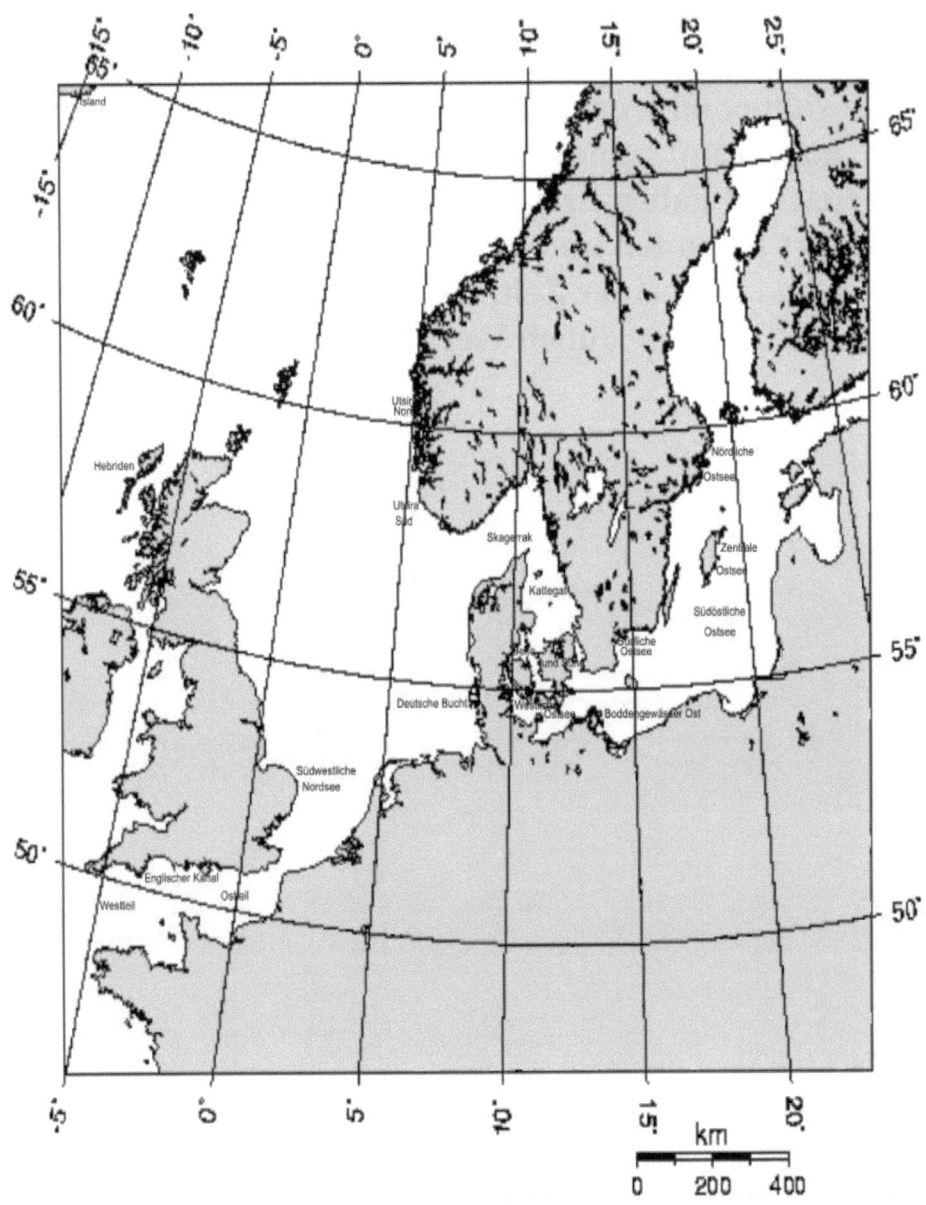

Karte, Nordeuropa mit Ostsee und Nordsee

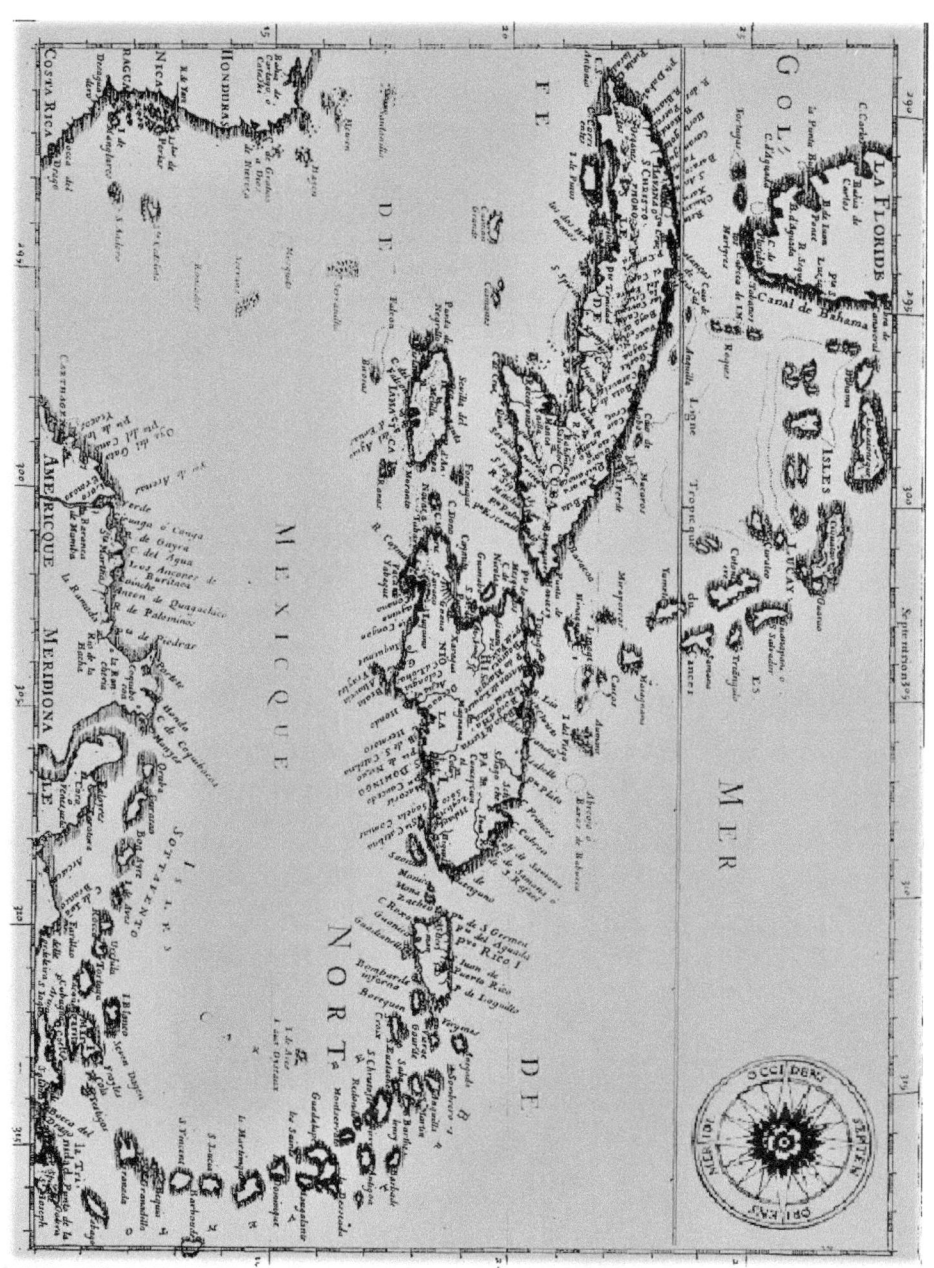

Karte der Karibik

König Friedrich der II. von Preußen

Vorwort zum Roman

Möchte man den Hintergrund der Romanhandlung verstehen, so empfiehlt es sich, die damaligen Gegebenheiten zu betrachten.

Zu Beginn des Siebenjährigen Krieges, 1756, befand sich das Königreich Preußen in einer spannungsgeladenen und auch gefährlichen Lage. Die politische Lage in Europa war von komplexen Allianzen und einer tiefen Feindschaft zwischen verschiedenen Mächten geprägt. Friedrich II., später als Friedrich der Große bekannt, hatte in den Jahren zuvor bereits durch den Erwerb Schlesiens gegen das Habsburgerreich Aufmerksamkeit und Feindschaft auf sich gezogen. Der daraus entstandene Österreichische Erbfolgekrieg (1740–1748) führte zwar zu einem preußischen Erfolg und der Anerkennung Schlesiens als preußisches Territorium, doch die Friedensregelungen waren nur oberflächlich. Der habsburgische Adel, insbesondere Kaiserin Maria Theresia von Österreich, betrachtete Preußen weiterhin als ernsthafte Bedrohung und war entschlossen, Schlesien zurückzuerobern.

Diese Feindschaft führte zur sogenannten "Umkehrung der Allianzen" (Diplomatische Revolution) im Jahr 1756. Österreich verbündete sich mit seinem ehemaligen Rivalen, Frankreich, sowie mit Russland und Schweden, um gemeinsam gegen Preußen vorzugehen. Diese Allianz verfolgte das Ziel, Preußen zu schwächen und vor allem Schlesien zurückzugewinnen. Diese Koalition setzte Friedrich II. unter enormen Druck, da er nun von drei mächtigen Nachbarn umgeben war, die ihn militärisch überwältigen könnten.

Die einzige Unterstützung für Preußen kam aus Großbritannien. Das Vereinigte Königreich war zunehmend besorgt über die wachsende französische Macht und deren Einfluss in den Kolonien welche sich auf dem amerikanischen Kontinent befanden. Durch das Westminster-Abkommen von 1756 sicherte sich Friedrich II. daher die britische Unterstützung gegen Frankreich. Doch diese Allianz war in erster Linie finanzieller und diplomatischer Natur, da die britischen Truppen hauptsächlich in den Kolonien kämpften und Friedrich II. auf dem Kontinent weitgehend alleine kämpfen musste.

Vor diesem Hintergrund entschied sich König Friedrich II. für einen Präventivschlag. Mit einem Angriff auf das benachbarte Sachsen begann er im August 1756 den Krieg. Friedrich wusste, dass er militärisch und strategisch im Nachteil war, aber seine aggressive Taktik zielte darauf ab, die Allianz gegen ihn zu destabilisieren und seine Feinde in Einzelkämpfe zu verwickeln. Sachsen, strategisch wichtig als Zugang zu Österreich, wurde schnell besetzt. Friedrich versuchte, die sächsischen Truppen in die preußische Armee zu integrieren, um seine eigenen Reihen zu stärken, doch das führte zu Widerstand und politischen Spannungen.

Die Mobilisierung Preußens war beeindruckend. Friedrichs Armee galt als eine der besten in Europa. Disziplin, Training und eine starke Führung waren die Eckpfeiler der preußischen Militärstärke. Dennoch war Friedrichs Position riskant: Er musste militärische Überlegenheit gegen zahlenmäßig größere Armeen beweisen, was seinen strategischen und taktischen Fähigkeiten höchste Anforderungen abverlangte. In Preußen selbst war die Bevölkerung durch die anhaltenden Kriege und die hohen militärischen Anforderungen belastet. Der Konflikt forderte sowohl wirtschaftliche als auch menschliche Ressourcen, und die Abgabenlast für den Krieg erhöhte sich beträchtlich.

Der Beginn des Siebenjährigen Krieges markierte für Preußen eine Phase von enormen Herausforderungen und Wagnissen. Friedrich der Große, durch seine Vision eines starken und unabhängigen Preußens motiviert, trat in einen Krieg ein, dessen Ausgang keinesfalls gewiss war. Die kommenden Jahre würden jedoch zeigen, dass Preußen durch seine Hartnäckigkeit, seine militärische Organisation und König Friedrichs strategisches Geschick zu einer europäischen Großmacht aufsteigen sollte.

König Friedrich II. widmete sich dem Landkrieg. Die Marine hingegen war ihm fremd und interessierte ihn nicht. Demzufolge verfügte Preußen in dieser Zeit über keine Marine, welche den Namen verdient hätte.

Es gab jedoch Menschen, die ihren Lebensunterhalt mit der Seefahrt bestritten und das eine oder andere völlig anders bewerteten, als der König … Darauf basiert dieser Roman.

Der Beginn des Siebenjährigen Krieges markierte für Preußen eine abwechslungsreiche Zeit, die jedoch auch von Erfolgen gezeichnet wurde. Es war auch eine Zeit, in der die Herrschaft über weite Gebiete an der Ostseeküste und in Nordeuropa neu geordnet wurden. Im Jahre 1757 wurde Wismar durch preußische Truppen von den Schweden erobert. Nachdem die mecklenburgischen Herzöge sich im Jahre 1755, nach zähen Verhandlungen, auf einen internen Erbvergleich einigten und sich Friedrich von Mecklenburg-Schwerin auf die Seite Österreichs stellte, somit also zum Gegner der Preußen wurde, besetzte Preußen dessen Herzogtum mit Truppen, was nicht immer ohne Blutvergießen ablief.

In der Folgezeit wurden mehrfach Zwangsrekrutierungen und massive Aushebungen befohlen, um die Heeresmacht des preußischen Königs wieder aufzustocken. Die immer größer werdenden Verluste der blutigen Gefechte mussten irgendwie ausgeglichen werden und wie stets in der Geschichtsschreibung litt vor allem das einfache Volk darunter, das dazu gezwungen wurde, die preußischen Regimenter wieder aufzufüllen. Das einfache Volk dieser Gebiete und auch ein beträchtlicher Teil des niederen Landadels jedoch schaute bewundernd zu dem König der Preußen auf und sah in ihm einen Führer, den sie selber nicht besaßen. Der König, Friedrich II. von Preußen, war ein Vertreter des sogenannten, aufgeklärten Absolutismus und bezeichnete sich selbst als "ersten Diener des Staates". Er schaffte beispielsweise die Folter ab, verminderte die Zensur und legte auch den Grundstein für das Allgemeine preußische Landrecht. Mit der gewährung völliger Glaubensfreiheit holte er weitere Exilanten in sein Reich und trieb den Landausbau und die Besiedelung der damals karg besiedelten Gebiete wie beispielsweise den Oderbruch und den Netzebruch voran. Wen wundert es, dass er beim Volk beliebt war. Im Jahre 1762 verließen die preußischen Besatzungstruppen die Region wieder, was jedoch erst geschah, nachdem das besetzte Herzogtum der Zahlung von hohen Summen als Kontributionsgeld erfolgte.

Man sieht also, dass Wismar eine bewegte Geschichte besitzt. In diesem Roman ist Wismar der Ausgangspunkt und Mittelpunkt des Romans, der sich um den Kapitän Lars Schneider dreht. Der Kapitän selbst ist keine historische Figur, sondern lediglich eine Fiktion, die für diesen Roman erfunden wurde.

1.

Neue Optionen, Wismar im Herbst 1760

Kapitän Lars Schneider saß tief in Gedanken versunken in seiner Ecke der Taverne "Zum Anker" und blickte auf das schäumende Bier in seinem Krug. Seine Augen folgten den sich brechenden Blasen auf der Oberfläche, doch seine Gedanken schweiften zu der rauen See zurück, die er erst kürzlich nur mit Glück und Geschick überlebt hatte. Der Krieg, das wusste er, war etwas, das sein Leben unwiderruflich verändert hatte. Die Welt der friedlichen Handelsfahrten, die er so lange gekannt hatte, schien ihm mit jeder neuen Begegnung mit feindlichen Schiffen ferner.

Als junger Mann hatte er die See mit Hoffnungen betreten, wie sie wohl jeder Matrose bei seiner ersten Überfahrt verspürt: die Hoffnung auf ein Abenteuer, auf Ruhm und vielleicht auch darauf, etwas von dem zu gewinnen, was man Wohlstand nannte. Und über die Jahre hinweg hatte er sich durch Geschick und unermüdliche Arbeit eine eigene Stellung aufgebaut. Die "Sturmvogel" war das Ergebnis seiner Mühen, ein solides Schiff, das ihm und seiner Mannschaft Brot und Sicherheit bot. Doch in letzter Zeit waren Sicherheit und Einkommen schwindende Güter. Die Ostsee war nicht mehr das ruhige Handelsrevier, in dem er sich frei bewegen konnte. Die französischen Freibeuter, im Namen ihres Königs auf Kaperfahrt, sowie die regulären Kriegsschiffe der französischen Marine, waren zu einer Plage geworden. Zwar waren deren Schiffe selten in den Gewässern der Ostsee anzutreffen aber sie beherrschten unbestritten das hiesige Meer. Zweimal hatten sie ihn fast aufgebracht, und in beiden Fällen hatte er nur durch die Schnelligkeit der "Sturmvogel" und den heldenhaften Mut seiner Mannschaft das Schlimmste verhindern können.

Lars wusste, dass er in den kommenden Jahren nicht mehr viel Spielraum hatte. Mit seinen fünfzig Jahren spürte er das Alter in den Knochen, die Seeluft hatte ihm die Haut gegerbt und die Glieder schwer gemacht. Jüngere Männer mochten ein Leben als Fischer oder Bootsbauer erwägen, doch er? Er war seit Jahrzehnten Kapitän, und in dieser Rolle würde er sich auch die nächsten Jahre noch sehen. Doch wie sollte das gehen, ohne einen verlässlichen Verdienst? Seine Überfahrten waren unsicher geworden, und mit jeder Ladung, die er transportierte, wuchs das Risiko, sie an die französischen Kaperfahrer zu verlieren oder kurzerhand von einem regulären Kriegsschiff der Franzosen versenkt zu werden. Wäre es das wert, seine *"Sturmvogel"* ein drittes Mal dieser Gefahr auszusetzen, und das womöglich, ohne dass überhaupt jemand für die Schäden aufkäme?

Ein Funken entschlossener Wut durchzuckte ihn, und er hob den Blick, seine Augen blitzten kalt. Warum sollte er, ein Mann, der sein ganzes Leben dem Meer gegeben hatte, nun in ständiger Angst leben? Warum sollte er nicht selbst das tun, was die Franzosen zu ihrem Vorteil nutzten? Wenn sie Kaperfahrer auf die Jagd nach preußischen und englischen Handelsschiffen schickten, warum sollte Preußen nicht dasselbe tun und warum sollte nicht er, Kapitän Lars Schneider, der Mann sein, der diesen Dienst für sein Land übernahm?

Ein leises Lächeln spielte um seine Lippen, und er stellte sich die Begegnung mit dem preußischen König Friedrich vor. Zwar war es unwahrscheinlich, dass der König ihm persönlich eine Kaperlizenz ausstellte, doch mit etwas Glück und den richtigen Kontakten könnte er das offizielle Recht erwerben, französische Schiffe zu kapern und deren Ladung für Preußen zu beanspruchen. Mit einer Kaperlizenz hätte er plötzlich die Möglichkeit, sich nicht nur gegen die feindlichen Freibeuter zu verteidigen, sondern auch noch eine Beute mit nach Hause zu bringen, die ihm und seiner Mannschaft ein sicheres Auskommen bescheren könnte.

Natürlich bedeutete es auch, dass er sich direkt in den Krieg einmischen würde. Er war kein Freund der Gewalt, und als Kaufmann und Kapitän hatte er immer versucht, Konflikten aus dem Weg zu gehen. Doch in diesen Tagen schienen die alten Regeln nicht mehr zu gelten. Die großen Mächte Europas bekriegten sich, und Preußen brauchte dringend jeden Vorteil, den es bekommen konnte. Und da es ihm ohnehin an Optionen fehlte, konnte dies seine letzte und beste Chance sein, sich nicht nur finanziell abzusichern, sondern auch einen Beitrag zum Sieg seines Landes zu leisten.

Schneider betrachtete nachdenklich das Gesicht eines alten Freundes, der ihm gegenüber saß und mit dem er leise über seinen Plan sprach. "Das klingt nach Wahnsinn, Lars," sagte der Mann kopfschüttelnd und trank einen tiefen Schluck. "Freibeuter für Preußen? Du bist ein Kaufmann, kein Soldat, Söldner oder Pirat."

Schneider lehnte sich zurück und verschränkte die Arme vor der breiten Brust. "Und was bleibt mir?", entgegnete er scharf. "Soll ich warten, bis sie mich beim nächsten Mal versenken? Soll ich meine Crew und mein Schiff jedes Mal riskieren, nur um einen kläglichen Gewinn zu machen, der kaum die Reparaturen deckt? Nein, wenn die Franzosen das Spiel ändern, dann werde ich es ihnen gleichtun. Ich werde kämpfen, und wenn ich dabei noch Gewinn machen kann, umso besser."

Sein Gegenüber schwieg eine Weile, das Stirnrunzeln vertiefte sich. Lars wusste, dass die Worte ihn selbst überraschten. Vor Monaten hätte er es nicht für möglich gehalten, eine solch gefährliche Rolle anzunehmen, doch die vergangenen Wochen hatten ihn verändert. Die Aussicht, sich vor den Feinden seines Landes zu beugen und ein Schicksal zu erleiden, das er nicht kontrollieren konnte, war unerträglich geworden.

Die Tür der Taverne öffnete sich, und ein kalter Luftzug zog durch den Raum. Zwei Männer traten ein, dick eingehüllt in Mäntel, die vom Regen durchnässt waren. Ihre Blicke streiften kurz durch die Menge, bevor sie zum Tresen gingen. Lars' Aufmerksamkeit kehrte zu seinem Freund zurück, der ihn nun mit einem prüfenden Blick betrachtete. "Nun gut, Lars," murmelte er schließlich. "Aber das bedeutet nicht nur neue Feinde, sondern auch einen neuen Lebensstil. Du wirst nicht nur Kaufmann, sondern Krieger sein."

"Vielleicht," erwiderte Schneider, "aber ist das nicht genau das, was die Zeit verlangt? Die alten Wege sind vorbei, und wer nicht bereit ist, sich zu ändern, wird untergehen."

So einfach war der Entschluss für Lars jedoch nicht. Während er in der Taverne saß und über seinen Plan sprach, spürte er immer wieder Zweifel in sich aufkommen. Er kannte die Gefahr, wusste, dass der Schritt, den er plante, kein einfacher sein würde. Doch gerade diese Gedanken verstärkten seinen Entschluss nur weiter. Ein letzter großer Versuch, bevor das Alter seine letzten Spuren hinterließ. Vielleicht konnte er sogar ein Erbe schaffen, etwas, das seinen Namen weiterleben lassen würde. Als Kapitän Lars Schneider, der Mann, der für Preußen das Meer gegen seine Feinde verteidigte. Es war jedoch ungewiss, wie König Friedrich II. darüber denken mochte. Der König war ein brillanter Stratege und Taktiker. Jedoch führte der König den Krieg nur auf dem Lande und hatte wenig Interesse an der Seefahrt … das war bekannt.

Der Hafen von Wismar

Nachdem Kapitän Lars Schneider seinen Entschluss gefasst hatte, wusste er, dass der schwierigste Teil noch bevorstand: Er musste den König selbst von seinem Vorhaben überzeugen. Friedrich II., wie bekannt war, hatte nur wenig Interesse an der Seefahrt. Der preußische König galt als ein Mann des Landes, nicht der See. Doch Schneider sah keinen anderen Weg, als nach Berlin zu reisen und das Gespräch zu suchen. Nur der

König konnte ihm die Kaperlizenz erteilen, die er brauchte, um als offizieller Freibeuter im Namen Preußens gegen die französischen Kaperfahrer vorzugehen.

Am nächsten Morgen brach Schneider frühzeitig auf, seine wenigen Habseligkeiten auf dem Rücken und einen schweren Mantel gegen die Oktoberkälte über den Schultern. Die Straßen in Wismar waren noch ruhig und lagen unter einer dünnen Nebeldecke. Ein paar Fischer machten sich an den Docks bereit, während in den Gassen Katzen zwischen den Häusern schlichen. Er war sich der skeptischen Blicke seiner Offiziere und der Mannschaft bewusst gewesen, als er die Reisepläne am Vorabend verkündet hatte. Einige hielten seinen Plan für gefährlich, andere für schlicht verrückt. Einige jedoch hatten zustimmend genickt. Besser das Glück auf See versuchen, als früher oder später von den Presskommandos in die Armee geholt zu werden. Keiner von ihnen verspürte das Bedürfnis, sich auf offenen Felde gegen heran preschende Kavallerie zu stellen oder in langen Linien nebeneinander zu stehen und sich zusammenschießen zu lassen, während man noch seine Muskete lud.

Prinzipiell barg auch dieser verzweifelte Plan Risiken. Das ganze war ein Wagnis und das war Kapitän Lars Schneider bewusst. Doch in ihm brannte der Gedanke an diese letzte große Aufgabe, die ihn vom Dasein eines gewöhnlichen Kaufmanns befreien könnte.

Schneider hatte sich einer kleinen Reisegesellschaft angeschlossen, die an jenem Morgen ebenfalls nach Berlin aufbrechen wollte. Es war eine Mischung aus Kaufleuten, Reisenden und Boten, und er war froh, Gesellschaft zu haben, die die sonst so beschwerliche Reise etwas angenehmer machen könnte. Die Kutsche war eng und unbequem, doch Schneider war Schlimmeres gewohnt, und er machte es sich zwischen den Holzbänken so bequem wie möglich. Der Fahrer rief die Abfahrtszeit, und bald darauf setzte sich die kleine Reisegesellschaft in Bewegung.

Die Straßen waren hart und uneben, der Wagen ruckelte und schwankte bei jeder Gelegenheit. Die herbstlichen Blätter wirbelten vom Wind getrieben über die holprigen Wege, und Schneider lehnte sich zurück, während die Landschaft gemächlich vorbeizog. Die Reise schien endlos, die wenigen Dörfer und kleinen Städte schienen im immer gleichen

Rhythmus an ihnen vorbeizuziehen. Hin und wieder sprach einer der Kaufleute ein paar Worte über das Geschäft, beklagte sich über die steigenden Preise und die Unsicherheit der Handelsrouten. Die Gespräche gingen an Schneider vorbei, seine Gedanken kreisten allein um das bevorstehende Treffen mit dem König.

Was könnte er dem König sagen, um ihn zu überzeugen? Friedrich II. galt als Mann mit wachem Verstand und knappen Worten, ein Herrscher, der wenig Zeit für unbedeutende Angelegenheiten übrig hatte. Dass er nicht viel Interesse an der Seefahrt hatte, war bekannt; seine Gedanken galten dem Landheer und den Feldzügen gegen Österreich und Russland. Schneider musste seinen Plan so formulieren, dass Friedrich den Nutzen sofort erkennen würde. Es ging um den Schutz preußischer Interessen, um die Sicherung der Ostsee als wichtigen Handelsweg und um den wirtschaftlichen Gewinn, den Beutezüge in französischen Gewässern bringen konnten.

Nach mehreren Tagen, in denen die Reisegruppe Wind und Wetter trotzte, erreichten sie schließlich die preußische Hauptstadt. Berlin zeigte sich von einer geschäftigen, lebhaften Seite. Die Straßen waren voller Menschen, Händler und Soldaten, und die Geräusche des Lebens in der Stadt hallten wider. Schneider beobachtete die Architektur, die sich deutlich von der Küstenstadt Wismar unterschied. Die hohen Gebäude und die prächtigen Fassaden beeindruckten ihn, doch er blieb nicht lange bei diesen Gedanken. Er wusste, dass der schwierigste Teil erst noch vor ihm lag ... Der direkte Zugang zum König selbst. Eine Audienz zu erhalten dürfte nicht einfach werden.

Dank eines alten Bekannten, einem preußischen Offizier, der ebenfalls aus Wismar stammte, hatte er die Möglichkeit, vor Friedrich vorsprechen zu dürfen. Der Offizier, ein gewisser Leutnant Franz von Schönau, war Schneider noch aus früheren Handelsfahrten bekannt, als Preußen ab und zu seine Dienste für den Transport von Truppen und Waren beanspruchte hatte. Schönau begrüßte ihn mit einem kräftigen Handschlag und einem grimmigen Lächeln.

"Lars Schneider, Sie alter Haudegen! Ich hätte nicht gedacht, Sie jemals hier in Berlin zu sehen," sagte der Offizier mit einem zwinkernden Blick.

"Mir blieb kaum eine Wahl, Leutnant von Schönau," erwiderte Schneider mit einem Grinsen. "Die Franzosen machen mir das Leben schwer, und wenn ich es nicht mehr in Frieden führen kann, dann will ich wenigstens meine Beute davontragen."

"Nun, dann wollen wir hoffen, dass unser gnädiger König es genauso sieht." Der etwas beleibte und alternde Leutnant begleitete Schneider zu einem Nebengebäude des Stadtschlosses, wo die Versammlungen der Offiziere und Berater stattfanden. Die prächtige Eingangshalle mit ihren Marmorsäulen und großen Gemälden ließ Schneider kurz innehalten, bevor er der Aufforderung des Offiziers folgte. Sie wurden zu einem Warteraum geführt, und Schönau entschuldigte sich für einen Moment, um das Treffen anzumelden. Nie hätte Kapitän Schneider erwartet, derart schnell die Möglichkeit zu erhalten, mit dem König direkt zu sprechen. Das Glück schien auf seiner Seite zu sein, bei diesem Plan … Zumindest bisher.

Das Warten zog sich in die Länge. Schneider blickte auf die dunklen Holztäfelungen der Wände und die prächtigen Teppiche unter seinen Füßen. Es war eine Welt, die ihm fremd war, und er spürte, wie die Anspannung in ihm wuchs. Dann, nach scheinbar endlosen Minuten, kehrte der Offizier zurück und winkte ihm zu. Es war soweit.

Schneider trat durch die große Tür und fand sich in einem kleinen Saal wieder, in dem nur wenige Männer anwesend waren. Friedrich II. saß auf einem erhöhten Stuhl, umgeben von einem Dutzend Beratern, die allesamt schweigend auf den Ankömmling blickten. Der König selbst musterte ihn mit einem forschenden Blick. Seine blauen Augen schienen tief in Schneiders Seele zu blicken, und der Kapitän spürte den Respekt und die Ehrfurcht, die dieser Mann in ihm hervorrief.

Schneider räusperte sich und begann mit festem Ton: "Eure Majestät, ich bin Lars Schneider, Kapitän der Brigg "Sturmvogel" und seit Jahrzehnten auf den Handelswegen der Ostsee unterwegs. Doch in letzter Zeit sind diese Gewässer gefährlich geworden, und feindliche Kriegsschiffe sowie auch Kaperfahrer bedrängen uns Kaufleute. Sie kontrollieren die Ostsee. Täglich wird es schwerer, für uns friedliche Kaufleute, unsere Schiffe unversehrt in die Zielhäfen zu steuern. Ich bin hier, um Eure Majestät um eine Kaperlizenz zu ersuchen, damit ich im Namen Preußens gegen die französischen Freibeuter kämpfen kann und auch mit etwas Glück das eine oder andere kleinere reguläre Kriegsschiff der Franzosen vernichten könnte."

Der König ließ ihn ausreden, nickte dann knapp und sprach mit kühler Stimme. "Das Königreich von Preußen ist kein Seefahrerstaat, Kapitän Schneider. Wir investieren in unsere Armee, nicht in die Marine. Weshalb sollte ich also einem Kaufmann erlauben, sich jetzt in diese Belange einzumischen?"

Schneider atmete tief ein. "Eure Majestät, der Krieg gegen Frankreich betrifft nicht nur die Armee, sondern auch den Handel. Die Franzosen erbeuten täglich Ladungen, die für preußische Häfen bestimmt sind. Mit einem kleinen Schlag gegen ihre Schiffe könnte ich Schaden anrichten, wo sie es am wenigsten erwarten ... und die Ostsee für Eure Interessen sichern."

Friedrichs Blick wurde nachdenklicher. "Ein kleiner Schlag, sagen Sie? Ein einzelnes Schiff gegen die französische Marine? Sie sagten soeben selbst, die feindlichen Schiffe würden die Wellen beherrschen und nach Gutdünken agieren."

Schneider schmunzelte listig. "Eure Majestät, ich habe mein Leben auf der Ostsee verbracht. Ich kenne diese Gewässer wie meine Westentasche und weiß, wie man im richtigen Moment zuschlägt. Es braucht keine große Flotte, nur ein wenig List und Schnelligkeit ... Und natürlich eine gewisse Portion Glück."

Die Berater flüsterten untereinander, doch der König hob eine Hand und brachte sie zum Schweigen. Er lehnte sich zurück und musterte Kapitän Lars Schneider mit einem forschenden Blick. Dann sprach er langsam und bedächtig: "Und wenn ich Ihnen diese Lizenz wirklich erteile ... was versprechen Sie mir?"

Kapitän Schneider senkte ehrfurchtsvoll seinen Kopf, als er antwortete. "Erfolgreiche Beutezüge, die dann eroberte Schiffe und Handelswaren in die preußischen Häfen bringen. Außerdem die Möglichkeit, Eure Feinde auf den Gewässern zu stören. Ich kann den Franzosen Verluste zufügen, die ihrer Kampfmoral schaden werden. Das schwächt sie auch an Land, Eure Majestät."

Nachdenklich blickte der König auf den ergrauten Kapitän, der noch immer mit gesenktem Kopf vor ihm stand. Das Schweigen zog sich hin, als der König sorgsam nachdachte. Der Plan dieses Kapitäns war möglicherweise gar nicht so abwegig, wie es auf den ersten Blick erscheinen mochte.

In einer feierlichen Stille und spürbaren Spannung stand Kapitän Lars Schneider vor Friedrich II., dem König von Preußen. Die kühle, disziplinierte Aura des Monarchen ließ keinen Zweifel an seiner Entschlossenheit, auf klare Fakten und Vorteile für Preußen zu bestehen. Schneiders bisherige Erklärungen über die Risiken und die Möglichkeit, die französischen Kaperfahrer zurückzudrängen, hatten bereits Friedrichs Aufmerksamkeit geweckt, doch es war offensichtlich, dass der König noch nicht überzeugt war. Schneider wusste, dass er jetzt noch deutlicher werden musste, wenn er eine Chance wollte, die Kaperlizenz zu erhalten.

Schneider nahm einen tiefen Atemzug und fuhr in bedächtigem Ton fort, wobei er darauf achtete, seine Worte gezielt zu wählen, um die Bedeutung seines Anliegens zu vermitteln. "Eure Majestät, erlauben Sie mir, die finanziellen Vorteile zu erläutern, die solch ein Vorhaben für Preußen mit sich bringen könnte. In Zeiten wie diesen, da die Kriegsanstrengungen die Staatskassen belasten, ist jede Möglichkeit von Einnahmen wertvoll. Die französischen Kaperfahrer, die sich derzeit in der Ostsee aufhalten, berauben nicht nur meine Schiffsrouten, sondern greifen auf lange Sicht auch Eure Einnahmen an. Ich schlage vor, das Prinzip zu unserem Vorteil zu wenden."

Friedrichs kühle Miene blieb unbewegt, aber seine Augen verengten sich leicht, als ob er aufmerksamer lauschte. Dies bestärkte Schneider, sich weiter zu bemühen.

"Betrachten wir die Handelsgüter, die derzeit zwischen Preußen und anderen Ostseeregionen zirkulieren ... Getreide, Holz, Salz, Fisch und Tuch, Eure Majestät. Durch jeden dieser Warentransporte fließen Steuern in die Kassen der Städte und letztlich in die königliche Schatzkammer. Diese Einnahmen zu sichern und, mehr noch, zu steigern, kann durch eine gezielte Kontrolle der Handelswege erreicht werden. Mit einer Kaperlizenz wäre ich berechtigt, feindliche französische Schiffe aufzubringen, ihre Ladungen zu beschlagnahmen und unter dem Banner

Preußens direkt in Eure Häfen zu bringen. Diese Güter könnten versteigert oder für eigene Zwecke genutzt werden. Der Erlös wäre sofort spürbar … Obendrein garantiert die allgemein, auch von England oder Frankreich, gehandhabte Kaperordnung, der jeweiligen Krone einen Anteil von zwanzig Prozent der Gewinnsumme."

Der König schwieg noch immer, seine Stirn jedoch wies ein kaum merkliches Stirnrunzeln auf. Schneider nahm dies als Zeichen, dass er einen Nerv getroffen hatte. Die Berater des Königs, die zur Seite standen, schienen ebenfalls interessiert zu lauschen. Zusätzliches Geld für den Staat war etwas, wobei der König sofort aufmerksam wurde. Die Finanzen von Preußen waren alles andere als rosig.

"Nun", begann der König nach einer Weile mit bedächtiger Stimme, "ich verstehe den Nutzen, den diese Gelder uns bringen könnten. Doch stellt sich mir eine Frage, Kapitän Schneider: Inwiefern gefährden die französischen Kaperfahrer tatsächlich unsere Handelsrouten? Es ist doch allgemein bekannt, dass Preußen eher auf seine Landmacht vertraut, weniger auf seine Flotte. Wäre dies ein Problem, das wir in unseren bestehenden Armeen lösen können?"

Schneider nickte, wie er es oft in Diskussionen tat, um Zeit zu gewinnen und seine Gedanken zu ordnen. "Eure Majestät, genau darin liegt der Kern meines Anliegens. Während Preußen auf seine mächtige Landarmee setzt, sind die Handelsrouten der Ostsee nicht minder wertvoll. Diese Kaperfahrer bedrohen nicht nur den Transport preußischer Waren, sondern destabilisieren unsere Verbindungen zu den Seehäfen und gefährden Einnahmen und Versorgung. Wenn wir diesen Kaperfahrern freie Hand lassen, Eure Majestät, werden sie die Schwäche in unseren Meeresgewässern voll ausnutzen, um noch mehr Schiffe zu kapern. Das allein stellt ein wirtschaftliches Risiko dar, das auf lange Sicht die Stabilität des Handels beeinträchtigen wird."

Er machte eine Pause, um die Worte sacken zu lassen, dann fuhr er fort. "Eure Majestät, erlaubt mir, auf das wirtschaftliche Prinzip einzugehen, das hinter dem maritimen Handel steht. Für jede Handelsroute, die wir sichern, gibt es nicht nur die Zölle und Steuern der transportierten Waren. Es gibt die auch gesamten Wirtschaftsstrukturen an den Küstenstädten, die davon abhängen. Der Wohlstand von Städten wie Königsberg, Danzig und Stettin basiert auf einem stabilen Austausch von Waren über das Meer. Die Aufrechterhaltung dieser Wirtschaftszweige ist eng verknüpft mit der Sicherheit der Seewege. Somit ist Preußen abhängig von den Waren, die wir über die Seewege erhalten ... Nicht nur von den Waren selbst sondern auch von den Staatseinnahmen die dann durch diesen Warenverkehr generiert werden."

König Friedrich schwieg, und die Stille wurde schwer. Schließlich nickte er knapp. "Gut, Kapitän Schneider. Ich habe mich entschieden. Ich werde Ihre Dienste für eine begrenzte Zeit in Anspruch nehmen. Aber bedenken Sie ... wenn Sie versagen, wird dies das erste und letzte Mal sein, dass Preußen sich in das Geschäft der Kaperfahrt einmischt."

Schneider spürte, wie ein Strom der Erleichterung durch ihn floss. Er verbeugte sich tief, vor seinem Monarchen. Da erklang die Stimme des Königs erneut. "Wie sieht es denn überhaupt mit der notwendigen Mannschaft und vor allem mit der Bewaffnung ihres Schiffes aus? Ist das Schiff seetüchtig"

Kapitän Schneider blickte seinem König direkt in die Augen, als er mit fester Stimme antwortete. "Die *"Sturmvogel"* hat eine Besatzung von achtzehn Seeleuten. Ich werde in Wismar weitere Männer anwerben und das Schiff dann umrüsten lassen. Das kann auf der dortigen Werft geschehen und wird nicht viel Zeit in Anspruch nehmen. Ich werde versuchen, von einem neutralen Handelskapitän vier bis acht Kanonen zu erwerben und mein Schiff damit bestücken. Meine Männer sind voller Tatendrang und sollten schnell den Umgang mit den Kanonen erlernen, zumal der eine oder andere bereits auf Schiffen gedient hat, die auch über Geschütze verfügten. Ich sehe da eigentlich keine echten Probleme und bin zuversichtlich, in spätestens drei Monaten in See stechen zu können."

König Friedrich schmunzelte erheitert und blickte kurz, belustigt seine Ratgeber an, bevor er antwortete. "Das werden wir anders machen, verehrter Kapitän ... Ich lasse Ihnen ein Schreiben mitgeben, welches Ihnen einige Garnisonssoldaten aus Wismar unterstellt. Auch werde ich veranlassen, dass man Ihnen einige Geschütze aus dem dortigen Depot übergibt ... Zusammen mit der notwendigen Munition und genug Schießpulver für ein ausgedehntes Gefecht. Dafür erwarte ich dann aber auch etwas ... Erfolg bei Ihrem ungewöhnlichen aber mutigen Plan und die Krone erhält fünfundzwanzig Prozent von allen erbeuteten Werten. Ich werde dafür sorgen, dass man Ihnen einen Zahlmeister zuweist, der darüber wacht, dass alles in meinem Sinne abgerechnet wird. Sie werden in Zukunft mit dem Stadtkommandanten von Wismar alle weiteren Details klären … Enttäuschen sie mich nicht, Kapitän. Haben wir uns verstanden, Kapitän Schneider?"

Kapitän Schneider spürte den fordernden Blick seines Monarchen und nickte hastig. Er verbeugte sich tief und verließ den Raum, das Gewicht seiner Entscheidung auf den Schultern. Es war ihm gelungen, den König zu überzeugen und dieser war ihm sogar noch behilflich. Mehr hätte Lars Schneider sich nicht wünschen können. Nun lag es an ihm, zu beweisen, dass er der Herausforderung gewachsen war. Schneider seufzte leise. Er wusste, das es nicht einfach werden würde.

Das Wetter war rau und feindlich, der Himmel tief grau und voller bedrohlicher Wolken, die ihre Last unermüdlich auf die Erde niederließen. Kapitän Lars Schneider saß im Inneren einer klapprigen Kutsche, die durch den unaufhörlichen Regen von Berlin aus gen Norden rumpelte. Die Straßen waren matschig, voller Pfützen und mit Wasser durchtränkt, das bei jedem Schlagloch in Spritzern an die Wagenfenster prallte. Der Kutscher oben auf dem Bock fluchte immer wieder leise, doch Schneider, in eine schwere Decke gehüllt, ignorierte das Wetter so gut er konnte.

In seiner ledernen Tasche, geschützt unter mehreren Lagen Stoff, trug er die sorgsam versiegelten Briefe des Königs. Dokumente von äußerster Wichtigkeit, wie ihm aufgetragen worden war und die er dem Stadtkommandanten von Wismar übergeben sollte … Oberst Hanno Roggenfeldt, der ein alter Freund war. Er fragte sich, was genau die Papiere enthielten, aber dies waren Gedanken, die er lieber verdrängte. Die Pflicht rief, und die Reise zu seinem alten Freund und Kameraden, Oberst Roggenfeldt in Wismar, hielt ihn wach und konzentriert. Der Wind heulte um die Kutsche und ließ die Bäume entlang der Straße wild tanzen, während Regentropfen unablässig, wie winzige Peitschen gegen das Kutschenholz trommelten.

Nach mehreren Tagen beschwerlicher Fahrt rollte die Kutsche endlich in Wismar ein. Der Regen hatte sich kaum gelegt, und der Geruch von nassem Kopfsteinpflaster lag schwer in der Luft. Schneider streckte müde die Glieder, als er ausstieg, nickte dem Kutscher einen kurzen Dank zu und zog sich seinen Mantel über die Schultern. Sein Blick glitt über die alten Stadtmauern und den grauen Himmel, der ihm wie ein Vorzeichen für das bevorstehende Abenteuer erschien. Ein Bote eilte ihm entgegen, von Oberst Roggenfeldt geschickt, und führte ihn rasch in das Hauptquartier, wo der Oberst bereits auf ihn wartete.

Oberst Roggenfeldt, ein kräftig gebauter Mann mit ergrautem Haar und scharfem Blick, stand am Fenster seines Büros, als Schneider eintrat. Seine Stirn war in Falten gelegt, doch bei dem Anblick seines Freundes hellte sich sein Gesicht auf, und er trat mit ausgestreckter Hand auf ihn zu.

"Lars, alter Freund!" rief Roggenfeldt und klopfte Schneider kräftig auf die Schulter. "Komm, setz dich. Du siehst aus, als hättest du die Hölle selbst durchquert."

Schneider lachte trocken. "Fast, Hanno. Aber der Regen ist noch keine Hölle, nur eine schlechte Laune der Natur." Er nahm auf einem schweren Holzstuhl Platz und zog die versiegelten Schreiben des Königs hervor, die Roggenfeldt mit ernstem Blick entgegennahm.

Der Oberst brach die Siegel und las die Briefe mit Bedacht, während Schneider geduldig wartete. Roggenfeldt nickte gelegentlich und murmelte ein paar Worte für sich selbst, bevor er die Papiere schließlich beiseitelegte und sich Schneider erneut zuwandte.

"Diese Aufträge, Lars, könnten entscheidend sein", begann der Oberst, "und ich werde dafür sorgen, dass du die besten Männer hast, die mir zur Verfügung stehen. Einer von ihnen wird dir als Kanonenmeister dienen, ein Feldwebel namens Hajo Peterson, ein Veteran, der mehr über den Umgang mit Geschützen weiß, als man in einem Leben lernen könnte. Er war lange Jahre als Geschützführer bei der Artillerie. Dann wurde er zu den hiesigen Garnisonstruppen versetzt und tut jetzt hier Dienst bei den Musketieren. Er ist ein guter Mann, dem man Vertrauen schenken darf. Der Feldwebel hat mich noch nie enttäuscht. Sein Geschick im drillen von Rekruten ist verblüffend, wie ich gestehen muss … Der andere Mann ist jünger."

Schneider nickte zufrieden. "Das klingt doch sehr vielversprechend. Und der zweite? So wie ich dich allmählich kenne, dürfte das möglicherweise ein Problemfall werden."

Roggenfeldt grinste leicht, ein Lächeln, das er kaum verbergen konnte. "Nun, der andere... ist eine besondere Herausforderung. Ein junger Fähnrich, Kornelius von Morgentau. Er wird dir als Zahlmeister dienen, aber ich sage dir, er ist eher ein Denker als ein Kämpfer. Seine Familie hat eine lange Tradition im Militär, und sein Vater bestand darauf, dass der Junge sich bewährt." Er senkte die Stimme. "Ganz zu schweigen davon, dass er hier in Wismar in ein ... delikates Verhältnis zu einer jungen Dame geraten ist, der Tochter eines Ratsmitglieds. Der Vater der Dame möchte ihn aus der Stadt haben und macht mächtig Wirbel."

Schneider hob misstrauisch eine Augenbraue. "Und dafür werde ich nun als Ersatzvater verpflichtet? Hanno, du kennst mich. Ich bin ungeeignet als Schulmeister von verwöhnten Bengeln … Ist er denn überhaupt so ein Mann, der auf die See passt? Ich fürchte, damit bin ich überfordert."

"Nicht ganz", sagte Roggenfeldt schmunzelnd. "Aber als seine von mir hiermit beauftragte Aufsichtsperson bist du jetzt gewissermaßen schon verantwortlich für ihn ... Ich mag den Bengel und denke, es steckt einiges Potential in ihm. Du wirst sehen, er ist ein guter Junge, nur noch nicht ganz gefestigt."

Roggenfeldt nickte einem Adjutanten zu, und kurz darauf traten zwei Männer ein. Hajo Peterson war ein breitschultriger, älterer Mann mit tiefen Furchen im Gesicht und einem wachsamen Blick, der auch die dunkelsten Ecken eines Schlachtfeldes durchdringen konnte. Seine Hand zitterte leicht ... eine Spur vergangener Schlachten ... doch seine Haltung verriet Entschlossenheit. "Herr Kapitän, Feldwebel Peterson zu Ihren Diensten."

Schneider stand auf und erwiderte den Gruß. "Willkommen, Feldwebel. Ich bin erfreut, Sie bei mir zu wissen. Der Oberst hat sehr gut von Ihnen gesprochen und ich vertraue auf seine Urteilskraft. Ihre Erfahrung wird uns von großem Wert sein."

Hinter Peterson stand Fähnrich Kornelius von Morgentau, ein schmaler, blasser junger Mann, der kaum die Mitte seiner Zwanziger erreicht haben mochte. Er sah aus, als gehöre er eher in die staubigen Hallen einer Bibliothek als auf ein Schiff. Nervös zupfte er an seiner Uniform und sah sich unsicher im Raum um. Als seine Augen Schneider trafen, straffte er sich und salutierte, wenn auch etwas zögerlich. "Fähnrich von Morgentau meldet sich zum Dienst, Herr Kapitän."

Schneider musterte ihn mit einem scharfen Blick. Die Unsicherheit des Jungen war offensichtlich, ebenso wie die leichten Ringe unter den Augen, die von langen Nächten, vielleicht auch von Sorgen, zeugten. "Fähnrich, willkommen. Dies wird eine harte Fahrt, und die Aufgaben an Bord sind nicht leicht. Ist dir das bewusst? Zudem hat der König in eigener Person bestimmt, dass man mir einen Zahlmeister zuweisen soll, der sich um die Belange der Krone zu kümmern hat. Das ist eine große Verantwortung und ich würde es nur ungern sehen, wenn seine Majestät enttäuscht wird."

Kornelius schluckte krampfhaft und nickte. "Jawohl, Herr Kapitän. Es ist mir eine Ehre."

Schneider hob die Augenbraue, sah kurz zu Roggenfeldt und dann wieder zum Fähnrich. "Eine Ehre, sagst du? Dann werden wir dafür sorgen, dass du sie dir auch ohne Zweifel verdienst." Ein Hauch eines Schmunzelns huschte über Schneiders Gesicht, und Kornelius schien ein wenig zu entspannen, obwohl sein Gesicht immer noch blass war.

Als der formale Teil beendet war, führte Roggenfeldt Schneider, Peterson und Kornelius in eine kleinere Stube, wo sie kurz die weiteren Pläne besprachen. Peterson, stets pragmatisch und klar, ging die Waffenlisten durch, die er von Roggenfeldt erhalten hatte, und nickte zufrieden. "Die Kanonen sind in gutem Zustand, Herr Kapitän. Ich habe sie vor einigen Tagen routinemäßig überprüft. Ich werde dafür sorgen, dass die Crew schnell lernt, damit umzugehen."

Schneider nickte und wandte sich an Kornelius. "Und du, Fähnrich? Bist du vertraut mit den Aufgaben eines Zahlmeisters? Das ist ein wichtiger Posten und der König erwartet, das absolut sorgsam gearbeitet wird. Ich will tunlichst vermeiden, das Missfallen seiner Majestät zu erregen. Es liegt also an dir, einen guten Eindruck für dieses Unterfangen zu erzeugen. Haben wir uns verstanden, junger Mann?"

Kornelius räusperte sich und nickte. "Ich habe die Theorien gelernt und die Listen bereits oberflächlich durchgesehen, Herr Kapitän. Ich werde mich schnell vollends in meinen neuen Aufgabenbereich einarbeiten. Hier in der Garnison habe ich bereits Erfahrungen als Zahlmeistergehilfe erworben. Ich werde sie sicherlich nicht enttäuschen, Herr Kapitän."

Peterson, der die Nervosität des jungen Fähnrichs bemerkt hatte, grinste breit und legte ihm eine schwere Hand auf die Schulter. "Mach dir keine Sorgen, Junge. Die Theorie mag dir helfen, aber auf See zählt, was du hier und jetzt leisten kannst." Er klopfte ihm mit einer Mischung aus Trost und Herausforderung auf den Rücken. "Bald wirst du dich fühlen wie ein echter Seemann und weniger wie ein Gelehrter."

Der junge Fähnrich, Kornelius Morgentau, lächelte zaghaft, während er sich bemühte, den Respekt vor Peterson und dem rauen Leben, das vor ihm lag, in sich aufzunehmen. Man sah ihm an, dass er zutiefst unsicher in dieser unbekannten und für ihn neuen Situation war.

Oberst Roggenfeldt zwinkerte Schneider nun unauffällig zu. Der junge Fähnrich schien dem Kapitän zwar schüchtern zu sein, doch er vertraute darauf, dass Roggenfeldt ihm niemanden unterjubeln würde, der gänzlich ungeeignet für diese Mission wäre. Für Schneider hing viel vom Gelingen ab. Er plante seine gesamten Ersparnisse in diesen Plan zu stecken, von dem er sich so viel versprach. Entweder rentierte es sich oder aber er selbst fand im schlimmsten Fall den Tot bei dem Versuch den Plan umzusetzen.

Schneider seufzte leise. Es würde sich sicherlich beizeiten erweisen, wie die Glücksgöttin den Vorgang bewertete. Nachdenklich blickte er dem Feldwebel und dem Fähnrich nach, die nun die Schreibstube des Oberst verließen. Bei Feldwebel Peterson hatte er ein gutes Gefühl. Der Mann hatte bereits gekämpft und war seit vielen Jahren Soldat. Was mit dem Fähnrich sein würde, sollte sich schon bald zeigen, dachte Schneider.

2.

Der Regen trommelte noch immer unaufhörlich gegen die Fenster des Hauptquartiers, als Oberst Roggenfeldt die versiegelten Schreiben auf dem schweren Holztisch vor ihm sorgfältig öffnete und nochmals studierte. Die Schriftstücke des Königs enthielten klare, wenn auch fordernde Anweisungen. Die *Sturmvogel* sollte weit mehr als nur ein gewöhnliches Handelsschiff sein ... sie sollte als kampffähiges Schiff und potenzielles Prunkstück für Preußens Interessen auf See dienen. Die Wismarer Garnison und das städtische Zeughaus boten die benötigten Mittel um dies zu ermöglichen. Jetzt war es also an Oberst Hanno Roggenfeldt, die Umsetzung zu planen. Es war für den Oberst nicht nur eine Frage der Ehre, dies Mission zu unterstützen, er tat es auch gerne, da er seit jahren mit dem oft wortkargen Kapitän Schneider befreundet war.

Roggenfeldt strich sich nachdenklich über das Kinn, als ihm ein Gedanke kam. "Kapitän Schneider, um das Schiff entsprechend der königlichen Befehle auszustatten, wird es nicht nur an Waffen, sondern auch an Männern bedürfen. Ich werde dafür sorgen, dass du bestens ausgestattet wirst. Es stehen Kanonen bereit ... vierzehn bis sechzehn 24-Pfünder mit Bronzerohren, dazu Munition, die seit Jahren im städtischen Zeughaus liegt. Mit der richtigen Besatzung und Bedienungsmannschaft wirst du sie gut zur Geltung bringen können. Ich kann mir kaum vorstellen, dass ein anderes Schiff vermuten würde, du wärest derart stark bewaffnet."

Kapitän Lars Schneider, dessen Augen jetzt vor Interesse blitzten, nickte zufrieden. "Hervorragend, Hanno. Gute Kanonen und ein starke Besatzung ... das wird uns die Schlagkraft geben, die wir brauchen, um dem König in dieser Sache gut zu dienen."

Roggenfeldt rief seinen Adjutanten herbei, der stramm salutierte. "Geh zur Garnison und stelle zwanzig Männer zusammen, die morgen auf die *Sturmvogel* verlegt werden. Sie sollen als Marinesoldaten unter Kapitän Schneiders Kommando dienen. Feldwebel Peterson wird sie anleiten."

Der Adjutant verschwand, umgehend und Roggenfeldt wandte sich erneut an Schneider. "Diese Männer werden eine intensive Ausbildung brauchen, besonders in den Aufgaben, die auf See nötig sind. Peterson wird ihnen helfen, aber sie müssen sich an die Bedingungen an Bord gewöhnen … ein Leben, das härter sein kann als jeder Dienst an Land."

Schneider nickte mit einem leichten Schmunzeln. "Mein Bauchgefühl sagt mir, dass ich dafür den richtigen Zuchtmeister bekommen habe. Ich denke, ich vertraue auf Feldwebel Peterson. Er wird aus diesen Männern die Seesoldaten machen, die wir brauchen werden. Fraglos wird er sich bei der Ausbildung keine Freunde machen."

Am nächsten Morgen war der Himmel noch immer von dichten Wolken bedeckt, aber der Regen hatte nachgelassen. Feldwebel Peterson trat auf den Exerzierplatz der Garnison, wo die zwanzig Männer in lockerer Formation warteten. Die meisten von ihnen waren recht junge Soldaten, kräftig gebaut, aber mit dem festverwurzelten Drill des Landdienstes, der kaum die Härte und Unberechenbarkeit eines Lebens auf See vorbereitet hatte. Peterson musterte sie scharf und ließ seinen strengen Blick über die Reihen gleiten.

"Männer!" donnerte seine tief dröhnende Stimme, als sei der weite, leere Exerzierplatz sein ureigenes Territorium. "Ihr wurdet für einen wichtigen und besonderen Auftrag ausgewählt. Ab heute seid ihr Teil der Mannschaft der *Sturmvogel*, einem Schiff, das nicht nur Wismar, sondern ganz Preußen ehren wird. Euer Auftrag ist einfach ... Leben und Dienst an Bord meistern, Disziplin wahren und lernen, wie man eine Kanone bedient, als hinge euer Leben davon ab." Einige Männer sahen sich kurz an, unsicher, was auf sie zukam. Peterson kniff die Augen zusammen und nickte dann. "Folgt mir!"

Er führte sie aus der Garnison und durch die Stadt zum Hafen, wo die *Sturmvogel* mit ihrer wettergegerbten Mannschaft auf sie wartete. Das Schiff lag schwer in den Wellen, ein massiver Rumpf, von Wind und Wetter gegerbt, der dennoch entschlossen und stabil wirkte.

Während Peterson die Männer an Bord brachte, besuchte Roggenfeldt das Zeughaus der Stadt, um sich persönlich von der Verfügbarkeit der Kanonen zu überzeugen. In der kühlen, dunklen Halle, die die schweren

Waffen bewahrte, standen die 24-Pfünder in ordentlichen Reihen. Die Bronzerohre glänzten matt im schwachen Licht, als würden sie nur darauf warten, endlich wieder in den Dienst genommen zu werden.

Oberst Roggenfeldt ließ seine Hand sanft über eines der Rohre gleiten, das Kälte abstrahlte. Ein Waffenmeister trat neben ihn, salutierte kurz und erklärte: "Die Kanonen sind in gutem Zustand, Herr Oberst. Seit Jahren nicht benutzt, aber regelmäßig geprüft. Munition haben wir ebenfalls ... etwa fünfhundertfünfzig Kugelgeschosse, vielleicht nicht genug für eine längere Kampagne, aber ausreichend, um ein Schiff zu verteidigen und sich Respekt zu verschaffen."

Der Oberst nickte zufrieden. "Gut. Die *Sturmvogel* wird sechzehn davon mitführen. Lass die Männer sie heute noch bereitmachen und für den Transport zum Hafen vorbereiten. Die sechzehn Geschütze sollen nach Möglichkeit noch heute an Bord gebracht werden. Die Munition ebenfalls. Erledige das und vergesst nicht, auch ausreichend Schießpulver auf das Schiff bringen zu lassen"

Feldwebel Peterson stand in den frühen Morgenstunden auf dem Deck der *Sturmvogel* und musterte die zwanzig frisch zugewiesenen Soldaten, die ihm in zwei ordentlichen Reihen gegenüberstanden. Der Wind wehte über das Deck und zog an ihren Uniformen, die Beine einiger Männer standen unsicher auf dem wankenden Untergrund. Die Seemänner der *Sturmvogel* waren daran gewöhnt, sich auf dem schwankenden Deck zu bewegen, doch für die neuen Soldaten war es ein ungewohnter Balanceakt. Peterson warf ihnen einen prüfenden Blick zu, dann begann er zu sprechen.

"Ihr seid es gewohnt, auf festem Boden zu stehen und unter den Regeln des Landdienstes zu kämpfen. Doch auf einem Schiff gelten andere Gesetze." Seine Stimme war ruhig, aber schneidend wie das rauhe Wetter um sie herum. "An Bord der *Sturmvogel* müsst ihr nicht nur gegen den Feind kämpfen, sondern auch gegen das Meer. Jede eurer Bewegungen muss sitzen, denn ein Fehler kann uns alle den Kopf kosten. Ihr werdet hier auf engem Raum arbeiten, wo Präzision und Zusammenarbeit über euer Überleben entscheiden. Mehr noch als an Land, wo ihr eurem Nachbarn in der Kampflinie tiefes vertrauen schenken müsst, ist es hier erforderlich, dass ihr alle füreinander da seid. Wenn hier, auf dem Schiff, die Dinge ungünstig werden, dann könnt ihr nicht weglaufen. Auf dem Meer gibt es kein Versteck und ihr müsst euren Mann stehen. Ihr könnt euch sicher sein, dass ich immer an eurer Seite kämpfen werde und euch nie im Stich lasse. Zudem haben wir einen guten Kapitän. Ihr alle habt bereits von ihm gehört und wisst, was für ein Mann er ist.“

Peterson ließ seinen Blick erneut über die Reihen schweifen und sah den Ausdruck von Spannung und Unsicherheit in den Gesichtern. Einige Soldaten nickten, während andere die Zähne zusammenbissen, um ihre Unsicherheit zu verbergen. Peterson wandte sich der ersten Kanone zu, einem beeindruckenden 24-Pfünder mit bronzenem Rohr, der von einem leichten Glanz überzogen war, der das jahrzehntelange Ruhen im Zeughaus widerspiegelte.

“Diese Kanonen werden eure Waffen sein,“ erklärte Peterson und wies auf das schwere Geschütz. “Eine einzelne Kanone wiegt fast drei Tonnen. Ihr müsst sie bändigen wie ein wildes Tier, und ihr müsst dabei als ein Körper agieren ... ein Fehler eines Einzelnen kann uns allen das Leben kosten. Ab heute habt jeder von euch eine feste Rolle, und ihr werdet jede Bewegung so oft wiederholen, dass sie für euch zur zweiten Natur wird. Wenn ihr alles zu meiner Zufriedenheit gelernt habt, dann gebt ihr eure Kenntnisse an die Matrosen weiter, die noch angeheuert werden. Eure Aufgabe ist die des Lehrmeisters … und später dann die des Seesoldaten, der feindliche Schiffe entert und dabei Ruhm und Beute bekommt.“

Er befahl die erste Gruppe nach vorne. “Ladeknechte! Ihr seid die ersten. Eure Aufgabe ist es, das Kanonenrohr nach jedem Schuss zu reinigen, um sicherzustellen, dass keinesfalls noch Reste vom Pulver oder Schmutz zurückbleiben. Ein falsch gereinigtes Rohr kann explodieren, wenn ihr es erneut ladet ... ein Fehler, den ihr euch nicht leisten könnt. Denkt immer daran.“

Peterson nahm einen Wischer, einen langen Holzstab mit einem dichten Tuch am Ende, und führte die Bewegung demonstrativ vor. “Ihr führt diesen Stab in das Kanonenrohr ein und säubert es dann von allen Rückständen. Die Bewegung muss fest und gründlich sein, damit es sauber für die nächste Ladung ist. Seht zu!“ Er wischte das Rohr mit präzisen, festen Zügen, dann übergab er den Wischer an den ersten Ladeknecht, der ihn mit leicht zitternden Händen ergriff. Peterson sah ihn

scharf an und sagte: "Feste Hand, Kamerad. Wiederhol es." Der
Ladeknecht folgte der Anweisung, und Peterson ließ ihn die Bewegung
ein ums andere Mal ausführen, bis der Soldat die Unsicherheit aus seinen
Bewegungen verloren hatte.

Schiffsgeschütz auf dem Kanonendeck

Als nächstes wandte sich Peterson den Läufern zu, die sich etwas abseits
hielten und jetzt die schweren Munitionstaschen und Pulverbehälter
betrachteten. "Ihr seid die Läufer. Eure Aufgabe ist es, die Munition und
das Pulver heranzuschaffen ... schnell und sicher, auch bei rauer See.
Wenn ihr ausrutscht, verschüttet ihr Pulver oder verliert die Ladung, dann
riskiert ihr nicht nur den nächsten Schuss, sondern auch euer eigenes
Leben." Peterson zeigte ihnen die Pulversäcke und ließ sie diese einige
Male heben und über das Deck tragen, um sich an das Gewicht zu
gewöhnen.

Er ließ sie immer wieder an verschiedenen Stellen antreten und die
Munition holen, während er die Balance der Männer auf dem unruhigen
Deck prüfte. "Ihr habt keine Zeit zu verlieren," rief er ihnen zu, "beim

Schießen zählt jede Sekunde. Bewegt euch schneller!" Nach und nach begannen die Läufer, sich sicherer zu bewegen, und Peterson ließ sie sich schließlich zu den Schussmeistern gesellen.

Nun nahm er eine Pulverladung und eine schwere, runde Kanonenkugel und stellte sie vor den Schussmeistern ab. "Ihr Schussmeister seid für die eigentliche Ladung verantwortlich. Eure Aufgabe ist es, das Pulver im richtigen Maß und mit einer schnellen, aber präzisen Bewegung in die Kanone zu geben und dann die Kugel darüber zu platzieren. Eure Stärke und eure Präzision sind entscheidend. Eine fehlerhafte Ladung kann dazu führen, dass der Schuss nicht abgefeuert wird ... oder dass die Kanone explodiert. Es ist wie an Land, wo ihr alle das bereits gesehen habt ... nur mit dem Unterschied, dass diese Kanonen hier umständlicher zu bewegen sind."

Er demonstrierte den Ablauf, indem er die Kugel in das Kanonenrohr einführte und das Pulver mit einem Stößel verdichtete. "Diese Bewegung wiederholt ihr, bis sie euch in Fleisch und Blut übergegangen ist," befahl er und beobachtete, wie die Soldaten zögerlich die Munition in die Kanone luden und das Pulver mit etwas Unsicherheit verdichteten. Peterson unterbrach immer wieder, korrigierte ihre Handgriffe und ließ sie den Vorgang so oft wiederholen, bis die Abläufe präzise und flüssig wirkten.

Zum Schluss trat Peterson zu den Luntenträgern, den Männern, die den entscheidenden Funken für den Schuss setzen würden. Er nahm die lange, brennende Lunte in die Hand und hielt sie vorsichtig, das Feuerende weit entfernt von der Pulverladung. "Eure Aufgabe ist einfach, aber kritisch. Ihr bringt die Lunte zur Zündöffnung und entfacht damit den Schuss. Doch ihr dürft weder zu schnell noch zu langsam sein. Es ist die letzte und heikelste Aufgabe. Wenn ihr zögert, verliert das Geschütz an Effektivität. Wenn ihr zu schnell seid, könnt ihr das Pulver zu früh entzünden und den Schuss gefährden ... gnade euch Gott in beiden Fällen, denn weder der kapitän noch ich werden dann Gnade mit euch zeigen ... Verstanden?"

Peterson ließ den ersten Luntenträger vortreten und demonstrierte die Bewegung mit einem Übungsmanöver, in dem die Kanone leer war. Der Soldat, zunächst nervös, führte den Befehl nach einiger Übung sicherer aus. Peterson beobachtete seine Hand, korrigierte die Haltung und ließ die Gruppe mehrmals abwechselnd antreten, bis die Luntenträger ihre Bewegungen kontrolliert und routiniert ausführen konnten.

Nach Stunden intensiven Trainings standen die Soldaten erschöpft auf Deck. Der Himmel hatte sich mittlerweile aufgehellt, doch der Wind trieb noch immer leichte Wellen gegen die Schiffswand. Peterson musterte die Männer abschließend und nickte schließlich zufrieden. "Gut, Männer. Ihr habt heute hart gearbeitet, aber dies ist nur der Anfang. Morgen werden wir das Ganze wiederholen, diesmal mit einer Ladung, und übermorgen mit einem Scharfschuss, mit schwacher Ladung. Ihr werdet es üben, bis jeder von euch die Schritte im Schlaf beherrscht. Das ist im Prinzip nicht anders, als an Land, wo ihr bereits in der Garnison, an den dortigen Geschützen, exerziert habt. Diese Kanonen hier sind lediglich etwas größer und schwerer zu bewegen. Sobald das Schiff erst umgebaut worden ist, sollen diese Geschütze vom hiesigen Oberdeck auf das darunterliegende Deck gebracht werden. Dazu müssen aber erst die Geschützluken gefertigt werden. Das soll in der Werft geschehen, wo auch die anderen Umbauten erledigt werden. Ihr seht also, es besteht eigentlich kein Grund um nervös zu sein ... Denkt immer daran, was ich euch bereits gesagt habe. Ihr seid die Zuchtmeister der Matrosen, die noch angeworben werden sollen. Ihr sollt sie lehren, mit den Geschützen umzugehen. Später, wenn wir im Einsatz sind, sollt ihr als Seesoldaten dienen. Ihr seid die Faust dieses Schiffes, wenn es zum Nahkampf kommt. Ihr könnt euch gerne als die Fahnenwache des Regimentes betrachten. Sobald es wirklich erst wird, hängt alles von euch ab ... Ich bin mir sicher, dass ich die richtigen Kerls hier vor mir sehe und der Kapitän nicht enttäuscht sein wird."

Die Soldaten nickten, jetzt etwas selbstbewusster. Peterson sah, wie sie sich allmählich zu einem disziplinierten und eingespielten Team formten. Bald würden sie bereit sein, die mächtigen Kanonen der *Sturmvogel* zu bedienen ... die Grundlage für ein effektives Kampfschiff, das dem Namen Preußens Ehre und reiche Beute bringen würde.

Peterson hatte den Oberst gebeten, die Männer selber auswählen zu dürfen und dieser hatte es gestattet. Feldwebel Peterson hatte mit Bedacht diejenigen ausgewählt, die sich beim Exerzieren auf dem Garnisonshof am geschicktesten angestellt hatten, wenn es um den Geschützdrill ging. Er selbst hatte viele Jahre bei der Artillerie gedient und gab nun sein bestes, um sein eigenes Können und Wissen zu vermitteln.

Drei Tage später wurde das Schiff in die Werft verbracht, wo es in das Trockendock ging. Während die emsigen Handwerker und Zimmerleute sich an die neuen Geschützluken machten, wurde der Kiel des Schiffes gereinigt. Jetzt erst begannen die Arbeiten, die aus dem stolzen Schiff ein echtes Kaperschiff machen sollten. Das erste Kaperschiff, das für den König von Preußen, gegen die Feinde zur See in das Gefecht ging.

Die Umrüstung der *Sturmvogel* begann früh am nächsten Morgen im Hafen von Wismar. Das Schiff, einst gebaut für den zügigen Transport von Waren, war bisher auf Geschwindigkeit und Stauraum ausgelegt, doch nun sollte es den Anforderungen eines kampfbereiten Kaperschiffs gerecht werden. Die ersten Sonnenstrahlen des Tages zeichneten lange Schatten auf die Planken, als Kapitän Schneider mit einem entschlossenen Blick auf das Schiff hinaufblickte und den Werftmeistern und Zimmermännern Anweisungen erteilte.

Die Arbeiten begannen auf dem Unterdeck, wo die Kanonen platziert werden sollten. Bisher war dieser Bereich hauptsächlich als Laderaum genutzt worden, ein offener Raum mit ausreichend Platz für Kisten und Fässer. Nun galt es, stabile Plattformen für die Kanonen zu schaffen, die auch bei schwerem Wellengang fest und sicher bleiben würden. Das hölzerne Deck war jedoch zu dünn und nicht für die Belastung durch das Schießen mit schweren 24-Pfündern ausgelegt. Zimmermänner begannen damit, dicke Balken entlang des Bodens und der Wände zu installieren, um die Struktur zu verstärken. Es wurde geschätzt, dass die Kanonen beim Abfeuern eine enorme Rückstoßkraft entwickeln würden, weshalb es notwendig war, zusätzliche Verstärkungen und Verankerungen einzufügen, um das Schiff vor Beschädigungen zu bewahren.

Schneider war stets präsent und überwachte die Arbeiten mit Argusaugen. Er wusste, dass ein Schiff, das für den Kampf vorbereitet wurde, keine Schwächen in seiner Konstruktion aufweisen durfte. "Sorgt dafür, dass die Verstärkungen an den Planken gut befestigt sind," rief er einem der emsigen Zimmermänner zu, während dieser zusätzliche Stützen an den

Seitenwänden anbrachte. "Wenn eine Kanone bricht oder aus ihrer Halterung reißt, wird das nicht nur das Schiff gefährden, sondern auch die Männer, die daran arbeiten … Wenn das geschehen sollte segel ich umgehend hierher zurück und lasse die Matrosen auf euch alle los."

Ein Schwall von gutmütigem Gelächter antwortete ihm. Die Handwerker kannten den Kapitän und wussten auch, dass hier Freunde und möglicherweise auch Verwandte von ihnen auf dem Schiff Dienst tun würden. Es war für die Handwerker eine Ehrensache, hier besonders umsichtig zu arbeiten.

Neben den Verstärkungen an den Wänden und dem Boden installierten die Männer massive Metallringe und Ketten, um die Kanonen zu sichern. Jede Kanone würde mit Hilfe dieser Ketten befestigt und bei Bedarf mit Zugleinen bewegt werden. Die Rücklaufketten, wie sie genannt wurden, würden verhindern, dass die Kanonen bei einem Schuss durch den Rückstoß über das Deck schleuderten. Für die Besatzung, insbesondere die Kanoniere, würde es wichtig sein, die Handhabung dieser schweren Geräte zu lernen, und die Ketten und Verankerungen waren daher entscheidend, um die Sicherheit während der Kämpfe zu gewährleisten. Kapitän Schneider war froh, dass er Feldwebel Peterson in seiner Besatzung wusste. Der erfahrene Mann würde dafür Sorge tragen, dass die neuen Matrosen gut ausgebildet wurden, die an den Geschützen dienen sollten.

Die Anwerbung neuer Männer für die *Sturmvogel* begann früh am Morgen im Hafen von Wismar, wo sich bereits eine bunte Menge neugieriger Seeleute und Abenteurer versammelt hatte. Die Kunde, dass Kapitän Schneider ein Schiff für Kaperfahrten ausrüsten würde, hatte sich wie ein Lauffeuer in den umliegenden Hafenstädten verbreitet. Aus Lübeck, Stralsund und Rostock waren Männer angereist, die vom Versprechen auf Ruhm, Beute und schnelles Geld angelockt wurden. Schneider war sich jedoch bewusst, dass er aus dieser bunten Mischung an Bewerbern jene heraussuchen musste, die nicht nur an das Abenteuer, sondern an das Leben auf See gewöhnt waren. Der Kapitän, ein erfahrener Seemann und ruhiger Beobachter, wusste genau, was er wollte, und dies war keine gewöhnliche Mannschaft für den einfachen Warentransport … es ging um die Vorbereitung eines kampfbereiten

Kaperschiffs, das bald auf seine erste Fahrt gehen sollte. Kapitän Lars Schneider wollte die besten Männer haben, die er bekommen konnte. Nicht nur das Gelingen seines Plans hing davon ab sondern auch sein eigenes Überleben, wenn man überraschend auf einen starken Gegner traf. Glücklicherweise war die *Sturmvogel* ein schnelles Schiff und in der Lage, nahezu allen Gegnern einfach davon zu segeln, falls das notwendig werden sollte.

Kapitän Schneider stand neben einem kleinen Holztisch, auf dem einige blanke Münzen als Vorschuss bereitlagen. Daneben saß der junge Fähnrich Kornelius von Morgentau, der trotz seiner jugendlichen Erscheinung konzentriert und mit einem gewissen Pflichtbewusstsein die Namen, Geburtsorte und bisherigen Dienstgrade der Bewerber in ein schweres, ledergebundenes Buch schrieb. Neben ihm lagen eine Feder und Tinte bereit und ein schwerer Wachsstempel mit dem Zeichen der Krone, der die offiziellen Dokumente mit der Legitimation des Königs versiegelte.

"Du schreibst sorgfältig, Fähnrich. Jeder Name muss korrekt sein, und jeder Mann muss wissen, dass ich kein leichtes Spiel auf dem Meer dulde," sagte Schneider mit einer ruhigen, aber bestimmten Stimme. Morgentau nickte und befeuchtete die Feder vorsichtig, bevor er die Liste der Bewerber weiter fortführte.

Zuerst traten einige Seeleute aus Wismar selbst vor. Sie kannten das Schiff und hatten bereits einige Male mit Schneider segeln dürfen. Ihre Gesichter waren wettergegerbt, die Hände rau und ihre Bewegungen sicher. Gestandene Männer, die das Meer wie ihre eigene Tasche kannten. Schneider prüfte sie aufmerksam und stellte gezielte Fragen. "Hast du je eine Kanone bemannt?" fragte er einen älteren Seemann mit grauem Bart und klarem Blick. Der Mann nickte und erzählte von seiner Zeit auf einem Handelsschiff, im Mittelmeer, das einst gegen Piraten verteidigt werden musste.

"Gut, willkommen an Bord der *Sturmvogel*," sagte Schneider und klopfte dem Mann auf die Schulter. Morgentau notierte den Namen und nickte dem neuen Crewmitglied zu, der sich sichtlich stolz in die Reihe der Angemusterten einreihte. Schneider ließ jeden Bewerber kurz vortreten und befragte sie nach ihren Fähigkeiten und bisherigen Erfahrungen. Er war kein Mann großer Worte, doch mit scharfem Auge erkannte er schnell, wer die Anforderungen erfüllen konnte. Die meisten Seeleute aus Wismar waren ihm ohnehin bekannt und er wusste deshalb, wer von diesen zuverlässig war und sein Handwerk verstand.

Dann kamen einige jüngere Männer aus Stralsund und Lübeck heran. Sie wirkten abenteuerlustig, doch Schneider bemerkte sofort, dass ihnen die Erfahrung fehlte. "Warum willst du anheuern?" fragte er einen jungen Mann, dessen Augen vor Begeisterung leuchteten. "Ich habe das Meer stets geliebt, Kapitän und ich träume davon, fremde Küsten zu sehen. Ich will mehr als ein einfaches Fischerleben," antwortete der junge Mann mit fester Stimme.

"Träumen kann jeder," sagte Schneider kühl und musterte den Mann durchdringend. "Doch auf einem Kaperschiff zählt nur Können, eiserne Disziplin und der Wille zum Kämpfen. Weißt du, was es bedeutet, im Geschützdonner zu stehen, die Rümpfe gegnerischer Schiffe zu entern und das Leben eines Kriegers zu führen?" Der junge Mann schluckte, nickte dann aber tapfer. Schneider ließ ihn zur Probe anheuern, wohlwissend, dass die harte Realität des Lebens auf See den Eifer des jungen Mannes wohl schon sehr bald auf die Probe stellen würde.

Als die Mittagsstunde nahte, wurden die Reihen der Anwärter noch voller, und Männer aus Lübeck, Stralsund und Rostock strömten heran, einige von ihnen mit langen Reisen in den Knochen. Kornelius von Morgentau führte sorgfältig Buch, während Schneider weiterhin die Kandidaten prüfte. Seine Fragen waren kurz und präzise, aber seine Augen ruhten aufmerksam auf jedem Bewerber, als könnten sie in die Seele des Mannes blicken und seine wahre Stärke erfassen.

"Was ist deine größte Schwäche?" fragte Schneider einen breitschultrigen Mann aus Lübeck, der sich als ehemaliger Kapitän eines Fischerboots vorstellte. Der Mann zögerte, dann antwortete er: "Ich bin stur, Kapitän. Ich gebe ungern nach."

"Das ist gut, wenn du lernst, es im Zaum zu halten. Doch merke dir, auf der *Sturmvogel* gibt es nur einen Kapitän." Der Mann nickte ernst und schwieg. Er wusste, dass es nicht leicht sein würde, seine Eigenwilligkeit unter einen neuen Befehl zu stellen, doch die Aussicht auf Kaperfahrten und das Versprechen von Reichtum trieb ihn an. Kapitän lars Schneider hatte einen guten Ruf, als Ehrenmann, der stets zu seinem Wort stand und sich um seine Besatzung sorgte, wie um die eigenen Kinder, die er jedoch nicht hatte. So war seine Mannschaft sozusagen seine Familie, der er als Vater in der Rolle des Kapitäns vorstand. Überdies munkelte man, Kapitän Schneider hätte immer Glück … Eine Eigenschaft, die ein erfolgreicher Kaperkapitän zweifellos benötigen würde.

Eine Gruppe von Männern aus Rostock erregte Schneiders besondere Aufmerksamkeit. Diese Seeleute hatten einen besonders hartnäckigen Blick, und die Narben auf ihren Armen und Händen zeugten von einem rauen Leben auf See. Einer von ihnen, ein hagerer Mann mit einem leichten Hinken, trat vor und meldete sich als ehemaliger Richtkanonier auf einem Kriegsschiff der britischen Navy. Schneider betrachtete ihn eindringlich.

"Hast du Erfahrung mit 24-Pfünder-Kanonen?" fragte Schneider und sah ihm fest in die Augen. "Ja, Kapitän," erwiderte der Mann knapp. "Habe sie geladen, gerichtet und abgeschossen ... im Gefecht und bei Sturm. Mehr als einmal, wie ich anmerken darf." Schneider nickte zufrieden und musterte die anderen Männer in der Gruppe. Sie schienen alle kampferprobte Seeleute zu sein, die das harte Leben auf See gewohnt waren.

"Ihr seid angenommen," sagte Schneider knapp. "Die *Sturmvogel* wird euch fordern, doch euer Dienst wird belohnt werden."

Morgentau notierte die Namen dieser Männer ebenfalls sorgfältig und achtete darauf, dass alle Angaben stimmten. Währenddessen beobachtete er mit wachsendem Respekt, wie Schneider mit wenigen Fragen und klaren Anweisungen Männer für seine Crew auswählte, die nicht nur Erfahrung, sondern auch die nötige Härte besaßen, um auf einem Kaperschiff zu dienen, dass unter der Flagge von Preußen segeln sollte.

Die Anwerbung dauerte bis in den späten Nachmittag, und schließlich hatten sich etwa hundertzehn Männer eingefunden, von denen Kapitän Schneider insgesamt sechzig für die Besatzung als Kanoniere und Hilfskräfte an den Geschützen vorgesehen hatte. Die anderen fünfzig heute neu angeworbenen Männer sollten als Matrosen und allgemeine

Deckmannschaft dienen, die das Schiff während der Kaperfahrten manövrieren und unterhalten würden. Auch sie würden jedoch an den Geschützen ausgebildet werden, um Ausfälle zu ersetzen, sollte dieses notwendig werden. Kapitän Schneider wollte nicht das Risiko eingehen im Notfall über keine Kanoniere zu verfügen.

Am Ende des Tages ließ Schneider die Männer in Reihen antreten und trat vor sie, um ihnen die wichtigsten Regeln zu verkünden. "Ihr seid nun Crewmitglieder der *Sturmvogel*. Eure Aufgabe ist es, mir und der Krone treu zu dienen. Wir werden Beute machen und Ruhm erringen, aber nur, wenn wir zusammenarbeiten. Jeder hat eine Rolle an Bord ... versagt einer, bringt das die ganze Mannschaft in Gefahr. Also lernt eure Aufgaben, haltet Disziplin und erinnert euch daran: Die *Sturmvogel* gehorcht nur einem Mann und das bin ich, ihr Kapitän."

Morgentau stellte das Buch beiseite und richtete sich auf, während die Männer in respektvollem Schweigen verharrten. Viele von ihnen sahen Schneider mit einer Mischung aus Bewunderung und Ehrfurcht an. Sie hatten Geschichten über ihn gehört, kannten seine Taten und ahnten, dass er ein Kapitän war, der wusste, wie man ein Schiff führt. Die kommende Zeit würde sie lehren, was es wirklich bedeutete, ein Leben auf einem Kaperschiff zu führen.

Während der Umbauarbeiten am Unterdeck liefen parallel auch die Vorbereitungen für die Ausbildung der neuen Mannschaft. Die Matrosen und Soldaten hatten bereits ihre Positionen an Bord der *Sturmvogel* eingenommen und standen nun erwartungsvoll auf dem Oberdeck. Feldwebel Peterson, ein Mann mit jahrelanger Kampferfahrung und einer beeindruckenden Statur, war für das Training der Mannschaft zuständig. Er schritt durch die Reihen der Männer und musterte jeden Einzelnen scharf. "Ihr seid hier, um das Handwerk des Kämpfens zu lernen. Auf diesem Schiff gibt es keine Zeit für Zögern oder Unsicherheit. Jeder von euch wird wissen, was zu tun ist, sobald die ersten Schüsse fallen."

Feldwebel Peterson begann seinen Unterricht mit den grundlegenden Erklärungen zur Artillerie. Die Kanoniere mussten die Mechanismen der 24-Pfünder verstehen, die sie bedienen sollten. Diese schweren Kanonen waren mit bronzenen Rohren ausgestattet und brauchten sowohl Stärke als auch Geschicklichkeit, um sie effizient zu nutzen. Die Männer lauschten aufmerksam, als Peterson die verschiedenen Schritte des Ladens und Schießens erklärte. "Jeder von euch hat eine spezielle Aufgabe: Ladeknechte, Schussmeister und Luntenträger. Jeder Handgriff muss sitzen, und jeder von euch muss sich auf seinen Nebenmann verlassen können. Meine Soldaten werden euch ausbilden. Hört darauf, was sie euch sagen, dann beherrscht ihr das Geschützhandwerk bald genauso gut wie sie."

Das Training begann mit Trockenübungen an den Kanonen, bei denen die Männer das Laden und Ausrichten der Kanonen einstudierten. Peterson achtete darauf, dass die Bewegungen gleichmäßig und routiniert ausgeführt wurden. Der Ladeknecht musste das Kanonenrohr nach jedem Schuss säubern und eine frische Pulverladung einfüllen, während der Schussmeister die Kugel daraufsetzte und das Geschütz ausrichtete. Schließlich trat dann der Luntenträger heran, um die Zündschnur zu entzünden. Die ersten Übungen verliefen mühsam, und viele der Männer hatten Schwierigkeiten, die schwere Munition und die Pulversäcke zu handhaben. "Fester Griff, nicht so zimperlich!" brüllte Peterson, als ein junger Matrose den Sack beinahe fallen ließ. Die Mannschaft war erschöpft, doch der Feldwebel zeigte kein Mitleid. "Ihr werdet das so oft üben, bis es in eure Knochen übergeht. Ein Fehler an der Kanone kann euch das Leben kosten, und auf einem Kriegsschiff gibt es keine zweite Chance. Denn denkt immer daran, dies ist zwar ein Kaperschiff aber wir segeln unter der Flagge des Königs. Somit solltet ihr dieses Schiff als ein Kriegsschiff unserer Majestät ansehen. Enttäuscht mich nicht und ihr werdet weit besser entlohnt werden, als auf euren vorherigen Fahrten. Wir teilen die erbeuteten Waren auf. Die Krone bekommt ihren Teil. Das steht unzweifelhaft fest … Jedoch könnt ihr euch darauf verlassen, dass jeder von euch die Chance hat mit mir und diesem Schiff ein gutes Einkommen zu verdienen. Weitaus mehr, als ihr es bisher gekannt habt. Dafür wird unser Kapitän schon sorgen."

Während die Männer das Laden und Zielen der Kanonen einübten, arbeiteten die Zimmermänner weiter daran, die notwendige Ausstattung für die Kaperfahrten vorzubereiten. Am Bug des Schiffes wurden starke Seile und Enterhaken installiert, mit denen sich die *Sturmvogel* im

Ernstfall an feindliche Schiffe heften konnte. Schneider wollte, dass das Schiff sowohl in der Defensive als auch in der Offensive schlagkräftig war. Die Enterhaken würden es ermöglichen, gegnerische Schiffe zu entern und die Ladungen direkt zu übernehmen, ohne das eigene Schiff zu beschädigen. Ein solches Manöver erforderte jedoch erfahrene Männer und diszipliniertes Zusammenspiel.

Das Training wurde Tag für Tag wiederholt, und Feldwebel Peterson begann, die Männer in realistischeren Szenarien zu schulen. Er ließ sie Übungsschüsse abgeben, bei denen die Kanonen mit reduzierten Pulverladungen befüllt wurden, um den Rückstoß zu simulieren. Die Männer standen dicht gedrängt an den Geschützen und führten die Abläufe im Team durch. "Lasst das Geschütz niemals aus den Augen," warnte Peterson eindringlich die Luntenträger. "Ein schlechter Zeitpunkt beim Zünden kann die Kanone unbrauchbar machen ... und euch den Arm kosten oder sogar das Leben." Es stellte sich heraus, dass der Seemann aus Rostock, der als ehemaliger Richtkanonier auf einem Kriegsschiff der britischen Navy gedient hatte vielleicht noch besser in seinem Gewerbe war, als der scharfäugige Feldwebel. Peterson und der hagere, hinkende Jonas Fiddendorp ergänzten sich großartig und schon bald übergab Peterson ihm die Ausbildung der Kanoniere, während er selbst sich um die Nahkampfausbildung der Matrosen kümmerte, die für ein Kaperschiff eminent wichtig war.

Am dritten Tag verlegte Peterson das Training auf den Umgang mit den Enterhaken und dem Entern von Schiffen. Ein altes Wrack, das im Hafen dümpelte, diente als Ziel für diese Übungen. Die Männer warfen die Enterhaken und zogen die Boote der *Sturmvogel* Stück für Stück an das Zielschiff heran, bis sie in Reichweite für ein Entern gekommen wären. Peterson erklärte die Abläufe genau und ging darauf ein, wie wichtig Koordination und klare Kommandos in diesem Moment waren. Mochte Peterson auch ein harter Zuchtmeister sein, so hatte es doch Sinn, den Männern jetzt alles beizubringen. Waren sie erst auf See und im Gefecht, dann war es zu spät um fehler noch zu korrigieren.

"Ihr arbeitet als Einheit," sagte er und sah die Männer durchdringend an. "Jeder Einzelne von euch muss den anderen schützen und sich auf seine Aufgabe konzentrieren. Wenn ihr an Bord eines Feindschiffes seid, gibt es keine Zeit für Nachlässigkeit. Wir kämpfen als ein Körper ... jeder Griff, jeder Schritt muss sitzen."

Neben dem technischen Training bestand ein weiterer Teil der Ausbildung in der Disziplin und der Durchsetzung strenger Regeln. Schneider betonte immer wieder die Wichtigkeit von Ordnung und Respekt an Bord. Die Männer mussten lernen, in harten Bedingungen zu arbeiten und sich trotz Erschöpfung den Befehlen des Kapitäns, des Feldwebels und des ersten Geschützführers, Jonas Fiddendorp zu fügen. Selbst kleinste Verfehlungen wurden sofort geahndet, und Schneider ließ keinen Zweifel daran, dass er keinerlei Aufmüpfigkeit dulden würde.

Schließlich, nach fünf Wochen harter Arbeit, war die *Sturmvogel* für ihren neuen Zweck vorbereitet. Die Kanonen waren fest installiert, die Enterausrüstung griffbereit, und die Mannschaft war sowohl körperlich als auch mental auf den bevorstehenden Einsatz vorbereitet. Die Männer hatten Respekt vor ihren Aufgaben entwickelt und arbeiteten inzwischen routiniert und präzise an den Kanonen. Sie verstanden nun, dass ihr Leben und das Leben ihrer Kameraden von ihrer Fähigkeit abhing, in den entscheidenden Momenten effizient und diszipliniert zu handeln. Auch die frisch zusammengewürfelte Deckmannschaft, die für das Segeln des Schiffes und das Entermanöver vorgesehen war, hatte sich, entgegen gewisser Zweifel und Sorgen von Kapitän Schneider, prächtig entwickelt. Schneider hatte von seiner alten Mannschaft nur zwei Matrosen verloren, die nicht dazu bereit waren, sich den Gefahren einer Kaperfahrt auszusetzen und abgemustert hatten. Lars Schneider war den beiden Männern nicht gram. Er verstand deren Beweggründe und respektierte diese. Sein alter Steuermann war geblieben. Ein Neuling aus Lübeck, der behauptete bereits mit einem holländischen Schiff bis nach Indien gesegelt zu sein und dort den Posten als Steuermannsmaat inne gehabt zu haben. Sein fachliches Können und sein seemännisches Wissen schienen dies auch zu bestätigen. Somit besaß die *Sturmvogel* jetzt einen ersten und einen zweiten Steuermann. Jonas Fiddendorp wurde zum Bootsmann ernannt und als erster Kanonier mit den Geschützen betraut. Feldwebel Peterson und Fähnrich Morgentau hingegen waren mehr als erstaunt, als Kapitän Schneider ihnen verkündete, er würde sie … in Absprache mit Oberst Roggenfedt … zum Leutnant befördern. Morgentau sollte die Stelle des ersten Offiziers einnehmen und Peterson die des zweiten

Offiziers. Es war Kapitän Schneider nicht entgangen, dass der junge Morgentau in der Vergangenheit bereits einige Erfahrung mit Schiffen gesammelt haben musste. Auf seine Rückfragen bei Oberst Roggenfeldt erfuhr er, dass dem Vater des jungen Mannes zwei kleinere Küstenschiffe gehörten, die meist von Kolberg aus an der Küste Handel betrieben. Der Junior hatte auf diesen Segelschiffen mehrere Fahrten mitgemacht, bis sein Vater dann ein Machtwort sprach und den Sprössling zum Militärdienst drängte. Nun wurde Kapitän Schneider einiges klar, was ihm in der Vergangenheit aufgefallen war … und entsprechend handelte er jetzt.

Am letzten Tag der Übungen trat Kapitän Schneider auf das Deck und musterte die Mannschaft, die sich in zwei Reihen vor ihm aufgestellt hatte. Die Gesichter der Männer waren gezeichnet von Erschöpfung und harter Arbeit, doch in ihren Augen lag ein Funke Entschlossenheit und Bereitschaft. Schneider nickte anerkennend und sagte mit ruhiger Stimme: "Ihr habt hart gearbeitet, und das sieht man. Ihr seid bereit, die *Sturmvogel* zu einem Schiff zu machen, das Feinde das Fürchten lehrt. Von heute an seid ihr mehr als eine Mannschaft ... ihr seid eine Einheit, die fest aufeinander angewiesen ist und gemeinsam kämpft. In der kommenden Woche wird die *Sturmvogel* das Werftdock verlassen. Dann liegt noch einiges an Arbeit vor uns, damit wir alles vorbereiten können. Anfang des kommenden Jahres werden wir auslaufen."

Die Männer nickten ernst und standen still, während Schneider ihnen weiter ins Gewissen sprach. "Denkt daran: Jeder Tag auf See wird euch fordern, und jeder Kampf wird ein Risiko sein. Doch wer seine Aufgaben erfüllt, wird Ehre und Lohn erfahren. Ihr seid auf einem Kaperschiff, und unser Ziel ist klar: Beute, Ruhm und die Verteidigung unserer Krone und unserer geliebten Heimat. Doch all das hängt von eurer Disziplin eurem Mut und eurer Entschlossenheit ab. Lasst uns die Feinde Preußens das Fürchten lehren."

Der Wochenmarkt in Wismar pulsierte vor Leben und Farben, ein lebhaftes Treiben von Händlern, die ihre Waren anpriesen, und Bürgern, die durch die Stände schlenderten, um Fisch, Fleisch, Käse und Eier sowie Obst, Gemüse, Wein, Bier und natürlich auch handgefertigte Waren zu kaufen. Kapitän Lars Schneider war schon früh am Morgen aufgebrochen, um einige Vorräte für die *Sturmvogel* zu besorgen. Dazu wollte er einen der Schiffsausrüster aufsuchen, der sein Kontor in der Stadt hatte. Während er durch die Gassen ging, in denen die Stimmen der Verkäufer und Käufer ein fröhliches Durcheinander bildeten, fiel sein Blick auf einen Stand mit prächtigen, reifen Lageräpfeln. Er blieb stehen, um den Preis zu hören, als sein Blick plötzlich auf eine Frau fiel, die am Nachbarstand stand.

Es war die Freifrau Johanna von Ziesewitz, deren Schönheit ihn sofort in ihren Bann zog. Ihre Haare, die in sanften Wellen auf ihren Schultern lagen, schimmerten im Licht der Morgensonne. Sie trug ein schlichtes, aber elegantes Kleid, das ihre Figur umschmeichelte, und ihre Augen leuchteten in einem tiefen Blau, das an den Ozean erinnerte, den er so sehr liebte. Während sie jetzt mit einem Verkäufer sprach, bemerkte Schneider, wie ihr Lächeln die Menschen um sie herum in ihren Bann zog. Sie schien nicht nur schön, sondern auch voller Lebensfreude und Anmut. Kapitän Schneider hatte die Frau vor dem Kriege bereits einige male gesehen und wusste deshalb, wer sie war. Schneider hatte gehört, dass ihr Ehemann, der als Hauptmann im Feldheer des Königs diente, zu Anfang des Krieges bei einem Scharmützel umgekommen war.

Als sie sich umdrehte und ihre Blicke sich trafen, spürte Schneider ein plötzliches Ziehen in seinem Herzen. Es war ein Gefühl, das er lange nicht mehr erlebt hatte. Die Freifrau lächelte ihm freundlich zu, und in diesem Moment wusste er, dass er sie ansprechen musste. Er sammelte seinen Mut und ging auf sie zu, sein Herz schlug schneller.

"Guten Morgen, Freifrau von Ziesewitz", begann er, seine Stimme tief und fest. "Ich hoffe, ich störe nicht."

"Guten Morgen, Kapitän Schneider", erwiderte sie mit einem warmen Lächeln, das seine Anspannung sofort milderte. "Es ist immer eine Freude, mit einem Seemann wie Ihnen zu sprechen. Was führt Sie heute zum Markt?"

"Ein paar Vorräte für mein Schiff, die *Sturmvogel*", antwortete er. "Wir sind bald wieder auf See, und ich wollte lediglich sicherstellen, dass wir gut ausgestattet sind. Momentan habe ich die Möglichkeit alles zu besorgen, was benötigt wird. Später ist das nicht mehr möglich."

Johanna nickte verständnisvoll, als sie ihm jetzt in seine Augen blickte. "Seefahrer haben es oft schwer, die richtige Balance zwischen der Weite des Ozeans und dem Geborgenheit des Festlands zu finden, nicht wahr?"

Schneider bemerkte die Tiefe ihrer Worte und fühlte sich fast magisch von ihrer natürlichen Art angezogen. "Das stimmt, es ist eine ständige Herausforderung. Aber ich kann mir keinen anderen Beruf vorstellen, den ich lieber tun würde."

Sie unterhielten sich eine Weile, und Schneider bemerkte, dass die Zeit wie im Flug verging. Ihre Gespräche drehten sich nicht nur um das Meer, sondern auch um das Leben in Wismar, die Natur und die kleinen Freuden des Alltags. Johanna hatte eine fröhliche Art, die ihn bezauberte. Sie sprach mit einer Leidenschaft, die Schneider ansteckte, und er fand sich dabei, über seine eigenen Träume und Hoffnungen zu erzählen.

Nach einigen Minuten bemerkte er, dass die Menschen um sie herum sie nun anschauten. Der Markt war voll von neugierigen Blicken, als die Freifrau mit dem Kapitän sprach, einem Mann, der nicht nur älter, sondern auch rauer und von einer anderen Welt geprägt war. Die kleine Stadt Wismar war in dieser Hinsicht wie ein Dorf. Doch das kümmerte Schneider nicht. Er war in diesem Moment ganz und gar auf Johanna konzentriert.

"Sagen Sie, gnädige Freifrau von Ziesewitz … würden Sie mir wohl die Ehre erweisen, mit mir zusammen einen Kaffee zu trinken?", fragte er dann schließlich, etwas schüchtern.

Johanna lächelte. "Das wäre mir ein Vergnügen, Kapitän. Ich gestehe, seitdem ich den Kaffee kennen gelernt habe gelüstet es mich immer öfter nach einer Tasse davon. Wenn Kaffee doch bloß nicht so schwer zu erwerben sein würde."

Sie fanden ein kleines Café am Rande des Marktes, wo sie an einem Tisch im Innern, in der Nähe des prasselnden Kamin Platz nahmen. Während sie ihren dampfenden Kaffee genossen, erzählte Johanna von ihrem Landgut, das nur einige Meilen von Wismar entfernt lag. "Es gibt nichts Schöneres, als am frühen Morgen in den Garten zu gehen, die frische Luft einzuatmen und die Vögel singen zu hören. Ich habe dort eine kleine Obstplantage und ein paar Tiere. Meine Bediensteten auf meinem Landgut kümmern sich darum. Es ist ein friedlicher Ort", schwärmte sie.

Kapitän Schneider hörte fasziniert zu und stellte fest, wie sehr ihn ihre Leidenschaft berührte. Sie redete nicht nur über das Landgut, sondern auch über die Herausforderungen, die mit der Bewirtschaftung verbunden waren. "Manchmal fühle ich mich wie eine Kapitänin, die ihr eigenes Schiff steuert, nur dass meine Herausforderungen nicht aus Sturm und Wind bestehen, sondern aus Unwettern, Schädlingen und dem ständigen Wettlauf mit der Zeit."

In den folgenden Wochen trafen sich Schneider und Johanna immer wieder. Ihre Gespräche wurden tiefgründiger und intimer, und die anfängliche Zurückhaltung schwand allmählich. Schneider fühlte sich von Johanna magisch angezogen, und ihre Aufgeschlossenheit gab ihm das Gefühl, in ihrer Nähe er selbst zu sein. Es war eine Ablenkung von den Strapazen des Seemannslebens und der Verantwortung, die auf seinen Schultern lag.

An einem sonnigen Nachmittag lud Johanna ihn auf ihr Landgut ein. "Kapitän, wenn Sie Zeit haben, würde ich Sie gerne einladen, meine Welt kennenzulernen", sagte sie mit einem verschmitzten Lächeln. "Es gibt nichts Schöneres, als in der Natur zu sein, und ich könnte einen erfahrenen Seemann gut gebrauchen, um mir ein paar Geschichten über das Meer zu erzählen."

Schneider zögerte nicht lange und nahm die Einladung an. Auf dem Weg zu ihrem Landgut sprach Johanna über ihre Träume und Visionen für das Grundstück. Sie plante, die Obstplantage zu erweitern und vielleicht ein paar Hühner und Ziegen zu halten. "Ich möchte ein kleines Paradies schaffen, in dem ich die Schönheit der Natur genießen kann", erklärte sie leidenschaftlich. "Meine Bediensteten bewirtschaften die felder und Äcker. Darum brauche ich mich also nicht selbst kümmern. Meine beiden Kinder sind in Berlin, wo sie studieren. Ich werde die beiden wohl erst im kommenden Jahr wiedersehen … und hier … Ach, ich habe so viele Pläne, was ich tun will. Aber ich brauche jemanden, der mir dabei hilft. Vielleicht eine Hand, die ein bisschen Kraft und Erfahrung mitbringt? Seitdem mein Gatte auf dem Felde fiel, fehlt mir der Mann im Hause."

"Ich kann Ihnen zwar nicht viel über Pflanzen lehren, aber ich kann Ihnen sicher bei den einen oder anderen handwerklichen Arbeiten helfen", erwiderte Schneider schmunzelnd.

Als sie das Landgut erreichten, war Schneider von der Schönheit des Anwesens überwältigt. Das Vieh stand wohlgenährt auf den Wiesen und die Äcker waren gut abgeerntet worden. Johanna führte ihn stolz durch die Gärten, die das Jahresende bereits deutlich zeigten. Bald würde der erste Schnee fallen. Nachtfröste gab es in den vergangenen Tagen bereits und auch am Tage war es jetzt unangenehm kalt. Johanna lachte, als sie mit dem Finger auf zwei kleine Vögel deutete und ihre Begeisterung war ansteckend. Sie zeigten ihm ihre kleinen Projekte und die Fortschritte, die sie gemacht hatte.

Die Zeit verging wie im Flug, und es wurde schnell Abend. Johanna lud ihn ein, zu bleiben und zu essen. "Ich habe gerade ein paar frische Eier von meinen Hühnern, einen saftigen Schinken und Gemüse aus dem Garten. Es gibt nichts Besseres als ein einfaches Essen im Kreise von Freunden", sagte sie mit einem warmen Lächeln.

Schneider half, den Tisch zu decken, während Johanna in der Küche wirbelte. Die Bediensteten hatte Johanna weggeschickt. Sie wollte Ruhe haben. Es war ein vertrauter Moment, der eine tiefe Verbindung zwischen ihnen schuf. Sie lachten und scherzten miteinander, während sie das einfache, aber köstliche Mahl zubereiteten. Als sie schließlich am Tisch saßen und gemeinsam aßen, spürte Schneider, dass etwas Besonderes zwischen ihnen wuchs.

"Es ist schön, hier mit Ihnen zu sein, Freifrau von Ziesewitz", sagte er ehrlich. "Das Meer kann oftmals sehr einsam sein, aber solche Momente wie dieser machen alles erträglicher."

"Das freut mich zu hören, Kapitän", erwiderte sie. "Ich genieße unsere Gespräche und die Zeit, die wir miteinander verbringen. Sie bringen eine Frische in mein Leben, die ich so lange vermisst habe."

Nach dem Essen gingen sie nach draußen, um den Sonnenuntergang zu beobachten. Die Sonne tauchte den Himmel in ein spektakuläres Farbenspiel aus Rot- und Orangetönen, das sich im Wasser des kleinen Teichs widerspiegelte. Schneider hatte den Drang, Johanna näher zu sein, also setzte er sich neben sie auf die Bank, die im Garten stand.

"Es gibt etwas Beruhigendes an der Natur", sagte Johanna, während sie den Blick über die Landschaft schweifen ließ. "Es erinnert uns daran, dass es im Leben um mehr geht als nur um den Alltag und die vielen Verpflichtungen. Manchmal müssen wir einfach innehalten und die Schönheit um uns herum wahrnehmen … Zumindest, wenn man die Zeit dafür hat. Ich bin mir durchaus bewusst, dass viele Menschen diesen Luxus nicht besitzen … Aber ich schäme mich trotzdem keineswegs meiner Privilegien. Ich genieße lediglich die Schönheit der Natur."

"Das stimmt wohl", entgegnete Schneider. "Das weite Meer hat auch seine Schönheit, aber es ist oft unberechenbar. Manchmal habe ich das Gefühl, dass die Stürme mehr Macht über mich haben als ich über sie."

"Und doch kämpfen Sie weiter", sagte sie, und ihre Augen leuchteten in der Dämmerung. "Das bewundere ich an Ihnen. Ihr Mut und Ihre feste Entschlossenheit sind inspirierend für mich. Ich hatte gedacht, ich hätte derartiges bereits vergessen."

Ein Moment der Stille trat ein, während sie sich in die Augen sahen. Schneider fühlte, wie eine Verbindung zwischen ihnen wuchs, stärker als alles, was er zuvor erlebt hatte. Schließlich beugte sich Johanna leicht vor und legte ihre Hand auf seine. "Kapitän Schneider, es gibt eine Tiefe in Ihren Augen, die mir etwas erzählt. Vielleicht liegt es daran, dass wir beide wissen, was es heißt, das Leben zu leben."

"Ich fühle mich zu Ihnen hingezogen, Johanna … Bitte verzeihen Sie mir meine offenen und möglicherweise unbeholfenen Worte. Ich bin wirklich nicht geschickt in derartigen Dingen", gestand er und fühlte sich von der Offenheit seiner Worte überrascht. "Es ist, als würde Ihre Präsenz mir einen Teil von mir selbst zurückgeben, den ich verloren geglaubt hatte."

Johanna lächelte sanft und lehnte sich näher an ihn heran. "Ich fühle das gleiche, Lars. Es ist eine ungewöhnliche Verbindung, die wir haben, und ich kann nicht anders, als sie zu schätzen. Ich habe das Gefühl, Sie geben mir etwas zurück, von dem ich dachte es verloren zu haben."

In diesem Moment, umgeben von der Natur und dem Zauber des Sonnenuntergangs, spürte Schneider, dass er in Johanna etwas gefunden hatte, das ihn tief berührte. In den folgenden Wochen trafen sie sich regelmäßig und genossen die gemeinsame Zeit. Es war eine Flucht aus der rauen Realität des Lebens als Seemann, eine Möglichkeit, den Alltag weit hinter sich zu lassen und sich in der Wärme der Zweisamkeit zu verlieren. Kapitän Lars Schneider, der raubeinige Seebär wurde in der Gegenwart von Johanna sanft und ruhig.

Sie erkundeten die Wälder rund um das Landgut, gingen in Wismar gemeinsam spazieren und erzählten sich Geschichten über ihre Kindheit. Johanna offenbarte ihm, dass sie oft allein war, da ihr Ehemann zu Anfang des Krieges verstorben war. Sie hatte sich auf ihr Landgut zurückgezogen, um den Erinnerungen zu entkommen, aber nun fühlte sie sich lebendig und voller Hoffnung in Schneiders Gegenwart. Wenn sie Lars anblickte, leuchteten ihre Augen und sie trug dann stets ein Lächeln auf den Lippen. Eines Nachmittags, als sie am Ufer eines kleinen Sees saßen, fragte Johanna: "Kapitän, was ist Ihr größter Traum?"

"Mein größter Traum?", wiederholte er nachdenklich. "Nun, ich denke, es ist, eines Tages das Meer zu erobern und mein eigenes Leben auf die Art und Weise zu leben, die ich mir wünsche. Vielleicht sogar eines Tages ein eigenes Schiff zu besitzen, das mich auf Abenteuer führt."

Johanna nickte. "Das klingt faszinierend. Und was ist Ihr Traum für die Zukunft, wenn ich fragen darf? Ein Schiff besitzen Sie bereits … und ein gutes dazu, wie ich anmerken darf. Hinzu kommt das Ansehen, welches sie bereits genießen und die Gunst des Königs."

"Ich wünschte mir, dass ich irgendwann in der Lage bin, das Leben auf dem Land zu genießen, ein bisschen Frieden zu finden, fernab vom ständigen Sturm und der Gefahr", gestand er. "Aber ich weiß nicht, ob das je möglich ist. Die See ruft mich immer wieder zurück."

Sie legte ihre Hand auf seine. "Vielleicht können wir eines fernen Tages gemeinsam das Land und das Meer erkunden. Ich würde es lieben, mit Ihnen zu reisen ... Das würde mir gefallen und ich denke, Dir würde das auch gefallen … Lars."

In dieser Zeit fühlte Schneider, dass Johanna nicht nur eine Verbündete, sondern auch eine Seelenverwandte geworden war. Es war, als hätte er nicht nur eine wunderschöne und intelligente Frau getroffen, sondern auch eine Möglichkeit, seine innere Zerrissenheit zwischen Land und Meer zu vereinen.

Die Wochen vergingen, und trotz der Herausforderungen, die das Leben eines Seemanns mit sich brachte, wusste Schneider, dass er Johanna in seinem Herzen stets bei sich trug. Ihre Begegnungen waren mehr als flüchtige Momente. Sie waren für ihn stets eine Quelle der Inspiration und der Hoffnung in einer Welt, die oft dunkel und stürmisch war. Überschattet vom Krieg und dem Auftrag, den er vom König erhalten hatte. Es gab Tage, da zweifelte Lars daran, ob es richtig gewesen war, sein Anliegen zum König zu tragen. Wenn er jedoch dann auf dem Deck seines Schiffes stand, dann wusste er, seine Entscheidung war die richtige gewesen … Bald würde der Tag kommen, an dem er aus Wismar auslaufen würde, um mit der Sturmvogel auf Kaperfahrt zu gehen.

Eines Abends, als der Mond hoch am Himmel stand und der Sternenhimmel funkelte, saßen sie gemeinsam auf der Veranda des Landguts. Schneider hielt Johannas Hand und sagte leise: "Es ist seltsam, wie das Leben uns zusammenführt, nicht wahr? Ich hätte nie gedacht, dass ich in dieser Phase meines Lebens jemand so Besonderen wie Sie kennenlernen würde."

"Ich glaube, das Leben hat einen Weg, uns zu zeigen, was wir brauchen", erwiderte sie sanft. "Und ich bin so unendlich dankbar, dass Sie in mein Leben getreten sind … Ich möchte Sie nicht missen … Lars."

Kapitän Schneider fühlte sich erfüllt und glücklich. In den stürmischen Gewässern seines Lebens hatte er jetzt unverhofft einen Hafen gefunden, der ihm Geborgenheit und Freude schenkte. Johanna von Ziesewitz war nicht nur eine Freifrau, wunderschön, intelligent und spontan sondern auch ein Licht in seiner Dunkelheit, eine Quelle der Hoffnung und der Inspiration, die ihm half, seine Träume neu zu definieren.

Der Tag der Abreise war nah. Morgen, bei Sonnenaufgang würde die *Sturmvogel* auslaufen. Oberst Roggenfeldt hatte am Nachmittag mehrere Stunden mit Kapitän Schneider im Büro der Kommandantur gesessen und mit diesem gesprochen, wie es alte Freunde tun, wenn der eine von ihnen eine riskante Reise antreten muss.
Am Abend kehrte Roggenfeldt noch einmal zum Hafen zurück, um sich

persönlich zu vergewissern, dass alles in Ordnung war. Die *Sturmvogel* lag ruhig im Hafenbecken, das inzwischen unter der sinkenden Sonne ruhte. Die Kanonen waren mittlerweile unter Deck gebracht und dort ordnungsgemäß befestigt worden, und die Männer saßen in Gruppen zusammen, einige mit müden Gesichtern, andere noch eifrig beim Sichten und Reinigen der Waffen. Roggenfeldt trat neben Schneider und nickte ihm zufrieden zu.

"Ich glaube, du hast eine gute Besatzung hier versammelt, Lars. Die Männer werden das Schiff stolz machen ... und ich hoffe, dass die Kanonen sich bewähren werden. Eigentlich sollten sie zuverlässig ihren Dienst tun, für den sie geschaffen worden sind. Ich bin übrigens sehr zufrieden mit deiner Auswahl der Offiziere. Das hast du wirklich gut gemacht."

Kapitän Schneider nickte ruhig. "Dank dir, Hanno. Mit diesen Männern und diesen Kanonen werde ich die *Sturmvogel* so führen, dass sie dem Namen Preußens Ehre macht."

Roggenfeldt schmunzelte. "Gut so. Ich erwarte Berichte, und wenn der erste Einsatz vorbei ist, erwarte ich dich wieder hier, damit wir ein Glas auf deinen Erfolg heben können. Auch der König wird sehr interessiert sein, wenn er den Bericht deiner ersten Reise studiert."

Die beiden Freunde tauschten einen letzten, festen Händedruck aus, und die *Sturmvogel* bereitete sich auf ihre bevorstehende Fahrt vor ... gut ausgerüstet, mit entschlossenen Männern und mächtigen Kanonen, die bereit waren, ihre Heimat auf hoher See zu verteidigen.

Oberst Roggenfeldt stand noch lange am Hafen und sah zu, wie das Schiff langsam davon segelte. Dann drehte er sich um und stapfte zurück in die Garnison. Es wartete noch viel Arbeit auf ihn. Die Berichte die er erhalten hatte ließen vermuten, dass der König Sorgen hatte und dringend Geld benötigte. Roggenfeldt seufzte. Mit etwas Glück würde Kapitän Schneider die eine oder andere klingende Münze in den Staatsschatz entsenden können, wenn er erfolgreich zurück kehrte. Preußen benötigte dringend Kapital. Der Staatshaushalt war durch den Krieg in Schieflage geraten und es sah nicht so aus, als ob sich das in der Zukunft ändern würde. Das einfache Volk verehrte den König, ächzte jedoch unter den

Steuern, die Friedrich II. erheben musste, um sein Heer und den Krieg zu finanzieren. Zudem war die Siegesgöttin ein launisches Wesen und man wusste niemals, ob alles so wurde wie erwartet. Roggenfeldt kniff die Augen zusammen und spähte dem sich entfernenden Schiff hinterher. Ein Lächeln zog über sein Gesicht, als er sah wie dort die Flagge von Preußen emporstieg und in der Brise flatterte.

Die Flagge von Preußen

3.

Die erste Januarwoche des Jahres 1761 brach an, und die Ostsee lag ruhig und einladend vor Kapitän Lars Schneider, während die Sonne am Horizont aufging und das Wasser in goldenes Licht tauchte. Die frische, salzige Brise strich über das Deck der *Sturmvogel*, und das sanfte Schaukeln des Schiffes gab ihm das Gefühl von Freiheit, das er so lange vermisst hatte. Doch während er sich auf das bevorstehende Abenteuer vorbereitete, nagte eine unerwartete Empfindung an ihm ... Das Gefühl des Vermissens. Etwas, was für Lars Schneider völlig neu war.

Die vergangenen Weihnachtstage hatte Schneider auf dem Landgut der Freifrau Johanna von Ziesewitz verbracht. Die Zeit dort war für ihn wie eine erfrischende Brise gewesen, die die stürmischen Gedanken und Sorgen des Lebens als Seemann vorübergehend hinweggefegt hatte. Ihre Gespräche am Kaminfeuer, das Lachen und die warmen Blicke, die sie sich zugeworfen hatten, hatten ihm eine Freude geschenkt, die er in all den Jahren auf See nicht gekannt hatte. Nun, da er das vertraute Gefühl des Schiffs und der Wellen wieder spürte, bemerkte er, wie stark ihr Fehlen ihn traf.

"Kapitäne vermissen keine Frauen", hatte er sich selbst eingeredet, als er in der stillen Dunkelheit der Nacht in seinem Quartier lag, doch die leisen Stimmen seiner eigenen Gedanken waren laut und unbarmherzig. Es war verwirrend und beunruhigend zugleich. Er war ein Mann des Meeres, kein Romantiker, und dennoch dachte er an Johanna, an ihr Lächeln und die Wärme ihrer Umarmungen, als er das Schiff vorbereitete, um die Leinen loszumachen.

Der Wind blies sanft aus Nordosten und füllte die Segel der *Sturmvogel*, die sich vorwärts schob, als würde sie die Wellen herausfordern. Schneider ließ sich an Deck nieder und ließ seine Gedanken treiben, während er die Geräusche des Schiffs und das rhythmische Plätschern des Wassers um ihn herum wahrnahm. "Niemals vermissen", hatte er sich noch einmal ins Gedächtnis gerufen, aber das Gefühl blieb.

Er erinnerte sich an die Spaziergänge, die sie am Ufer unternommen hatten, die Gespräche über die Träume und Wünsche, die sie teilten. Johanna hatte ihm erzählt, dass sie ihr Landgut weiter ausbauen wollte, ein kleiner Ort, wo man dem Alltag entfliehen konnte. "Kapitän, vielleicht kommen Sie eines Tages zurück und helfen mir dabei?", hatte sie gelächelt, und das Bild ihres Lächelns war ein starker Kontrapunkt zu den harten Realitäten des Seemannslebens. Sie hatte sein Herz mit einer Heftigkeit berührt, die ihn zutiefst verwirrt aber auch erfreut hatte.

Die *Sturmvogel* war bereit für die Reise. Die Besatzung hatte sich gut eingewöhnt und die Anweisungen, die Schneider während der letzten Wochen gegeben hatte, befolgt. Die Männer waren eine Mischung aus erfahrenen Seeleuten und neuen Rekruten, die sich der Herausforderung des Lebens auf See stellen wollten. Schneider hatte darauf geachtet, nur solche Matrosen zu wählen, die schon Erfahrungen auf dem Wasser hatten, und es war offensichtlich, dass ihre Fähigkeiten und ihre Geschicklichkeit im Umgang mit den Segeln und der Schiffstechnik zu einer harmonischen Atmosphäre auf dem Schiff beigetragen hatten.

Die Gedanken an Johanna wurden von den Rufen der Matrosen unterbrochen, die mit den Segeln beschäftigt waren. Schneider erhob sich, um einen Blick auf die Schiffsmanöver zu werfen. Jeder Mann kannte seine Aufgabe, und sie arbeiteten synchron, als wäre das Schiff eine lebendige Einheit. "Gut gemacht, Männer!", rief er, als er sich auf die Reling stützte und das Schauspiel bewunderte. Mit jedem Takt des Schiffs gegen die Wellen fühlte Schneider, wie die alte Gewohnheit, die ihn immer wieder auf das Meer zurückzog, zurückkehrte. Doch Johanna war in seinen Gedanken wie ein Leuchtturm, der selbst in stürmischen Gewässern seine Strahlen ausstrahlte.

Die Ostsee war heute klar, und die Sicht war ausgezeichnet. Auf den Wellen tanzten die Sonnenstrahlen und gaben dem Wasser ein glitzerndes Aussehen, als hätte man unzählige Diamanten verstreut. Schneider ließ den Blick über den Horizont schweifen, seine Gedanken wurden ruhiger, als er die Weite des Meeres betrachtete. Hier fühlte er sich zu Hause. Das Geräusch der Wellen, die den Rumpf des Schiffs umspülten, die frische, salzige Luft, die ihm um die Nase wehte. Es war ein Lebensgefühl, das ihn nach wie vor an das Meer fesselte. Ein Gefühl der Freiheit.

Er fühlte die Aufregung in der Luft, während die Männer hastig die Wanten empor kletterten und zusätzliche Segel setzten. Die Segel der *Sturmvogel* begannen sich mit dem frischen Wind zu füllen, und hoben sich wie große Flügel in den Himmel. Schneider spürte ein Gefühl der Entschlossenheit in sich aufsteigen, als er neben dem Steuer stand, wo ein aufmerksamer Hannes Karstfeld nun das hölzerne Steuerrad fest in den Händen hielt. Immer wieder blickte Karstfeld zu den Segeln und suchte den Horizont mit den Augen ab. Kapitän Schneider war froh, den Mann angeworben zu haben. Seine Behauptungen schienen zu stimmen. Er verstand sich zweifellos darauf, den Wind bestmöglich auszunutzen, um das Schiff auf Kurs zu halten.

In der Ferne bemerkte Lars ein paar Fischerboote, die sich auf das Wasser wagten, um ihrem Tagwerk nachzugehen. Das Bild der Fischer, die ihre Netze auswarfen, erinnerte ihn daran, dass jeder hier seinen Platz hatte, seine eigene Geschichte, sein eigenes Leben. Und doch war sein Herz unruhig, als er daran dachte, was hinter ihm zurückgeblieben war.

"Der Himmel sieht gut aus", bemerkte der zumeist wortkarge Karstfeld, während er nach oben schaute. "Keine Sturmwolken in Sicht!"

"Ja, die Bedingungen sind optimal", antwortete Schneider und fühlte, wie seine Zuversicht ihn durchströmte. "Das wird eine gute Reise, Hannes."

Im Laufe des Vormittags segelten sie stetig weiter, und die *Sturmvogel* schnitt elegant durch die Wellen. Schneider ließ seinen Blick über die unendlichen Weiten des Wassers gleiten und fühlte sich zunehmend ermutigt. Vielleicht, dachte er, war es die gewohnte Routine, die ihn beruhigte, die täglichen Aufgaben und die Verantwortung, die er für seine Männer trug.

Er bemerkte, dass die Mannschaft harmonisch zusammenarbeitete und dass jeder seine Aufgabe kannte. Es war ein befriedigendes Gefühl zu wissen, dass sie bereit waren, sich den Herausforderungen zu stellen, die das Meer mit sich bringen würde. Die Matrosen sangen Lieder, während sie die Segel justierten, und das Lachen und die Stimmen der Männer erfüllten die Luft.

Der Wind blies jetzt etwas stärker, und die *Sturmvogel* kam dadurch schneller voran. Schneider spürte das Adrenalin in seinen Adern, als das

Schiff auf die Wellen traf. Die Matrosen arbeiteten konzentriert und sicher. Der Klang des Wassers, das gegen den Rumpf schlug, und die Segel, die sich mit dem Wind füllten, schufen eine perfekte Symphonie des Lebens auf See. Die Mission, die er vor sich hatte, war nicht einfach, und die Verantwortung drückte schwer auf seinen Schultern. Aber er war entschlossen, diese Herausforderungen zu meistern. Die Freiheit, die ihm das Meer bot, und die Möglichkeiten, die es ihm eröffnete, waren verlockend.

Schneider blickte zurück in Richtung des Horizonts, wo das Land, von dem er gekommen war, bereits in der Ferne verschwommen war. In seinen Gedanken war die Erinnerung an die letzten Tage in Wismar, an Johanna und die Momente, die sie geteilt hatten, stark präsent. Es war, als würde die Verbindung zu ihr ihn selbst in der Stille des Meeres begleiten.

"Kapitän, der Smutje lässt ausrichten, das Essen ist bereit!", rief einer der Matrosen und unterbrach seine Gedanken. Schneider drehte sich von der Reling weg, wo er zum Horizont geblickt hatte und ging zur Messe, im Unterdeck, wo das einfache, aber nahrhafte Essen bereits wartete.

Während er aß, sprach er mit seinen Männern, und das Lachen und die Gespräche hellten seine Stimmung auf. Die gemeinsame Zeit auf See schweißte sie zusammen, und Schneider konnte sehen, wie die Besatzung zusammenwuchs und sich entwickelte. In diesen Momenten fühlte er sich nicht nur als Kapitän, sondern auch als Freund und Mentor für die Männer, die ihm anvertraut waren.

Nach dem Essen kehrte er an Deck zurück, und ließ die Frische Seeluft genussvoll durch seine Lungen strömen. Die Sonne stand hoch am klaren Himmel und beleuchtete das Wasser in einem schimmernden Blau. Plötzlich überkam ihn ein Gefühl der Entschlossenheit. Wenn er in die Heimat zurückkehrte, würde er Johanna von seinen Abenteuern erzählen und vielleicht auch von den Gefühlen, die ihn verunsicherten … Aber das hatte noch Zeit und musste jetzt hinter der Mission zurückstecken.

Die *Sturmvogel* segelte weiter, während der Wind sie sanft vorantrieb, und mit jedem Tag, den er auf dem Meer verbrachte, spürte Schneider, dass er seinem Ziel näher kam. Er war ein Seemann, ein Abenteurer, und doch war da diese neue, unerforschte Seite in ihm, die er nicht länger ignorieren konnte. Johanna würde auf ihn warten, und wenn die Zeit erst gekommen war, dann würde er bereit sein, ihr zu zeigen, was sie für ihn bedeutete.

So segelte die *Sturmvogel* weiter über die sanften Wellen der Ostsee, während Kapitän Lars Schneider die Herausforderungen des Lebens auf See und die Geheimnisse des Herzens in Einklang bringen musste.

Noch war die Küste Wismars als dünner Streifen Land sichtbar, und Kapitän Lars Schneider ließ es sich nicht nehmen, den derzeitigen Kurs der *Sturmvogel* genau zu beobachten. Die Männer unter Deck, manche noch vom Landeinfluss etwas träge, schleppten sich mürrisch zu ihren Arbeitsplätzen, doch ein kurzer, ernster Blick von Schneider oder auch Peterson reichte sofort völlig aus, um das Getuschel verstummen zu lassen und die nötige Aufmerksamkeit einzufordern.

In ruhiger See hielt das Schiff seinen Kurs entlang der Küste. Der Küstenstreifen zeigte sich hier noch karg, nur ab und an durchzogen von flachen Hügeln, die von salzwindgebeugten Bäumen gesäumt wurden. Über ihnen erhoben sich Möwen in den Himmel, die mit scharfem, schrillen Geschrei das Schiff begleiteten und auf Beute hofften, die sie vielleicht von Deck zu schnappen könnten.

Schneider, in seiner typischen, straffen Haltung, lehnte sich gegen das hölzerne Geländer und atmete tief ein. Der salzige Geruch des Meeres, gemischt mit einer kühlen Brise, erfüllte seine Lungen, während seine Augen konzentriert über das Wasser wanderten. Neben ihm stand der frisch zum Leutnant beförderte Peterson, ein Mann von robustem Bau und wettergegerbter Haut, der von seiner letzten Aufgabe an Land noch nicht ganz losgelöst schien. "Haben die Männer sich schon an das Deckleben gewöhnt?" fragte Schneider beiläufig, ohne Peterson direkt anzusehen.

"Noch nicht ganz, aber sie schlagen sich gut. Einige von ihnen haben nur wenig Erfahrung auf See, doch ich bringe sie schnell in die Form, die wir benötigen werden." antwortete Peterson. Er fügte mit einem leichten Schmunzeln hinzu: "Einige werden sich wohl wünschen, dass sie sich vor dieser Aufgabe gedrückt hätten."

Kapitän Schneider nickte mit einem kaum sichtbaren Lächeln, aber sein

Blick blieb ernst. „Es wird ihnen guttun. Sie werden bald lernen, dass ein Leben auf See eiserne Disziplin verlangt. Vor allem und ganz besonders, wenn sie sich auf einem Schiff befinden, das unter meinem Kommando als Kaperschiff eingesetzt wird. Flausen können wir nicht gestatten.“

Die *Sturmvogel* segelte stetig weiter, und gegen Nachmittag näherte sie sich der Höhe von Stralsund. Die Küstenlinie erstreckte sich nun etwas weiter und zeichnete das flache, bewaldete Hinterland schärfer gegen den Horizont ab. Am Steuer stand Leutnant Kornelius von Morgentau, der die Anweisung erhalten hatte, den Kurs in Richtung der offenen See zu ändern und dabei von dem erfahrenen Hannes Karstfeld in der Kunst des Steuermannes ausgebildet wurde. Kapitän Schneider erwartete, dass sein erster Offizier auch als Steuermann Dienst tun konnte, wenn dies einmal notwendig werden sollte. Der junge Offizier wirkte nachdenklich und zurückhaltend, wohl auch weil ihm die Verantwortung über das Ruder nicht ganz geheuer war.

Schneider beobachtete ihn aus dem Augenwinkel und sah die Nervosität in seinen Bewegungen. "Entspannen Sie sich, von Morgentau,“ sagte er, "Die See ist heute ruhig, und das Schiff folgt Ihrem Kommando. Nur Mut ... das Ruder ist wie ein alter Freund. Wenn man seine Macken kennt, gehorcht es aufs Wort.“

Kornelius nickte zögerlich, und Schneider wandte sich um, als plötzlich eine frische Böe von Osten aufkam und die Segel voll erfasste. Der Wind riss das Schiff sanft vorwärts und ließ das Holz unter ihren Füßen knarren. Der Kurs wurde nach und nach korrigiert, und langsam entfernte sich die *Sturmvogel* von der Küstenlinie, die bald nur noch als schmaler, dunkler Streifen in der Ferne verblieb.

Am Abend des ersten Tages ankerten sie vor der Küste, um die Nacht nicht in vollem Dunkel auf See zu verbringen. Die Männer aßen eine einfache Mahlzeit, die an Land zubereitet worden war ... Hartbrot und Pökelfleisch, mit einem kleinen Fass Wasser. Die Geräusche des Abends, das Kreischen der Möwen und das sanfte Rauschen der Wellen, begleiteten die leisen Gespräche der Mannschaft, die allmählich in eine ruhige, aber aufmerksame Routine verfiel.

Der zweite Tag auf See begann mit einem kühlen, klaren Morgen, der von einem leichten Nebel durchzogen war, der wie ein seidenes Tuch über dem Wasser lag. Die Sonne erhob sich langsam über dem Horizont und ließ das Meer in silbrigem Glanz erstrahlen. Die *Sturmvogel* nahm erneut Fahrt auf und hielt weiter auf die See hinaus, diesmal in Richtung der Insel Rügen. Die Küstenlinie verschwand gänzlich, nur gelegentlich tauchte am Horizont ein Stück Land auf, wie ein Schatten, der kaum greifbar war.

Schneider ließ seine Gedanken schweifen und überlegte, wie sich die Reise wohl entwickeln würde. Die Begegnung mit dem König, die Absprache mit Roggenfeldt, der Zustand der Männer und des Schiffes, all das hatte ihn in den letzten Tagen beschäftigt. Doch heute, mit dem sanften Auf und Ab der See, schien das alles in weite Ferne gerückt. Für einen Moment erlaubte er sich, einfach nur der Kapitän zu sein, der den Lauf seines Schiffes beherrschte und dessen Mannschaft von ihm die Führung erwartete, die notwendig war.

Rügen in Sichtweite, schwenkte das Schiff abermals leicht nach Osten, um die Insel zu umrunden und den Küstenlinien zu folgen. Die See war ruhig, und die Wellen plätscherten sanft gegen den Schiffsrumpf, während die *Sturmvogel* durch das kühle Blau pflügte. Die Luft war klar und frisch, erfüllt von einem Hauch Kiefern und dem würzigen Duft von Seetang, der sich von den nahen Ufern herüberwogte. Fischerboote, kleinere Kähne, die wohl aus den Dörfern Rügens stammten, tauchten in der Ferne auf, ihre weißen Segel wirkten wie Tupfer auf der endlosen Wasserfläche.

Als sie am Nachmittag die Insel passierten, begannen sich die Wellen zu heben, und ein leichtes Schwanken ergriff das Schiff, das von den Offizieren an Bord aufmerksam beobachtet wurde. Kornelius, noch immer unsicher am Steuer, sah sich hektisch um, bis Schneider ihn sanft anwies: "Ruhig, Leutnant. Das ist nur die Strömung, die hier stärker wird. Lenken Sie das Schiff sanft gegen die Wellen und halten Sie den Kurs. Ich bin als junger Mann mit den Fischern ausgefahren und kenne das. Es ist harmlos, solange man weis, wie man damit umzugehen hat." Der junge Offizier nickte und tat dann, wie ihm geheißen war. Trotz der Herausforderung wirkte er jetzt etwas gefasster.

Kurz vor Sonnenuntergang steuerte das Schiff auf die offene See hinaus und weg von der letzten Spur der Küste. Das Licht war gedämpft, und das goldene Schimmern der Abendsonne färbte das Wasser in tiefem Orange und Purpur. Die Männer blickten über die Reling, die See vor ihnen nun unendlich, ein stilles Versprechen von Abenteuer und Gefahr zugleich. Es war die Art von Reise, die einem Seemann ins Blut ging, die den Geist stählte und den Mut des Einzelnen auf die Probe stellte.

Am Ende des zweiten Tages lag die *Sturmvogel* ruhig in den weiten, offenen Gewässern, der Ostsee. Fernab der sicheren Küstenlinie. Der sanfte Wellengang lullte die Männer, und Schneider spürte, dass sich seine Mannschaft langsam an den Rhythmus der See gewöhnte. Die Ruderwache stand auf ihrem Posten und die zum Dienst eingeteilten Matrosen kamen ruhig ihrer Arbeit nach. Hoch oben im Mastkorb befanden sich zwei Männer, die als Ausguck sicherstellen sollten, dass man sie nicht überraschte und scharf nach anderen Schiffen Ausschau hielten.

Die *Sturmvogel* segelte in der ruhigen, kühlen Nacht still vor der Küste auf und ab. Die Sterne funkelten kalt und klar über ihnen, und nur das sanfte Plätschern des Wassers und das leise Knarren des Schiffsrumpfes begleiteten die Männer, die jetzt in Schichten wachten. In den frühen Morgenstunden, als die ersten Sonnenstrahlen die See in blasses Licht tauchten, stand Kapitän Schneider bereits an Deck, aufmerksam die Küste beobachtend.

In der Ferne zeichnete sich eine kleine Silhouette ab, die sich langsam in Richtung des Hafens bewegte. Schneider holte sein Teleskop hervor und sah lange und konzentriert hindurch, bevor er die Umrisse des fremden Schiffes erkannte. Es handelte sich um eine französische Brigg, die auf schlanken Masten und mit stark gerefften Segeln wie ein hungriger Wolf durch das Wasser glitt. Die Erkenntnis durchzuckte ihn, wie ein Blitz. Die französische Brigg schien auf der Suche nach einer leichten Beute zu sein, möglicherweise ein schlecht verteidigtes Handelsschiff oder aber ein wehrloses Fischereifahrzeug, das sie in dieser Gegend erwartete.

Schneider schob das Teleskop zusammen und steckte es in die Tasche seines schweren Mantels. Sein Gesicht nahm einen entschlossenen Ausdruck an, als er sich an Leutnant von Morgentau wandte. "Alle Mann auf Gefechtsstation! Schiff klar zum Gefecht. Wir greifen den Franzosen an." Morgentau hob seine Stimme und erteilte die Befehle. Dröhnend begann der Trommler der Seesoldaten jetzt das Trommelsignal für die Gefechtsbereitschaft zu schlagen. Der Klang der Trommel wirkte wie ein Guss aus kaltem Wasser auf die Matrosen. Kurz brach Hektik aus und die Männer, die noch träge in der Morgenkälte wirkten, schreckten sofort auf und begannen, sich zu rühren.

Leutnant Peterson trat eilig an die Seite seines Kapitäns, seine Augen funkelten als er konzentriert auf den Horizont blickte. "Franzosen, wie es scheint, Kapitän?"

Schneider nickte knapp. "Eine französische Brigg ... sie jagen wohl nach einem unvorsichtigen Schiff. Doch heute sind wir es, die die Jagd eröffnen." Ein entschlossener Glanz funkelte in seinen Augen, als er einen prüfenden Blick über seine Männer warf. Sie hatten in den letzten Tagen und Wochen hart gearbeitet, und nun sollten sie zeigen, wozu die *Sturmvogel* in der Lage war.

Die französische Brigg Celestine

Die Besatzung handelte geübt und effizient. Die Kanonen wurden auf dem Geschützdeck von ihren Mündungsschonern befreit und vorbereitet. Jetzt zahlte sich der Geschützdrill aus. Die Geschütze wurden geladen und das Pulver sowie Kanonenkugeln für die weiteren Breitseiten bereit gelegt. Schneider achtete auf jedes Detail und gab klare Anweisungen. "Leinen fest, die Segel halb setzen. Wir werden uns lautlos nähern und sie überraschen. Gebe Gott, dass sie uns nicht erspähen und wir sie überraschen können."

Der Wind war schwach, doch er genügte, um die *Sturmvogel* in einem flachen Bogen in Richtung des feindlichen Schiffes zu manövrieren. Die Männer hielten den Atem an, während sie sich auf ihre Positionen begaben. Die Geschützluken waren jetzt offen, die Geschütze ausgerannt und feuerbereit. Noch kam vom anderen Schiff keinerlei Reaktion. Die Kanonenschützen waren bereit und blickten mit Anspannung auf die herannahende Brigg, die sich ihres Schicksals offenbar noch nicht bewusst war. Kornelius von Morgentau stand neben dem Steuermann, die Hand fest um das Ruder, und auch er wirkte entschlossen, wenn auch mit einem Hauch von Nervosität in seinem Blick.

Schneider zog sein Teleskop ein letztes Mal hervor und betrachtete die französische Brigg. Er konnte die Männer an Deck ausmachen, die noch immer völlig entspannt ihrer Arbeit nachgingen, ahnungslos, dass die *Sturmvogel* sich ihnen immer weiter näherte. Er senkte das Teleskop und wandte sich an Peterson. "Bereitmachen zum Gefecht, Leutnant. Heute Morgen sind wir die Jäger."

Die *Sturmvogel* glitt mit leichten Segeln durch das Morgenlicht, und die Besatzung behielt schweigend ihre eingenommenen Positionen, immer wieder mit angespannten Blicken auf das französische Schiff vor ihnen. Kapitän Schneider, die Hand fest auf dem Reling, gab ein Zeichen an Leutnant Peterson, der die Seesoldaten in Stellung gebracht hatte. Die französische Brigg hatte ihren Kurs nun leicht geändert, erkennend, dass ein anderes Schiff ihnen folgte ... und möglicherweise nicht nur ein gewöhnliches Handelsfahrzeug sein könnte.

An Deck der *Sturmvogel* herrschte gespannte Ruhe, während sich die Männer auf die Anweisungen vorbereiteten. Leutnant Kornelius von Morgentau stand neben Schneider, das Ruder fest umgriffen, die Augen scharf auf das gegnerische Schiff gerichtet. Die Anspannung in seinem Blick verriet, dass er den Ernst des bevorstehenden Gefechts spürte, doch er beherrschte sich vorbildlich und wartete auf Schneiders Befehl. "JETZT ... Breitseite und zielt auf die Segel und das Deck mit der Mannschaft.", rief Schneider schließlich, und das Signal für den Angriff folgte. Die Kanonenschützen blickten ein letztes mal prüfend über ihre Geschütze. Dann war ein tiefes, dröhnendes Donnern zu hören, als die Steuerbordbreitseite der *Sturmvogel* nahezu simultan abgefeuert wurde.

Mit einem donnernden Krachen schlugen die Kanonenkugeln in das gegnerische Schiff ein. Lange Holzsplitter von der Reling flogen gleich Sensen umher und Schreie waren zu vernehmen, während sich das Schiff leicht zur Seite neigte. Die französischen Matrosen hasteten nun in alle Richtungen, klar erkennbar in der beginnenden Panik an Bord. An Bord der *Sturmvogel* waren die Geschützmannschaften hektisch dabei, ihre Kanonen neu zu laden. Ein weiterer Schuss dröhnte und kurz darauf folgten weitere, diesmal zielgerichtet auf die Segel des feindlichen Schiffs, die in Fetzen zerrissen und die Brigg in ihrer Beweglichkeit einschränkten.

"Haltet Kurs, wir nähern uns für den Entervorgang," rief Schneider an Kornelius gewandt, der die *Sturmvogel* behände in einem sanften Bogen heranführte. Das gegnerische Schiff, nun deutlich sichtbar angeschlagen, versuchte vergeblich, an Fahrt aufzunehmen. Die Männer der *Sturmvogel* waren inzwischen kampfbereit und riefen sich gegenseitig zu, während sie den letzten Anweisungen von Peterson folgten, der den Moment nutzte, um die Seesoldaten zum Sturm bereit zu machen.

"Leinen werfen und Enterhaken bereit!" befahl Schneider, und bald sausten die schweren Taue über den kurzen Spalt zwischen den Schiffen. Die Enterhaken fanden Halt an der Reling der Brigg, und die Männer der *Sturmvogel* zogen die Schiffe mit vereinten Kräften zusammen. Das französische Schiff hatte inzwischen bewaffnete Matrosen und an Deck gebracht, doch durch die Zerstörung ihrer Segel waren sie stark in der Beweglichkeit eingeschränkt.

Als die *Sturmvogel* endgültig an der Brigg festgemacht war, erklang Schneiders donnernde Stimme ein weiteres Mal: "Zum Entern bereit machen! Gebt es ihnen, Jungs." Die Seesoldaten mit Leutnant Peterson an der Spitze stürmten voran und sprangen mit gezogenem Säbel über das Deck des gegnerischen Schiffs. Es folgte ein heftiges Getümmel, in dem die Männer auf beiden Seiten erbittert kämpften. Die Franzosen wehrten sich heftig, doch die Überraschung und die Schnelligkeit des Angriffs spielten den Preußen in die Hände.

Peterson führte seine Männer entschlossen durch die Reihen der Verteidiger, den Säbel fest in der einen Hand, während er mit scharfem Blick über das Deck wachte. "Auf das Achterdeck! Lasst ihnen keinen Raum zur Flucht!" rief er und stieß einen Gegner mit einem geschickten Hieb zurück. Neben ihm kämpften die Seesoldaten, einige von ihnen Neulinge ohne echte Gefechtserfahrung, die sich dennoch tapfer in das Chaos warfen. Gewehrsalven und Säbelklirren mischten sich mit dem Schreien und Stöhnen der Kämpfenden, während die Männer Meter um Meter des Decks eroberten.

Auf dem Hauptdeck der Brigg kämpfte Kornelius von Morgentau, der sich mit einem Offizier der Franzosen angelegt hatte. Der Gegner war geschickt, und Kornelius spürte die Spannung des Augenblicks in jeder Bewegung. Doch als sein Widersacher zu einem Schlag ausholte, wich Kornelius blitzschnell aus und setzte zu einem Schlag an, der den Franzosen blutend zu Boden brachte. Ohne weiter zu zögern, eilte er zur Steuerruder der Brigg und stellte sicher, dass keine französische Hand das Ruder erreichen würde.

Schneider betrat das Deck der Brigg kurz darauf, das Teleskop fest im Gürtel und den Säbel in der Hand. Mit scharfem Blick sah er, dass die Männer der *Sturmvogel* das gegnerische Schiff jetzt vollständig unter Kontrolle brachten. "Männer, sichert das Schiff und bindet auch die Gefangenen!" befahl er laut und klar. Die französischen Überlebenden ließen ihre Waffen fallen und ergaben sich, ihre Blicke erschöpft und niedergeschlagen. Mit einem kräftigen Säbelhieb zerschnitt Schneider das Flaggenseil. Die französische Flagge sank herab. Der kurze aber heftige Kampf war vorüber. Kapitän Schneider hatte sein erstes feindliches Schiff gekapert. Eine Brigg die den Namen *Celestine* trug und aus Marseille stammte.

Als die letzten Gefangenen unter Petersons Aufsicht entwaffnet und dann zusammengeführt wurden, stellte Schneider sich vor seine Mannschaft.

"Gut gemacht, Männer. Die Franzosen waren vorbereitet, aber wir waren schneller und entschlossener." Seine Worte wurden mit einem Murmeln der Zustimmung aufgenommen, während die erschöpften Matrosen und Soldaten sich jetzt an die Arbeit machten, das eroberte Schiff für die Rückfahrt vorzubereiten.

Mit dem Sieg auf ihrer Seite und der französischen Brigg nun in den Händen der "*Sturmvogel*" machte Schneider eine letzte Runde an Deck der eroberten Brigg. Kornelius meldete, dass das eigene Schiff gut gesichert und wieder kampfbereit war, und Peterson nickte ihm zu, als Zeichen, dass die Seesoldaten ebenfalls ihre Arbeit abgeschlossen hatten. Zufrieden wandte sich Lars Schneider der Mannschaft zu. "Wir kehren zurück, nach Wismar und verbringen die *Celestine* als Prise dorthin. Aber dies war nur der erste von vielen Siegen, Männer. Auf dass uns der Wind stets gewogen ist!"

Kapitän Schneider stand an Deck und sah zufrieden auf die gekaperte Brigg hinab, die nun unter seiner Kontrolle war. Der Sieg brachte nicht nur die Ehre des erfolgreichen Gefechts, sondern auch wertvolle Vorräte. Die *Sturmvogel* und ihre Besatzung würden gut mit dem, was sie gefunden hatten, versorgt sein. Proviant in Hülle und Fülle war unter Deck verstaut, und auch die Vorräte an Pulver und Geschossen zeugten davon, dass die französische Brigg bestens ausgestattet gewesen war. Zwar waren die Kanonenkugeln zu klein für ihre eigenen Geschütze, doch Schneider wusste, dass die an Bord befindlichen Kettenkugeln und Kartätschen in zukünftigen Gefechten nützlich sein würden. Besonders die Kettenkugeln, gedacht, um Takelage und Segel des Feindes zu zerfetzen, könnten in einem weiteren Kampf von unschätzbarem Wert sein. Schneider schritt die Planken der Brigg entlang und ließ sich von seinen Männern über die gesamte Ladung unterrichten. Die Stimmung an Bord war optimistisch, die Männer waren voller Stolz auf den gut gelungenen Angriff. In der Kapitänskajüte der *Celestine* schließlich entdeckten Schneider und Leutnant Kornelius von Morgentau etwas Besonderes ... Eine Schatulle mit ehemals versiegelten Befehlen und einen Beutel, schwer und prall gefüllt mit Goldmünzen, der in einer Nische versteckt gewesen war. Schneider öffnete ihn vorsichtig und zählte schnell nach ... es waren an die fünfhundert französische Louis d'or, eine wertvolle Beute. Goldmünzen, die überall als Zahlungsmittel gerne angenommen wurden. Er nickte zufrieden und steckte den Beutel sorgfältig weg, ehe er behutsam die Schatulle mit den französischen Befehlen an sich nahm. Er schmunzelte verhalten. Diese vertraulichen Dokumente könnten interessante Informationen über die Absichten der französischen Marine enthalten.

"Das nenne ich eine wahrlich reichhaltige Belohnung für unsere Mühen," murmelte kapitän Schneider mit einem Hauch von Stolz, bevor er sich an Leutnant Peterson wandte, der ebenfalls an Deck stand. "Peterson, ich werde eine Prisenmannschaft abstellen, um dieses Schiff nach Wismar zu bringen. Wählt zwanzig Männer aus, die verlässlich und erfahren sind, um die Brigg zu führen. Sie sollen Kurs auf die Heimat setzen und ihre Ladung sicher in den Hafen bringen. Wir folgen mit der *Sturmvogel* und geben Schutz, falls notwendig."

Peterson nickte, und in kurzer Zeit war die Prisenmannschaft ausgewählt. Die Männer, denen diese Verantwortung anvertraut wurde, gehörten zu den erfahrensten Seeleuten der *Sturmvogel*. Schneider gab ihnen noch letzte Anweisungen und wünschte ihnen ruhige Winde und eine sichere Fahrt. "Sorgt euch nicht Kameraden , wir sind dicht bei euch. Falls etwas unvorhergesehenes geschieht, dann sind wir in Windeseile an Bord."

Die Prisenmannschaft machte sich an die Arbeit, das gekaperte Schiff klarzumachen, und Schneider ließ die letzten Besitztümer von Wert von der *Celestine* zur *Sturmvogel* bringen. Als die Männer schließlich bereit waren und die letzten Segel der *Sturmvogel* gesetzt wurden, nahmen beide Schiffe langsam Abstand voneinander, die Brigg mit Kurs auf Wismar und die *Sturmvogel* dicht bei ihrer Steuerbordseite im Abstand von etwas mehr als fünfhundert Schritt. Doch kaum hatte die Prisenbrigg Fahrt aufgenommen, begann der Wind unberechenbar zu drehen. Dunkle Wolken schoben sich über den Himmel, und es setzte ein Regen ein, der das Deck rutschig und glitschig machte. Die Brigg kämpfte sich langsam gegen die ständig wechselnden Böen an, während die *Sturmvogel* in gemessenem Abstand folgte, um das Prisenfahrzeug gut in Sichtweite zu behalten.

Die nächsten zwei Tage vergingen quälend langsam und anstrengend. Der Wind drehte immer wieder und zwang die Männer, ständig die Segel zu trimmen und den Kurs anzupassen. Die Wellen, die gegen die Planken schlugen, waren teils sogar so heftig, dass die Männer unter Deck Schwierigkeiten hatten, aufrecht zu gehen, ohne zu straucheln. Mit jedem Schlag der Wellen schien die Prisenmannschaft zu kämpfen, und doch blieben die Männer fest entschlossen, ihre wertvolle Fracht sicher nach Wismar zu bringen.

Schneider verbrachte viel Zeit am Ruder, die Augen fest auf die Brigg gerichtet. Er wollte sicher sein, dass das erbeutete Schiff nicht in den immer heftiger werdenden Böen verloren ging. Neben ihm stand oft Kornelius von Morgentau, der junge Offizier, der das Gezeitenmuster genau beobachtete. Schneider spürte, dass der junge Mann eine neue Entschlossenheit in seinem Tun zeigte. "Ein Wetter wie dieses sollte eine richtige Taufe für die *Celestine* sein … und für uns natürlich auch," sagte Schneider mit einem Hauch von feiner Ironie, und Kornelius nickte ernst, während er die Schwankungen des Kurses peinlich genau notierte.

Der zweite Tag brach mit dichtem Nebel an, und das graue Licht des Morgens ließ die Brigg wie ein Schemen am Horizont erscheinen. Die *Sturmvogel* und das Prisenfahrzeug kämpften sich durch den schweren Dunst, in dem kaum fünfzig Meter Sicht herrschten. Doch als die dichten Nebelbänke sich endlich lichteten, konnten die Männer an Deck den vertrauten Anblick der Küste von Wismar erkennen.

Die Nachricht von der sicheren Rückkehr verbreitete sich schnell unter der Mannschaft, und die Müdigkeit wich einer neuen, belebenden Energie. Die ersten Rufe der Männer hallten über Deck, und Schneider, der die ganze Nacht über das Wetter beobachtet hatte, atmete erleichtert auf. Die *Sturmvogel* setzte erneut Segel und näherte sich, gemeinsam mit der *Celestine*, langsam dem Hafen.

Peterson und Kornelius halfen emsig dabei, die Einfahrt vorzubereiten. Kornelius koordinierte die Abwicklung des Proviants und sorgte dafür, dass die Ladung der Brigg unter sicherer Aufsicht in den Hafen gebracht werden würde. Unter Petersons Anleitung machten die Männer die Leinen bereit und stellten sicher, dass das Schiff problemlos in den Hafen einlaufen könnte.

Als der Hafen von Wismar schließlich direkt vor ihnen lag, gaben die erschöpfte Prisenmannschaft und auch die Männer der *Sturmvogel* einen letzten erleichterten Aufruf von sich. Kapitän Lars Schneider befahl das Einholen der Segel, und die *Sturmvogel* glitt sicher in die ruhigen Gewässer des Hafens, während die Brigg unter der Prisenmannschaft neben ihr einlief.

Der verträumte Hafen von Wismar lag in einer geschäftigen Stille, als die *Sturmvogel* langsam einlief. Die Nachricht von Schneiders erfolgreicher Rückkehr hatte sich blitzschnell verbreitet, und eine erwartungsvolle Menge säumte die Kaimauern, um die heimkehrenden Männer zu begrüßen. Die Gesichter der Zuschauer leuchteten vor Freude und Stolz, denn Schneiders Coup hatte die Stadt mit der Aussicht auf frischen Reichtum und Ruhm erfüllt. Einige riefen den Männern ihre Bewunderung zu, während andere einfach nur ehrfürchtig die Präsenz des stattlichen Schiffes betrachteten, dass von Kapitän Lars Schneider gekapert worden war.

Schneider konnte das aufgeregte Murmeln hören, als die ersten Matrosen den Laufstieg heruntertraten. Ihm selbst war das allgemeine Interesse etwas zu lebhaft, und so bemühte er sich, den Blick auf seine Aufgaben zu konzentrieren. Er wusste, dass das Protokoll ein Treffen mit Oberst Roggenfeldt vorsah, der nicht nur die Kommandoverantwortung trug, sondern auch als der Königstreue in der Stadt galt. Mit einem festen Schritt verließ Schneider die *Sturmvogel* und begab sich durch das Getümmel, begleitet von seinem ersten Offizier Kornelius von Morgentau, der die Aufzeichnungen der erbeuteten Waren mitgebracht hatte.

Morgentau hatte die Liste mit präziser Sorgfalt verfasst, jede Menge und jeder Wert auf den Punkt genau aufgezeichnet. Besonders sorgfältig hatte er den Schatz an französischen Goldstücken vermerkt, der sich nun sicher in einer Ledertasche an Schneiders Gürtel befand. Die Münzen waren ein wertvoller Gewinn, den Schneider dem Oberst gewissenhaft übergeben wollte, damit dieser ihn im Namen des Königs verwalten konnte und den königlichen Anteil sogleich abführen konnte.

Im Kommandantenquartier angekommen, erwartete Oberst Roggenfeldt ihn bereits. Der hochgewachsene Mann in seinen späten Fünfzigern wirkte trotz seines Alters kräftig und entschlossen, sein Blick scharf und prüfend. "Kapitän Schneider, wie ich sehe, war Ihre Mission mehr als erfolgreich," begrüßte er ihn freundlich, eine Mischung aus Neugier und Zufriedenheit im Blick. "Berichte mir ausführlich von deiner Fahrt, du alter Pirat. Wie war es, den Franzosen das Schiff abzunehmen?"

Kapitän Lars Schneider machte eine kurze, förmliche Verbeugung und legte die Dokumente sowie das Verzeichnis der Beute auf den schweren Eichenholzschreibtisch. "Oberst Roggenfeldt, mein lieber Freund, wir hatten das Glück, eine französische Brigg zu erobern, die für unsere Zwecke einiges Nützliches an Bord hatte. Pulver, Proviant, Kettenkugeln und Kartätschen, die unsere Waffen ergänzen könnten. Leider passten die Kanonenkugeln nicht, aber wir konnten auch eine Vielzahl weiterer Materialien sicherstellen." Er deutete auf die präzisen Aufzeichnungen von Morgentau. "Leutnant Morgentau hat hier alles im kleinsten Detail festgehalten."

Roggenfeldt studierte das Verzeichnis und nickte anerkennend. "Sie haben gründlich gearbeitet, Leutnant," bemerkte er, ohne den Blick von der eng beschriebenen Liste zu nehmen, wo alles säuberlichst aufgelistet war, was sich an Bord der *Celestine* befunden hatte. "Eine Arbeit wie diese erleichtert uns die Abrechnung natürlich erheblich." Er wandte sich Schneider zu, als ihm die Aufstellung der Münzen ins Auge fiel. "Ah, und hier ist ja der Schatz, von dem die Männer im Hafen bereits so lebhaft erzählen."

Schneider zog die schwere Ledertasche hervor und übergab sie dem Oberst. Roggenfeldt öffnete sie, und das Glitzern der Louis d'or schien für einen kurzen Moment den kleinen Raum zu erleuchten. Mit einem zufriedenen Lächeln schloss er die Tasche und legte sie danach behutsam beiseite. "Diese Münzen werden sicherlich willkommen sein. Der König wird sich über diesen Zuwachs an Gold freuen." Er machte eine Pause und wandte sich Schneider zu. "Ich werde einen Kurier beauftragen, der den königlichen Anteil mitsamt dem Bericht direkt nach Berlin bringt."

Schneider spürte die Zufriedenheit des Obersts, aber ihm lag noch etwas anderes am Herzen. "Oberst, die Franzosen wissen bislang noch nichts von unserer Anwesenheit auf See. Wenn wir morgen wieder auslaufen könnten, hätten wir weiterhin das Überraschungsmoment auf unserer Seite. Ich halte es für entscheidend, den Feind weiterhin unvorbereitet zu halten."

Der Oberst hörte aufmerksam zu, seine Augenbrauen hoben sich leicht. "Ich verstehe, Kapitän. Sie wünschen also, den Schwung des Erfolgs sofort zu nutzen." Er schien über Schneiders Vorschlag nachzudenken, bevor er entschieden nickte. "Das ist eine kühne Strategie, die der König sicherlich gutheißen wird. Nutzen Sie das Element der Überraschung so lange es nur geht. Ich werde Sie sicherlich nicht zurückhalten." Ein zufriedenes Lächeln legte sich auf Roggenfeldts Gesicht, als er Kapitän Schneiders Entschlossenheit erkannte.

Schneider gab einen knappen, respektvollen Gruß und verabschiedete sich. Auf dem Weg zurück zur Sturmvogel tauschte er mit Morgentau einige Worte. "Bereiten Sie die Mannschaft vor und lassen Sie die Vorräte auffüllen. Es wird keine Zeit für eine Pause geben ... das kommende Gefecht verlangt unsere ganze Aufmerksamkeit."

Morgentau nickte ernst. "Jawohl, Kapitän. Ich werde sofort alles in die Wege leiten." Als sie das Deck ihres Schiffes betraten, war die Besatzung bereits mit Vorbereitungen für den nächsten Einsatz beschäftigt. Die Männer wussten, dass der Kapitän sie bald wieder auf eine herausfordernde Fahrt führen würde, und die Stimmung war angespannt, aber erwartungsvoll.

Die Nacht verbrachte Schneider in seiner Kajüte und ging die nächsten Schritte gedanklich durch. Vor ihm lag die offene Karte der Ostsee, und er markierte diejenigen Stellen darauf, an denen weitere französische Schiffe möglicherweise patrouillierten. Er wollte die Küstenregionen nutzen, aber auch schnell genug in die offene See ausweichen können, wenn die Franzosen Gegenmaßnahmen einleiten sollten.

Am nächsten Morgen begrüßte ihn ein klarer und kalter Wintertag. Der Hafen lag still, als die Sturmvogel langsam die Leinen kappte und sich von der Kaimauer löste. Die Bewohner von Wismar hatten sich erneut versammelt, um das Schiff zu verabschieden, diesmal voller Stolz und auch Sorge um die Männer, die sich erneut in unbekannte Gefahren wagten.

Schneider nahm die letzten Grüße entgegen und drehte sich dann zum Steuer um. Die *Sturmvogel* setzte sich majestätisch in Bewegung, und das Knistern der Segel im frischen Wind erfüllte die Luft. Schneider spürte die klare Spannung in sich, die Vorfreude und die Bereitschaft, das Spiel der See erneut aufzunehmen. Kurz fragte er sich, ob er auf dieser fahrt wohl genauso viel Glück haben würde, wie bei der Fahrt zuvor. Das wäre zwar durchaus wünschenswert aber irgendwann einmal war jede Glückssträhne vorüber. Schneider war Realist genug, um dies zu wissen.

Leutnant Peterson trat zu ihm und meldete mit ruhiger Stimme, dass die Mannschaft vollzählig und kampfbereit sei. Die Proviantkisten waren sicher verstaut, und auch die Kettenkugeln und Kartätschen waren griffbereit. "Wir sind bereit, Kapitän Schneider. Was auf dieser Fahrt auch immer kommen mag … die Männer stehen zu Ihnen … und ich auch."

Schneider nickte knapp, eine leise aber tiefe Zufriedenheit überkam ihn. Mit einem knappen Befehl gab er den Kurs auf See an. Die *Sturmvogel* segelte stolz und stark aus dem Hafen hinaus, als wolle sie selbst zeigen, dass sie zu mehr bereit war. Der Wind blies frisch von der Küste her und beschleunigte das Schiff sanft über die Wellen.

Schneider stand am Bug, das Teleskop in der Hand, den Blick fest auf das vor ihnen liegende Meer gerichtet. Während die *Sturmvogel* an Fahrt aufnahm und die Küstenlinien langsam in der Ferne verschwanden, wusste er, dass dieser Einsatz möglicherweise noch gefährlicher werden könnte. Doch die Möglichkeiten und das Potenzial, die der Sieg der letzten Tage bewiesen hatten, erfüllten ihn mit neuer Entschlossenheit.

"Für Wismar und für das Königreich," murmelte er leise vor sich hin, als die *Sturmvogel* hinaus auf das offene Wasser segelte.

Die *Sturmvogel* glitt wie ein lautloser Schatten über das dunkle Meer, als Kapitän Schneider die Route entlang der Küste erneut verfolgte. Die See war ruhig, die Sicht klar, doch das Glück der Jagd schien ihnen nicht hold. Drei Tage lang hatten sie Ausschau gehalten, das Teleskop immer griffbereit, doch kein einziges gegnerisches Schiff war zu entdecken. Die Mannschaft begann ungeduldig zu werden, und Schneider selbst spürte die Spannung, die sich langsam aufbaute. Die Männer waren kampfbereit und voller Tatendrang, und die Leere der See schien sie auf eine harte Geduldsprobe zu stellen. Kapitän Schneider war unruhig. Es schien wie verhext, dass sie kein anderes Schiff sichteten.

Am Morgen des vierten Tages stießen sie auf ein kleines Fischerboot, das träge auf den Wellen dümpelte. Die Segel des Fischerboots waren abgenutzt, und die Holzplanken schienen vom Salzwasser ausgewaschen. Der Fischer, ein wettergegerbter Mann, musterte das Kriegsschiff zunächst mit vorsichtiger Skepsis, doch Schneiders freundliche Begrüßung nahm ihm schnell das Misstrauen. Mit einem kurzen Befehl ließ Schneider eine kleine Schaluppe zu Wasser, um den Fischer zu sich an Bord zu holen und ihn über Neuigkeiten auf See auszufragen.

Der Fischer erzählte, dass er aus Kolberg stammte und regelmäßig in die Ostsee hinausfuhr, um Heringe zu fangen. Im Laufe seiner Reisen hatte er von anderen Seeleuten gehört, dass französische Schiffe den Hafen von Helsinki häufig anliefen, um sich dort mit Pelzen zu versorgen, die in Frankreich sehr gefragt waren. Schneider lauschte aufmerksam, seine Augen funkelten, als er diese Neuigkeit vernahm. Die französischen Schiffe, die dort anlandeten, mussten Handelsschiffe sein ... schwer beladen mit wertvoller Fracht für Frankreich, jedoch kaum für eine Seeschlacht gerüstet.

"Das klingt vielversprechend," murmelte Schneider, während er zu Peterson und Morgentau blickte, die aufmerksam zuhörten. "Ein guter Anlaufpunkt für unsere nächste Beutefahrt." Ohne zu zögern, ließ er den Fischer mit einer kleinen Belohnung verabschieden und gab den Kurs auf die finnische Küste aus. Das Ziel war gesetzt: Helsinki. Ein neues Jagdrevier, und die Aussicht auf reiche Beute erfüllte die *Sturmvogel* mit einer Spannung, die unter den Männern fast zum greifen spürbar war.

Die Tage vergingen, und je näher sie ihrem Ziel kamen, desto schlechter wurde das Wetter. Am dritten Tag begann sich der Himmel bedrohlich zuzuziehen. Dunkle Wolken türmten sich am Horizont, und ein kalter Wind peitschte über das Deck, als die ersten Regentropfen auf die Planken trommelten. Die See wurde rauer, und die *Sturmvogel* begann in den Wellen zu tanzen, ihre hölzernen Planken ächzten bei jedem Auf und Ab. Schneider stand am Bug, das Teleskop fest in der Hand, seine Augen wachsam auf den Horizont gerichtet. Die Nacht verging und als das Morgenlicht sich schwach bemerkbar machte, legte sich Seenebel über die Wellen. Immer dichter wurde der Nebel und bildete einzelne Bänke, die ineinander übergingen und kaum noch etwas erkennen ließen. Da, zwischen den dichten Nebelschwaden und der aufgewühlten See, tauchte ein Segel auf ... ein kleines französisches Handelsschiff, das schwer beladen schien und nur mit einem schwachen Geschwindigkeitsvorteil dahinzog. Schneider konnte sich ein Grinsen nicht verkneifen. Er ließ die preußische Flagge hissen, ein Zeichen für die Männer, sich für einen Angriff bereit zu machen. Er wandte sich kurz zu seinem zweiten Offizier um, der dich bei ihm stand. "Alle Mann an Deck! Schiff klarmachen zum Gefecht, Leutnant Peterson."

Leutnant Peterson übernahm das Kommando über die Seesoldaten und Geschützmannschaften. Die Trommel rief die Männer auf ihre Posten. Peterson ließ sie die Kanonen laden und ausrammen. Die Männer arbeiteten routiniert und mit konzentrierter Eile, jeder Griff saß, jede Bewegung war geübt und sicher. Morgentau stellte sich neben Schneider und wartete auf das Zeichen, das sie ins Gefecht führen würde.

Schneider hob das Teleskop an und studierte das gegnerische Schiff genauer. Es war ein kleines, robustes Schiff, das offensichtlich für den Handel und nicht für den Kampf gebaut war. Er erkannte, dass die Franzosen ihre Lage bereits erfassten. Sie versuchten jetzt, mehr Segel zu setzen und Geschwindigkeit aufzunehmen, doch gegen die schnellere *Sturmvogel* hatten sie kaum eine Chance, vor allem nicht in der rauen See. Das französische Schiff wankte schwer unter den sich türmenden Wellen, während die *Sturmvogel* ihre Position schloss und das feindliche Schiff ins Visier nahm.

"Breitseite! Zielt auf das Deck und die Takelage! Feuer!" rief Schneider schließlich und die Kanonen donnerten los. Die erste Salve schlug in den Rumpf und die Segel des französischen Schiffes ein, Holzsplitter und Rauch wirbelten in die Luft. Die Mannschaft auf der *Sturmvogel* jubelte, als sie sahen, wie das gegnerische Schiff leicht nach Steuerbord abdriftete, getroffen und erschüttert. Das Großsegel des Gegners bestand nur noch aus Fetzen und laute Schreie waren zu vernehmen, als sie noch näher heran kamen. Die Franzosen hatten kaum eine Chance zur Gegenwehr und schienen die Segel einzuziehen, doch Schneider ließ nicht nach. "Noch eine Salve!" befahl er, und wieder krachten die Kanonen. Diesmal war das Ziel, den französischen Segeln und Masten noch mehr Schaden zuzufügen, um das Schiff zu stoppen. Eine gut platzierte Kugel traf den Hauptmast, der über Bord ging und das angeschlagene Schiff dadurch abbremste. Die Franzosen waren nun nahezu hilflos den Wellen, der *Sturmvogel* und dem aufziehenden Sturm ausgeliefert. Das gegnerische Schiff schien sich kampflos ergeben zu wollen, und Schneider wusste, dass dieser Moment die Entscheidung brachte.

Er schickte Peterson zu der bereits wartenden Entermannschaft, während sein Seuermann die Sturmvogel so nahe wie möglich an das gegnerische Schiff heranmanövrierte. Morgentau und Peterson waren die Ersten, die sich mit einem knappen Blick an den Männern vorbeidrängten und über das schwankende Deck sprangen. Die französische Besatzung leistete tapferen Widerstand, doch sie war in der Minderheit und schlechter ausgerüstet. Schneiders Männer hatten die Enterhaken geschickt platziert, und nun stürmten sie über das gegnerische Schiff. Schneider folgte kurz darauf und betrat das gegnerische Schiff, mit dem Säbel in der Hand. Die Deckplanken waren feucht und glatt, das Holz des Schiffes roch nach Salz und Teer.

Peterson, der mit der Entschlossenheit eines erfahrenen Kämpfers vorging, setzte sich schnell durch und bahnte sich einen Weg zur Brücke des französischen Schiffes, während Morgentau mit gezücktem Degen gegen einen französischen Matrosen kämpfte. Die beiden Offiziere arbeiteten koordiniert, während sie die französische Crew nach und nach zurückdrängten. Peterson führte seine Männer mit klaren Befehlen an, und bald war das französische Deck gesichert. Die wenigen bewaffneten Seeleute, die Widerstand geleistet hatten, ergaben sich jetzt nacheinander angesichts der entschlossenen und klar überlegenen Preußen.

Einige Minuten später kam Peterson zu seinem Kapitän und erstattete Meldung "Das Schiff gehört uns, Kapitän. Der Rest der Besatzung hat sich ergeben." Schneider nickte zufrieden. Der Sturm peitschte noch immer über das Deck, doch die Männer hatten das französische Schiff sicher in ihre Gewalt gebracht. Schneider begab sich unter Deck und blickte in die einzelnen Räume die dort waren. Im Kapitänsquartier des französischen Schiffs fand er schließlich eine kleine Schatulle, in der sich einige Handelsdokumente und versiegelte Briefe befanden. Auch ein kleiner Beutel Goldstücke lag darin, wohl der Reisevorrat des Kapitäns für die Anlegehäfen. In einer weiteren kleinen, sorgsam verschlossenen Schatulle entdeckte er einige Papiere, die offenbar Befehle und die Ladeinformationen enthielten.

Er warf einen schnellen Blick auf die Ladung, im Unterdeck, die mit Planen bedeckt und in Kisten verstaut war. "Morgen können wir uns das genauer ansehen. Erst einmal müssen wir aus diesem Mistwetter heraus kommen und ruhigere See finden." murmelte er, als Leutnant Peterson ihm Bericht erstattete. Die Ladung schien wertvoll zu sein, und Schneider schätzte, dass sie sich mit etwas Glück sogar sehr gut als Handelsware nutzen ließe. Schneider ließ die Beute sicherstellen und wies seine Männer dazu an, alles von Wert an Bord der Sturmvogel zu bringen. Die gefangenen Franzosen wurden unter Deck ihres Schiffes verbracht und dort in Ketten gelegt.

Als das Wetter zusehends schlechter wurde und der Wind das Meer aufwühlte, gab Schneider den Befehl, das französische Schiff mit einer Prisenmannschaft zu besetzen. Es würde die Sturmvogel zurück nach Wismar begleiten und dort die wertvolle Ladung sicher abliefern. Doch für Schneider und seine Männer war die Beutejagd noch nicht beendet. Der Hafen von Helsinki lockte, und er wusste, dass die Franzosen nicht nur hier, sondern auch dort regelmäßig Handel trieben. Das Wetter jedoch machte Schneider Sorgen. Zudem war das eroberte Schiff beschädigt worden und es würde wohl nicht einfach werden, es sicher nach Wismar zurück zu bringen. Kapitän Schneider beschloss, die Prisenmannschaft aus mindestens dreißig Männern bestehen zu lassen. Die Sturmvogel würde zudem stets in der Nähe des gekaperten Schiffes befindlich sein um notfalls Hilfe zu leisten. Die Tatsache, dass man dem andern Schiff den Hauptmast umgeschossen hatte könnte sich jetzt als schwerer Nachteil erweisen. Schneider zuckte mit den Schultern, als er auf sein Schiff zurückkehrte. Das war jetzt nicht mehr zu ändern.

Der Rückweg nach Wismar begann, als das Wetter zunehmend rauer und unberechenbarer wurde. Dunkle Wolken verdichteten sich über der Ostsee, und heftige Böen rissen an den Segeln. Die Sturmvogel kämpfte tapfer gegen die Wellen an, während das erbeutete französische Schiff in einiger Entfernung folgte. Die Matrosen hatten dort einen Ersatzmast gesetzt, der nun seinen Zweck leidlich erfüllte. Schneider wusste, dass die Bedingungen mit jedem weiteren Tag gefährlicher werden würden, doch der Wert des eroberten Schiffs und die Aussicht auf die Prisengelder der wertvollen Waren in dessen Laderaum trieben ihn und seine Mannschaft an.

Gleich am ersten Tag der Rückreise spürte Schneider die drückende Anspannung seiner Mannschaft. Die Männer auf der *Sturmvogel* konnten sich einigermaßen sicher fühlen, doch das eroberte Schiff, das in der kürzlich erfolgten Schlacht einige schwere Treffer einstecken musste, barg ein unkalkulierbares Risiko. Der Rumpf hatte gelitten, und immer wieder gingen seine Männer dort unter das Deck, um aufmerksam nach Schwachstellen zu suchen, durch die möglicherweise Wasser eindrang.

Die Reise verlangte der Besatzung alles ab. Die Temperaturen sanken, und das Eis setzte sich an den Relings fest. Männer in dicken Wollmänteln kämpften mit den schmierigen, gefrorenen Tauen, die Hände oft klamm und unempfindlich von der Kälte. Eines Nachts, als die Wellen besonders hoch schlugen, meldeten die Männer, dass das französische Schiff Leck geschlagen hatte. Wasser strömte in den Rumpf, und für einen Augenblick war die Lage ernst. Schneider ließ sofort zusätzliche Männer auf das Prisenschiff schicken, um das Leck so gut es ging abzudichten. In fieberhafter Eile arbeiteten die Seeleute, das eindringende Wasser mit allen verfügbaren Pumpen und auch Eimern hinauszubefördern. Glücklicherweise konnten sie den Wassereinbruch schnell wieder eindämmen, dass das Schiff für die restliche Reise stabil blieb. Schneider betete stumm darum, der Wind möge nachlassen und die Wellen nicht mehr so unberechenbar machen.

Doch der Wind ließ nicht nach. Tag um Tag kämpfte sich die *Sturmvogel* voran, das französische Schiff immer in Sichtweite, mühsam den Kurs haltend. Die fünf Tage auf der rauen See zogen sich, die Männer blieben wachsam und hielten immer wieder nach den Schwachstellen des schwer beladenen, eroberten Schiffs Ausschau.

Am frühen Morgen des fünften Tages endlich, kurz nach Sonnenaufgang, tauchten die vertrauten Umrisse der Küste von Wismar in Sichtweite auf. Die Männer an Bord atmeten erleichtert auf, und es ging ein leises Murmeln über das Deck, als sie das Heimatrevier endlich erreichten. Die Anstrengungen der vergangenen Tage schienen plötzlich wie weggeweht, und alle Kräfte konzentrierten sich darauf, den Hafen sicher zu erreichen.

In der Ferne lag Wismar ruhig und friedlich unter einem winterlichen, nebelverhangenen Himmel. Die Türme der Stadt zeichneten sich gegen die bleigrauen Wolken ab, und als sie näher kamen, sahen sie die ersten Menschen, die sich im Hafen versammelten, um das Eintreffen der *Sturmvogel* und ihrer neuen Beute zu beobachten. Der triumphale Einlauf der beiden Schiffe zog die Blicke auf sich, und bald hatten sich die Hafenkai mit Schaulustigen gefüllt.

Schneider, zufrieden über die gelungene Rückkehr, gab die letzten Befehle, um die *Sturmvogel* sicher am Hafen anzulegen. Die Männer arbeiteten routiniert und leisteten die finale Anstrengung, die Segel zu bergen und das Schiff langsam und gezielt an die Kaimauer zu manövrieren. Aufgeregtes Murmeln und ein Hauch von Anerkennung erfüllten die Menge, als das französische Schiff neben der *Sturmvogel* festmachte.

Kapitän Schneider ließ mit einem leichten Lächeln den Blick über das Prisenschiff schweifen, das wertvolle Pelze geladen hatte. In den Kisten und Ballen unter Deck fanden sich Felle, die in Frankreich einen hohen Preis erzielt hätten. Doch auch in Wismar würden diese Güter begehrt sein, insbesondere angesichts der kalten Jahreszeit. Die Nachfrage nach Pelzen war im Januar groß, und Schneider wusste, dass diese Fracht dem Unternehmen beträchtlichen Profit einbringen würde.

Der Jubel der Menschen, der sich am Kai erhob, wurde von einem unerwarteten Glockenschlag begleitet, als die Hafenwachen das Anlegen der *Sturmvogel* offiziell begrüßten. Schneider stieg von Bord und hielt für einen kurzen Augenblick inne, das Gewicht der Reise und des erfolgreichen Gefechts noch in jeder Faser seines Körpers spürend. Das Prisenboot mit den Pelzen würde sich als ein großer Erfolg herausstellen, doch noch stand ihm die Abwicklung bevor. Aber für den Moment genügte ihm das Gefühl des sicheren Ankommens und des Beifalls der Menge. Die Belohnung für die unermüdliche Arbeit seiner Mannschaft und seiner Offiziere. Schneider beobachtete das Treiben mit Genugtuung und einem leichten Lächeln auf den Lippen. Sie hatten Wismar nicht nur sicher erreicht, sondern ein Schiff voller Pelze mitgebracht. Eine Fracht, die in diesen kalten Wintermonaten besonders begehrt sein würde und ein gutes Prisengeld ermöglichen sollte.

Nach der erfolgreichen Rückkehr in den Hafen von Wismar und dem Empfang durch die aufmerksame Menge fühlte sich Kapitän Lars Schneider von einem tiefen Gefühl der Erleichterung und Zufriedenheit erfüllt. Der Weg zurück von der Ostsee war nicht nur ein Test seines Schiffs und seiner Männer, sondern für ihn selbst auch eine Bestätigung für seine Führungsstärke und seinen Mut. Jetzt, wo er wieder an Land war, wurde es Zeit, die nächsten Schritte zu planen und das Erreichte in die richtigen Wege zu leiten.

Mit dem Ziel, Oberst Roggenfeldt zu treffen und ihn über die neuesten Entwicklungen zu informieren, durchquerte Schneider das belebte Hafengebiet. Der Lärm von rufenden Matrosen, das Knarren von Schiffsplanken und das Rauschen der Wellen füllten die Luft. Doch all das war für Schneider Musik in den Ohren, denn es erinnerte ihn an die lebendige Atmosphäre von Wismar, die er so lange nicht erlebt hatte. Die Stadt erschien fast, wie aus einem Schlaf erwacht zu sein.

Als er schließlich die gemauerten Kasernengebäude der Stadtgarnison, mit der kleinen Kommandantur von Roggenfeldt erreichte, fand er den Oberst in seinem Büro, umgeben von Papieren und Dokumenten, die die jüngsten militärischen und auch politischen Entwicklungen betrafen. Roggenfeldt war ein Mann, der in den letzten Jahren viel erlebt hatte, und sein Gesicht war von der Zeit und den Kämpfen gezeichnet. Dennoch strahlte er beständig eine Autorität und Sicherheit aus, die Schneider stets beeindruckt hatte. Zuvor, bevor Wismar durch Preußen besetzt worden war, hatte Roggenfeldt Dienst in der Armee des Herzogtum Mecklenburg getan. Wegen seines untadeligen Rufes, seiner erwiesenen Tapferkeit und Unbestechlichkeit hatte der König von Preußen ihn in seine Armee übernommen und vom Major zum Oberst befördert. Zugleich hatte er den Oberst als Stadtkommandanten eingesetzt. Eine Entscheidung, die König Friedrich II. nie bereuen würde. Hanno Roggenfeldt war sehr eigen, was seine Ehre und die Loyalität gegenüber seinem Landesherrn betraf. Egal, wer dies nun sein mochte. In dieser Hinsicht war Roggenfeldt sehr eigen.

"Ah, Kapitän Schneider! Willkommen zurück!" begrüßte Roggenfeldt ihn mit einem breiten Lächeln. "Also Lars, erzähle von der Reise … Ich habe von der Rückkehr bereits gehört. Der Hafen hat sich versammelt, um den Triumph zu feiern! Ach, was sage ich … Halb Wismar ist auf den Beinen."

"Danke, Oberst. Es war eine harte Reise, aber wir sind wohlbehalten wieder nach Wismar zurückgekehrt und überdies mit einer wertvollen Fracht gekommen," antwortete Schneider und nahm Platz gegenüber dem Oberst. "Das von uns eroberte französische Schiff hat eine Ladung Pelze an Bord, die in Wismar zu einem guten Preis verkauft werden kann."

Roggenfeldt nickte zustimmend. "Das wird der Stadt und unserer Sache zugutekommen. Ich bin mir sicher, dass die Nachfrage groß sein wird, vor allem in dieser kalten Jahreszeit. Die Krone wird sehr zufrieden sein mit dem Prisenanteil, der daraus erfolgt. Ich werde noch heute einen Boten nach Berlin entsenden und Meldung überbringen lassen."

Schneider setzte sich aufrecht und dachte kurz an die bevorstehenden Aufgaben und seine eigenen Pläne. "Ich möchte auch einen Boten zu Johanna schicken, um ihr von meiner Rückkehr zu berichten. Könntest du einen deiner Kuriere dafür entsenden? Ich würde es dir danken. Es ist an der Zeit, dass sie erfährt, dass ich wieder in Wismar bin."

Hanno schmunzelte amüsiert. "Das ist eine ausgezeichnete Idee. Sie wird sich sicherlich freuen, von Ihnen zu hören. Es ist wichtig, in dieser Zeit der Unsicherheit mit den Menschen in Kontakt zu bleiben, die uns am Herzen liegen", erwiderte Roggenfeldt und schrieb die Instruktionen für den Boten auf. "Ich werde dafür sorgen, dass der Bote noch heute abreist."

Nachdem der Oberst die Botschaft für Johanna formuliert hatte, wandte er sich erneut Schneider zu. "Außerdem habe ich Neuigkeiten vom König. Er ist mit Ihrer Rückkehr von der ersten Mission äußerst zufrieden und den bisherigen Erfolgen ebenfalls zufrieden, Kapitän Scheider. Ein Schreiben ist auf dem Weg zu Ihnen. Es wird eine Auszeichnung für Ihre Tapferkeit und die Leistung Ihrer Mannschaft geben. Die Krone erkennt die Bedeutung Ihres Engagements an. Der König lässt es sich nicht nehmen, den Kapitän Lars Schneider in den Rang eines Hauptmann zu befördern … Meinen Glückwunsch, Lars."

Ein breites Lächeln breitete sich auf Schneiders Gesicht aus. "Das sind hervorragende Nachrichten, Oberst. Es gibt nichts Besseres, als die Anerkennung des Königs zu erhalten. Das gibt uns den Ansporn, auch in Zukunft unser Bestes zu geben." Lars überlegte einen kurzen Moment. "Die nächste Woche sollten wir nutzen, um den Verkauf der Prise und der erbeuteten Ladung zu organisieren. Ich plane, etwa eine Woche hier in Wismar zu bleiben, um alles zu beaufsichtigen und meiner Mannschaft eine dringend benötigte Ruhepause zu ermöglichen. Der Prisenanteil der Männer wird natürlich fair verteilt. Jeder hat sein Bestes gegeben, und es ist nur recht, dass sie dafür belohnt werden … Ich bin überdies bereits von Kaufleuten angesprochen worden, die Interesse dafür bekunden die beiden gekaperten Schiffe zu erwerben. Wenn die Krone kein Interesse an den Schiffen hat, dann würde ich empfehlen, diese Angebote zu prüfen. Da kommt ein anständiges Sümmchen für unsere Staatskasse zusammen."

Roggenfeldt nickte zustimmend. "Ich werde dafür sorgen, dass alles reibungslos abläuft. Wir werden einen zuverlässigen Händler einschalten, der den Verkauf übernimmt, und ich werde die örtlichen Kaufleute informieren, dass sich hochwertige Pelze im Hafen befinden. Ich werde einen Trupp Soldaten in den Hafen entsenden, der die gefangenen französischen Seeleute in das Gefängnis überführt. Die Gefangenen vom ersten Schiff befinden sich ebenfalls dort und warten auf das Ende des Krieges. Die Offiziere werden wir noch verhören. Wir werden dann möglicherweise das eine oder andere erfahren, was uns nutzen kann."

"Das klingt hervorragend, Oberst. Ich weiß die Unterstützung wirklich zu schätzen", sagte Schneider und stand auf, um sich vom Oberst zu verabschieden. "Ich werde jetzt zu meiner Mannschaft zurückkehren und sie über unsere soeben abgesprochenen Pläne informieren. Die Männer werden von der Aussicht auf das Prisengeld begeistert sein."

Der Oberst winkte ab und grinste. "Halten Sie mich auf dem Laufenden, Kapitän. Ich erwarte von Ihnen in der nächsten Woche noch viele positive Nachrichten, mein Bester. Sobald die Planungen für die nächste Mission abgeschlossen ist möchte ich bitte als erster davon unterrichtet werden … ganz nebenbei bemerkt, möchte ich anmerken, dass ihr Anteil an den Priesengeldern nicht unbeträchtlich werden dürfte."

4.

Schneider verließ schmunzelnd das Büro und machte sich auf den Weg zurück zur *Sturmvogel*. Die kühle Brise, die über das Wasser wehte, tat ihm gut, und er atmete tief die salzige Luft ein, die ihn an das Meer und die Herausforderungen, die noch vor ihnen lagen, erinnerte. Die Erlebnisse der letzten Wochen hatten ihn gestärkt, und er war bereit, neue Wege zu beschreiten.

Als er an Bord der im Hafen liegenden *Sturmvogel* zurückkehrte, fand er seine Männer damit beschäftigt, das Schiff zu entladen und sich um die letzte Fracht zu kümmern, die an Land verbracht werden sollte. Die Stimmung war ausgelassen, und die Männer hatten sich trotz der Strapazen der letzten Tage erstaunlicherweise gut erholt. Schneider rief die gesamte Besatzung zusammen, um ihnen von den Neuigkeiten zu berichten.

"Männer! Versammelt euch!" rief er mit fester Stimme, und nach kurzer Zeit standen sie alle um ihn versammelt, die Gesichter ernst, gespannt und erwartungsvoll.

"Ich freue mich festzustellen, dass wir wohlbehalten zurück sind und auch eine wertvolle Ladung mitgebracht haben. Pelze, die im Winter begehrt sind, warten auf den Verkauf! Weiterhin sollen die beiden gekaperten Schiffe zum Verkauf angeboten werden. Oberst Roggenfeldt kümmert sich bereits darum … Das Prisengeld wird wohl nicht unbeträchtlich werden. Die Krone ist zufrieden mit unseren Erfolgen und dem Anteil, der nun der Staatskasse zukommt."

Ein erleichtertes Murmeln ging durch die Reihen und Schneider fuhr fort. "Außerdem wird jeder von euch einen fairen Anteil an den Erträgen erhalten. Euer Mut und eure Entschlossenheit haben uns diesen Erfolg eingebracht."

Die Männer jubelten, und einige klopften sich gegenseitig begeistert auf die Schultern, während andere mit einem breiten Grinsen den Kapitän anstarrten. "Ich empfehle euch, die letzten Arbeiten zügig zu beenden. Leutnant Peterson wird am Ende alles überprüfen und mir Meldung erstatten. Arbeitet also sorgsam, denn ihr kennt ihn ja ... Danach sollt ihr Freigang bekommen, bis wir wieder auslaufen. Es ist an der Zeit, dass wir uns um die Dinge kümmern, die uns am Herzen liegen."

Schneider fühlte, wie sich das Band zwischen ihm und seiner Mannschaft festigte, und er wusste, dass sie in schwierigen Zeiten zusammenhielten. Nach einer kurzen Besprechung über den weiteren Verlauf der Woche schickte Schneider die Männer an die Arbeit, während er selbst sich in seine Kajüte begab. Er hatte noch einigen Papierkram zu erledigen.

In den nächsten Tagen war Wismar erfüllt von regem Treiben. Die Straßen waren lebhaft, und die Kaufleute strömten herbei, um die wertvollen Felle zu begutachten. Schneider, der die Verhandlungen persönlich überwachte, fand Gefallen an der Aufregung des Marktes. Es war faszinierend, die geschäftigen Männer in ihren dicken Mänteln und mit ihren hohen Hüten zu sehen, wie sie über die Qualität der Pelze diskutierten und versuchten, den besten Preis auszuhandeln.

Der Oberst war ebenfalls aktiv in den Verhandlungen involviert, und es stellte sich schnell heraus, dass die Pelze nicht nur wegen ihrer hohen Qualität, sondern auch wegen des bevorstehenden Winters äußerst begehrt waren. Die Käufer kamen in Scharen, und die Preise stiegen in die Höhe. Schneider fühlte sich, als würde er einen Triumph erleben, während er die Geschäfte und Transaktionen im Auge behielt.

Eines Nachmittags, während er den Verkauf überwachte, erreichte ihn die Nachricht vom König. Ein Bote überbrachte das Schreiben, das in einer feierlichen Rolle versiegelt war. Schneider öffnete es mit einer gewissen Nervosität, während die Männer um ihn herum still wurden. Das Lesen des königlichen Schreibens war ein Moment der Ehrfurcht.

"Seine Majestät, der König, spricht Lob und Anerkennung für meine Taten und die meiner treuen Mannschaft aus. Er kündigt an, dass ich mit einer Auszeichnung geehrt werden soll, und gratuliert uns zu unserer Tapferkeit und Entschlossenheit im Kampf gegen die französischen Piraten. Er ermutigt uns, weiterhin im Dienst des Vaterlandes zu stehen. Weiterhin teilt er mit, dass alle Beförderungen bestätigt sein sollen. Dies gilt besonders ausdrücklich auch für Leutnant Peterson und Leutnant von Morgentau."

Ein freudiger Ausruf brach aus, als die Männer jetzt jubelten und sich gegenseitig zu den Schultern klopften. Schneider spürte die Erleichterung und den Stolz seiner Mannschaft. "Das ist nicht nur mein Erfolg", rief er. "Es ist der Erfolg jedes Einzelnen von euch! … Jungs, ich bin unendlich stolz auf euch!"

Die nächste Woche verging wie im Flug, während die Verhandlungen über den Verkauf der Pelze in vollem Gange waren und die Mannschaft sich in den freien Stunden mit Trinken und Feiern beschäftigte. Die Stimmung war hervorragend, und Schneider stellte fest, dass die Männer sich sowohl um ihre Verpflichtungen kümmerten als auch die Erfolge feierten, die sie erreicht hatten.

Aber auch in der Freude gab es Schatten. Schneider wusste, dass sie in einer Welt lebten, in der die Gefahren nie weit entfernt waren. Auch wenn sie für jetzt für einen kurzen Moment in Sicherheit schienen, war es wichtig, dass sie für die kommenden Herausforderungen, die vor ihnen lagen, vorbereitet waren.

In den Nächten, wenn er allein in seiner Kabine saß und über die Geschehnisse nachdachte, sah Schneider den Horizont und wusste, dass das Meer ihn erneut rufen würde. Diese Gedanken schlossen die Geheimnisse und die Spannungen ein, die in den Untiefen des Ozeans lauerten. Aber für den Moment jedoch war er dankbar für die Erfolge und den Zusammenhalt seiner Mannschaft, die in diesen schweren Zeiten seine Familie geworden war.

Die Woche endete mit einem feierlichen Bankett zu Ehren der Rückkehr und des Erfolges. Die Tische in der Schänke, wo sie feierten, waren reich gedeckt mit Speisen und Getränken, und die Stimmung war ausgelassen. Schneider blickte auf die Gesichter seiner Männer und wusste, dass sie gemeinsam jede Herausforderung meistern würden, die das Schicksal für sie bereithielt. Er selbst war ein klein wenig verstimmt, dass er bislang noch nichts von Johanna gehört hatte. Man hatte dem Kurier des Oberst lediglich ausgerichtet, die Freifrau befände sich derzeit in Berlin, würde jedoch in Kürze wieder zurück erwartet werden. Man würde den Kapitän benachrichtigen, sobald die Freifrau von Ziesewitz wieder anwesend sei. Kapitän Lars Schneider nahm die Nachricht mit unbewegtem Gesicht zur Kenntnis, als der Kurier sie ihm übermittelte. Bislang hatte er noch nichts von Johannas Rückkehr vernommen.

Später am Abend bemerke Schneider erstaunt, dass Oberst Roggenfedt die Schänke betrat, in der sie gerade feierten. Der Oberst war nicht alleine, sondern in der Begleitung von zwei englischen Offizieren. Lars war bewusst, dass Preußen und England verbündete waren. Er hatte jedoch nicht damit gerechnet hier in Wismar auf Offiziere der Engländer zu stoßen. Der oberst winkte Lars heran, der ächzend aufstand und dann zu den drei Neuankommlingen schritt. Roggenfedt ergriff ohne lange Vorrede das Wort. "Wir wollen nicht lange stören, Kapitän Scheider. Dies sind Colonel Lord McDouglas und Major Wallingsby. Die beiden Herren sind vor wenigen Minuten aus Berlin eingetroffen und haben einen interessanten Vorschlag, den sie sich unbedingt anhören sollte."

Schneider schaute die zwei Engländer erwartungsvoll an. Er sprach kein Englisch, konnte deren Sprache also leider nicht verstehen. Als Lord McDouglas zu sprechen anfing, war Lars erleichtert. Der Mann sprach Deutsch. Zwar mit einem starken Akzent aber durchaus gut und auch verständlich. "Meinen Gruß, Kapitän Schneider … Der Oberst berichtete uns davon, dass sie feindliche Schiffe erbeutet haben und diese nun für die Krone von Preußen verkauft werden sollen … Die Navy seiner Majestät Geord III. von England hat Interesse daran, bewaffnete Schiffe anzukaufen. So weit ich vernommen habe, besteht seitens der Regierung von Preußen kein Interesse an einem Eigenerwerb. Deshalb würden wir als Käufer auftreten wollen. Alle Formalitäten laufen über Oberst Roggenfeldt, der somit auch unsere Interessen vertritt. Sind sie damit einverstanden? Wir zahlen die marktüblichen Preise für Prisenschiffe."

Schneider blickte kurz zu Roggenfeldt, der kaum sichtbar lächelte. Dann nickte Kapitän Schneider. "Euer Lordschaft, es wäre mir eine Ehre und ein Vergnügen, mit der Navy ihres geschätzten Monarchen ins Geschäft zu kommen. Oberst Roggenfeld besitzt mein volles Vertrauen. Wenn er sich für sie verbürgt, so soll mir das völlig genügen."

Dann wandte er sich zu Oberst Roggenfeldt. "Herr Oberst, ich denke, ich benötige noch etwa zwanzig weitere ihrer tapferen Soldaten. Ich musste feststellen, dass meine Mannschaft zu klein ist, um mehr als zwei Schiffe zu bemannen. Wenn ich auf meinen Fahrten gegnerische Schiffe kapere, dann muss ich gewährleisten, die *Sturmvogel* gefechtsbereit zu halten. Aus diesem Grunde werde ich auch noch etwa dreißig weitere Matrosen anwerben … Ließe sich das wohl einrichten?

Roggenfeld nickte zustimmend. "Sie sollen diese Soldaten bekommen, Kapitän. In zwei Tagen werden sie sich bei der *Sturmvogel* melden. Ihr erster Offizier kann dann umgehend mit der Ausbildung als Seesoldaten beginnen.

Am folgenden Tage wurde die Nachricht bekannt gegeben, Kapitän Schneider würde weitere Seeleute anheuern wollen. Der Termin für den Anwerbetag sollte in einer Woche sein und in der Schänke stattfinden, in der auch die anderen Seeleute bereits geheuert worden waren. Die Nachricht machte schnell die Runde und Schneider war sich sicher, dass er an diesem Tage genügend freiwillige finden sollte.

Oberst Roggenfeld hielt sein Wort. Im Morgengrauen des nun folgenden Tages marschierten zwanzig Musketiere sowie zwei Unteroffiziere zum Hafen und meldeten sich an Bord der *Sturmvogel*. Leutnant Peterson war hoch erfreut. Etwas mehr als die Hälfte der angekommenen Soldaten kannte er bereits aus seiner Zeit in der Garnison. Der Drill begann nur eine Stunde später, nachdem den Soldaten ein Schlafplatz im Unterdeck zugewiesen worden war. Vor allem die Gegenwart der beiden ebenfalls abkommandierten Unteroffiziere, zwei altgedienten Veteranen die bereits Pulver gerochen hatten, stimmte Peterson geradezu euphorisch.

Die kommenden Tage vergingen wie im Fluge. Schneider war beständig in Wismar unterwegs und sprach mit den Händlern, die noch immer die Pelze der Prisenladung kauften und verkauften. Dann kam der Tag der für die Anwerbung der neuen Matrosen vorgesehen war. Schon früh am Morgen drängten sich Männer vor der Tür der Schänke. Sorgsam wählte Schneider die Männer aus, die er anheuerte. Leutnant von Morgentau führte gewissenhaft Buch über alle, die sich an diesem Tage bei Kapitän Schneider anwerben ließen. Letztlich heuerte Schneider mehr Matrosen an, als er ursprünglich geplant hatte. Ein weiterer Steuermannsmaat war ebenso darunter, wie auch ein erfahrener Segelmeister und zwei Maate, die Schneider bereits seit einigen Jahren kannte. Insgesamt verpflichteten sich vierzig Seeleute dazu, unter Kapitän Schneider auf Kaperfahrt zu gehen. In den Augen von Schneider ein großer Erfolg, der wohl auch auf dem Ruf basierte, den er mittlerweile erlangt hatte. Lars Schneider war zufrieden. Mit diesen neuen Männern und den zusätzlichen Soldaten konnte er nun aus ausgedehntere Fahrten antreten und mehr als nur ein Schiff in seinen Besitz nehmen, bevor er umkehren musste. Schneider hatte einen Plan, den er bislang noch für sich behielt. Sollte dieser Plan gelingen, so wäre dies mit Sicherheit eine Tat, die ihm das allergrößte Wohlwollen von König Friedrich II. einbringen könnte.

Als der Bote von Johanna im Hafen von Wismar eintraf, war der kalte Tag bereits zur Neige gegangen. Die gerade untergehende Sonne tauchte die Stadt in ein warmes, goldenes Licht, das die Wellen des Hafens sanft glitzern ließ. Schneider hatte die Nachricht mit einer Mischung aus Vorfreude und Nervosität empfangen. Johanna war also zurück aus Berlin, wo sie ihre Kinder besucht hatte. Der Gedanke an ihre Anwesenheit ließ sein Herz schneller schlagen. Sie ließ ihm durch den Boten ausrichten, "Der Kapitän möge sich nicht zu viel Zeit lassen, sondern die Freifrau von Ziesewitz beizeiten aufsuchen. An diesem Abend wäre es ein geeigneter Zeitpunkt, da die gnädige Freifrau ihn zu sprechen und sehen wünsche."

Der kurze Weg zum Landgut von Johanna, das nur wenige Minuten vor den Toren von Wismar lag, schien Lars beinahe endlos. Seine Gedanken kreisten um sie, um ihr Lächeln, ihre Augen, die so strahlend waren wie das Licht der untergehenden Sonne. Die Umgebung wurde ruhiger, als er die Stadt hinter sich ließ und in die ländliche Idylle eintauchte.

Als er das Anwesen endlich erreichte, strahlte es im warmen Schein der Abendbeleuchtung. Die Fenster waren hell erleuchtet, und der Duft von frisch zubereiteten Speisen lag in der Luft. Er klopfte an die massive Tür, die von einem der Bediensteten geöffnet wurde. "Willkommen, Kapitän Schneider. Meine Herrin erwartet Sie bereits. Ich werde ihr Pferd von einem Bediensteten in den Stall bringen lassen. Das Wetter ist nicht gut für ein Pferd, welches soeben scharf geritten wurde," sagte der Diener mit einem freundlichen Lächeln und führte ihn in die große Halle.

Johanna saß am Kamin, ihre Silhouette umhüllt von einem fließenden, weichen Kleid, das im Licht des Feuers schimmerte. Als sie ihn sah, sprang sie auf und eilte ihm entgegen. "Lars! Ich bin so froh, dass du gekommen bist!"

Schneider ergriff ihre Hände und zog sie sanft an sich. "Ich hätte es nicht missen wollen, Johanna. Es ist immer ein Vergnügen, dich zu sehen. Du kannst dir nicht vorstellen, wie ich die gemeinsame Zeit mit dir vermisst habe."

Sie lächelte, und ein warmes Gefühl der Vertrautheit umhüllte sie beide. Johanna führte ihn zum Tisch, der mit einem üppigen Festessen gedeckt war. "Ich habe für dich kochen lassen, Lars. Ich wollte, dass du nach deinen Abenteuern hier ein bisschen Ruhe und Genuss findest."

Die Speisen waren eine Augenweide: gebratenes Wild, frisches Gemüse, duftendes Brot und ein reichhaltiger Wein, der in einem großen Krug bereitstand. Sie setzten sich und begannen zu essen, während sie angeregt plauderten. Die Bediensteten zogen sich unauffällig zurück, nachdem Johanna ihrem Hauswirtschafter etwas zugeraunt hatte.

"Wie war dein Besuch in Berlin?" fragte Schneider interessiert, während er seinen Teller füllte.

"Er war geschäftig, wie immer. Doch ich habe oft an dich gedacht. Es ist schwer, in dieser Stadt zu sein, ohne dass du an meiner Seite bist," antwortete Johanna, während sie ihm mit einem verführerischen Lächeln in die Augen sah.

Lars schmunzelte und zwinkerte ihr dabei fröhlich zu. "Es ist dasselbe für mich. Die Zeit auf See ist oft einsam, aber der Gedanke an dich gibt mir Kraft."

Während sie aßen, bemerkte Schneider, wie die Distanz zwischen ihnen gänzlich verschwand. Ihre Blicke trafen sich immer wieder, und mit jedem Lachen, jedem gemeinsamen Wort, wuchs die Verbundenheit zwischen ihnen. Nach dem Essen setzten sie sich vor den Kamin, der einladend flackerte und den Raum in eine warme Atmosphäre tauchte.

Die Flammen tanzten und warfen flackernde Schatten an die Wände, während Johanna eine Decke über ihre Beine zog und Lars sanft an sich zog. "Es ist so schön, hier zu sein, mit dir, fernab von allem," flüsterte sie, und er spürte, wie sich seine Sorgen in dieser Nähe auflösten.

"Es ist immer ein Vergnügen, mit dir zusammen zu sein. Es fühlt sich an, als wäre die Zeit stehen geblieben," erwiderte Schneider und hielt ihre Hand, seine Finger verschlungen mit den ihren. Sie sprachen über die Ereignisse der letzten Wochen, über die Herausforderungen und Erfolge, und jeder Moment schien sie näher zusammenzubringen.

Schneider genoss die Sanftheit von Johannas Stimme und die Art, wie sie ihn ansah. Der Abend verlief wie in einem Traum; ihre Gespräche wurden tiefer und persönlicher, ihre Blicke intensiver. Schließlich neigten sie sich näher zueinander, und in der Wärme des Kamins spürte Schneider die magische Anziehungskraft zwischen ihnen, stark und unwiderstehlich. Als Johanna ihm unvermittelt einen leichten Kuss auf seine Wange gab, schien es ihm, als wenn die Welt stillstehen müsse.

"Ich wollte immer, dass du weißt, wie viel du mir bedeutest," gestand Johanna und sah ihm tief in die Augen. "Es ist nicht nur das Meer oder das Abenteuer, das mir Freude bringt, wenn du davon erzählst, es ist der Gedanke an dich."

Lars nickte, seine Stimme war leise, als er sprach. „Du bist mein Licht in der Dunkelheit, Johanna. Ohne dich würde ich mich verloren fühlen. Ich kann es nur schwer in Worte fassen … Ich bin es nicht gewohnt, über meine Gefühle zu sprechen und ich gestehe, in deiner Gegenwart fühle ich mich, wie ein junger Mann, der sein erstes Mädel kennenlernt."

Johanna Lächelte nur, strich ihm zart über die Wange und nickte dann kaum merklich. Ihre Augen strahlten und sie blickte Lars mit einem Blick an, der mehr aussagte als nur Zuneigung. In diesem Moment, umgeben von der Wärme des Feuers und der Vertrautheit der Worte, schien die Welt um sie herum zu verschwinden. Ihre Hände fanden sich wieder, und ihre Finger verschlangen sich enger, als ob sie sich gegenseitig nicht loslassen wollten.

Die Stunden vergingen wie im Fluge, und als Lars schließlich aufstand, um zu gehen, bemerkte er, dass sich das Wetter stark verschlechtert hatte. Durch das Fenster sah er, wie der Wind heftig gegen die Fenster peitschte und der Schnee jetzt in dichten Flocken vom Himmel fiel. Der Sturm war gekommen und mit ihm nun auch der bislang ausgebliebene Winter mit Eis und Schnee. Trotz der zeitlichen Verspätung jetzt mit Urgewalt, als wolle er die Zeit aufholen. Lars blickte nochmals aus dem Fenster. Bald schon würde der Schnee sich wie eine dichte Decke über das Land gelegt haben.

"Lars, du kannst nicht bei diesem Wetter nach Wismar zurückkehren! Es wäre zu gefährlich," rief Johanna, ihre Stimme voller Besorgnis.

Er sah sie an, und obwohl die Idee, in ihrem Haus zu bleiben, ihn reizte, wollte er sie nicht in eine Situation bringen, die für beide unangenehm werden könnte. "Ich kann nicht riskieren, dass deine Bediensteten sich das Maul zerreißen und deinen Ruf beschmutzen. Ich werde vorsichtig sein und mein Pferd am Zügel führen. Es sind nur wenige Meilen bis nach Wismar. In zwei oder drei Stunden sollte ich die Stadt erreicht haben."

"Bitte, bleib hier. Ich fühle mich sicherer, wenn du bei mir bist. Lass uns die Nacht gemeinsam verbringen und morgen früh bei Tageslicht aufbrechen. Es wäre besser für uns beide … Davon abgesehen, haben meine Bediensteten das Haus bereits verlassen und sitzen jetzt in ihren kleinen Häusern, am anderen Ende des Hofes … Bitte bleibe. Es ist mir doch egal, was irgendwer sagen könnte. Ich weis, was ich empfinde und ich weis auch, was ich will" bat sie ihn eindringlich, und ihre Augen funkelten im Licht des Feuers.

Lars zögerte, aber schließlich nickte er. "In Ordnung, ich werde bleiben. Aber nur, wenn du sicher bist, dass es dir nichts ausmacht."

Johanna lächelte erleichtert und strahlte dabei eine Wärme aus, die ihn beruhigte. "Es ist das Beste, was du tun kannst. Es gibt keinen Grund zur Eile." Ihre Augen funkelten. "Du wirst sehen, heute Nacht wird es ganz anders sein, als wenn du alleine auf deinem Schiff bist … Vertraue mir einfach, mein lieber Lars. Du wirst es sicherlich nicht bereuen. Das versichere ich dir."

Die beiden verbrachten den Rest des Abends zusammen, Wein trinkend und tief in Gespräche vertieft, während der Sturm draußen wütete. Sie hingen ihren Gedanken nach, und die Intimität ihrer Verbindung vertiefte sich mit jeder Stunde, die verging. Sie waren nicht nur der Kapitän und die Freifrau, sondern auch Seelenverwandte, die die Stürme des Lebens gemeinsam ertragen konnten. Zudem zwei Menschen, die jeder Angst davor hatten, sich dem Gegenüber völlig zu offenbaren und den Gefühlen gänzlich freien lauf zu lassen. Mit dem zunehmenden Weingenuss jedoch wurden beide entspannter und fühlten kaum, wie der Wein die letzten Schranken einzureißen begann.

Johanna von Ziesewitz

Die Nacht senkte sich über das Landgut, und der Sturm draußen tobte weiter, während Johanna und Lars sich in der warmen Stube gegenüber saßen. Die Flammen des Kamins zischten und knisterten, das Licht tanzte über ihre Gesichter und verlieh der Atmosphäre eine intime Note. Mit jeder Minute, die verstrich, wuchs die Anziehung zwischen ihnen, wie eine unsichtbare Kraft, die sie näher zueinander zog.

Johanna führte Lars in die obere Etage, wo ihr Schlafzimmer lag. Der Raum war geschmackvoll eingerichtet, mit einem großen, einladenden Bett, das mit weichen Decken und Kissen ausgestattet war. Der sanfte Duft von Lavendel hing in der Luft, und die schweren Vorhänge ließen das Licht des Sturms draußen nur gedämpft durchscheinen.

"Ich hoffe, es ist in Ordnung für dich, hier zu bleiben," sagte Johanna, ihre Stimme war weich und einladend, während sie ihn mit einem schüchternen Lächeln ansah. "Es wusste ja niemand, dass du hier bleiben würdest. Deshalb ist das Gästezimmer nicht vorbereitet ... Du hast also keine Wahl, Lars. Du wirst hier schlafen müssen ... Bitte dreh dich um, während ich mein Kleid ausziehe." Dann pustete sie die Kerze aus, die bisher Licht gegeben hatte. Es würde einige zeit dauern, bis die Augen sich an das matte Licht gewöhnten, das durch das Fenster einfiel.

"Es ist mehr als in Ordnung. Es fühlt sich richtig an," murmelte Lars und ließ seinen Blick über den Raum wandern, während er die aufgeladene Stimmung spürte, die zwischen ihnen pulsierte. Dann schlüpfte auch er aus seiner Kleidung und tastete sich in der Dunkelheit zum Bett.

Als sie sich schließlich im Bett niederließen, war die Atmosphäre durchdrungen von einer süßen Vertrautheit, aber auch von einer elektrisierenden Spannung. Johanna zog die Decke über sich, und Lars legte sich neben sie, der Abstand zwischen ihnen schien in der warmen Dunkelheit zu schmelzen. Die Berührung ihrer Hände, die sich suchend fanden, war wie ein sanfter Funke, der ihre Körper in Aufregung versetzte.

"Es ist so viel schöner, als allein zu sein," flüsterte Johanna und ihr Blick war einladend und fordernd zugleich.

"Ja, es fühlt sich an, als ob die Welt draußen verschwunden ist. Nur wir zählen," erwiderte Lars, seine Stimme tief und eindringlich.

Sie lagen nebeneinander, ihre Köpfe auf den Kissen, und während der Sturm draußen wütete, schien die Zeit stillzustehen. Ihre Körper waren sich so nahe, dass sie den warmen Atem des anderen spüren konnten. Johanna lehnte sich leicht zu ihm, und ihre Schultern berührten sich. Die Berührung war flüchtig, aber sie fühlte sich wie eine Explosion an, die den Raum zwischen ihnen mit Spannung auflud.

"Ich fühle mich so wohl bei dir," murmelte Johanna, und ihr Atem war warm und süß gegen seine Haut. Lars bemerkte, dass Johanna schneller atmete.

"Das geht mir genauso," erwiderte Lars, und während er ihre Hand nahm, spürte er, wie ein intensives Kribbeln durch seine Adern floss. Sie lagen dort, umhüllt von der Wärme der Decke, und die Intimität der Situation wuchs mit jedem Augenblick. Johanna kam ein wenig näher, ihre Beine streiften die seinen, und Lars spürte ein Feuer in seinem Inneren, das er kaum zügeln konnte.

Schließlich lag sie ganz nah an ihm, und als er seinen Arm um sie legte, fühlte er den Herzschlag, der in einem schnellen Rhythmus gegen seine Brust pochte. Ihre Augen trafen sich, und für einen Moment schien die Luft stillzustehen. Die Nähe, die zwischen ihnen entstand, war greifbar, und Lars konnte sich dem unwiderstehlichen Drang nicht entziehen, näherzukommen.

Johanna hielt den Blick, und in ihren Augen schimmerte eine Verheißung, die ihn dazu brachte, den Abstand zwischen ihnen weiter zu überwinden. Es war eine ungesagte Einigkeit, die den Raum erfüllte, ein Wissen darum, dass sie sich nicht länger zurückhalten konnten.

"Ich…" begann Lars, doch die Worte blieben ihm im Hals stecken, als Johanna sich sanft zu ihm beugte. Ihre Lippen berührten sich für einen kurzen Moment, und der Kuss war süß und zärtlich, aber auch voller Begierde. Der Sturm draußen wurde zur sanften Melodie, die sie in einen Zustand der Ekstase wiegte. Johannas Küsse wurden drängender, ihr Atem ging schnell und fast keuchend. Mit ihren Händen tastete sie über die muskulöse Brust von Lars, dann über seinen ebenso muskulösen Bauch … Schließlich glitten ihre Hände noch etwas tiefer und ein Seufzer entwich ihr, als sie zwischen seinen Beinen das fand, was sie gesucht hatte. Lars stöhnte wohlig unter ihren sanften aber fordernden Händen, die ihn dort massierten, wo ihn schon lange keine Frau mehr berührt hatte. Er selbst tastete jetzt ebenfalls den Körper von Johanna ab. Als er ihre harten Brustwarzen berührte stöhnte sie verlangend in seinen Mund, die feuchten Küsse nicht unterbrechend. Er tastete sich tiefer und fühlte die warme Feuchtigkeit zwischen ihren Beinen. Nun hielt Johanna es nicht mehr aus. Sie schwang sich auf ihn. Lars stöhnte zugleich mit ihr auf, als er vollends in sie eindrang. Langsam begann Johanna sich auf ihm zu bewegen. Aus den zuerst langsamen Bewegungen wurde schnell ein wilder Ritt. Lars hielt sie an den Hüften fest, stieß von unten zu und küsste ihre vollen Brüste. Er saugte an den harten Brustwarzen, was ihr ein tiefes Stöhnen entlockte. Schließlich spürte er, dass er bald seinen Samen verspritzen würde. Auch Johanna näherte sich jetzt rasant ihrem Höhepunkt. Sie stieß spitze, leise Schreie aus, drückte seinen Kopf an ihren Busen … und verkrampfte sich in dem Moment, als Lars hemmungslos stöhnte, weil er gekommen war. Mit einem fast schon urzeitlichen Laut, der sich von ihren Lippen schlich schüttelte sie sich und sank dann erschöpft auf Lars zusammen. Ihr ganzer Körper schien für eine kurze Weile zu zucken und zu beben.

Schließlich erhob sie sich und stieg von ihm herab. Schwer atmend legte sie sich neben ihn. Ihre Augen schienen in der fahlen Dunkelheit fast zu leuchten und ihre Zähne schimmerten hell zwischen den vollen Lippen. Sie drückte sich ein wenig näher an ihn heran und küsste seine Schulter. Ein leises Lachen entwich ihrem Mund. "Mein geliebter Lars, ich hoffe, das Unwetter hält noch eine ganze Weile an. Du kannst dir nicht vorstellen, wie mir so etwas gefehlt hat. Schon seit Jahren habe ich mit keinem Mann das Bett geteilt … dabei schreit mein Körper geradezu danach. Ich denke, du wirst heute Nacht nicht viel Schlaf bekommen."

Lars kicherte wie ein kleiner Schuljunge. Dann beugte er sich zu ihr und flüsterte leise in ihr Ohr. "Das ist völlig in Ordnung. Ich verzehre mich nach dir und werde mir mögliche alles tun, um dir den Genuss zu geben, den du vermisst. Ich selber genieße es doch auch, meine liebe Johanna."

Dann küsste er ihre Brustwarzen, die sich sofort zwischen seinen Lippen verhärteten. Johanna stöhnte unkontrolliert, umklammerte seinen Kopf und genoss das Spiel seiner Lippen und seiner Zunge. Sie tastete zwischen seine Beine und schnurrte wie eine Katze, als sie feststellte, dass er wieder hart war. Sie zog ihn über sich. "Komm und stoße mich. Ich will es hart und schnell. Ich will dich tief in mir spüren." Bereits auf ihr liegend schob Lars sich etwas vor und glitt dann ein kleines Stück in sie hinein. Johanna stöhnte griff an seine breiten Schultern und verschränkte ihre Beine hinter seinem Hintern. Mit einer kraftvollen Beinbewegung schob sie ihn zur Gänze in sich hinein. Sie holte tief Luft riss ihre Augen auf und öffnete ihren Mund zu einem stummen Schrei, als er jetzt völlig in sie eindrang. Lars stöhnte. Dann begann er sich in ihr zu bewegen. Johanna gab mit ihren Beinen, die ihn umklammert hielten, den Takt an. Sie schaute ihn an und in ihren Augen war Lust und Gier erkennbar. "Fester Lars, tiefer … mach fester und stärker, ich brauche das jetzt." Schließlich kamen sie beide wieder zum Höhepunkt. Als Lars unter einem wilden Stöhnen seinen Samen tief in ihren Schoß spritzte, krallte Johanna sich an seinen Schultern fest und schrie ihre Lust laut heraus. In dieser Nacht fanden sie nur wenig Schlaf. Zwischenzeitlich hatte der Sturm abgeebbt und der Schneefall war in ein langsames Rieseln übergegangen. Keiner von ihnen hatte dies bemerkt. Es gab Dinge, die weit wichtiger für sie waren. Die Dunkelheit umhüllte sie, wie eine schützende Decke, als sie schließlich ermattet einschliefen.

Lars genoss die zwei folgenden Tage bei Johanna in vollen Zügen. Ihre Zeit zusammen war erfüllt von leichten Gesprächen, Spaziergängen im Schnee und den gemeinsamen Abenden vor dem Kamin. Zwischendurch verschwanden sie immer wieder in das Schlafgemach von Johanna, die nahezu unersättlich zu sein schien. Lars gelüstete es nicht weniger nach Johanna. Ihr Körper auf seiner Haut war für ihn wie eine Offenbarung. Jeder Moment schien die Verbindung zwischen ihnen zu vertiefen und die Gefühle, die sie füreinander hegten, wurden mit jedem Lächeln und jedem Berühren intensiver. Doch irgendwann musste er sich der Realität stellen.

Am dritten Tag, als der Morgen grau und neblig war, wusste Lars, dass es Zeit war, nach Wismar zurückzukehren. Er verabschiedete sich von Johanna, die mit einem bittersüßen Lächeln an der Tür stand, und versprach ihr, bald wiederzukommen. "Pass auf dich auf, Lars," flüsterte sie, küsste ihn zart und sah ihm in die Augen, bis er sich abwandte, um zu gehen.

Die kurze Reise nach Wismar verlief ohne Zwischenfälle. Als er die Stadt erreichte, erfüllte der vertraute Anblick der Hafenanlagen und der Schiffe ihn mit einem Gefühl der Entschlossenheit. In den folgenden Tagen hatte er sein Schiff, die *Sturmvogel*, für eine neue Kaperfahrt vorbereitet. Die Besatzung war bereit, die Vorräte waren aufgefüllt, und die Kanonen glänzten im Licht der Wintersonne.

Am frühen Abend, als die Sonne hinter den Hügeln verschwand und die Dunkelheit langsam über den Hafen fiel, bereitete sich Lars darauf vor, die *Sturmvogel* zu besteigen. Mit einem letzten Blick auf die Stadt, die ihm so viel bedeutete, trat er an die Reling seines Schiffes. "Die See wartet auf uns", murmelte er, während er die Besatzung anrief, die eifrig bereitstand, ihre Positionen einzunehmen.

Mit einem kräftigen Schub und dem Rauschen des Windes in den Segeln setzte sich die *Sturmvogel* langsam in Bewegung. Der Hafen von Wismar verschwand langsam hinter ihnen und das Herz von Lars schlug schneller, während er auf die offene See blickte, die vor ihnen lag. Ein neues Abenteuer wartete, und er war fest entschlossen, es zu ergreifen.

Die *Sturmvogel* segelte aus der weiten Hafenbucht heraus und umrundete die Insel Poel, mit Kurs nach Nordosten. Schneider sah prüfend zum wolkenlosen Himmel empor. Dann winkte er Morgentau und Peterson zu sich. Zusammen gingen sie in die Kajüte des Kapitäns.

Kapitän Schneider öffnete eine der Truhen, die an der Seite der Kabine standen. Er entnahm der Truhe eine große, zusammengerollte Karte und breitete diese dann auf dem großen Tisch aus, der die Kajüte dominierte.

Leutnant von Morgentau warf einen Blick auf die detaillierte Karte und pfiff dann leise durch die Lippen. "Hol mich doch der Teufel … Das also ist ihr Plan, Kapitän. Sie wollen den Krieg zu den Franzosen tragen und deren Schiffe vor der Küste von Frankreich angreifen. Das dürfte den Franzosen nicht gut gefallen. Andererseits werden die sicherlich nicht damit rechnen, direkt vor der eigenen Haustür angegriffen zu werden. Das hoffe ich zumindest, denn sonst stoßen wir in ein Wespennest und das kann dann wirklich unerquicklich werden.

Leutnant Peterson blickte nur nachdenklich auf die Karte und versuchte sich vorzustellen, wie weit sie von Wismar entfernt sein würden. Er war an der Ostseeküste aufgewachsen und fühlte sich hier zuhause. Jetzt in Gebiete zu segeln, die ihm völlig unbekannt waren, versetzte ihm einen leichten Schauder.

5.

Ein verwegener Plan, Nordsee im Winter 1761

In der engen, doch robust ausgestatteten Kajüte der *Sturmvogel* saß Kapitän Lars Schneider bei Kerzenlicht an seinem schweren Holztisch, dessen Oberfläche von Kerben und Schrammen aus zahllosen Reisen zeugte. Der Raum duftete schwach nach Wachs und altem Holz, ein vertrauter Geruch, der Schneider eine gewisse Ruhe verlieh, während er Peterson und Morgentau in seine Überlegungen einweihte.

Morgentau, der erste Offizier, saß mit aufmerksamem, aber leicht unbehaglichem Blick auf der gegenüberliegenden Seite des Tisches. Peterson, dessen wettergegerbtes Gesicht und strenger Ausdruck für langjährige Erfahrung sprachen, stand leicht nach vorne gebeugt, die Arme verschränkt, als würde er erwarten, dass Schneider ihm jeden Moment einen entscheidenden Befehl geben würde.

Schneider lehnte sich in seinem Stuhl zurück, nahm einen Schluck aus seinem Zinnbecher und begann, seine Gedanken zu ordnen. "Vor einigen Tagen," sagte er mit leiser, doch entschlossener Stimme, "kam ich in Wismar mit einem holländischen Kapitän ins Gespräch, der mir Interessantes über die Franzosen zu berichten wusste. Der Holländer war zwar etwas angetrunken aber das, was er mir erzählte, ging mir nicht mehr aus den Gedanken."

Peterson hob neugierig eine Augenbraue, während Morgentau sich ein wenig vorbeugte. "Und was hat dieser Holländer gesagt, Kapitän?" fragte Peterson.

"Er erzählte mir von Saint-Malo," antwortete Schneider mit einem Funken in den Augen. "Ein Hafen an der bretonischen Küste, bekannt dafür sehr starke Gezeitenwechsel zu besitzen. Die Franzosen nutzen ihn als Basis für ihre Kaperfahrten gegen britische und holländische Schiffe. Es scheint so, als würde dort von einer ganzen Anzahl französischer Kapitäne eine ganze Flotte von Freibeuterschiffen auf ihre Einsätze vorbereitet ... alles im Namen des französischen Königs. Ausgestattet mit

Kaperbriefen und somit eine beträchtliche Gefahr für Holland, England und natürlich auch für uns." Er ließ seine Worte nachhallen, während er das Interesse seiner Offiziere studierte.

Morgentaus Augen weiteten sich leicht. "Saint-Malo... ich habe von diesem Ort gehört. Er ist berüchtigt, nicht wahr? Die Schiffe dort sollen schnell und wendig sein, mit erfahrenen Seeleuten an Bord, die das Kapern zur Kunst erhoben haben."

Schneider nickte zustimmend. "Genau das macht sie zu einer Bedrohung, der man rechtzeitig begegnen sollte ... und zugleich auch zu einem sehr interessanten Ziel."

Peterson rieb sich nachdenklich das Kinn. "Ihr meint, wir sollten den Hafen direkt angreifen? Saint-Malo ist sicherlich gut befestigt, Kapitän. Die Franzosen wissen, was für einen Schatz sie dort haben und werden alles tun, um ihn zu verteidigen. Wir müssen damit rechnen, dass wir dort nicht nur Kaperkapitänen gegenüber stehen werden, sondern auch regulären Einheiten der Kriegsflotte und der Armee, des Königs von Frankreich. Wollen wir dieses Risiko wirklich eingehen? Was ist, wenn wir auf Linienschiffe treffen? Die verspeisen uns zum Frühstück."

Schneider legte seine Hände flach auf den Tisch, und sein Blick wurde hart. "Ich weiß, dass es ein Wagnis wäre. Aber gerade deshalb könnte es sich lohnen. Sie rechnen nicht damit, dass jemand wie wir sie dort angreifen würde. Der Überraschungseffekt könnte auf unserer Seite sein." Er machte eine kurze Pause und sah Peterson eindringlich an. "Stell dir vor, wir könnten einige ihrer Schiffe versenken oder mit etwas Glück sogar erbeuten ... die Korsaren aus Saint-Malo wären für Wochen, vielleicht sogar Monate, außer Gefecht gesetzt. Die Briten und Holländer würden es uns danken … und unser König wäre entzückt, über einen derartigen Streich."

Morgentau atmete jetzt tief ein, sichtbar stark beeindruckt von Schneiders Kühnheit. "Aber Kapitän, ein solcher Angriff wäre riskant. Selbst wenn wir Saint-Malo erreichen, wie gedenken wir, gegen die Befestigungen vorzugehen? Die Franzosen sind nicht unvorbereitet."

Schneider lächelte schmal. "Das ist einer der Gründe gewesen, weshalb ich Oberst Roggenfeldt um mehr reguläre Soldaten gebeten hatte und ebenfalls unsere Mannschaft aufgestockt habe. Der Plan ist jedoch zugegebenermaßen ausnehmend riskant. Darum habe ich euch beide hier zusammengerufen. Wir müssten uns eine Strategie überlegen, wie wir Saint-Malo tatsächlich erreichen und dann zuschlagen können, bevor die Franzosen eine erfolgreiche Gegenmaßnahme einleiten. Vielleicht reicht ein nächtlicher Angriff ... nur ein Hieb, ein blitzschnelles Eindringen in den Hafen, um Schaden anzurichten und ihre Flotte in Unordnung zu bringen. Ziel soll es sein, so viele Schiffe wie möglich zu beschädigen oder zu versenken und dort Panik zu verbreiten. Ich will die Franzosen verunsichern."

Peterson, der jahrelange Kampferfahrung gesammelt hatte, nickte jetzt nachdenklich. "Ein Blitzangriff also ... Das könnte funktionieren, wenn wir die Gezeiten, die Überraschung und auch den Wind auf unserer Seite haben. Ein Überraschungsmanöver mitten in der Nacht könnte uns den Vorteil verschaffen. Die französischen Wachen wären möglicherweise nicht auf solch einen Vorstoß vorbereitet."

Schneider beugte sich vor und legte eine Karte auf den Tisch, auf der die Küstenlinie um Saint-Malo und die Position des Hafens markiert waren. "Seht her," sagte er und deutete auf die Stellen, die ihm der holländische Kapitän beschrieben hatte. "Hier entlang der Küste gibt es einige kleine Buchten, von denen aus wir uns unbemerkt annähern könnten. Die Landspitze dort schützt uns vor dem direkten Blick der Franzosen, bis wir nahe genug sind. Wir müssen nur vermeiden, vorzeitig entdeckt zu werden."

Morgentau strich mit dem Finger die Linie der Küste nach und nickte dann langsam. "Es klingt durchaus machbar… doch es erfordert eine gut koordinierte Mannschaft und schnelles, mutiges Handeln. Von dem dann benötigten Glück, welches uns nicht garantiert ist, werden will ich hier erst gar nicht sprechen."

"Das werden wir haben," erwiderte Schneider mit einem Anflug von Entschlossenheit in der Stimme. "Wir werden jedem Mann an Bord diese Idee im Detail erklären und ihnen klarmachen, wie wichtig Disziplin und Geschwindigkeit in dieser Mission sein werden. Wir müssen effizient und ohne einen Funken Zögern handeln, wenn wir eine Chance auf Erfolg haben wollen."

Leutnant Peterson blickte Schneider nachdenklich und ernst an. "Und wenn es nicht gelingt, Kapitän? Ein Fehlschlag könnte die Franzosen alarmieren, und sie könnten in ihrer Wut und zur Vergeltung einen Gegenangriff starten. Ich denke nicht, dass wir in einem französischen Kerker landen wollen."

Schneider hielt Petersons Blick stand. "Das Risiko ist mir bewusst, aber die Vorteile überwiegen. Die Franzosen würden nach solch einem Angriff nicht wissen, ob wir noch einmal zurückkehren oder andere ihrer Häfen bedrohen könnten. Es wäre ein Schachzug, der sie zwingen würde, Ressourcen und Schiffe zu ihrem Schutz zu binden. Das könnte die Kaperfahrten auf unsere und auch insbesondere die britischen Schiffe für einige Zeit unterbrechen. Die Engländer sind unsere Verbündeten und ich verspreche mir viel davon, ihnen behilflich zu sein. Das kann langfristig viele Vorteile für uns persönlich bringen."

Morgentau schüttelte leicht den Kopf, ein nervöses Lächeln auf den Lippen. "Kapitän, ihr habt wirklich einen kühnen Plan gefasst. Doch wenn wir es schaffen, könnten wir eine bedeutende Botschaft senden und zudem noch reiche Beute machen, wenn uns das Glück hold ist. Der Hafen von Saint-Malo wird sicher auch häufig von den französischen Handelsschiffen angesteuert. Wäre ich ein Franzose, dann würde ich kaum damit rechnen, selbst das Ziel eines Angriffes zu werden … Nicht in meinem eigenen Garten, wenn ich das einmal so formulieren darf."

Schneider nickte. "Genau das ist mein Ziel. Wir werden uns in die Geschichtsbücher schreiben und ein Zeichen setzen, das die Franzosen nicht so leicht vergessen werden." Er legte die Hände auf den Tisch, seine Augen glühend vor Entschlossenheit. "Ich weiß, dass dies eine gewagte Mission ist. Doch ich glaube an unsere Mannschaft ... und an den Mut, den jeder von uns in sich trägt. Das hier ist unsere Chance, den Franzosen zu zeigen, dass Preußen eine Macht auf See ist, die man nicht verächtlich herumschubst und mit der zu rechnen ist."

Die beiden Offiziere blickten Schneider an, in ihren Augen eine Mischung aus Respekt, Ehrfurcht und einer Spur Nervosität. Peterson nickte schließlich langsam, ein leises, aber entschlossenes Lächeln auf seinen Lippen. "Ich bin natürlich dabei, Kapitän. Ihr könnt auf mich zählen … Jederzeit."

Morgentau atmete tief durch, und ein entschlossener Ausdruck trat in sein Gesicht. "Auch ich werde alles geben, um diesen Plan zu unterstützen, Kapitän. Wir werden Saint-Malo zeigen, dass die *Sturmvogel* keine Beute ist, sondern ein Jäger ... Bemannt mit tapferen Männern, ohne jegliche Furcht."

Schneider sah seine beiden Offiziere an und nickte zufrieden. "Dann ist es beschlossen. Wir bereiten uns vor und schärfen jedem Mann an Bord ein, was für eine Gelegenheit dies ist. Wir segeln zur französischen Küste und zeigen ihnen, dass die *Sturmvogel* die Freiheit und Ehre von Preußen auf See verteidigt ... und den Kampf zum Feind trägt."

Mit einem letzten Blick auf die Karte und einem Kopfnicken an seine Offiziere schloss er die Besprechung.

Der Wind war rau und kühl, ideal für die geplante Seereise nach Westen. Kapitän Schneider stand neben dem Steuermann, den Blick fest auf den Horizont gerichtet, während das Schiff sich elegant durch die Wellen pflügte. Über ihm knarrten die Taue im Takt des Windes, und die Segel blähten sich, trieben die *Sturmvogel* mit gleichmäßigem Tempo voran.

Während der ersten Tage herrschte strenge Routine an Bord. Die Mannschaft war durch die Fahrten erprobt, und jede Hand wusste genau, was zu tun war. Die neu angeworbenen Männer fügten sich in die alte mannschaft ein und es gab für Kapitän Schneider nicht zu bemängeln. Peterson führte die neuen Rekruten aus dem Wismarer Stadtgarnison, die als Marinesoldaten mitkamen, in die täglichen Aufgaben und die Besonderheiten des Lebens auf See ein. Die Männer trainierten das Entrollen und Verstauen der Segel und übten sich im Laden und Zielen der schweren 24-Pfünder, die sicher in ihren Halterungen unter Deck aufgereiht waren und darauf zu warten schienen, dass man sie in den Einsatz brachte. Die Enge die jetzt an Bord herrschte war ungewohnt und fast schon bedrückend. Es war aber notwendig, eine derart starke Mannschaft auf dem Schiff zu wissen, wenn Schneider seinen Plan erfolgreich umsetzen wollte. Morgentau beaufsichtigte die Logbücher und Vorratslisten mit penibler Hingabe, sorgte für Ordnung und dokumentierte jede Beobachtung in akkuraten Notizen.

Die Durchquerung des oftmals gefürchteten Skagerrak verlief einfacher, als Kapitän Schneider es sich gedacht hatte. Der Wind war günstig für sie und das Wetter stand auf der Seite von Schneider und seiner Mannschaft. Auch der weitere Weg über die Nordsee war ruhig und verlief ohne Vorkommnisse. Als die *Sturmvogel* endlich den Ärmelkanal erreichte, wurde die Fahrt dann anspruchsvoller. Hier war die See tückisch, die Strömungen stark und die Windböen wechselhaft. Fischerboote und kleinere Schiffe wurden am Horizont gesichtet, doch Schneider vermied den Kontakt zu diesen Schiffen. Sein Ziel war Sait-Malo und er wollte alles vermeiden, was die Franzosen warnen könnte. Kapitän Schneider hielt seine Mannschaft jetzt allzeit auf hohem Alarmzustand, denn die französische Patrouillenschiffe könnten jederzeit auftauchen.

Eines Abends, als die Sonne glutrot über dem Horizont versank und das Wasser des Ärmelkanals in ein schummriges, dunkles Violett tauchte, versammelte Schneider die Offiziere und Unteroffiziere auf dem Hauptdeck. "Ein Stück vor uns liegt der Hafen von Saint-Malo, Männer" begann er mit leiser, eindringlicher Stimme, "und direkt dahinter befindet sich das Herz der französischen Küstenverteidigung. Wir werden keine Gefangenen machen ... doch auch keine überflüssigen Risiken eingehen. Disziplin und Geschwindigkeit sind unser größter Trumpf."

Die *Sturmvogel* segelte unentdeckt weiter die Küste entlang, nur knapp außerhalb der Sichtweite von Beobachtern am Land. Mit jedem einzelnen Seemeilenzeichen auf Morgentaus Karte kam das Ziel näher. Als die bretonische Küste, mit der Stadt Saint-Malo schließlich am Horizont auftauchte, ein dunkler, gezackter Streifen vor dem Abendlicht, machte sich an Deck eine gespannte Stille breit. Die Wellen schlugen leise gegen den Rumpf, und die Männer hielten erwartungsvoll fast den Atem an. Sie wussten, was geplant war und waren sich des Risikos bewusst ... bereit, die *Sturmvogel* in einen Hafen zu steuern, der für die Franzosen bisher uneinnehmbar schien, wäre ihnen vor kurzem noch als purer Wahnsinn erschienen. Jetzt jedoch, in diesem Moment, fieberten sie alle geradezu nach dieser Gelegenheit.

Die Dämmerung senkte sich bereits wie ein grauer Schleier über die Bucht von Saint-Malo, als Kapitän Schneider durch sein Fernrohr die Szenerie im Hafen musterte. Er konnte nur zwei Schiffe ausmachen, die dort am Kai lagen. Die beiden Schiffe lagen still im Wasser des Hafens.

Ein schwerfälliges Handelsschiff, dessen hölzerner Rumpf und gefaltete Segel auf eine lange Reise hindeuteten, und eine französische Fregatte, die mit klarer Ordnung und Effizienz an der Kaimauer vertäut lag. Die Fregatte war ein Kriegsschiff, deutlich an den schimmernden Geschützen erkennbar, die durch die offenen Luken hervorsahen. Schneider schätzte ihre Bewaffnung auf annähernd dreißig Kanonen, eine ernstzunehmende Bedrohung, wenn der Überraschungseffekt nicht auf ihrer Seite blieb.

Das Abendlicht schwand schnell, und die Schatten wurden länger, tauchten den Hafen in ein diffuses Grau, das den Kapitän jetzt zu einem Entschluss kommen ließ. Er wandte sich zu Leutnant Peterson, seinen Unteroffizieren, und zum ersten Offizier, von Morgentau, der die Mannschaft zusammengetrommelt hatte. "Wir ankern unser Schiff ganz knapp außerhalb des Hafens. Dann setzen wir über. Die Boote sind startbereit?" Peterson nickte knapp, und Schneider hielt seine Stimme fest und leise, um die Anspannung der bevorstehenden Aktion zu brechen. "Wir setzen alle unsere Soldaten und dazu zwanzig erfahrene Matrosen ab. Sobald wir anlegen, bewegen wir uns in absoluter Stille. Keine Lichtquelle, keine lauten Befehle ... nur Handzeichen und die Schatten unserer Schritte. Verstanden?"

Peterson und Morgentau antworteten synchron und mit festem Blick. Die Männer, die die Boote bestiegen, waren erfahrene Seeleute und Soldaten, die um die Disziplin und das Geschick wussten, das für eine solche Operation vonnöten war.

Mit leisem Schaben und Klappern der hölzernen Riemen gegen die Ruderbänke wurden die Boote abgelassen und glitten lautlos ins dunkle Wasser. Die *Sturmvogel* lag etwas abseits, von der Hafeneinfahrt. Sie war vom Kai des Hafens aus nicht direkt sichtbar, doch nahe genug, um in Minuten eingreifen zu können, falls die Aktion schiefging. Schneider selbst nahm Platz im ersten der beiden Boote und legte seine Hand an die Ruder, bereit, den Angriff anzuführen. Peterson folgte im zweiten Boot, und seine Augen durchdrangen das dunkle Wasser, während die ersten Männer die Riemen mit langen, ruhigen Zügen ins Wasser eintauchten. Die Boote würden mehrmals fahren müssen, um alle Männer, die an der Mission teilnehmen sollten, in den Hafen zu bringen. Das rhythmische Plätschern der Ruder schien im schwachen Wind zu verschwinden, der von der Küste wehte. Die kühle Abendluft schnitt ihnen ins Gesicht, und die Männer auf den Booten schwiegen, während ihre Gedanken sich konzentriert auf die bevorstehende Mission richteten. Die Boote, bestückt mit den dunkel gekleideten Matrosen und Soldaten, bewegten sich wie lautlose Schatten über das Wasser. Die französische Küste kam ihnen immer näher, und Schneider fühlte das Herzklopfen seiner Männer, gespiegelt in seinem eigenen.

Als sie den äußeren Bereich des Hafens erreichten, schien Saint-Malo bereits in tiefem Schlaf zu liegen. Die wenigen Lichter, die von den Gebäuden entlang des Kais ausgingen, wurden durch das schwindende Abendlicht immer schwächer. Schneider konnte am Ufer kaum eine Bewegung erkennen, nur gelegentlich wanderte eine Gestalt auf dem Kai des Hafens entlang und verschwand dann in einer der Tavernen, aus denen leise Lärm und Gelächter drang. Der Geruch von Salz und Tang stieg in die Luft, und der sanfte Wellengang schwappte leise gegen die Holzplanken der Boote.

Die Boote glitten näher an die äußeren Hafenmauern heran. Peterson drehte sich kurz zu Schneider um und nickte ... sie waren nahe genug, um das Ziel zu erreichen, ohne zu viel Aufmerksamkeit zu erregen. Schneider hob seine Hand, gab ein leises Zeichen, und die Männer, die bisher an den Rudern gesessen hatten, hielten inne. Die Boote trieben nun ohne Vortrieb weiter, fast lautlos, getragen von der sanften Strömung.

Schneider atmete tief durch, seine Sinne angespannt, und schloss kurz die Augen, um sich zu konzentrieren. Jeder Handgriff musste perfekt sitzen. Eine plötzliche Bewegung, ein unachtsamer Tritt ... und das Risiko, entdeckt zu werden, würde in Sekunden steigen. Er öffnete die Augen und ließ den Blick über die beiden voll besetzten Boote schweifen, die sich wie in der Dunkelheit still bewegten. Mit einem weiteren Handzeichen wies Schneider die Männer an, das letzte Stück in völliger Ruhe zurückzulegen. Einige Matrosen zogen die Riemen ein, während andere die Boote sanft mit ihren Händen an der rauen Steinmauer entlangführten. Die Oberfläche der Mauer war feucht und rutschig, bedeckt von Algen und Muscheln, doch die Männer arbeiteten sich geduldig und leise voran. Der Hafen lag still vor ihnen, und Schneider konnte im fahlen Licht der verbliebenen Sterne das jetzt erschreckend große französische Kriegsschiff sehen, das majestätisch, aber reglos in den Wellen schaukelte. Bislang waren sie noch nicht entdeckt worden. Schneider lächelte grimmig.

Das erste der Boote legte schließlich an. Schneider, gefolgt von Peterson und Morgentau, stieg leise aus und setzte seine Stiefel vorsichtig auf den steinernen Boden des Uferbereichs. Die Männer verließen die Boote, jeder in tiefer Konzentration, und schoben sich langsam vorwärts, während das Rauschen der Wellen die letzten Geräusche ihrer Bewegungen dämpfte. Schneider wusste, dass das Zeitfenster begrenzt war. Jeder Mann, der nun den Boden von Saint-Malo betrat, war bereit, einen stillen Schatten in der Nacht zu sein ... das letzte Stück vor dem Angriff auf die französische Verteidigung. Die beiden Boote kehrten bereits zur *Sturmvogel* zurück, um die restlichen Männer zu holen, die an dieser gefährlichen Mission teilnehmen sollten.

Es schien Schneider, als würden Stunden vergehen, bis die Boote zurück kamen und endlich den Rest der Männer brachte. Schneider atmete noch einmal tief durch. Dann gab der Kapitän das Handzeichen, um in den inneren Hafenbereich zu schleichen.

Als die preußischen Soldaten und Matrosen durch die engen, mit Nebel durchzogenen Gassen von Saint-Malo schlichen, war die Stille wie eine drückende last spürbar. Nur das ferne Rauschen der Meereswellen und das gelegentliche Knarren eines Bootes durchbrachen die dichte, unheimliche Ruhe. Die Männer bewegten sich lautlos und wachsam, jeder Schritt war bedacht, jeder Atemzug ruhig und kontrolliert. Im Schein der wenigen Lampen, die an den Häuserwänden brannten, konnte man gerade so ihre Silhouetten erkennen, wie Schatten in der Nacht, gesandt, um den Feind in völliger Überraschung zu treffen und Chaos zu verbreiten in der Stadt.

Da, ein Schimmer! Ein leises Stolpern gefolgt von einem schiefen, fast schon singenden Lachen ließ die Männer in die Schatten zurückweichen. Ein französischer Offizier schwankte auf sie zu, die Uniform locker und das Hemd unordentlich über der Weste hervorlugend. Der Geruch von Wein und Tabak hing an ihm wie ein schwerer Schleier. Er hatte offensichtlich den Abend über in einer Taverne verbracht und kämpfte sich nun, ein Lied auf den Lippen, zu seinem Quartier zurück ... ohne die geringste Ahnung, dass er gleich auf eine Einheit preußischer Soldaten treffen würde. Er führte, mit zeitweise torkelnden Schritten, ein Pferd am Zügel hinter sich her. Anscheinend schien es ihm zu schwer, sich auf das Pferd zu setzen und zu reiten.

Die Männer der *Sturmvogel* standen regungslos da, verborgen im Schatten, und Schneider trat mit einer knappen Handbewegung hervor, dicht gefolgt von Peterson und Morgentau. Der Offizier, viel zu trunken, um zu erkennen, was vor ihm geschah, hielt inne und blinzelte verwirrt, als Schneider und Peterson ihn schnell, aber lautlos packten. "Qu'est-ce que c'est...?" was so viel hieß wie, *Was ist das?* murmelte der Franzose, bevor Peterson ihm mit einem gezielten Griff den Mund zu hielt und ihn zum Schweigen brachte. Schneider legte den Finger an die Lippen, eine Geste des Schweigens ... aber der französische Offizier war viel zu betrunken und benommen, um Widerstand zu leisten.

Flüsternd begann Morgentau, den Offizier zu befragen, während Peterson ihm die Pistole abnahm und Kapitän Schneider mit ernster Miene vor ihm stand. Anfangs murmelte der Offizier nur Unverständliches, doch als die scharfe Stimme Schneiders ihn zur Aufmerksamkeit zwang, begann er zu reden. Morgentau verstand den gefangenen Offizier hervorragend. Er sprach fließend französisch, wie es in den adeligen und gehobenen Familien Europas in dieser Zeit nicht ungewöhnlich war. Die Preußen erfuhren, dass die Besatzungen der beiden französischen Schiffe in den Tavernen der Stadt feierten und dass sich auf den Schiffen kaum jemand befand ... die Franzosen fühlten sich sicher, umgeben von den Mauern der Stadt und dem Schutz der eigenen Küstenlinie. Das Handelsschiff und die Fregatte lagen quasi schutzlos am Kai, zumal die wenigen Leute die sich dort an Bord befanden zu dieser Stunde zumeist schon schliefen.

Peterson wechselte einen Blick mit Schneider, und ohne ein weiteres Wort entschied der Kapitän, dass die Gelegenheit perfekt war. Hier und jetzt würden sie den Franzosen zeigen, wie weit der preußische Arm reichte. Noch immer hielt Peterson den Offizier fest, doch Schneider nickte ihm zu ... die Überraschung sollte vollständig sein. Während Morgentau eilig eine Gruppe zusammenstellte, die die Schiffe infiltrieren würde, stellte sich Leutnant Peterson vor seine Soldaten und übernahm das Kommando.

Mit strenger Hand nahm er die Zügel des Pferdes, das dem Offizier gehört hatte, und schwang sich in den Sattel. Der Mond schien matt über dem Hafen, und Peterson, ein alter Soldat mit der Würde und der Unnachgiebigkeit eines uralten Felsens, erhob seine befehlsgewohnte Stimme und den Arm. "Soldaten von Preußen ... Marsch! Entrollt unsere Flagge und zeigt ihnen, wer wir sind! Trommler, setz den Takt! Zeigt den Franzosen, dass wir ihnen heute das Heulen des Krieges bringen!"

Der Trommler begann mit einem dumpfen, widerhallenden Schlag, ein unaufhaltsamer Rhythmus, der wie ein Donner über den leeren Hafen hallte. Die preußische Flagge wurde entrollt, und ihre blau-weißen Farben leuchteten wie eine Herausforderung in die Dunkelheit hinein. Mit donnernden Schritten marschierten die Männer vorwärts, während die französischen Wachen, zu überrascht und entsetzt, nur verwirrt auf die Szene starrten. Einige griffen panisch nach ihren Waffen, doch die Trommel klang wie das Nahen des Untergangs, und die kühnen, stählernen Blicke der preußischen Soldaten ließen keinen Zweifel daran, dass dies kein gewöhnlicher Überfall war.

Im Hintergrund, verborgen im Schatten, führte Schneider seine Matrosen zu den Schiffen. "Männer, Leutnant Peterson lenkt die Aufmerksamkeit auf sich und seine Truppe" flüsterte er, seine Stimme ruhig und doch voller Kraft, "Wir hingegen werden die beiden Schiffe übernehmen, die am Kai liegen. Noch heute Nacht segeln diese Schiffe unter preußischer Flagge!" Die Matrosen nickten, jeder mit dem mutigen Blick eines Mannes, der bereit war, alles zu geben. Wie Wölfe, die den Geruch der Beute wittern, schlichen sie an Bord, setzten ihre Messer an die Taue und begannen, die Segel zu lösen. Keiner sprach ein Wort, doch ihre Bewegungen waren flink und präzise, geübt und von dem Wissen getragen, dass jede Sekunde zählte. Einige Matrosen huschten unter Deck, um sicherzustellen, dass kein französischer Seemann ihr Tun stören konnte.

Zur gleichen Zeit tobte das Gefecht an Land. Peterson, mit einer Wucht, die schon einem Sturm glich, führte die preußischen Soldaten gegen die überraschten Franzosen an. Diese, noch halb betäubt vom Wein und verwirrt durch den plötzlichen Angriff, hielten sie fälschlicherweise für ein englisches Kommando. "Les Anglais!" rief einer, seine Waffe fiel ihm aus der Hand, als er in Panik geriet. Die Schreie hallten durch die Nacht, doch Peterson ließ sich nicht beirren. Sein Schwert blitzte im Mondlicht, und seine Stimme rief die Befehle mit eiserner Präzision. Die Soldaten folgten ihm, und ihre geübten Schritte setzten sich in einem Takt fort, der keinen Zweifel zuließ ... dies war die Nacht, in der Saint-Malo den Zorn Preußens spüren würde. Nur sehr vereinzelt fielen ungezielte Schüsse von den völlig überraschten Franzosen, in deren Reihen sich erkennbare Panik ausbreitete. Ein Pistolenschuss traf den Flaggenträger an der Schulter. Der Mann wurde durch den Einschlag umgeworfen, rappelte sich jedoch sofort wieder auf und eilte brüllend in das Gefecht zurück, während ihm ein dünnes Rinnsal Blut aus der rechten Schulter lief.

Die Infanterie greift an

Schneider erreichte in diesem Moment die Brücke der Fregatte. Unter Deck hörte er die hastigen Schritte seiner Männer, die das Schiff nach feindlichen Matrosen durchsuchten und diese kampfunfähig machten. Grinsend sah Schneider zu dem betrunkenen französischen Offizier hinüber, den man gebunden auf dem deck liegen gelassen hatte. Dort konnte er seinen Rausch ausschlafen und morgen würde der Offizier mit Erschrecken feststellen, dass sich einiges in seiner persönlichen Welt grundlegend verändert hatte. die Geschütze luden und die Segel für die Abfahrt bereit machten. Die Fregatte war ein großes Schiff. Viel größer als die *Sturmvogel* und Schneider wusste, dass sie eine wertvolle Trophäe wäre. In dieser Sekunde war er jedoch nicht nur ein Kapitän, sondern ein preußischer Krieger, und seine Augen glühten im fahlen Licht des Mondes, als er in die Ferne blickte und die nahende Freiheit erahnte.

An der Kaimauer tobte das Gefecht weiter. Die Franzosen, nun in heller Panik, konnten den Angriff der preußischen Soldaten nicht abwehren. Peterson, der auf seinem Pferd saß und die Trommel weiter schlagen ließ, schien eine Erscheinung aus einer fernen und finsteren Sage. Die französischen Offiziere und Matrosen schienen wie gelähmt, unfähig, den Strom der preußischen Soldaten aufzuhalten, die ihre Positionen unnachgiebig vorwärts trieben. Jeder Schritt brachte sie dem Sieg näher, jeder Schlag der Trommel trieb die Furcht in die Herzen der Franzosen tiefer. Schneider hatte Leutnant Peterson den Befehl erteilt, für Aufregung und Chaos zu sorgen. Das tat der Leutnant jetzt auch. Mit einigen seiner Männer drang er in die Zollstation ein, die in der Häuserzeile, neben den Tavernen lag. In der Zollstation befand sich auch die Wachstube der Hafenwache, mit deren Arsenal. Leutnant Peterson ließ eines der Fässer mit Schießpulver aufbrechen und bereitete eine Sprengung vor. Es war nicht genug Pulver vorhanden, um den ganzen Hafen zu verwüsten aber die Zollstation und die umliegenden Gebäude würden zweifelsohne stark beschädigt werden.

Eilig, jedoch mit geschärften Blicken und geübten Bewegungen, stiegen einige Matrosen in die beiden Boote, mit denen sie an Land gekommen waren und ruderten hastig zur *Sturmvogel* zurück, die im Schutz der Dunkelheit unerkannt vor dem Hafen lag. Das Wasser glitzerte leicht im Mondschein, und das leise Schaben der Ruder gegen die Riemenbänke erfüllte die Nachtluft, als die Boote sich sanft vom Kai abdrückten und in Richtung der *Sturmvogel* glitten, die unweit des Hafens im Wasser ruhte. Schneider wusste, dass sie schnell handeln mussten. Die derzeitige Stille im Hafen konnte jederzeit durchbrochen werden, und die beiden eroberten Schiffe benötigten erfahrene Matrosen, um bald in See stechen zu können. Mit den wenigen Leuten, die er derzeit zur Verfügung hatte war das nicht zu gewährleisten, zumal Leutnant Peterson mit seinen Soldaten noch immer an Land war und die französischen Verteidiger in

Atem hielt. Schneider benötigte jetzt dringend mehr Matrosen, von der *Sturmvogel*, um die beiden eroberten Schiffe auslaufbereit zu machen. Sollte dies nicht gelingen, so wollte Kapitän Schneider Feuer in der Pulverkammer dieser beiden Schiffe legen, um sie zu sprengen.

In rhythmischen Zügen führten die Männer die Boote mit geübten Ruderschlägen durch das ruhige Hafenwasser, bis die schmale Silhouette der *Sturmvogel* in Sicht kam. Kaum waren sie neben ihrem Schiff angelangt, als leise Befehle hinauf an Deck gerufen wurden, und kräftiger Matrosen sich eilten, in die Boote zu kommen. Mit vierzig Matrosen waren die beiden Boote mehr als voll, als sie bereits nach weniger als fünf Minuten die Rückfahrt in den Hafen antraten. Die Matrosen, die derweil auf der *Sturmvogel* verblieben, machten das Schiff fertig zur Abfahrt. Der erste Steuermann, der das Kommando an Bord führte, wusste genau, was zu tun war. Ohne Aufsehen zu erregen, erreichten die beiden Ruderboote die eroberten französischen Schiffe und die Matrosen beeilten sich, an Bord zu kommen. Die Matrosen gingen, einer nach dem anderen, an Deck und verteilten sich sofort auf ihre Posten. Unter leisen Anweisungen begannen sie, die Segel vorzubereiten und die Taue zu entwirren, bereit, die Schiffe sicher und ruhig aus dem Hafen zu manövrieren. Es war mit Peterson abgesprochen, dass man mit einer Kanone einen Signalschuss abgeben sollte, wenn er mit seinen Soldaten den Kampf abbrechen und zu den beiden Schiffen kommen sollte. Nur so würden er und seine tapferen Männer die Möglichkeit zu einem Entkommen haben. Eilig wurde eine der kleineren Drehbassen geladen, die auf der Reling der Fregatte befestigt waren. Donnernd entlud sich das kleine Geschütz und sandte eine Kugel von der Größe einer Kinderfaust in eine kleine Gruppe von französischen Soldaten, die über die Hafenstraße hasteten. Mit lauten Schmerzensschreien gingen einige der Soldaten zu Boden. Das war das Signal für Peterson, der sogleich den Rückzug zu den Schiffen befahl und Feuer an die Sprengladung legte, die er vorbereitet hatte.

Schneider, nun bereit für die Abfahrt, gab das Signal, die Taue zu kappen und die Segel zu setzen. Seine Matrosen feuerten die Soldaten an, die keuchend herbei geeilt kamen. Als letzter erschien Leutnant Peterson, sprang vom Pferd und erreichte mit einem gewaltigen Sprung das Fallreep, wo er sich keuchend festklammerte, bevor er an Deck kletterte.

Das Ruder wurde eingeschlagen und langsam, wie eine majestätische Bestie, setzte sich die Fregatte in Bewegung. Die Matrosen arbeiteten Hand in Hand, während das französische Handelsschiff ebenfalls ablegte und der Fregatte langsam folgte. Die Segel entfalteten sich knatternd im Nachtwind, und Schneider spürte, wie der Strom der See das Schiff ergriff, es vorwärtszog wobei die Gezeitenströmung ihnen half. Hinaus aus dem Hafen, hinaus in die Freiheit. Schneider lachte erleichtert auf und schlug dem immer noch keuchenden Peterson auf dessen Schulter. Der irrwitzige Plan des Kapitäns war gelungen.

Im sanften Morgengrauen, als die Sonne begann, die Kante des Horizonts zu erhellen und das Wasser in einem leichten Goldschimmer zu färben, lag die kleine preußische Flotte ruhig und sicher in einer abgelegenen Bucht an der französischen Küste. Kapitän Schneider stand an Deck der ehemals französischen Fregatte *Bukephalos* und betrachtete die beiden eroberten Schiffe, die nun friedlich vor Anker lagen. Die *Sturmvogel* ankerte dich bei diesen beiden Schiffe und man war bemüht, jetzt die verfügbaren Matrosen sinnvoll aufzuteilen, um alle drei Schiffe sicher nach Wismar segeln zu können. Der gestrige Angriff auf Saint-Malo war ein voller Erfolg gewesen, und erst jetzt ... in dieser stillen, verlassenen Bucht ... hatte Schneider Zeit, das volle Ausmaß ihrer Eroberungen zu begutachten. Die Mannschaft unter seinem Kommando hatte keine Gefallenen zu beklagen. Lediglich zwölf Männer waren verletzt worden. Am schlimmsten, der tapfere Fahnenträger, dem man die Pistolenkugel aus der Schulter entfernen musste. Der Mann würde seinen Arm für eine ganze Weile nicht richtig einsetzen können.

Er erteilte seinen Offizieren klare Befehle, die sich auf dem Achterdeck der Fregatte versammelt hatten. "Peterson, Morgentau ... nehmt eine Gruppe Matrosen und Soldaten. Durchsucht die beiden Schiffe gründlich. Ich will alles wissen. Die Ladung, den Zustand der Rümpfe, ob wir Lecks haben, und wie es um die Bewaffnung steht. Lassen wir uns nicht von der Beute blenden. Zuerst kommt die Sicherheit." Beide Offiziere nickten knapp und machten sich auf den Weg. Schneider war stolz auf seine Männer, denn trotz der großen Anstrengungen und der Gefahren der vergangenen Nacht waren sie wachsam und diszipliniert, bereit für alles, was dieser neue Tag bringen mochte. Schneider brummte anerkennend in seinen Bart, als er zum wiederholten mal feststellte, wie gut sich der junge Leutnant von Morgentau in seine neuen Aufgaben einbrachte. Die Befürchtungen, die Kapitän Schneider anfänglich hegte, hatten sich zum Glück nicht bewahrheitet. Ganz im Gegenteil. Der junge Mann schien über sich selbst hinaus zu wachsen und mit jedem Tag mehr Selbstvertrauen zu gewinnen.

Als erstes widmeten sie sich dem Handelsschiff, das etwas größer war als die Fregatte, aber von außergewöhnlicher Bauweise, was sofort ins Auge fiel. Die französischen Handelsschiffe, besonders die, die regelmäßig in die Kolonien fuhren, waren oft etwas breiter und trugen eine besondere Bauweise, die für Langstreckenreisen über den Atlantik und bis nach Indien gemacht war. Das mehrfach unterteilte Unterdeck war mit schweren Tauen zur Ladungssicherung versehen, und Schneider konnte nur ahnen, welche Schätze diese Bretter und Taue verbargen.

Peterson, Morgentau sowie einige Soldaten und Matrosen begannen mit der Bestandsaufnahme der Ladung und machten sich daran, die in dichten Schichten aufgereihten Kisten und Fässer zu öffnen. Der erste Eindruck zeigte deutlich, dass es sich um eine überaus wertvolle Fracht handelte. In den fest verschlossenen und abgedichteten Holzkisten und Truhen fanden sich exotische Gewürze ... Pfeffer, Kardamom, Muskat, Zimt, und Nelken ... deren Duft jetztschlagartig das Deck erfüllte und eine fast märchenhafte Atmosphäre schuf. Die Matrosen schnupperten begeistert an den wohlriechenden Schätzen, die vom anderen Ende der Welt stammten und die viele von ihnen nur vom Hörensagen kannten. In weiteren Kisten fanden sie feinste Seide und Baumwollstoffe, die, kunstvoll gefaltet und sorgfältig gelagert, eine weiche, edle Struktur hatten, die nur von den besten Webereien Indiens stammen konnte. Die leuchtenden Farben der Stoffe brachten eine besondere Schönheit an das rauhe Deck des Schiffes ... sattes Rot, tiefes Blau, strahlendes Grün und dunkles Violett.

Dann kamen sie zu den schweren Fässern, die sorgfältig verzurrt waren. "Rum", stellte Peterson verblüfft fest und lächelte dabei leicht. Ein Trupp Matrosen brach die Fässer auf und kostete vorsichtig von dem kräftigen, würzigen Getränk. Es war eindeutig von bester Qualität, und Schneider wusste, dass solch ein Rum in Wismar oder jedem anderen Hafen Europas einen exzellenten Preis erzielen würde. Dem Leutnant war bislang schleierhaft, woher dieses Schiff die Rumfässer haben könnte, da es anscheinend aus Indien gekommen sein musste. Rum jedoch gelangte zumeist aus den karibischen Kolonien nach Europa.

Als sie weiter unter Deck gingen, entdeckten Peterson und Morgentau eine kleine, robuste Eisentruhe, die auf dem Boden der Kapitänskajüte fest verschraubt war. Ein kurzes Kratzen und Klopfen bestätigte es. Diese Truhe sollte offensichtlich nicht bewegt werden und war wohl dazu gedacht, Wertsachen sicher zu verwahren. Schneider, der inzwischen hinzugekommen war, betrachtete die Truhe mit prüfendem Blick. "Wir müssen sehen, was da drin ist," sagte er schließlich leise, und Peterson ließ zwei Matrosen herbeirufen, die sich mit Brecheisen an die Arbeit machten. Mit knirschendem, widerwilligem Ächzen gab die Truhe schließlich nach und öffnete sich unter den vereinten Kräften der Männer.

Als der Deckel aufklappte, erstrahlte ihnen ein Schatz entgegen, der selbst gestandene Seemänner sprachlos machte. Funkelnde Edelsteine lagen in lose und in kleinen Beuteln in der Kiste … Rubine, Smaragde, Saphire und Diamanten, jeder so klar und leuchtend, dass sie in der Morgensonne wie Sterne glänzten. Die Augen der Männer weiteten sich vor Staunen, und Schneider nahm vorsichtig einen der Steine in die Hand, um ihn zu betrachten. "Indische Edelsteine," murmelte er mit einer Mischung aus Ehrfurcht und reinem Triumph. Solche Kostbarkeiten waren himmelweit jenseits des Traums eines einfachen Seemanns, und selbst in königlichen Schatzkammern fanden sich nur selten so viele solcher Juwelen auf einem Haufen.

Doch der eigentliche Schatz wartete noch darunter. Neben den Edelsteinen lagen Lederbeutel, prall gefüllt mit Goldmünzen. Peterson nahm einen Beutel und öffnete ihn leicht, sodass die Münzen mit einem metallischen Klirren in die Truhe zurückfielen. Sie schätzten schnell, dass es etwa viertausend kleinere Goldmünzen waren ... eine fast schon unglaubliche Summe, die ihnen alleine schon ein Vermögen an Prisengeld einbringen würde.

Schneider warf einen langen, zufriedenen Blick auf die Schätze. Er wusste, dass ein solcher Fund ihm und seiner Mannschaft Anerkennung und Reichtum bringen würde ... und dass diese Prise, wenn sie in Preußen eintraf, seinem Ruf und dem seiner Mannschaft erheblichen

Ruhm verschaffen könnte. Doch zugleich war er sich der Verantwortung bewusst, die diese Beute mit sich brachte. Dies war nicht nur eine Frage von Reichtum, sondern ein entscheidender Schlag gegen die Franzosen, der zeigte, dass auch ihre kostbarsten Schiffe nicht mehr sicher waren.

Während die Männer die Truhe verschlossen und sorgfältig verzurrten, drehte sich Schneider zu Peterson und Morgentau. "Lasst uns die Bestandsaufnahme vorerst beenden. Ich will wissen, was an Bord der Fregatte ist und ob die Waffen und die Munition einsatzbereit sind. Morgentau hat noch den ganzen Rest der Heimreise zeit dafür, alles ordnungsgemäß aufzulisten." Die Männer nickten und machten sich auf, die Fregatte ebenso gründlich zu inspizieren.

An Deck der Fregatte fanden sie eine beeindruckende Reihe von Geschützen, Bronzene 18-Pfünder mit langen Läufen, die zwar ein kleineres Kaliber besaßen, als die Geschütze der Sturmvogel aber eine etwas größere Reichweite aufweisen konnten. Die Munition war sorgfältig verstaut und gut gesichert, und selbst das Pulver schien trocken und einsatzbereit zu sein. Ein solcher Fund war eine willkommene Überraschung, denn es bedeutete, dass sie in einer Notsituation eine vollständig bewaffnete Fregatte zur Verfügung hatten. Schneider nickte zufrieden ... ihre kleine Flotte hatte durch diesen Fang einen enormen strategischen Vorteil gewonnen.

Als sie schließlich ihre Inspektion beendeten, versammelten sich die Offiziere auf dem Achterdeck, und Schneider gab ihnen Anweisungen für die Weiterfahrt. "Männer, wir haben heute mehr als nur Reichtum gewonnen. Diese Schiffe und ihre Ladungen zeigen den Franzosen, dass ihre Vorherrschaft zu Ende geht. Diese Prise ist der Beginn eines neuen Kapitels für uns alle." Ein leises Murmeln des Zustimmens war von Morgentau und Peterson zu vernehmen, die ihn mit leuchtenden Augen ansahen.

In den stillen Stunden nach der gründlichen Überprüfung der beiden erbeuteten Schiffe saß Captain Schneider allein in seiner Kajüte und ließ seine Gedanken über die bevorstehenden Entscheidungen schweifen. Die neue Fregatte, die gestern noch unter französischer Flagge in Saint-Malo gelegen hatte, war ein durchaus bemerkenswertes Schiff. Mit seinen achtundzwanzig Kanonen und zwölf Drehbassen ... kleine, handliche, aber durchschlagskräftige Geschütze, die entlang der Reling montiert waren, Halb-Pfünder, wie es üblich war ... war es ein Schiff, das nicht nur Geschwindigkeit, sondern auch Feuerkraft bot. Schneider konnte den Gedanken kaum abschütteln, dass dies der Beginn einer neuen Ära für ihn und seine Mannschaft sein könnte.

In seiner Vorstellung verglich er immer wieder die Sturmvogel mit dem neuen Schiff. Die *Sturmvogel* war ihm über die Jahre ans Herz gewachsen; es war ein robustes und kampferprobtes Schiff, das ihn durch manch gefährliche Gewässer getragen hatte. Doch seine Zeit schien gekommen. Die alte Dame hatte lediglich 16 Kanonen an Bord, allerdings mit Kaliber von 24 Pfund ... ein verheerender Schlag für ein einzelnes Ziel, aber bei weitem nicht ausreichend, um in einer größeren Seeschlacht zu bestehen. Die Kanonen der neuen Fregatte hatten zwar nur ein Kaliber von 18 Pfund, doch ihre schiere Anzahl von 28 Rohren bedeutete, dass sie in jeder Breitseite fast das Doppelte an Feuerkraft aufbringen konnte wie die Sturmvogel. Hinzu kam die Tatsache, dass sich kleinere Geschütze schneller nachladen ließen und diese 18-Pfünder besaßen mit ihren langen Läufen eine größere Reichweite als die schwereren Geschütze der *Sturmvogel*.

Hinzu kam die beeindruckende Beweglichkeit der Fregatte. Ihre schlanke Bauweise und die Tatsache, dass sie erst drei Jahre alt war, machten sie zu einem schnellen und wendigen Schiff. Schneider wusste, dass das Alter eines Schiffes nicht nur die Geschwindigkeit beeinflusste, sondern auch die Art, wie es sich in der rauen See verhielt. Ein neues, schnelles Schiff bedeutete, dass er in der Lage sein würde, nicht nur französischen, Handelsschiffen nachzujagen und sie zu überholen, sondern auch die Flucht vor einem überlegenen Gegner antreten zu können ... eine Fähigkeit, die für jeden Seemann überaus wichtig war. Erst Recht, für einen Kaperkapitän.

Seine Überlegungen wanderten zu den Engländern, die derzeit wohl noch im Hafen von Wismar als Gäste anwesend waren. Die Engländer wussten die Qualitäten eines guten Schiffs zu schätzen und zahlten gut für die Gelegenheit, ein kampferprobtes und verlässliches Schiff zu erwerben. Die *Sturmvogel* mochte älter sein, aber ihr Ruf und ihre stabilen Bauweise würden selbst unter den erfahrenen Kapitänen Englands hohes

Ansehen genießen. Vielleicht war es an der Zeit, sich von der *Sturmvogel* zu trennen, sie den Engländern anzubieten und die neue französische Fregatte danach als sein neues Schiff zu beanspruchen.

Schneider konnte sich vorstellen, wie sich die Verhandlungen gestalten würden. Die Engländer waren zähe Verhandlungspartner und selten bereit, hohe Summen für etwas zu zahlen, das sie nicht für überragend hielten. Doch Schneider war sich sicher, dass er einen angemessenen Preis erzielen konnte, wenn er geschickt verhandelte und die *Sturmvogel* als das präsentierte, was sie auch wirklich war ... ein zuverlässiges, kampferprobtes und schnelles Schiff mit Charakter, ein Veteran unter den Schiffen, das bereits Seeschlachten erfolgreich bestanden hatte.

Die Gedanken an das alte Schiff und seine Geschichte erfüllten Schneider mit einer gewissen Wehmut. Es war nicht leicht, sich von einem Schiff zu trennen, das ihm so lange als Zuhause gedient hatte. Er erinnerte sich an die Stürme, die sie gemeinsam überstanden hatten, an die Schlachten und an die Stunden, die er am Steuer verbracht hatte, während die Wellen gegen die Planken donnerten. Doch sein Verstand sagte ihm, dass die neue Fregatte strategisch gesehen die bessere Wahl war. Mit ihr konnte er flexibler agieren, rascher zuschlagen und sich schneller aus gefährlichen Situationen zurückziehen, wenn es nötig war. Die eroberte Fregatte war etwa um die Hälfte größer, als die *Sturmvogel*. Schneider grinste, als er daran dachte, was hier alles in die Laderäume passen würde. Ein ideales Kaperschiff.

Schließlich fasste Schneider einen Entschluss. Er würde in Wismar mit den Engländern sprechen und sehen, ob sie bereit waren, die *Sturmvogel* zu erwerben. Es war der richtige Moment, dieses Kapitel seines Lebens abzuschließen und die neue Fregatte in Dienst zu stellen. Es war ein Schritt in die Zukunft ... und die Aussicht auf die kommenden Abenteuer und auf eine stärkere Position im Kampf gegen die Franzosen gab ihm neue Kraft.

Mit einem letzten Blick auf die Seekarte vor ihm erhob sich Schneider und ging zurück an Deck. Dort wollte er für eine Weile die Meeresbrise genießen, bevor er sich näher mit de Logbüchern der beiden erbeuteten Schiffe beschäftigte. Diese dürften sehr aufschlussreich sein.

Kapitän Schneider lehnte sich auf dem Stuhl zurück und blickte grübelnd aus dem Heckfenster. Er hatte die letzten Stunden damit verbracht, die Logbücher der beiden eroberten Schiffe zu lesen. Es hatte einige Zeit gedauert, bis Schneider alles übersetzen konnte, da er die französische Sprache nur wenig kannte. Die Karten der Schiffe, auf denen ihre Kurse eingezeichnet und sorgsam kommentiert waren lösten schließlich das Rätsel.

Das Handelsschiff, mit dem Namen *Île du Soleil* war von der Insel Sainte Marie, die ein kurzes Stück vor der Küste von Madagaskar liegen musste, nach Haiti aufgebrochen, um zwei dutzend weibliche Sklaven auf die Karibikinsel zu bringen. Da die Laderäume nahezu leer waren wurden Gewürze und Stoffe geladen, die dann später nach Frankreich gebracht werden sollten. Ein Teil der Ladung stammte also aus den indischen Regionen und nun war auch das Vorhandensein erklärt. Auf Haiti wurde dann der Rum geladen und das Schiff segelte im Geleit der Fregatte *Bukephalos* nach Saint-Malo. Die aufgefundenen Schätze gehörten zumeist, einstmals einen britischen Kaperkapitän, dessen Schiff man in der Karibik aufgebracht hatte und es danach versenkte.

Die Rückreise nach Wismar begann für Schneider und seine Besatzung im frühen Morgengrauen, als die drei Schiffe ... die *Sturmvogel*, die erbeutete französische Fregatte und das Handelsschiff ... mit vollen Segeln die einsame Bucht verließen, in der sie sich verborgen hatten. Eine kühle Morgenbrise brachte das Meer in Bewegung, und die Wellen kräuselten sich wie ein silbriges Band unter dem Licht der aufgehenden Sonne. Kapitän Schneider stand an Deck und überwachte aufmerksam die koordinierte Abfahrt der Schiffe. Mit einem gemischten Gefühl aus Triumph und neuer Erwartung sah er voraus auf den weiten Weg nach Wismar. Die beiden Prisen zu bewahren und sicher nach Hause zu bringen, war nun sein oberstes Ziel. Das Prisengeld würde dazu beitragen jeden Mann der Mannschaft zu einem wohlhabenden Bürger zu machen. Die Offiziere konnten sich sogar über einen höheren Anteil freuen und der Anteil der Kapitän Schneider zustand war deutlich mehr, als so manch Adeliger sein Eigen nennen durfte. Schneider schmunzelte. Mit derart viel Kapital standen ihm jetzt ganz andere Möglichkeiten offen, die ihm Dinge ermöglichten, von denen er bislang nur geträumt hatte.

Für die Mannschaft an Bord der drei Schiffe waren die Tage auf See geprägt von strenger Disziplin, und Schneider sorgte dafür, dass jeder Mann an seinen Aufgaben festhielt. Die Prisen waren wertvoll ... zu wertvoll, um sie durch Unachtsamkeit oder Übermut zu riskieren. Peterson und Morgentau hatten klare Anweisungen, die Schiffe mit äußerster Wachsamkeit zu führen. Die Fregatte, das größere und auch kampfbereitere der beiden erbeuteten Schiffe, segelte an der Spitze, dicht gefolgt von der *Sturmvogel* und dem Handelsschiff.

Die ersten Tage der Reise verliefen ohne Zwischenfälle. Der Wind trieb sie zügig voran, und die Bedingungen waren fast ideal, sodass die drei Schiffe mit voller Geschwindigkeit über das Meer glitten. Doch je näher sie nun dem Skagerrak kamen, desto mehr wuchs auch Schneiders Anspannung. In diesen Gewässern mussten sie besonders wachsam sein, da immer wieder feindliche Patrouillen oder französische Schiffe zu erwarten waren, die sich in dieser Meerenge aufhalten konnten.

Eines Nachmittags, als sie die Küste Norwegens gerade in weiter Ferne erkennen konnten, entdeckte der Matrose im Ausguck schließlich ein kleines Segelschiff, das geradewegs auf sie zusteuerte. Sofort wurde Schneider benachrichtigt, und er trat auf das Achterdeck der Fregatte, das Teleskop in der Hand. Das Schiff, das sich ihnen näherte, war ein kleiner französischer Handelsschoner, der offensichtlich in gutem Zustand war und seine Segel stolz in die Brise stellte. Schneider beobachtete die Bewegungen des Schiffes genau. Es schien keinerlei Fluchtversuche zu geben; im Gegenteil, der Schoner hielt direkt auf sie zu, als würde er sich ihrer Anwesenheit sicher und ohne Furcht nähern.

"Interessant," murmelte Schneider und sah zum Steuermann hinüber, der mit finsterem Blick ebenfalls das Fernglas erhoben hatte. "Es scheint, als würde man uns für französische Schiffe halten."

"Sollen wir ihn aufbringen, Kapitän?" fragte der wettergegerbte, alte Steuermann, ein Hauch von Spannung in seiner Stimme. Schneider nickte. "Ein kleiner Fang auf der Heimreise kann nicht schaden. Setzen wir die französische Flagge, und lassen wir ihn noch ein Stück näher zu uns kommen. Dann werden wir ihm zeigen, wer wir wirklich sind und die Dinge klären." Der Steuermann lachte leise, als Schneider jetzt die Befehle gab und die Matrosen anfingen zu laufen.

Die Mannschaft folgte Schneiders Befehl, und die französische Flagge wurde schnell und unauffällig aufgezogen. Die drei Schiffe bewegten sich in einer Formation, die einer französischen Eskorte glich. Der Handelsschoner schien keinen Zweifel an ihrer Identität zu haben und näherte sich weiter mit gutem Wind in den Segeln.

Als der Schoner in Rufweite kam, ließ Schneider die preußische Flagge hissen und rief der französischen Besatzung zu, dass sie sich ergeben sollten. Die plötzliche Enthüllung der preußischen Farben brachte sichtlich Verwirrung auf dem französischen Schiff hervor. Einige der Seeleute an Deck des fremden Schiffes waren gerade dabei gewesen, sich gegenseitig zuzurufen und Vorbereitungen für eine mögliche Konversation mit dem vermeintlichen französischen Flottenverband zu treffen. Nun aber erstarrten sie, und ein Gefühl von Panik breitete sich sichtlich auf dem kleinen Schoner aus. Offensichtlich hatten sie die drei Schiffe als eigene Landsleute angenommen und fühlten sich nun in einer Falle.

Binnen Minuten hisste das französische Schiff die weiße Flagge und gab sich ohne Widerstand geschlagen. Eine kleine Abordnung von Matrosen unter Leutnant Peterson und ein paar Marinesoldaten wurden an Bord geschickt, um das Handelsschiff offiziell zu übernehmen und eine Inspektion der Ladung vorzunehmen. Schon bald kehrte Peterson mit einer ersten Bestandsaufnahme zurück.

"Wein und Tuchballen, Kapitän," meldete er und zeigte ein zufriedenes Lächeln. "Eine wertvolle Ladung ... der Wein stammt vermutlich aus Bordeaux, und die Tücher sind von bester Qualität, fast alle aus feinster Baumwolle. Der Heimathafen des Schiffes dort drüben ist Brest. Das Schiff trägt den Namen *Renard,* ist in bestem Zustand und sollte uns ebenfalls ein hübsches Prisengeld abgeben."

Kapitän Schneider nickte zufrieden. Die Beute war wertvoll und zudem leicht transportierbar, da man das Transportmittel bereits zur Hand hatte. Der Wein würde in Wismar oder einem anderen preußischen Hafen einen guten Preis erzielen, und die Tücher konnten entweder als Handelsware genutzt oder für die Soldaten der Armee in Uniformen umgewandelt werden. "Gut gemacht, Leutnant Peterson. Bringen sie eine ausreichende Prisenbesatzung an Bord, ketten sie die Franzosen in deren Laderaum an und bereiten sie alles notwendige für unsere weitere Reise vor. Lassen

Sie die Ladung sicherstellen und bringen Sie das französische Schiff in Position. Sobald die Vorräte und alles Nötige an Bord ist, setzen wir unsere Reise fort." Die vier Schiffe segelten nun weiter Richtung Skagerrak, und mit jeder Stunde nahm Schneiders Zuversicht zu. Die Wachen blieben aufmerksam, und die Crew arbeitete in perfekter Harmonie, entschlossen, die Prisen sicher nach Wismar zu bringen. Die Nächte wurden kälter, als sie sich der Ostsee näherten, und die Männer wickelten sich in Mäntel und Decken, während sie Wache hielten und die dunklen Gewässer im Blick behielten. Schneider schmunzelte kaum sichtbar, als Peterson sich abgewendet hatte. Der Leutnant schien erkannt zu haben, wie lohnend eine erfolgreiche Kaperfahrt sein konnte.

Nach einigen Tagen harter, aber auch eintöniger, ereignisloser Fahrt erblickten sie schließlich die bekannte Küstenlinie Wismars. Eine Welle der Erleichterung und Freude ging durch die Mannschaft, als sie die Insel Poel passierten und die Stadt jetzt endlich in der Ferne erkennen konnten. Kapitän Schneider spürte, wie die Spannung der vergangenen Tage allmählich von ihm abfiel, wie ein Zentnergewicht. Sie hatten es jetzt fast geschafft. In etwa einer Stunde würden sie im Hafen von Wismar angelegt haben. Die Prisen, der Schatz und die gesamte Mannschaft waren wohlbehalten nach Wismar zurückgekehrt.

In den Hafen von Wismar einzulaufen, war wie eine triumphale Rückkehr. Die Bewohner der Stadt hatten von den Erfolgen der *Sturmvogel* ihrem Kapitän und ihrer Besatzung gehört. Nun war die *Sturmvogel* zurück und brachte noch drei weitere Schiffe mit. Die Nachricht von einer weiteren siegreichen Rückkehr hatte sich schnell verbreitet. Überall am Ufer des Hafens versammelten sich Menschen, um die Ankunft der preußischen Schiffe zu sehen, und als sie die vier Schiffe die Hafeneinfahrt passieren sahen, brach ein jubelnder Applaus aus. Fast wie abgesprochen begannen die Glocken zu läuten. Es war zwölf Uhr und die Glocken, die eigentlich nur die Stunde läuteten schienen die Schiffe und deren Besatzungen ebenfalls begrüßen zu wollen. Schneider konnte nicht anders. Er wischte sich verstohlen eine verirrte Träne aus dem Augenwinkel.

Schneider beobachtete das fröhliche Treiben an Land mit einem feinen Lächeln. Sein Herz war stolz und erleichtert und er wusste, dass er und seine Besatzung für ihre Leistungen gebührend gefeiert werden würden. Die Heimreise war erfolgreich verlaufen und mit den eroberten Schätzen, den wertvollen Gütern und den erbeuteten Schiffen würden sie nicht nur die französische Kriegsanstrengungen behindern, sondern auch die preußische Krone spürbar bereichern. Schneider stellte sich das Gesicht seines von ihm zutiefst verehrten Königs vor, wenn dieser erfuhr, was Kapitän Schneider ihm bislang an Prisengeldern eingebracht hatte.

Als die Schiffe am Kai festmachten, ging Kapitän Schneider als Erster an Land und wurde von einem enthusiastischen Oberst Roggenfeldt begrüßt. Der Oberst, der bereits von den Erfolgen seines alten Freundes gehört hatte, schüttelte ihm mit einem breiten Lächeln die Hand.

"Willkommen zurück, Kapitän Schneider! Meine Güte Lars, was für ein Anblick … Kapitän, sie haben Großes vollbracht ... und wieder einmal eindrucksvoll gezeigt, was eine tapfere Besatzung und ein entschlossener Kapitän für unser Land erreichen können."

Schneider erwiderte das Lächeln offen. "Danke, Oberst. Die See war uns gnädig und die Glücksgöttin war uns hold. Meine Männer haben sich ausgezeichnet bewährt. Nun bringen wir dem König und unserer Heimat ein kleines Geschenk aus der Ferne." Roggenfeldt nickte schmunzelnd, bevor er sich aufmachte, um zur Kommandantur zurück zu kehren. Er erwartete dort Besuch.

Im Hafen von Wismar herrschte reges Treiben, als Kapitän Schneider an diesem kühlen Morgen neben seinem alten Schiff stand und auf das Eintreffen von Oberst Roggenfeldt und Colonel Lord McDouglas wartete. Das alte Schiff, die treue *Sturmvogel*, war für Schneider wie ein Stück von ihm selbst geworden, und der Gedanke daran, es in andere Hände zu geben, erfüllte ihn mit einem Anflug von Wehmut. Doch die Aussicht, das neue, mächtigere Schiff mit der doppelten Feuerkraft und der robusteren Konstruktion zu kommandieren, welches man in Saint-Malo gekapert hatte, ließ die Entscheidung unumgänglich erscheinen. Die Fregatte mit dem Namen *Bukephalos* war ein echtes Meisterwerk der Schiffsbaukunst. Schneider hatte das Schiff in den vergangenen Tagen ausgiebig inspiziert und war schlicht begeistert, von der schnellen und doch fest gebauten Konstruktion, in die anscheinend die neuesten Erkenntnisse des Schiffbaus eingeflossen waren.

Bald darauf näherten sich Oberst Roggenfeldt und McDouglas, der britische Colonel und adelige Offizier, der jetzt mit scharfem Blick das alte Schiff musterte. Kapitän Schneider nickte den beiden höflich zu, und McDouglas, ein Mann mittleren Alters mit markanten Zügen und einer würdevollen Haltung, erwiderte den Gruß mit einem leicht prüfenden Blick.

"Kapitän Schneider," begann McDouglas in gebrochenem Deutsch, sein Akzent unverkennbar. "Ihr Schiff ... es wurde mir als sehr seetüchtig und zuverlässig beschrieben. Zudem ausnehmend stark bewaffnet und in gutem Zustand. Ich hoffe, dass diese Empfehlung auch den Tatsachen entspricht."

Schneider lächelte und nickte. "Jawohl, Lord McDouglas. Die *Sturmvogel* ist ein Schiff von unvergleichlicher Qualität, das mich in der Vergangenheit auf vielen Reisen begleitet hat. Es hat stürmische See und Schlachten überstanden und würde sicher noch lange in Ihrem Dienst stehen."

"Das hoffe ich doch," erwiderte McDouglas trocken. "Für die englische Krone ist die Zuverlässigkeit unserer Schiffe von höchster Bedeutung. Wir sind es gewohnt, dass Schiffe unter unserer Flagge tadellos und stets einsatzbereit sind."

Der Handel um das Schiff begann in ernstem Ton, und die beiden Männer gingen unverzüglich zu den Details über, während Roggenfeldt mit verschränkten Armen danebenstand und aufmerksam zuhörte. Schneider wies auf die Stärken der *Sturmvogel* hin, ihre Stabilität in rauer See, ihre Geschwindigkeit und ihre Wendigkeit im Gefecht. Auch das hohe Deck und der starke Rumpf waren für ein Schiff dieser Größe besondere Vorteile, und Schneider legte Wert darauf, dass McDouglas diese Qualitäten zu schätzen wusste.

Allerdings kam er bald auf einen Punkt zu sprechen, der ihm wichtig war. "Ein Detail jedoch, Lord McDouglas, das ich keinesfalls unerwähnt lassen kann ... Die Kanonen, die derzeit auf der *Sturmvogel* montiert sind, gehören dem preußischen Militär. Sie wurden mir für die Dauer meines Einsatzes überlassen und müssen selbstverständlich an Oberst Roggenfeldt zurückgegeben werden. Sie sind Eigentum der preußischen

Armee und somit nicht im Kaufpreis mit inbegriffen … Es sei denn, sie finden zusammen mit Oberst Roggenfeldt eine andere Lösung für dieses Problem, was ich persönlich nicht für ausgeschlossen halten würde."

McDouglas nickte, als er dies hörte, doch ein schlecht vorgetäuschter Hauch von Enttäuschung zeigte sich auf seinen Zügen. "Ah, ich hatte gehofft, das Schiff würde vollständig ausgestattet sein," bemerkte er. "Sie verstehen sicherlich, Kapitän, dass ein Schiff ohne Bewaffnung für meine Zwecke weniger nützlich ist." Schneider nickte nur bestätigend. Er hatte bereits erwartet, dass der Colonel über dieses Detail informiert war und das sorgsam neutral gehaltene Gesicht von Roggenfeldt zeigte ihm, dass seine Vermutung wohl zutraf.

Schneider erwiderte ruhig: "Das verstehe ich vollkommen, Lord McDouglas. Doch ich kann Ihnen versichern, dass es in Wismar oder anderen nahegelegenen Häfen Möglichkeiten gibt, geeignete Geschütze zu erwerben. Die Kanonen, die derzeit auf meinem Schiff montiert sind, waren selbst zuvor nur gelagert worden und können … wenn auch mit etwas Aufwand … zweifellos ersetzt werden. Für den Kern des Schiffes jedoch, seine Bauweise und seine Manövrierfähigkeit, verbürge ich mich persönlich."

Ein kurzer Moment des Schweigens folgte, während McDouglas seine Optionen abwägte. Schließlich wandte er sich an Roggenfeldt. "Oberst Roggenfeldt, könnten Sie mir womöglich behilflich sein, eine passende Ausrüstung zu organisieren? Sollte dies nicht möglich sein, so erwäge ich, die Geschütze zu erwerben. Ich werde bereits morgen nach Berlin weiterreisen, um Geschäfte für das Königreich abzuwickeln, und würde es vorziehen, das Schiff so bald wie möglich einsatzbereit zu wissen. Im Namen der Freunschaft unserer nationen würde ein Zuvorkommen ihrerseits sicherlich an höherer Stelle Anklang finden."

Roggenfeldt nickte mit Bedacht. "Lord McDouglas, ich verstehe Ihre Situation und werde Ihnen zur Verfügung stehen, um die notwendigen Vorkehrungen zu treffen. Die preußischen Kanonen jedoch müssen wir zurücknehmen ... das ist leider eine unveränderliche Vorschrift. Doch die nötige Bewaffnung werden wir in kürzester Zeit organisieren können, solange sich die entsprechenden Vorräte in den umliegenden Depots finden … Sollte sich jedoch der König dazu entschließen, die Geschütze an seine geschätzten Verbündeten zu verkaufen, dann bin ich der letzte, der dies verhindern will. Ich würde ihnen ein Schreiben mitgeben, indem ich ausdrücklich für den Verkauf besagter Geschütze plädiere, wenn ihnen dies recht ist. Mehr darf ich nicht tun … Die Vorschriften lassen es leider nicht zu."

McDouglas schien erleichtert und wandte sich mit festem Blick wieder an Schneider. "In diesem Fall sind wir uns einig, Kapitän. Lassen Sie uns über den Preis sprechen."

Die Verhandlungen, die nun folgten, waren intensiv. Schneider kannte den Wert seines Schiffes genau, doch er wollte sich nicht mit einem bloßen Tausch gegen eine größere Summe zufriedengeben. McDouglas war ein harter Verhandlungspartner und schien keineswegs bereit, einen Preis zu zahlen, den er als überzogen ansah. Schneider argumentierte sachlich und betonte die besonderen Vorteile der *Sturmvogel*, von denen er wusste, dass sie gerade für britische Zwecke von Bedeutung sein könnten.

"Lord McDouglas," sagte er mit ruhiger Stimme, "die *Sturmvogel* ist für ihre Schnelligkeit und ihre Manövrierfähigkeit bekannt. Gerade in engen Gewässern oder im Küsteneinsatz wird Ihnen kaum ein Schiff dieser Größe eine solche Flexibilität bieten. Denken Sie daran, dass sie gebaut wurde, um sowohl auf hoher See als auch in flachen Küstenregionen zu bestehen. Es ist eine Wahl, die nicht nur auf den ersten Blick überzeugt, sondern sich im Einsatz hundertfach bewährt hat."

Der Lord musterte Schneider scharf und schien noch einen Moment zu zögern, ehe er dann schließlich ein leichtes Nicken andeutete. "Seien Sie versichert, Kapitän, dass ich den Wert des Schiffes schätze. Doch wie Sie sicher wissen, müssen auch wir Engländer mit Bedacht wirtschaften."

Die Verhandlung zog sich in die Länge, und erst nach einer weiteren Stunde, in der McDouglas und Schneider die Einzelheiten detailliert durchgesprochen und sich auf einen fairen Preis geeinigt hatten, kam die Einigung zustande. Beide Männer reichten sich fest die Hand, und Schneider konnte die Erleichterung in McDouglas' Gesicht sehen. Für den englischen Offizier war es ein bedeutsamer Kauf. Ein Schiff mit dem Ruf und der Qualität der *Sturmvogel* würde ihm im Einsatzgebiet der

Ostsee einen großen Vorteil verschaffen. Zudem wusste Schneider, dass die Engländer auf der Suche nach einem gut bewaffneten Schiff waren, das den Kurierdienst nach England übernehmen konnte und zudem in der Lage war, auch Fracht zu befördern.

Nachdem der Preis festgelegt worden war, wandte sich Schneider erneut an Roggenfeldt. "Herr Oberst, ich überlasse Ihnen die Abwicklung. Lord McDouglas wird morgen abreisen, und ich weiß, dass wir uns auf Ihre Expertise in diesen Angelegenheiten uneingeschränkt verlassen können. Sind sie damit einverstanden, im Namen unserer Krone und des Königs, als Bevollmächtigter aufzutreten?"

Roggenfeldt nickte und klopfte Schneider auf die Schulter. "Seien Sie unbesorgt, Kapitän. Die Abwicklung wird so reibungslos wie möglich vonstattengehen. Die Kanonen werden ausgeladen und vorübergehend im städtischen Depot gelagert. Von dort aus können sie jederzeit auf die Sturmvogel retourniert werden. Ich werde sicherstellen, dass der Verkauf wie vereinbart abgewickelt wird. Die vereinbarte Summe wird ihnen ausgehändigt, was kein Problem werden dürfte, da Lord McDouglas einen großen Kreditrahmen besitzt, für den sein König bürgt."

McDouglas hob das Kinn und lächelte zufrieden. "Ich danke Ihnen, Oberst Roggenfeldt. Es beruhigt mich zu wissen, dass die Preußen auf ihre Pflicht bedacht sind und wir in Wismar so freundliche Unterstützung finden … Ich werde das ihrem geschätzten König berichten, wenn ich in Berlin mit ihm spreche."

"Das ist selbstverständlich, Lord McDouglas. Wir Preußen sind stets bestrebt, mit unseren Verbündeten in friedlicher und zudem verlässlicher Zusammenarbeit zu stehen," entgegnete Oberst Roggenfeldt höflich.

Der Rest des Vormittags verlief mit der formalen Dokumentation des Verkaufs, und Schneider gab in aller Sorgfalt die letzten Anweisungen für die Übernahme des Schiffes. Er spürte die Last dieses Schritts, doch der Gedanke an die neue Fregatte und die bevorstehenden Aufgaben trösteten ihn darüber hinweg. Roggenfeldt wies die Hafenarbeiter an, die Kanonen zu entfernen und in das Arsenal zurückzubringen, wo sie entweder für die *Sturmvogel* oder eine künftige spätere Mission bereitgehalten werden sollten. Da der englische Lord mittlerweile gegangen war, um bereits einige Reisevorbereitungen zu treffen, war Schneider mit Roggenfeldt jetzt ungestört. Beide grinsten sich schweigend an. Roggenfeldt hatte erkannt, was sein Freund plante und unterstützte dessen Vorhaben jetzt unauffällig.

Am Ende des Tages war der Verkauf abgeschlossen, und McDouglas verabschiedete sich herzlich von Schneider. "Kapitän Schneider, es war mir eine Freude, mit einem Mann Ihrer Erfahrung und Ihres Rufs zu verhandeln. Ich hoffe, dass wir eines Tages erneut zusammenarbeiten."

Schneider neigte leicht den Kopf und erwiderte mit fester Stimme: "Die Ehre war ganz auf meiner Seite, Lord McDouglas. Ich wünsche Ihnen und der *Sturmvogel* eine ruhige See und immer guten Wind in den Segeln."

McDouglas verabschiedete sich mit einem letzten Handschlag und machte sich auf den Weg zurück zu seinem Quartier, bereit, am nächsten Morgen nach Berlin aufzubrechen. Schneider blieb noch einen Moment am Kai stehen und sah zu seinem alten Schiff hinüber, das nun einer neuen Zukunft entgegensah. Es war für ihn ein merkwürdiges Gefühl, die *Sturmvogel* als Eigentum eines anderen zu sehen, doch Schneider wusste, dass dies der richtige Schritt war.

Als er sich schließlich von der *Seeadler* abwandte, erfüllte ihn eine tiefe Zufriedenheit. Das alte Schiff war in gute Hände übergegangen, und nun wartete die weite See auf ihn und seine neue Fregatte ... ein Schiff, das ihm und seiner Crew neue Möglichkeiten und vielleicht noch größere Erfolge bringen würde. Er hatte bereits mit Roggenfeldt über den Erwerb dieses Schiffes gesprochen. Die Summe, die er beim Verkauf seines alten Schiffes erhalten hatte, zusammen mit einem größeren Teil seines bisherigen Prisengeldes sollten ausreichen, um die Fegatte zu erwerben, die laut dem Gesetz jetzt noch Eigentum der preußischen Krone war und als Prise verkauft werden sollte ... Der Käufer stand bereits fest. Dachte sich Schneider fröhlich grinsend. Roggenfeldt hatte ihm bereits seine Zustimmung signalisiert. Im Geiste hatte Schneider sich bereits einen neuen Namen für das Schiff ausgesucht. Er würde dafür eine neue Galionsfigur benötigen aber das war etwas, woran er sogar mit Genuss dachte. Erneut lächelte er. Den Erwerb der Fregatte würde er noch am Abend schriftlich vollziehen. Ein Termin mit Roggenfeld, in dessen Büro stand bereits fest. Roggenfeld, der als Bevollmächtigter der Krone in Wismar fungierte, hatte das Entscheidungsrecht, wem er Prisenschiffe verkaufte … Lediglich der Preis durfte nicht zu deutlich unter dem üblichen Marktwert liegen, sonst würde Oberst Roggenfeldt Probleme mit seinen Vorgesetzten in Berlin bekommen … und das war etwas, was weder Roggenfeldt noch Schneider sich wünschten.

Die Rückkehr von Lars Schneider nach Wismar war eine Rückkehr mit gemischten Gefühlen. Der innere Sturm, der seine letzte Reise begleitet hatte, war zwar vorüber, doch die Wellen der Sehnsucht nach einem festen Hafen in seinem Leben blieben. Nachdem er die Frachtpapiere der drei unlängst erbeuteten französischen Schiffe an Oberst Roggenfeldt übergeben hatte, drängte sich in ihm der Gedanke auf, etwas von dem gewonnenen Geld in eine Zukunft zu investieren, die ihn nicht nur zur See führte, sondern auch an Land verwurzelte. Das Gespräch mit der sich anschließenden Preisverhandlung bezüglich der Fregatte Bukephalos war schnell beendet und verlief zur Zufriedenheit von Schneider. Er war jetzt der stolze Eigentümer einer eigenen und schlagkräftigen Kaperfregatte. Die finanziellen Angelegenheiten waren nur noch pro forma. Fröhlich ein Lied pfeifend verließ Schneider das Kommandanturgebäude.

Er hatte oft die kleinen Gasthäuser entlang der Hafenstraße beobachtet, die das Leben der Seefahrer und Händler prägten. Ein solches Gasthaus war mehr als nur ein Ort zum Übernachten. Es war ein Knotenpunkt des Lebens, ein Ort des Austauschs von Geschichten und Erfahrungen. In seiner Jugend hatte er sich bisweilen vorgestellt, wie er eines Tages selbst hinter der Theke stehen würde, Seemännern und Reisenden eine warme Mahlzeit und ein kühles Bier servieren und mit ihnen zusammen tratschen würde. Heute wäre das keine Option mehr für ihn. Er hatte längst erkannt, dass dieser Landberuf viel mehr Arbeit bereitete, als viele sich vorstellten. Allerdings spielte Schneider bereits seit einigen Jahren mit dem Gedanken, sic ein derartiges Etablisment zu erwerben und dort seinen Lebensabend zu verbringen. Die Arbeit würden dann Bedienstete erledigen und er hätte ein zusätzliches Auskommen … Warum also nicht heute einfach einmal überprüfen, ob sich ein derartiger Kauf überhaupt realisieren ließe? Wenn das Gebäude die Möglichkeiten bieten könnte, so wäre es doch vielleicht möglich, sich dort eine Wohnung einzurichten, in der er dann leben konnte, wenn er nicht auf See war.

So machte sich Schneider auf den Weg zu einem Gasthaus, das ihm ins Auge gefallen war. Es war ein stattliches Gebäude mit drei Etagen, dessen Fassade von der salzigen Luft des Meeres gezeichnet war. Der untere Teil des Hauses beherbergte eine einladende Schänke, die bei den Einheimischen und den Hafenarbeitern beliebt war. Hinter der Schänke lagen Vorratsräume und die Küche, welche die Grundlage für einen florierenden Betrieb bildeten. In den oberen Etagen befanden sich sechzehn Gästezimmer, die Platz für eine Vielzahl von Reisenden boten. Dies wusste Schneider bereits, da er sich bereits vor einigen Monaten mit einem anderen Kapitän über dieses Gastheus unterhalten hatte, indem er selbst auch schon das eine oder andere mal eingekehrt war.

Als er die Tür zur Schänke öffnete, wurde er von dem warmen Licht der Öllampen und dem Geruch von frisch gebackenem Brot empfangen. Die Atmosphäre war lebhaft, und die Stimmen der Gäste mischten sich mit dem Klingen von Gläsern. Schneider stellte sich an die Theke, wo der Wirt, ein rüstiger Mann mit einem dichten Bart, ihn herzlich begrüßte. "Kaptain Schneider! Was führt Sie zu mir? Ganz Wismar spricht derweil von ihren erfolgreichen Fahrten."

"Ich bin an einer Investition interessiert, mein Freund. Dieses Gasthaus. Ist es käuflich zu erwerben? Ich würde gerne das Gebäude erwerben, euer ehrwürdiges Geschäft hier weiter betreiben lassen und mir hier sozusagen einen Ruhesitz einrichten ... Ein Seemann muss wissen, wann er irgendwann zu alt für die Seefahrt geworden ist."

Der Wirt blickte ihn an, als wäre er von der Frage überrascht, doch ein Lächeln breitete sich auf seinem Gesicht aus. "Das ist es in der Tat. Es gibt zwar einige Interessenten, aber ich bin bereit, über den Preis zu verhandeln. Ich selbst werde, mit meiner Familie, nach Berlin umsiedeln, da mein verstorbener Vetter mir dort einen größeren Gasthof hinterlassen hat, indem auch Mitglieder des Königshauses einkehren."

Nach einigem Feilschen und dem gemeinsamen Durchgehen der Buchhaltungsunterlagen des Gasthauses, einigten sie sich schließlich auf einen Preis, der für Schneider akzeptabel war. Schneider konnte es kaum fassen, als er die Hand des Wirts ergriff und den Kauf besiegelte. Endlich hatte er etwas Konkretes, etwas, das ihm in ruhigen Zeiten Halt und auch ein festes Heim geben würde.

Man verabredete, man würde am Ende der Woche die Vertragsunterlagen beim Magistrat der Stadt unterzeichnen und dann das Geld übergeben. Der Schankwirt schien durchaus befriedigt zu sein, mit dem Preis, den sie ausgehandelt hatten und auch Schneider hatte nicht das Gefühl, einen unrealistischen Preis zu bezahlen. Nachdem man sich nun einig war, ging Schneider in den Schankraum und bestellte sich ein Bier. Er setzte sich an einen Tisch in der Ecke und betrachtete die Männer und Frauen, die um ihn herum lachten und Geschichten austauschten. Der Gedanke, dass er bald Teil dieser Gemeinschaft sein würde, erfüllte ihn mit Vorfreude.

Mit der Zeit verging die Nacht, und Schneider wusste, dass er beizeiten einen Boten zu Johanna senden musste. Sie musste erfahren, dass er zurück war und dass er bald ein neues Kapitel in seinem Leben beginnen würde. Er hatte sie vermisst, seit sie sich das letzte Mal getroffen hatten, und es brannte ihm auf der Seele, ihr von seinen Plänen zu erzählen. Das hatte in den Augen von Kapitän Schneider aber noch zeit bis zum kommenden Tage ... Heute saß er in der Schänke und feierte mit alten Bekannten. Es wurde ein denkwürdiger Abend, an dem Wein und Bier in Mengen flossen.

Schon früh am nächsten Morgen schickte er einen Boten zu Johannas Gutshof. Johanna war eine starke Frau mit einer Leidenschaft für das Land und die Menschen um sie herum. Ihr Gut war bekannt für die besten Erzeugnisse in der Umgebung. Als der Bote schließlich bei ihr eintraf, war sie gerade dabei, frisches Wild für den Markt vorzubereiten zu lassen. "Kapitän Schneider lässt euer Durchlaucht grüßen", sagte der Bote. "Er ist zurück in Wismar und lädt euch ein, ihn zu besuchen."

Johanna lächelte, und ein Schimmer von Freude funkelte in ihren Augen. "Lass ihn wissen, dass ich ihn gern sehen würde. Ich lade ihn ein, die nächsten drei Tage bei mir zu wohnen. Danach muss ich geschäftlich nach Berlin ... Sage ihm, ich würde ihn vermissen."

Als der Bote zurückkehrte, war Schneider erfreut zu hören, dass Johanna ihn einlud. Er packte schnell seine Sachen und machte sich auf den Weg zu ihrem Gutshof. Der Weg führte durch eine sanfte, hügelige Waldlandschaft, und die frische, kalte Winterluft füllte seine Lungen. Er dachte an die Zeiten, die sie zusammen verbracht hatten, an die Abende, die sie schon zusammen verbracht hatten, und an die Gespräche, die wie zarte Fäden ihr Leben miteinander verwoben hatten. Als er schließlich auf dem Gutshof ankam, wurde er von Johanna mit offenen Armen empfangen. Ihre Umarmung war warm und fest, und Schneider spürte, wie der Stress der letzten Zeit von ihm abfiel. "Ich habe dich vermisst, Lars", flüsterte sie. "Jeden Tag und ganz besonders in den Nächten."

"Und ich habe dich auch vermisst, Johanna. Ich habe in den vergangenen Tagen viel nachgedacht und eine Entscheidung getroffen, was meine Zukunft betrifft. Ich wollte mit dir darüber sprechen und deine Meinung hören."

Die beiden verbrachten die folgenden Tage in inniger Zweisamkeit. Johanna zeigte ihm den Gutshof und die vielen täglichen Arbeiten, die notwendig waren, um alles auf dem weitläufigen Gutshof am Laufen zu halten. Sie lachten und erzählten sich Geschichten, während sie Hand in Hand durch den winterlichen Wald gingen. In den Abenden saßen sie oft vor dem Kamin und genossen die Wärme des Feuers. Johanna sprach von ihren Plänen für die Zukunft, während Schneider von den Abenteuern auf See erzählte. "Ich möchte, dass du bei mir bist, wenn ich mein Gasthaus eröffne", sagte er eines Abends, als sie ermattet nebeneinander im Bett lagen. "Das wird ein Ort sein, an dem wir gemeinsam leben können, wenn ich nicht zur See bin."

Johanna lächelte sanft. "Das klingt wunderbar, Lars. Ich habe das Gefühl, dass du dort glücklich sein wirst. Ich selbst jedoch gehöre auf diesen Gutshof ... Ein Leben in einer Schänke wäre wirklich nichts, was eine Frau meines Standes als geziemend ansehen könnte ... Verstehe das bitte. Davon abgesehen ist der Weg bis nach Wismar nicht weit und wir können uns jeden Tag sehen, wenn du an Land bist."

Die Tage vergingen schnell und die Abende und Nächte waren erfüllt von Lust und Erfüllung. Als der dritte Tag anbrach, wusste Johanna, dass es Zeit war, sich zu verabschieden. Sie musste nach Berlin reisen, um ihre Geschäfte zu regeln. Der Abschied war bittersüß. Sie umarmten sich fest, küssten sich und versprachen, sich bald wiederzusehen.

"Ich werde auf dich warten, Johanna. Und ich werde alles vorbereiten, damit du dich dort wohlfühlst, wenn du mich einmal in Wismar besuchst. Letztlich gibt es auch dort eine Küche und ich plane wirklich kundige

Köche dort zu beschäftigen", versprach Schneider. Johanna lächelte nur, nickte dann aber zögerlich. Es reizte sie zu sehen, was der oft grummelig wirkende Seebär sich vorgestellt hatte und was er letztlich davon umsetzen würde.

Mit einem letzten Blick auf ihr vertrautes Gesicht machte er sich auf den Weg zurück nach Wismar. Der Gedanke an die neue Zukunft, die ihn erwartete, erfüllte ihn mit Hoffnung und Vorfreude. In seinem Herzen wusste er, dass er nicht nur ein Gasthaus, sondern auch ein Zuhause für sich und Johanna schaffen wollte. Innerlich jedoch war ihm bewusst, dass Johanna sich nie für das Leben in einem Gasthaus wirklich erwärmen würde. Sie war anderes gewohnt und legte außerordentlich viel Wert auf ihre Abstammung und die damit verbundenen Privilegien. Das wurde Lars jetzt langsam klar.

Als er in Wismar ankam, suchte er das Magistratsgebäude auf, wo er bereits sehnlich vom Eigentümer des Gasthauses erwartet wurde. Schnell waren die notwendigen Dokumente unterzeichnet und Lars war jetzt der stolze Eigentümer eines Gasthauses. Die Angestellten waren überrascht, als sie davon erfuhren, ließen sich jedoch bei ihren täglich notwendigen Arbeiten nicht stören. Lars erklärte ihnen, er würde einen von ihnen als Verwalter auswählen, der ihm dann Rechenschaft schuldig sei. Dabei schaute er den Koch an, was dieser bemerkte und einen hochroten Kopf bekam. Lars grinste. Die Frage des Verwalters sollte sich geklärt haben. Er hatte mit Johanna verabredet, dass sich ihr ergrauter Gutsverwalter beizeiten als Kontrolleur und Ansprechpartner für den Koch zur Verfügung stellen sollte, bis dann eine endgültige Lösung gefunden sei oder der Koch das notwendige Wissen erworben hatte, um auch die Buchhaltung des Gasthauses zu leiten. Kapitän Schneider machte sich daran, die obere Etage zu renovieren, wobei ihm einige Schiffszimmerleute tatkräftig halfen, und plante, die Wohnung so einzurichten, dass sie einladend und komfortabel war. In den zwei Wochen arbeitete er hart, um das Gasthaus zu einem Ort zu machen, an dem Menschen am tage und vor allem am Abend zusammenkommen und Geschichten austauschen konnten.

Kapitän Lars Schneider hatte das Gefühl, dass sich ein neuer Wind in seinem Leben erhob, ein Wind, der ihn nicht nur auf die See, sondern auch in die Herzen der Menschen führen würde. Mit jedem Tag, der verging, wuchs die Vorfreude auf das, was kommen würde ... und darauf, Johanna wieder in seinen Armen zu halten.

Der Weinkeller des Gasthauses

Mit Elan arbeitete Lars an seiner neuen Wohnung, die sich im obersten Stockwerk des Gebäudes befinden sollte. Zuvor hatte hier der Vorbesitzer mit seiner Familie gelebt. Für Lars stand jedoch fest, dass er nicht das gesamte Stockwerk bewohnen wollte. Deshalb ließ er die Räume jetzt neu aufteilen, wobei die emsigen Schiffszimmermänner nach seinen Wünschen arbeiteten. Das Stockwerk sollte später, neben seiner eigenen Wohnung, die aus mehreren Räumen bestand, eine kleine Schreibstube und drei Bedienstetenzimmer bekommen. Doch bald schon holten ihn die Anforderungen ein, die von der Seefahrt verlangt wurden.

6.

Eine Woche verging, in der Kapitän Lars Schneider mit unermüdlichem Eifer an der Vorbereitung seines neuen Schiffes, der *Seeadler*, arbeitete, wie die Fregatte jetzt hieß. Schneider hatte bei einigem Zimmermann von ausgezeichnetem Ruf eine neue Galionsfigur in Auftrag gegeben. Ein Seeadler, der eine Krone trug. Der Zimmermann war zuversichtlich, den Auftrag innerhalb der kommenden Tage erfüllt zu haben. Derzeit arbeitete er mit seinen beiden Gehilfen noch an der Galionsfigur, deren Gefieder aus Schnitzereien bestehen sollte. Schneider war beeindruckt. Die Vorbereitungen waren umfassend und umfassten nicht nur die Instandsetzung des Schiffs, sondern auch die Beschaffung von Proviant, Munition und Ausrüstung für die kommenden Fahrten. Schneider hatte ein klares Ziel vor Augen. Die *Seeadler* sollte unter seinem Kommando zu einem der gefürchtetsten Schiffe in den Gewässern der Ostsee sowie auch der Nordsee und darüber hinaus werden.

Die Mannschaft war engagiert und konzentriert, während sie das Schiff mit frischen Segeln und stabiler Takelage ausstatteten. Schneider überwachte jeden Schritt, seine Erfahrungen als Kapitän und seine Leidenschaft für das Meer trugen dazu bei, dass alles reibungslos verlief. Die neue Besatzung um Leutnant Peterson und Leutnant von Morgentau war ein wichtiger Teil dieses Prozesses. Peterson, der erfahrene Soldat, gab der Mannschaft wertvolle Hinweise zum Kampf, während Leutnant von Morgentau seine Kenntnisse in der Logistik und Nautik einbrachte, um sicherzustellen, dass alles rechtzeitig bereit war.

Nach intensiven Tagen voller harter Arbeit war die *Seeadler* schließlich bereit für die ersten Fahrten. Der Kapitän konnte das Schiff in seiner vollen Pracht bewundern. Die weißen Segel hoben sich stolz gegen den klaren blauen Himmel, und das Schiffsdekor schimmerte im Sonnenlicht. Schneider fühlte sich lebendig, als er an das Abenteuer dachte, das vor ihm lag. Den ganzen Tag über arbeitete man pausenlos daran, das Schiff klar für die nächste Fahrt zu machen.

Am Abend bei Rückkehr in die Stadt erhielt Schneider eine Einladung vom britischen Lord McDouglas, der am Tage aus Berlin zurückgekehrt war. Lord McDouglas war nicht nur Colonel in der englischen Armee und Verbindungsoffizier zu den Preußen, sondern auch ein angesehener und wohlhabender Mann, ein Adeliger mit einer Vorliebe für die Seefahrt und die damit verbundenen Geschäfte. Schneider und der Lord hatten eine lose Freundschaft entwickelt, die auf dem gegenseitigem Respekt basierte. Er freute sich ehrlich darauf, den Lord zu besuchen und seine Geschichten über Berlin und die politische sowie militärische Situation zu hören.

Als Schneider das Gebäude betrat, in dem der Lord sich einquartiert hatte, wurde er von einem Bediensteten empfangen, der ihn in die große Empfangshalle führte. Der Raum war prunkvoll eingerichtet, mit hohen Decken und opulenten Möbeln. Lord McDoglas stand bereits am Kamin, seine Figur war imposant und sein Lächeln herzlich. Man sah, dass der Lord das Leben genoss und den fleischlichen Gelüsten nicht abgeneigt war.

"Ah, Kapitän Schneider! Es freut mich wirklich, dass Sie derart schnell zu mir gekommen sind. Wir haben einiges zu besprechen! Ich würde ihnen auch gerne von den neuesten Entwicklungen berichten, derer ich informiert wurde."

Die beiden Männer begrüßten sich herzlich, und Schneider konnte die ehrliche Freude in den Augen des Lords sehen. "Ich hoffe, Sie haben die vergangenen Wochen in Berlin genossen, Mylord. Ich habe gehört, dass es dort einige interessante Entwicklungen gegeben haben soll."

"In der Tat, mein Freund. Die politische und auch militärische Lage ist derzeit wahrlich angespannt, und die Franzosen sind nicht die einzigen, die ihren Einfluss ausweiten wollen", antwortete der Lord und setzte sich in einen großen, bequemen Sessel. Schneider nahm Platz gegenüber ihm.

"Mein geschätzter Kapitän, die Welt ist sehr viel größer und nicht nur auf Europa mit dem Kontinent beschränkt, wie sie wohl wissen … Es haben sich Probleme entwickelt, die den Kampf auf diesem Kontinent teils nebensächlich für England machen … Aber ich bin sicher, dass man in London beizeiten dafür eine Lösung finden wird … Was halten Sie von einem Drink, um unsere Gespräche etwas entspannter zu gestalten, bevor wir beginnen? Ich habe da einige entzückende Tropfen aus Berlin mitgebracht, wo ich sie für ein horrendes Geld erworben habe."

Lord McDouglas winkte dem Diener, der ihnen unverzüglich zwei Gläser Wein brachte. "Auf das Wohl unserer Monarchen, der Seefahrt und unsere zukünftigen Unternehmungen, die unsere glorreichen Nationen gemeinsam angehen", sagte der Lord und erhob sein Glas. Schneider stimmte zu und stieß mit ihm an.

Die beiden Männer plauderten eine Weile, bis der Lord das Thema wechselte. "Ich habe kürzlich von den französischen Kolonien in der Karibik gehört. Sie sind unglaublich wohlhabend und ziehen eine Menge Handel an. Ihre Zuckerrohrplantagen und Gewürzfarmen sind eine Goldmine."

Schneider lehnte sich zurück und ließ die Worte des Lords auf sich wirken. Er hatte in der Vergangenheit über die Karibik gehört, aber nie wirklich in Betracht gezogen, dorthin zu segeln. Zudem hatte er jetzt das Gefühl, der Lord wolle ihm hier einen Köder vorwerfen, um ihn für die Interessen der Englischen Krone einzuspannen. "Und was meinen Sie dazu, mein Lord?"

"Ich denke, dass es eine ausgezeichnete Gelegenheit wäre, um den französischen Handel zu stören. Wenn wir die Handelsrouten angreifen, können wir den Franzosen erheblichen Schaden zufügen und vielleicht auch einige wertvolle Beute erlangen … ganz davon abgesehen wäre es vorteilhaft, wenn die Franzosen in der Karibik ein wenig beschäftigt werden und somit Truppen vom amerikanischen Kontinent abziehen müssten … Ich gestehe, wir haben da gewisse eigene Interessen."

Schneider spürte, wie sich in ihm eine Aufregung regte. Die Idee, in die Karibik zu segeln, war verlockend. Er stellte sich vor, wie die *Seeadler* durch die blauen Gewässer segeln würde, das Gold und die Waren an Bord, während sie den Franzosen in den dortigen Gefilden, die Sicherheit ihrer dortigen Handelswege entzogen. "Das klingt nach einer riskanten, aber äußerst profitablen Unternehmung … Ich nehme jedoch an, dass die Marine der Franzosen dort ebenfalls präsent ist und mit Fregatten oder Linienschiffen ihre Kolonien schützt."

Der Lord nickte gedankenvoll, während er in sein Weinglas schaute. "Ja, aber gerade das Risiko macht es aufregend, nicht wahr? Und ich glaube, dass Sie, als erfahrener Kapitän, mit einer gut vorbereiteten Mannschaft und der richtigen Strategie erfolgreich sein können", fügte der Lord hinzu und lehnte sich vor, seine Augen funkelten vor Begeisterung.

Schneider lachte innerlich. Die Beweggründe des Lords waren einfach zu durchschauen. Der Lord wollte hier einen fremden Kapitän und dessen kampftüchtiges Schiff in den Dienst der Engländer stellen ... Wenn Kapitän Schneider und dessen Schiff danach von den Franzosen versenkt wurde, dann hätte dies die Engländer nichts gekostet und die Franzosen gehemmt, weil diese ihre militärischen Mittel mit der Jagd auf das Kaperschiff neu verteilen mussten. War Schneider jedoch erfolgreich, dann hatte England ebenfalls Vorteile davon ... Egal, von welcher Warte aus man es betrachtete, die Engländer waren in jedem Fall die Gewinner, wenn Schneider auf diesen Vorschlag einging. Sollte Schneider jedoch Erfolg haben, dann war es gut möglich, dass ihn diese fahrt endgültig zu einem reichen Mann machte. Das Risiko war jedoch deutlich höher, als hier in der Ostsee, wo sich zumindest keine Linienschiffe der Franzosen bewegten.

"Das klingt nach einem interessanten Plan", sagte Schneider. "Ich müsste einige Zeit damit verbringen, mich auf diese Reise vorzubereiten. Ich müsste darüber hinaus auch Informationen über die Handelsrouten und die dort anzutreffenden französischen Schiffe sammeln ... Sehr genaues und überdies auch aktuelles Kartenmaterial wäre ebenfalls notwendig."

Der Lord lächelte. "Ich kann Ihnen dabei helfen. Ich habe Kontakte, die wertvolle Informationen über die französischen Kolonien haben. Wenn sie gut informiert sind, können sie die Überfälle natürlich gezielt planen. Das ist schon aus rein militärischer Sicht unerlässlich, wenn sie Erfolg haben wollen", erwiderte der Lord und stellte sein Glas ab.

Schneider fühlte, wie sein Herz schneller schlug. Der Gedanke an das Abenteuer, die Möglichkeit, in der Karibik zu segeln und den Franzosen zu schaden, schien plötzlich greifbar und verlockend. "Ich möchte auf jeden Fall, dass wir die französische Handelsflotte stören. Die Idee, die Kolonien zu treffen, könnte nicht nur profitabel sein, sondern auch die Kräfteverhältnisse im Atlantik durcheinanderbringen."

"Exakt! Das ist der Geist, den ich hören wollte", sagte der Lord und klopfte ihm auf die Schulter. "Lassen Sie uns eine Strategie ausarbeiten. Wir müssen sicherstellen, dass wir schnell und präzise handeln, bevor die Franzosen auf unsere Pläne aufmerksam werden ... Der Feind kann seine Ohren überall haben."

Die beiden Männer entfalteten eine Landkarte der Karibik, die die verschiedenen französischen Kolonien und Handelsrouten zeigte. Lord Pembroke erklärte, wie die französischen Schiffe regelmäßig zwischen den Inseln und dem europäischen Festland verkehrten. Schneider hörte aufmerksam zu, während der Lord verschiedene Taktiken vorschlug. Dabei ging Schneider der Gedanke durch den Kopf, dass der Lord sich scheinbar gut auf dieses Gespräch vorbereitet haben musste ... Warum sonst sollte er eine Karte der Karibik zur Hand haben?

"Wenn wir zur richtigen Zeit am richtigen Ort sind, können wir sie leicht überlisten. Die letztendliche Umsetzung des Planes liegt jedoch in ihrer Verantwortung, mein geschätzter Kapitän Schneider", sagte der Lord. "Wir sollten jedoch schnell handeln, um es den Franzosen unmöglich zu machen, ihre dortigen Besitzungen zu warnen, falls sie doch Wind von dieser Unternehmung bekommen sollten."

Die Nacht verging schnell, während sie Strategien und Pläne aussheckten. Schneider spürte das Adrenalin, das durch seine Adern pulsierte, und die Vorfreude auf das, was kommen würde. Der Gedanke an die Karibik, die Sonne, die eroberten Schätze und das Abenteuer, das vor ihm lag, ließ sein Herz höher schlagen.

Als die Gespräche sich dem Ende zuneigten, wusste Schneider, dass dies der Beginn eines neuen Kapitels in seinem Leben war. "Ich werde Sie auf dem Laufenden halten, mein Lord. Die Vorbereitungen werden bald beginnen."

"Ich freue mich darauf, Kapitän. Dies könnte ein enormer Erfolg für sie werden", erwiderte der Lord und lächelte dabei ölig.

Die beiden Männer verabschiedeten sich mit einem festen Händedruck. Schneider verließ den Wohnsitz des Lords mit einem klaren Ziel vor Augen. Die Karibik wartete auf ihn, und die *Seeadler* war bereit, die Wellen zu erobern. Im Geiste vermerkte Schneider den Lord nicht mehr als Freund, sondern als jemanden, der gezielt die Leute einsetzte, um sein Ziel zu erreichen. Mit Freundschaft hatte das nur verschwindend wenig zu tun. Lars hatte heute Abend das deutliche Gefühl gewonnen, als wäre dem Lord das persönliche Schicksal von Kapitän und Besatzung der *Seeadler* letztlich vollends egal. Kapitän Lars Schneider fühlte einen bitteren Geschmack im Mund, als ihm dies jetzt mit kristallener Klarheit bewusst wurde. Grinsend gedachte Schneider der Seekarten, die er erbeutet hatte, als die beiden französischen Schiffe ihm vor Saint-Malo in die Hände gefallen waren. Diese Karten würden ihm jetzt einen guten Dienst erweisen, denn die Kapitäne der Schiffe hatten dort einige Details verzeichnet, die sicherlich auf den englischen Seekarten nicht zu finden sein würden. Entschlossen stiefelte Schneider zum Gasthaus. Er würde eine Kleinigkeit essen und sich dann in seine Räume zurück ziehen, um etwas zu schlafen. Am kommenden Tage wollte er dann beginnen weitere Schritte für seinen Plan zu überlegen. Grundsätzlich jedoch hatte er die Planung bereits größtenteils im Kopf. Er schmunzelte verhalten. Die *Seeadler* würde weit schneller aus Wismar auslaufen, als der Lord dies vermutete.

Das Schiff lag im Hafen von Wismar, während die Zimmerleute mit äußerster Sorgfalt an der neuen Galionsfigur arbeiteten, die Kapitän Schneider in Auftrag gegeben hatte. Die Galionsfigur der *Seeadler* sollte ihrer Namensgeberin gerecht werden, und so stand am Bug des Schiffs bald ein prächtiger Seeadler, majestätisch und königlich, mit weit ausgebreiteten Schwingen und einer feinen Krone auf dem Kopf. Das Holz der Figur schimmerte im kühlen Licht des norddeutschen Himmels, während die Handwerker letzte Details und Feinheiten an den sorgfältig geschnitzten Federn anbrachten.

Schneider stand am Pier und beobachtete die Arbeit mit scharfem Auge. Die Handwerker, Meister ihres Fachs, arbeiteten mit langen, gekrümmten Messern, Stemmeisen und kleinen Feilen, um die Details im Gefieder des Adlers herauszuarbeiten. Die Federn wirkten täuschend echt ... ein Werk voller Präzision und Geduld, wie es Schneider selten gesehen hatte. Er war stolz auf dieses Symbol der Stärke und Eleganz, das bald den Bug seiner *Seeadler* zieren würde.

Während er dem Treiben zusah, kam einer der Zimmerleute, ein älterer

Mann mit grauem Bart und einem scharfen Blick, zu ihm. "Die Krone war eine gute Idee, Kapitän," sagte der Handwerker und wischte sich den Schweiß von der Stirn. "Dieser Adler wird den anderen Schiffern auf dem Meer Respekt einflößen. Es ist nur eine Frage der Zeit, bis jeder Seemann dieses Schiff kennt."

Schneider nickte zustimmend. "Ja, sie soll ein Zeichen setzen. Jeder, der auf dieses Schiff trifft, soll wissen, dass wir uns nicht beugen." Seine Stimme war ruhig, aber voller Entschlossenheit. In diesen Worten lag mehr als nur Stolz ... es war eine tiefe Überzeugung, die in ihm brannte. Ganz besonders, da er jetzt einen Plan besaß, der alles übertraf, was er bislang getan hatte.

Der letzte Feinschliff an der Galionsfigur zog die Aufmerksamkeit vieler anderer Seeleute und Fischer auf sich, die ebenfalls am Pier arbeiteten. Manche hielten staunend inne, andere zeigten auf die Figur und nickten anerkennend. Für Kapitän Schneider war es wichtig, dass die *Seeadler* schon allein durch ihr Aussehen einen Eindruck von Macht und Entschlossenheit vermittelte. Der erste Eindruck konnte viel erreichen.

Während die Handwerker die Figur fest am Bug verankerten, konnte Schneider bereits die neue Mannschaft auf die Pier zulaufen sehen. Dreißig Männer hatte er in den letzten Tagen angeworben. Erfahrene Seeleute und ein paar mutige Anfänger, die bereit waren, den harten Alltag auf einer Fregatte zu erlernen. Es war keine einfache Aufgabe gewesen, so viele Männer in kurzer Zeit zu rekrutieren, doch Schneider hatte ein geschicktes Auge dafür, welche Menschen zum rauen Leben auf See geeignet waren. Er hatte unter ihnen die entschlossenen Gesichter junger Männer gesehen, die das Abenteuer suchten, und das ruhige Selbstvertrauen älterer Seeleute, die ihre Heimat in jedem Hafen finden konnten, solange sie einen Platz an Bord hatten.

Als die Männer am Pier eintrafen und sich dort versammelte, schritt Schneider zu ihnen und musterte die Neuankömmlinge. "Ihr habt euch also entschieden, der Mannschaft der *Seeadler* beizutreten," begann er, seine Stimme fest, hart und durchdringend, sodass sie über das sanfte Rauschen der Wellen hinweg zu jedem der Männer trug. "Das Leben an Bord ist hart, und die Gefahren sind viele. Doch wer mir folgt, wird Kameradschaft finden und die Freiheit des Meeres erleben."

Die Männer hörten ihm aufmerksam zu, manche mit festem Blick, andere, vor allem die jüngeren Rekruten, schienen etwas eingeschüchtert. Schneider wusste, dass er in diesen jungen Männern das Feuer entfachen musste, das sie dazu bringen würde, durchzuhalten. Sei es in stürmischer See oder in einer Auseinandersetzung mit einem feindlichen Schiff. Denn zu Kämpfen würde es voraussichtlich sogar reichlich kommen.

Einer der erfahrenen Seeleute, ein stämmiger Mann mit einer Narbe über der Wange, trat einen Schritt vor und hob die Hand, während er über den Rumpf blickte, dessen Geschützluken alle geschlossen waren. "Kapitän Schneider, wie viele Kanonen wird die *Seeadler* führen? Werden wir uns ausreichend zur Wehr setzen können, wenn es darauf ankommt?" fragte er, seine Stimme tief und herausfordernd.

Schneider grinste. "Die *Seeadler* wird achtundzwanzig Kanonen führen. 18-Pfünder Bronzegeschütze mit langem Lauf, die uns auch das Feuern auf weite Entfernung erlauben. Dazu kommen noch zwölf Drehbassen. Halb-Pfünder Geschütze, die ihr auf der Reling erkennen könnt. Die Geschütze sind lange genug von den Franzosen benutzt wurden. Jetzt werden sie auf unserem Schiff stehen und bereit sein, jedem Feind zu begegnen."

Ein anerkennendes, leises Murmeln ging durch die Reihen der Seeleute. Achtundzwanzig Kanonen, das war eine beeindruckende Bewaffnung für ein Schiff dieser Größe. Die Aussicht auf solch eine Feuerkraft schien manchen Respekt in die Gesichter der Männer zu bringen, während sie gleichzeitig Stolz und eine gewisse Erleichterung verspürten.

Dann deutete Schneider auf das Schiff. "Wir werden an Bord gehen und euch eure die neuen Posten zuweisen. Meine beiden Leutnants und auch die Bootsmänner erledigen das. Jeder von euch wird seine Aufgaben haben, und ich erwarte, dass ihr die nötige Disziplin zeigt. In ein paar Tagen stechen wir in See, und bis dahin will ich, dass jeder hier seinen Platz kennt."

Während die Männer an Bord gingen und dort von den beiden Leutnants bereits erwartet wurden, widmete sich Schneider erneut der Galionsfigur. Die Zimmerleute hatten ihre Arbeit vollendet und begannen jetzt die Werkzeuge einzupacken. Die *Seeadler* war nun vollständig. Ein wahrhaft prächtiger Anblick, mit dem majestätischen Adler am Bug und der stolzen Mannschaft an Deck. Schneider runzelte die Stirn. Gemäß seiner Planung würden sie in drei Tagen auslaufen. Bis dahin sollte sich gezeigt haben, ob er grundsätzlich die richtigen Leute angeworben hatte, um seine Mannschaft aufzustocken.

Drei Tage nach dem lebhaften Abschied aus Wismar zog die *Seeadler* unter vollen Segeln Richtung Westen. Die Herbstluft war kühl, und der Wind peitschte die Wellen der Ostsee auf, was die Reise schnell und fließend machte. Kapitän Schneider beobachtete das Treiben an Deck und die Routine der Männer, die an den Tauwerken zogen, die Segel prüften und das Schiff pflegten, als wäre es ein lebendiger Organismus. Die See war ihr Verbündeter und Gegner zugleich, und Schneider spürte in jeder Bewegung des Schiffes die tiefe, beständige Kraft des Wassers unter sich.

Das Skagerrak lag vor ihnen, ein schmaler Korridor, durch den sie das offene Meer erreichen mussten. Die Enge der Passage ließ das Schiff schneller gleiten, und das beständige Rauschen des Wassers, das über den Bug spritzte, erfüllte die Luft mit salziger Frische. Die Matrosen arbeiteten unermüdlich; alle waren sich der Bedeutung ihrer Mission bewusst, und Schneider wusste, dass diese Männer bereit waren, ihn bis ans Ende der bekannten Welt zu begleiten. Jeder, der sich der Mannschaft angeschlossen hatte, verspürte die Ehrfurcht vor den bevorstehenden Gefahren, doch in jedem Gesicht zeigte sich auch ein entschlossener Blick. Hier hatten sie die Möglichkeit Abenteuer zu erleben und wohlhabend zu werden. Die in ganz Wismar bekannten Geschichten von den reichlichen Prisengeldern, die unter der Mannschaft verteilt worden waren, taten ihr übriges dazu.

Nach dem Skagerrak weiteten sich die Gewässer der Nordsee und hier erlebte die *Seeadler* die ersten Tests ihrer Stabilität. Wellen türmten sich auf und der Wind nahm an Stärke zu, trieb das Schiff unerbittlich voran. Doch Schneider kannte diese raue See gut und wusste, wie man mit ihr spielte. Das rhythmische Rollen des Schiffes in den Wellen, das plötzliche Aufbäumen und das Gleiten hinab in die Täler zwischen den Wasserbergen, war für die meisten der Männer vertraut. Sie hatten gelernt, sich an den Rhythmus der See anzupassen und standen sicher, egal wie stark das Schiff sich neigte. Die Sonne schien noch durch die Wolken, doch der Horizont begann, sich zuzuziehen und ließ die ersten Zeichen aufziehender Wetterwechsel erkennen.

Schließlich erreichten sie den Ärmelkanal. Hier, wo die See oft mit anderen Schiffen belebt war, schienen die Wellen in alle Richtungen zu schlagen, als würden sie sich durch die vielen Kielwasser der durchziehenden Schiffe in Unruhe versetzen lassen. Einige harmlose, kleinere niederländische Fischerboote kreuzten den Weg der *Seeadler*, doch keine Begegnung führte zu einem Aufeinandertreffen. Dazu war die Entfernung zu groß und so konnte niemand die *Seeadler* wirklich erkennen. Bislang war die Reise friedlich verlaufen. Schwärme von Seemöwen umschwärmten das Schiff, während man beständig weiter nach Westen segelte.

Die Seeadler auf ihrem Weg durch den Ärmelkanal

Schneider stand aufmerksam an Deck und prüfte jede Annäherung eines fremden Schiffs, ließ jedoch kein Zeichen von sich erkennen, das Anlass zu einer Konfrontation gegeben hätte. Die *Seeadler* glitt friedlich durch den Kanal, und als sie die französische Küste endlich hinter sich ließen, was Schneider zu einem inneren Aufatmen brachte, weitete sich das Meer unendlich vor ihnen aus. Der Atlantik erstreckte sich vor ihnen wie eine unüberwindbare, unbekannte Welt, die Schneider nun in all ihrer Wildheit überqueren wollte.

Die Nächte auf dem Atlantik waren zunächst ruhig und klar; der Himmel leuchtete in einem überwältigenden Sternenmeer, das den Männern Orientierung und eine gewisse Art von Trost gab. Die Winde trieben die *Seeadler* zügig voran, und die mit Gischt gekrönten Wellen trugen sie in einem sanften Rhythmus westwärts. Schneider genoss diese friedliche Phase, die es ihm erlaubte, die Mannschaft zu Drillen und sich selbst auf die bevorstehenden Herausforderungen einzustellen.

Nach etwa einer Woche auf dem offenen Meer änderte sich jedoch die Atmosphäre. Die Luft schien schwerer, das Licht trüber, und der Horizont verdunkelte sich, als dunkle Wolken aus dem Nichts aufzogen. Ein dumpfes, tiefes Grollen kündigte den herannahenden Sturm an. Schneider stand auf dem Achterdeck, die Hände fest um die Reling geklammert, seine Augen starr auf die bedrohliche Wand aus Wolken gerichtet, die sich mit alarmierender Geschwindigkeit auf sie zu bewegte. Es war ein gewaltiger Sturm, wie er ihn schon oft erlebt hatte, aber jeder Sturm trug seine eigene Unberechenbarkeit in sich. In der Ostsee und Nordsee war ein Sturm schon schlimm. Hier jedoch auf dem offenen Ozean konnte er zu einer Katastrophe werden, wie Schneider nur zu genau wusste.

Der Sturm kam wie ein unerbittliches Raubtier über die *Seeadler*. Der Horizont, eben noch weit und verheißungsvoll, wurde von einer bedrohlichen Wand aus dunklen Wolken verschluckt, die sich unheilvoll auftürmten. Ein donnerndes Grollen durchbrach die Stille, und der Wind, der bis dahin ein stiller Gefährte gewesen war, brüllte nun wie ein entfesselter Drache, peitschte durch die Segel und zerzauste die Haare der Männer. Kapitän Schneider stand an Deck, den Blick starr auf die wütende See gerichtet. Jeder Atemzug trug die Schwere dessen in sich, was noch bevorstand. "Männer, macht euch bereit! Holt die Segel ein und sichert alles!" rief Schneider, seine Stimme fest und durchdringend, ein Anker inmitten des Chaos. Die Mannschaft, teils erfahrene Seeleute, teils neue Rekruten, war in Alarmbereitschaft. Jeder Handgriff saß, jeder wusste, dass das Überleben des Schiffs und ihrer selbst nun in den geschickten Händen und dem eisernen Willen aller lag. In Windeseile wurden die Segel verkleinert, Tauwerk gesichert, die Geschütze und die Ladung mehrfach zusätzlich abgesichert, alles musste dem wütenden Ozean standhalten.

Der erste Tag des Sturms begann mit gewaltigen Wellen, die das Schiff immer wieder anhoben, nur um es in schwindelerregende Tiefen fallen zu lassen. Die *Seeadler* tanzte auf den Wellenkämmen und tauchte in die dunklen Täler ein, die von schäumenden Kämmen umgeben waren. Das Schiff ächzte und knarrte, als der Wind wie ein Berserker an ihm zerrte, und das Wasser peitschte donnernd gegen die hölzernen Planken. Für die schuftenden Männer an Bord gab es keine Pause. Jeder Muskel, jeder Nerv war angespannt, während sie sich an die Takelage klammerten, um nicht von der tobenden See fortgerissen zu werden. Das Steuerruder war nun permanent mit zwei erfahrenen Leuten besetzt, die jederzeit bereit dazu waren Kursänderungen vorzunehmen, wenn Schneider die befahl.

Schneider selbst hielt sich fest an der Reling, seine Hände krampften sich um das kalte Holz. Er sah, wie der Regen die Sicht zeitweise auf wenige Meter reduzierte, die Wasserwände der Wellen, die bedrohlich auf sie zukamen, das grelle Aufzucken von Blitzen, die für Augenblicke die Szenerie in ein gespenstisches Licht tauchte. Es war, als würde das Meer all seine Wut auf sie fokussieren. Das Knarren des Schiffes, das Heulen des Windes und das unaufhörliche Rauschen der Wellen vereinten sich zu einer Symphonie der Naturgewalten. Der Tag verging in einem Strudel aus Anspannung und Überlebenswillen, und als die Dunkelheit hereinfiel, schien der Sturm nur noch grausamer zu werden.

Die Nacht brachte keine Erleichterung. Im Gegenteil, in der Finsternis schien der Sturm seine wahre Macht zu entfalten. Die Wellen wurden höher und wilder, und das Schiff begann, in beängstigender Weise hin- und hergeschleudert zu werden. Jeder Aufstieg auf eine Welle fühlte sich an wie das Klettern auf einen Berg, jeder Abstieg wie ein Sturz in die

Tiefe. Die Männer hielten sich krampfhaft an allem fest, was ihnen Halt bot. Schlaf war undenkbar, Essen ein ferner Gedanke ... alles, was zählte, war, das Schiff in einem Stück durch die Nacht zu bringen. Der Regen war so dicht, dass die Männer kaum die Hand vor Augen sehen konnten. Die kalten Tropfen prasselten wie Nadelstiche auf ihre Gesichter, die vom Salzwasser und Wind gerötet und verkrampft waren.

Am zweiten Tag war die *Seeadler* eine belagerte Festung, die sich gegen das wütende Meer zur Wehr setzte. Die Männer waren erschöpft, ihre Augen rot vor Schlafmangel und Anstrengung, ihre Hände rissig und blutig vom ständigen Greifen nach Tau und Holz. Doch Schneider gab ihnen keine Pause. Er wusste, dass der Sturm keine Gnade kannte. Er selbst blieb, wann immer möglich, auf dem Deck, das Gesicht fest in den Sturm gerichtet. Jeder seiner Befehle war präzise und klar, auch wenn seine Stimme kaum gegen das Heulen des Windes ankam. Die Mannschaft folgte ihm ohne Zögern. Das Vertrauen in ihren Kapitän und in die Stabilität der *Seeadler* war das einzige, was sie noch aufrecht hielt und ihnen in diesem Chaos einen Funken von Hoffnung vermittelte.

Am zweiten Abend schlugen die Wellen so stark gegen das Deck, dass ein Mann beinahe über Bord gespült wurde. Schneider sah es aus dem Augenwinkel und stürzte nach vorne, packte ihn mit all seiner Kraft und zog ihn zurück, während das Wasser über sie hinwegschoss. Der Mann keuchte, sein Gesicht bleich vor Schock, doch er nickte dankbar, als Schneider ihm einen prüfenden Blick zuwarf. Dieser Augenblick, diese winzige Geste, gab dem jungen Matrosen den Mut, weiterzukämpfen, gegen die unbarmherzigen Kräfte der Natur.

Der Sturm hielt die ganze Nacht an, und die Dunkelheit schien endlos. Die See schrie, als würde sie selbst vor Schmerz und Wut zerreißen, und die *Seeadler* tanzte weiter auf den wilden Fluten. Der Gedanke an Ruhe war für die erschöpften Männer unerreichbar. Sie befanden sich in einem andauernden, zutiefst zermürbenden Kampf gegen eine übermächtige Naturgewalt. Jeder war bis auf die Knochen durchnässt, jeder Muskel schmerzte, und ihre Finger waren klamm und starr vor Kälte.

Am dritten Tag begann der Sturm allmählich an Kraft zu verlieren, doch die See blieb rau und unbarmherzig. Die Männer hielten noch immer durch, doch jeder Schritt fiel ihnen schwer. Schneider konnte in ihren

Gesichtern die Erschöpfung lesen, doch er wusste, dass der Sturm nun bald seine Kraft verlieren würde. Langsam ließ der Regen nach, und die Wellen wurden flacher, die Angriffe des Windes schwächer. Endlich brach ein erster Lichtstrahl durch die Wolken, ein schwacher, grauer Schimmer, der wie ein Hoffnungsschimmer auf das Deck fiel.

Die Männer sahen auf, ihre Gesichter waren von Erschöpfung und Salz gezeichnet, doch in ihren Augen funkelte eine Mischung aus Stolz und Erleichterung. Sie hatten es geschafft. Die See hatte sie geprüft, sie beinahe verschlungen, doch sie hatten standgehalten. Die *Seeadler* hatte den Sturm überstanden und trug die Narben dieses gewaltigen Kampfes. Als Kapitän Schneider den Blick über das Deck schweifen ließ und das aufatmende Lächeln seiner Männer sah, fühlte er den stillen Stolz, der in jedem von ihnen aufstieg. Diesen verbissenen Kampf gegen einen schier übermächtigen Gegner hatten sie gewonnen … auch wenn es bisweilen sehr knapp gewesen war. Stolz und zufrieden strich Schneider mit der Hand über die Reling des Schiffes. Die *Seeadler* hatte standgehalten. Trotz aller Wucht des Atlantiks und der zermürbenden Anstrengung, die es gebraucht hatte, sie auf Kurs zu halten.

Die weiteren Tage, die sie benötigten, um in die karibischen Gewässer zu gelangen nahmen sich nun fast wie ein Kinderspiel aus. Das Wetter wurde besser und die Temperatur wurde beständig wärmer. Als sie schließlich in der Karibik ankamen und Kurs auf Haiti nahmen, schienen die Strapazen der Atlantiküberquerung bereits fast wie aus einem Traum zu stammen.

Eine Woche lang kreuzte die *Seeadler* vor der Küste von Haiti, stets wachsam und bereit, auf eine Gelegenheit zu lauern. Kapitän Schneider und seine Männer suchten nach einem geeigneten Ziel. Eine wertvolle Beute, die zugleich das französische Handelsnetz schwächen würde. Die See war ruhig, die Luft heiß und feucht, und doch spürten alle an Bord die Anspannung. Jeder einzelne Mann der Mannschaft wusste, dass ein lohnendes Ziel in diesen Gewässern jederzeit auftauchen konnte.

Schließlich, in den frühen Morgenstunden des achten Tages, erblickte der wachhabende Matrose, im Ausguck, etwas am Horizont. "Schiff in Sicht! Nein, zwei Schiffe!" rief er, die Hand über die Augen haltend, um die Sonne abzuschirmen. Die Nachricht verbreitete sich wie ein Lauffeuer über das Deck, und bald darauf stand Schneider selbst an der Reling, das Teleskop in der Hand, um die Lage zu prüfen. Fern am Horizont konnte er die beiden fremden Schiffe erkennen. Lange Minuten spähte er durch das Teleskop. Dann senkte er das Teleskop und grinste zufrieden.

Vor ihnen segelten zwei französische Schiffe. Ein schwer beladenes Handelsschiff und eine kleinere Brigg, die offenkundig den Schutz über das Frachtschiff übernommen hatte. Schneider nickte mit festem Blick. Hier war endlich seine Chance, auf die er gehofft hatte, seit sie aus Wismar ausgelaufen waren. Er wandte sich an Peterson und Morgentau, die dicht bei ihm standen und ebenfalls Teleskope in den Händen hielten. "Männer! Die Franzosen erwarten nicht, dass wir zuschlagen. Das Handelsschiff ist schwer beladen und unbeholfen. Wenn wir es geschickt anstellen, wird es uns gehören, aber erst müssen wir diese begleitende Brigg ausschalten! Bereit machen zum Gefecht!"

Befehle wurden gerufen und der Trommler der Seesoldaten begann die Trommel zu schlagen, um die Mannschaft auf ihre Gefechtspositionen zu rufen. Die Mannschaft eilte an ihre Posten. Schneider beobachtete mit geschultem Blick die Bewegungen der französischen Schiffe und erkannte, dass die Brigg sich jetzt schützend vor dem Handelsschiff positionierte. Offenkundig hatten die französischen Seeleute die Gefahr bemerkt und bereiteten sich nun auf den möglichen Angriff vor. Mit einem donnernden Befehlen ließ Leutnant Peterson die Kanonen ausrichten. Die Männer spannten die Taue und sorgten dafür, dass die schweren 18-Pfünder im richtigen Winkel standen.

Das Gefecht zwischen der *Seeadler* und der französischen Eskorte begann mit einem Anflug von Spannung, die in der steifen Brise des Morgens zu vibrieren schien. Die französische Brigg, elegant und wendig, hatte sich dem schwer beladenen Handelsschiff schützend vorangestellt und stellte sich nun der Herausforderung, die Schneider und seine Männer ihr boten. Einzig der Horizont, die raue See und die unerschütterliche Entschlossenheit der Preußen schienen Zeugen zu sein, als die Schiffe aufeinander zusteuerten.

"Bereitmachen! Zielt genau, Männer. Wir wollen die Brigg nicht erobern sondern aus dem Rennen nehmen. Wir wollen uns das Handelsschiff holen … Leutnant Peterson, bereitmachen für Breitseite, danach gezieltes

Einzelfeuer auf den Feind. Versenken sie mir den Kerl!" Schneiders Stimme hallte über das Deck, erfüllt von kalter Entschlossenheit und der kampferprobten Härte, die seine Männer inzwischen in den Knochen kannten. Die Kanoniere rissen die Abdeckungen ihrer Geschütze weg und zielten auf die französische Brigg. Jeder Schuss musste sitzen. Es war das wendige französische Eskortschiff, das ihre Hauptgefahr darstellte. Wenn sie es erst einmal besiegt hatten, wäre das langsame Handelsschiff leichte Beute.

Die *Seeadler* eröffnete das Feuer mit einer Salve, die dann die Brigg erschütterte. Die mächtigen Kanonenkugeln schlugen in ihren Rumpf, zerrissen Planken, Tauwerk, Segel und durchdrangen die Seitenwände wie ein unbarmherziger Sturm. Holz splitterte, Rufe des Entsetzens und der Entschlossenheit hallten von Deck zu Deck. Doch die französische Brigg war keineswegs geschlagen. Wie ein Raubtier, das in die Enge getrieben war, antwortete das Eskortschiff mit einer eigenen Salve, die auf die *Seeadler* zurollte und die Luft mit schneidenden, donnernden Explosionen erfüllte.

Eine der Kugeln traf die *Seeadler* an Steuerbord, wobei ein Teil der Reling zersplitterte und Holzsplitter wie Schrapnell durch die Luft flogen. Schneider spürte, wie ein scharfer Splitter an seiner Schulter vorbeizischte, doch er ließ sich nicht beirren. "Festbleiben, Männer! Nicht bangemachen lassen! Wir geben ihnen noch eine Salve, und dieses Mal zielt nur auf den Rumpf ... wir werden sie zum Sinken bringen!"

Leutnant Peterson hatte seine Kanoniere gut gedrillt. Die Männer an den Kanonen, die Gesichter glühend und die Muskeln angespannt, stellten sich auf den kommenden Schlag ein. Als das Kommando zum Feuern ertönte, schickten sie eine weitere donnernde Salve auf die französische Brigg. Ein furchteinflößender Knall ließ die Luft erzittern, und dieses Mal trafen die Kanonenkugeln mitten ins Ziel. Das Wasser um die Brigg spritzte hoch auf, als die Kugeln den Rumpf durchschlugen und die Stabilität des Schiffs zerstörten. Der Fockmast der Brigg ging über Bord und bremste das gegnerische Schiff ab, nahm ihm somit die Wendigkeit. Das Deck des französischen Schiffes war übersät mit verletzten und gefallenen Seeleuten. Die Breitseiten der *Seeadler* hatten mit blutiger Präzision ihr Ziel gefunden.

Der französische Kapitän, nun mit dem Rücken zur Wand, ließ seine Männer an den eigenen Geschützen antreten und erwiderte das Feuer ein letztes Mal. Doch die *Seeadler* war gut gebaut, ihr Rumpf massiv und ihre Besatzung kampferprobt. Die Brigg hingegen begann zu sinken, langsam aber unaufhaltsam. Bereits jetzt zeigte sich eine deutliche Schlagseite, die ständig zunahm, während der Rumpf immer tiefer sank. Männer an Bord schrien in panischem Durcheinander, als das Meer ihre Hülle unbarmherzig verschlang.

"Das war's! Die Brigg ist verloren! Sie sinken!" rief einer der Matrosen triumphierend, während die Crew der *Seeadler* jubelte. Doch Schneider hob die Stimme und wies sie sofort an, die Aufmerksamkeit auf das fliehende Handelsschiff zu lenken. "Unsere Arbeit ist noch nicht getan. Nehmt das Handelsschiff ins Visier ... Alle Segel setzen!"

Die Männer eilten an die Taue, das Segelwerk wurde ausgerichtet, und die *Seeadler* nahm die Verfolgung auf. Das französische Handelsschiff schien den Kampfgeist des Kapitäns zu spüren, als es versuchte, in der Ferne zu entkommen. Doch die *Seeadler* war schnell und wendig. Bald schloss sie die Lücke zu dem Handelsschiff.

Die prunkvolle, königliche Krone des Seeadlers, die Galionsfigur, schien über das Wasser hinwegzuschweben, wie eine düstere Vorwarnung an die Franzosen, dass ihre Zeit gekommen war. Die Männer der *Seeadler* feuerten eine Salve über das Heck des Frachters hinweg. Die Kugeln schlugen durch die Reling des Achterdeck, töteten den Steuermann und zwei Offiziere, die bei ihm standen. Der Kapitän des Handelsschiffes erkannte, dass jede weitere Gegenwehr völlig sinnlos wäre, zumal das Handelsschiff nur über sechs leichte Geschütze verfügte. Er fügte sich dem Schicksal und gab seiner Mannschaft die entscheidenden Befehle. Die weiße Flagge, zitternd in der Luft, wurde aufgezogen, und die Männer an Bord des Frachters ließen die Waffen sinken.

Ein wuchtiger Atemzug ging durch die Reihen der Besatzung, als die Prisencrew, begleitet von zwanzig Seesoldaten, an Bord des Handelsschiffes ging und das Schiff sicherte. Schneider betrat das Deck des Frachters und musterte die Kapitulation der französischen Besatzung mit stolzer, unerbittlicher Entschlossenheit. Sein Blick, scharf wie der des Seeadlers am Bug, glitt über die erschöpften französischen Matrosen. Der

Kampf war gewonnen, die Beute gesichert und wohlverdient. Als seine Männer in Jubelrufe ausbrachen lächelte Schneider. Er war stolz auf seine Mannschaft, die sich weit besser gehalten hatte, als er es befürchtet hatte.

"Männer, der Weg nach Jamaika erwartet uns," verkündete Kapitän Lars Schneider. "Unsere Arbeit hier ist jetzt erst einmal getan. Bereitet euch vor, denn wir segeln als stolze Sieger in den Hafen von Kingston ein! Zusammen mit dem von uns eroberten Schiff."

Der Kampf war gewonnen, und die *Seeadler* führte nun ihre Beute, schwer beladen mit wertvoller Fracht, mit Kurs auf Kingston. Das Schiff hatte Schaden genommen, und Schneider wusste, dass Reparaturen notwendig waren, bevor sie die Weiterfahrt antreten konnten. Zudem war Kingston die Hauptstadt der britischen Kolonie Jamaika und Schneider besaß ein Empfehlungsschreiben des englischen Lords, McDouglas, das ihm Zugang zu den besten Kontakten eröffnen würde. Der Lord hatte das Empfehlungsschreiben wohlüberlegt angefertigt und es dann persönlich Kapitän Schneider vor dessen Abreise aus Wismar übergeben.

Die Einfahrt in den Hafen von Kingston war ein imposanter Anblick. Die *Seeadler*, geschmückt mit den Narben des Gefechts, fuhr stolz in den Hafen, ihre Segel voll entfaltet und die mächtige Galionsfigur des gekrönten Seeadlers thronte über den Wellen. Im Geleit dieses stolzen Kriegsschiffes, aus dem verbündeten Preußen, befand sich auch ein Handelsschiff, welches tief beladen im Wasser lag. Die Matrosen und Hafenarbeiter am Ufer staunten, als das fremde Kriegsschiff anlegte und Schneider merkte, dass ihre Neuankunft für gehöriges Aufsehen sorgte. Das wurde wohl auch zu einem gewissen Teil, durch die Gegenwart des offensichtlich eroberten Handelsschiffes verursacht wurde.

Kaum war das eigene Schiff festgemacht, begab sich Schneider zum Gouverneurspalast. Das Gebäude erhob sich stattlich über dem Hafen, eine imposante Festung mit Blick auf die Küste. Als Kapitän Schneider vor die Wachen trat und sein Empfehlungsschreiben vorzeigte, wurden ihm sofort die Türen geöffnet, und er wurde mit großem Respekt empfangen. Schon wenig später fand er sich in einem prachtvollen Salon wieder, in dem der Gouverneur höchstpersönlich auf ihn wartete.

7.

Kaperfahrt in der Karibik, Frühjahr und Sommer 1761

Der englische Gouverneur, ein Mann von stattlicher Figur und scharf blickenden Augen, musterte Schneider mit einem erfreuten Lächeln. "Kapitän Schneider! Sie kommen also aus Preußen … mit großem Mut und einem Empfehlungsschreiben von meinem geschätzten Freund, wie ich hörte. Was kann ich für Sie tun?"

Schneider verbeugte sich höflich und überreichte dem Gouverneur das Schreiben. Gouverneur Henry Moore hatte derzeit als Lieutenant Gouvernor das Amt des Gouverneurs kommissarisch inne. Es war seine zweite Amtszeit, auf Jamaika. Noch immer waren die Auswirkungen des Sklavenaufstandes im vergangenen Jahr spürbar. Schneider hatte die vielen Soldaten auf den Straßen von Kingston wohl bemerkt, die jeden Sklaven misstrauisch beobachteten. Der Aufstand, den der ehemalige Sklave Tacky im Jahre 1760 angeführt hatte war zwar niedergeschlagen worden aber das Misstrauen war geblieben. "Eure Exzellenz, ich komme mit der Bitte um Reparaturen für mein Schiff und einer Möglichkeit, unsere jüngste Beute, ein französisches Handelsschiff, gewinnbringend zu veräußern." Er erklärte die Details des jüngsten Gefechts, und der Gouverneur lauschte gebannt.

"Ein beeindruckendes Gefecht!" rief der Gouverneur begeistert. "Die britische Krone schätzt Männer wie Sie, die den Mut haben, sich gegen unsere Feinde zu behaupten." Der Gouverneur rief sofort einen seiner Beamten herbei und erklärte, dass die notwendigen Materialien und Arbeitskräfte für die Reparaturen zur Verfügung gestellt werden sollten. "Was das Handelsschiff betrifft, so bin ich sehr interessiert daran, es mitsamt der Fracht zu erwerben. Die Kolonie braucht dringend Vorräte, und ich werde Ihnen einen fairen Preis in Goldmünzen zahlen … Ich bin auch für die Zukunft an Erwerbungen dieser Art interessiert, sofern sie einst den Franzosen gehört haben ... Die Prisenpreise, die ich ihnen anbieten kann, werden auch sie als äußerst fair bezeichnen, mein geschätzter Kapitän."

Für Schneider war dies eine willkommen Nachricht. Der Gouverneur, höchst angetan von Schneiders Entschlossenheit und seiner Leistung, veranlasste umgehend, dass eine Summe in goldenen Guineen auf das Schiff von Schneider transportiert werden sollte. Die Münzen funkelten in der Sonne, als sie übergeben wurden und Schneider fühlte das Gewicht des Erfolgs in seinen Händen. Leutnant von Morgentau verzeichnete die Übergabe sorgsam in seinen Listen. Die Reparatur der *Seeadler* wurde unverzüglich eingeleitet, und die beste Zimmermannschaft von Kingston machte sich daran, das Schiff wieder in einen kampfbereiten Zustand zu versetzen. Schneider bemerkte dabei, was der Einfluss des Gouverneurs bewirken konnte und war zufrieden.

Die Tage, die Schneider und seine Männer in Kingston verbrachten, waren erfüllt von der Erleichterung und dem Stolz auf ihren Sieg. Sie hatten sich als würdig erwiesen und nun auch den Respekt des Gouverneurs gewonnen. Die Reparaturen verliefen reibungslos, und die *Seeadler* erstrahlte bald wieder in voller Pracht, bereit, neue Abenteuer zu bestehen und weiterhin ein Schrecken für die Feinde der Krone zu sein. Schneider traf sich mehrfach mit dem Gouverneur und informierte sich über alle Belange, die für ihn von Wichtigkeit werden könnten.

Als der Abschied kam, standen die Hafenarbeiter und Matrosen am Ufer, um das Schiff und seine Besatzung zu verabschieden. Der Gouverneur selbst erschien, um Schneider die Hand zu schütteln und ihm Glück zu wünschen. "Ich hoffe, dass wir uns schnell wiedersehen werden, Kapitän Schneider. Möge Ihre Fahrt stets von Erfolg und Ehre gekrönt sein."

In den folgenden vier Wochen erlebte Kapitän Schneider eine Zeit voller riskanter Manöver und großer Gewinne. Jeder neue Tag auf See brachte weitere Erfolge und festigte seinen Ruf als ein Meister der Piraterie, dessen List und Stärke den französischen Handel bedrohte und die englische Kolonie Kingston in wirtschaftliche Aufregung versetzte.

Bereits in der ersten Woche nach dem erfolgreichen Angriff auf die französische Eskorte und das Handelsschiff sichtete die *Seeadler* ein weiteres, scheinbar völlig schutzloses französisches Handelsschiff. Die Mannschaft, voller Tatendrang und gespannt auf die kommende Jagd, bereitete die Waffen sorgfältig vor. Schneider, der inzwischen mit den Bewegungen und Strategien französischer Handelsschiffe vertraut war, hielt ein scharfes Auge auf den Horizont und ordnete gedämpftes Vorgehen an. Er wusste, dass die Franzosen das Erscheinen der *Seeadler* bereits vernommen haben könnten und dass jetzt ein übereilter, offener Angriff das Handelsschiff zur sofortigen Flucht veranlassen könnte. Deshalb beschlossen Kapiän Schneider und seine beiden Leutnants, die heran brechende Dunkelheit auszunutzen. Bislang schien man sie noch nicht bemerkt zu haben und das wollten die preußischen Seeleute nun ausnutzen.

Mit einem gezielten Befehl ließ Schneider die *Seeadler* vorsichtig und unscheinbar an das französische Schiff heranmanövrieren. In lautloser Übereinkunft arbeiteten die Matrosen, die Taue leise führend, die Segel angepasst, sodass die *Seeadler* wie ein stiller Jäger in der Dämmerung heranschlich. Als sie endlich nahe genug waren, schickte Schneider einen Warnschuss über den Bug des feindlichen Schiffes und hievte die preußische Flagge in die Höhe. Die französische Besatzung, überrascht und verängstigt, erkannte die Situation sofort. Bald darauf sah Schneider die Zeichen der Kapitulation ... eine weiße Flagge wurde gehisst, und die französischen Seeleute sammelten sich an Deck, bereit, ihre wertvolle Ladung und ihr Schiff aufzugeben.

Das französische Schiff, das sich nun ohne Widerstand den preußischen Kaperleuten überließ, erwies sich als reiche Beute. Fässer voller kostbaren Weines und Kisten voller Zucker und Gewürze lagerten in den Laderäumen. Zufrieden ließ Schneider das Handelsschiff von einer Prisenbesatzung unter Leutnant Peterson nach Kingston segeln, während er selbst auf der Seeadler verblieb und die Prise begleitete. Als sie dort in den Hafen einliefen, erwartete sie bereits Gouverneur Moore, der mit wachem Interesse die Neuankömmlinge beobachtete. Einige seiner Offiziere standen bei ihm und waren scheinbar ebenso erfreut, wie der Gouverneur.

"Ihr seid wahrlich ein talentierter und mutiger Mann, Schneider," lobte der Gouverneur, während er zufrieden die Fracht inspizierte. Seine Augen glitzerten vor Freude beim Anblick der wohlgeordneten Ladung. "Kingston wird bald nicht mehr auf euch verzichten wollen."

Gouverneur Moore, ein kluger Verhandlungspartner, sprach in einem Atemzug ein Angebot aus, das Schneider kaum ablehnen konnte. Der

Gouverneur bot eine großzügige Summe in Goldmünzen an, und die Kaufleute der Stadt warteten förmlich darauf, den Rest der Fracht zu erwerben. Zufrieden überwachte Schneider den Verkauf und zählte die Goldstücke, die klirrend in seine Schatztruhe, an Bord der Seeadler fielen. Eine Bestätigung des Erfolges seiner riskanten Unternehmung.

Die zweite Woche brachte dann ein noch größeres Wagnis. Auf ihrer Patrouille, entlang der Küstenlinie von Haiti entdeckte die *Seeadler* nicht nur ein, sondern gleich zwei Handelsschiffe, die in friedlicher Formation segelten. Schneider erkannte sofort, dass diese Schiffe bewaffnet waren und sich gegenseitig Beistand gewähren konnten, wenn dies angebracht erschien um sich gegen genau solche Angriffe zu schützen, wie Schneider es nun vorhatte. Die Herausforderung weckte den taktischen Geist in ihm. Dies war nicht nur eine Chance auf reiche Beute, sondern auch eine Gelegenheit, seine Geschicklichkeit und den Mut seiner Mannschaft zu beweisen.

"Männer," rief er über das Deck hinweg, "wir trennen die beiden Schiffe und nehmen sie uns einzeln vor! Haltet eure Waffen bereit und bleibt mir wachsam. Wir segeln in ein Gefecht."

Die *Seeadler* setzte sich in eine Position, die es ihr ermöglichte, das erste Handelsschiff zu isolieren und seine Aufmerksamkeit auf sich zu ziehen. Es würde sich zeigen, ob die beiden Gegner sich unterstützten oder ob eines der feindlichen Schiffe die Flucht versuchte. Ein hartes, taktisches Manöver, doch die geübte Mannschaft der *Seeadler* führte es mit Präzision und Geschick aus. Unter Leutnant Petersons Leitung gelang es den Seesoldaten und Matrosen der *Seeadler*, das erste Schiff zu kapern, während das zweite Schiff versuchte zu entkommen. Mit geübter Geduld und entschlossener Präzision zog die *Seeadler* den Kurs eng um das entkommende Handelsschiff und feuerte eine Breitseite in den Rumpf des flüchtenden Schiffes. Die Treffer wirkten sich fatal aus und töteten viele Matrosen an Bord des französischen Schiffes. Darunter auch deren Kapitän und den Steuermann. Die Franzosen erkannten jetzt schnell die Hoffnungslosigkeit der Situation und kapitulierten.

Die Ladung beider Schiffe entpuppte sich als wahrer Schatz. Fässer voll aromatischen Rums und exotischer Zucker, sowie feine Stoffe und verschiedene Gewürze. Zufrieden segelte Schneider die *Seeadler* zurück nach Kingston, um die wertvolle Beute in den dortigen Hafen zu bringen. Henry Moore, der bereits auf die Rückkehr Schneiders wartete, strahlte vor Freude und bot erneut großzügige Summen für die wertvollen Waren. Die Kaufleute der Stadt, inzwischen Schneiders treue Abnehmer, begannen, sich zu versammeln, und ein feierlicher Empfang wurde den zurückkehrenden Seeleuten bereitet. In den Tavernen wurde zwei Tage lang gefeiert und Schneider musste zwei weitere Tage warten, bis alle seine Leute wieder nüchtern und einsatzfähig waren.

In der dritten Woche trat die *Seeadler* einer härteren Herausforderung gegenüber. Ein wendiges französisches Schiff, das sich der Gegend als potenziell gefährlich bewusst war, verfolgte eine Taktik des ständigen Kurswechsels, um den Verfolger abzuschütteln. Schneider erkannte das Schiff früh am Horizont und befahl der Mannschaft, sich auf eine lange und intensive Jagd vorzubereiten. Der Wind trieb die *Seeadler* voran, und mit jeder Stunde, die sie dem feindlichen Schiff näher kamen, wuchs die Spannung an Bord.

Stundenlang verfolgten sie das französische Schiff, das geschickt versuchte, sich aus der Reichweite der *Seeadler* zu befreien. Schließlich, nach einer Reihe intensiver Kursänderungen, konnte Schneider das französische Handelsschiff einholen und zum Gefecht zwingen. Die *Seeadler* war, wie ein gut abgestimmtes Uhrwerk, bereit für den Angriff. Ein kurzer, aber heftiger Kampf entbrannte, bei dem die erfahrene Crew der *Seeadler* die Oberhand gewann. Die Franzosen kapitulierten und als Schneider das Handelsschiff entern ließ, fand er eine wertvolle Ladung aus Stoffen, Rum und seltenen Gewürzen.

Zurück in Kingston empfing Gouverneur Moore die tapferen Seeleute erneut und lobte Schneiders Durchhaltevermögen. Der Gouverneur verhandelte erneut und bot eine hohe Summe in Goldmünzen für die Waren. Schneider sah sich immer mehr als Teil der Stadt, sein Ansehen wuchs, und selbst die ansässigen Händler hatten begonnen, ihn wie einen von ihnen zu betrachten. Das mochte aber daran liegen, so überlegte Schneider, dass die *Seeadler* Waren nach Kingston brachte, die der dortigen Wirtschaft einen gehörigen Schubs gaben.

In der vierten Woche schließlich begegnete die *Seeadler* einem besonders schwer beladenen Schiff, das von Plantagenbesitzern der französischen

Kolonien entsandt worden war. Die französische Besatzung war nervös und bemühte sich, Abstand zu halten, doch die *Seeadler* hielt sich hartnäckig an ihre Fersen und umkreiste das Schiff wie ein Raubvogel, der auf die Gelegenheit wartete. Schneider spürte, dass hier ein größerer Schatz wartete, und hielt seine Männer in steter Alarmbereitschaft. Nach Stunden der Verfolgung und einem dramatischen Kampf ergaben sich die Franzosen schließlich. Die Ladung, edle Stoffe, Gewürze, Zucker und eine kleine Truhe voller Goldmünzen, erwies sich als der lohnendste Fang der gesamten Reise.

Als sie das Hafenbecken von Kingston erreichten, schallte Jubel vom Kai. Gouverneur Moore ließ, in seiner Residenz, ein großes Bankett für Schneider und seine Offiziere veranstalten, um ihre Taten zu feiern. Schneider verließ das Bankett mit dem sicheren Gefühl, dass er eine feste Basis und mächtige Verbündete in Kingston gefunden hatte. Diese vier Wochen hatten ihn und die *Seeadler* nicht nur zu Legenden in den karibischen Gewässern gemacht, sondern auch zu geschätzten Partnern der englischen Kolonie. Die Kaufleute der Stadt ehrten Schneider wie einen Freund und Partner und boten ihm bevorzugten Zugang zu Kingston's besten Handwerkern und Ressourcen. Moore selbst schüttelte ihm die Hand und bedankte sich für seinen unermüdlichen Einsatz, der Kingston bereichert und die Engländer in der Kolonie gestärkt hatte. In jenen Wochen wurde Schneider nicht nur zum Helden der See, sondern auch zu einem gefeierten Gast in der englischen Kolonie, einem Mann, dessen Taten weit über die karibischen Gewässer hinaus zu hören waren und dessen Einfluss auf Kingston nicht mehr zu übersehen war.

Der Himmel über der See war von dichten Wolken verhangen, das unruhige Meer peitschte gegen den Rumpf der *Seeadler*, als sie in südwestlicher Richtung segelte, die Nase gen Haiti gerichtet. Der Wind, mal stärker, mal schwächer, schob das Schiff voran, doch die Suche nach Beute hatte bisher keinen Erfolg gebracht. Kapitän Lars Schneider stand auf der Kommandobrücke und starrte über das weite, graue Meer. Die frische Brise war angenehm, doch seine Gedanken waren nur bei der Jagd, die immer noch erfolglos war. Der Plan, die französischen Kolonien in der Karibik zu schwächen, war klar, doch so weit das Auge reichte, war nur das unendliche Blau der See zu sehen.

Doch dann, nach mehreren Tagen des erfolglosen Ausschauhaltens, brach der Monotonie des Segelns das schrille Rufen des Matrosen aus dem Ausguck. "Achtung … Voraus Segel am Horizont! Zwei Schiffe!"

Schneider sprang sofort von seiner Position und kletterte die Wanten zur Aussichtsplattform hinauf, die Hand über die Augen gelegt, um den Horizont abzusuchen. Und da, auf der Backbordseite, zeichnete sich eine kleine Gruppe von Schiffen ab. Zwei französische Schiffe, die eindeutig ein englisches Handelsschiff verfolgten. Ein kalter Funken der Erregung blitzte in Schneiders Augen auf. "Ein Kauffahrer. Anscheinend englisch und verfolgt von französischen Schiffen", murmelte er mit entschlossener Stimme, "dieser Tag wird der unserige sein. Wir helfen unseren also Verbündeten und gehen zugleich unserem Auftrag nach, der da lautet, die Franzosen zu schädigen."

Er befahl, Kurs auf die französischen Schiffe zu nehmen. Der Wind war ihm günstig, und das schnelle Schiff unter seinem Kommando begann, das erste französische Schiff zu überholen, während er an Deck seine Kommandos gab. Die Männer, mit eisernem Blick und festen Händen an den Kanonen, bereiteten sich auf das unvermeidliche Gefecht vor.

Die französischen Schiffe, noch ahnungslos, dass ein Feind sich näherte, betrachteten das sich ihnen schnell nähernde Schiff als eine ihrer eigenen Flotteneinheiten. Die beiden französischen Schiffe waren eine kleine Fregatte und eine Brigg. Beide gut bewaffnet, wie Schneider mit seinem Teleskop festgestellt hatte. Noch waren die Gegner ahnungslos. Die Bauweise der *Seeadler* war natürlich eindeutig französisch und für einen langen Moment schien es so, als könnte das Überraschungsmoment wirken. Doch der Moment der Wahrheit war jetzt gekommen, und Schneider wusste, dass er diese Gelegenheit nutzen musste. "Zeigt ihnen unsere Flagge! Ziel auf die Fregatte! Geschütze Achtung! volle Breitseite!"

Ein Befehl, der wie Donnerhall über das Deck donnerte. Die Kanonen brüllten, und die schweren Kugeln durchbrachen die dichte Luft, bevor sie die feindliche Fregatte trafen. Es war ein präziser, vernichtender Schlag. Die Fregatte taumelte unter dem Aufprall der Schüsse, als der Hauptmast von den Kanonenkugeln durchbohrt wurde und mit einem dramatischen Krachen über Bord ging.

Die Fregatte wurde durch den über Bord gehenden Mast herum gezogen und bot der Seeadler nun ihr Heck entgegen. Die französische Besatzung starrte fassungslos auf das sinkende Gerüst, von Mast und Segel, das ihr Schiff nun abbremste und nahezu bewegungsunfähig machte. Der Kapitän der französischen Fregatte, ein hagerer Mann in blauer Uniform, brüllte Befehle, doch es war zu spät. Die Überraschung war vollkommen. Eine zweite Breitseite donnerte aus den Geschützen der *Seeadler* und die Kugeln frästen sich geradezu ihren Weg durch die dünnen Holzwände des Hecks, bevor sie den ganzen Innenraum der Fregatte mit einem fürchterlichen Hagel von Holzsplittern füllten. Schreie von verletzten erklangen, während dutzende von Männern still in ihrem Blut lagen, wo Splitter oder die Kanonenkugeln sie getötet hatten. Doch die feindlichen Schiffe hatten jetzt erkannt, dass sie angegriffen wurden. Das andere französische Schiff, eine kleinere Brigg, wich mit einer schnellen Wendung vom bisherigen Kurs ab und näherte sich nun der *Seeadler*, um der hart angeschlagenen Fregatte zu helfen.

Leutnant Petersons Stimme dröhnte wie eine Glocke. "Bereit machen! Die Kanonen, alle Kanonen bereit für eine neue Breitseite!"

Schneider wusste, dass es keinen Ausweg gab. Wenn er die *Seeadler* nicht so schnell wie möglich in eine vorteilhafte Position brachte, würde das kleinere französische Schiff ein immer größer werdendes Problem darstellen, da die Fregatte noch nicht endgültig besiegt war. Doch die Männer an Bord des feindlichen Schiffes waren ebenso entschlossen wie seine eigenen. Die Kanonen wurden erneut ausgerichtet und bald war das Meer Zeuge von einer tobenden Schlacht, in der es keine Gnade gab.

Kanonenfeuer hallte über die Wellen, die Explosionen brachten das Schiff in Schwingung, als die Kugeln der französischen Brigg die Flanken der *Seeadler* trafen. Das erste, was die Besatzung bemerkte, war das Grollen des Holzes und die reißenden Geräusche, die ertönten, wenn die gegnerischen Geschosse in die Segel trafen. Die *Seeadler* stöhnte fast wie ein Lebewesen unter der Wucht der französischen Kugeln, doch sie hielt stand, jeder Schuss wurde beantwortet, jeder Schuss war ein Schritt näher zum Sieg.

Die französischen Schiffe, nun in voller Flanke, warfen alles in die Waagschale. Die Fregatte, so schwer getroffen von Schneider's Angriff, versuchte verzweifelt, sich neu zu positionieren, während die Brigg versuchte, die *Seeadler* mit einer Reihe von schnellen Manövern zu flankieren. Doch Schneider war ein erfahrener Kapitän und wusste, wie er das Schicksal des Gefechts wenden konnte. Der Wind war auf ihrer Seite.

Erneut erschallte die Stimme von Peterson. "Breitseite! Achtung! Feuer!"

Ein weiteres donnerndes Brüllen ertönte und diesesmal wurde die französische Brigg getroffen. Die Antwort blieb nicht aus und erfüllte die Luft mit einem Wirbelsturm von Holzsplittern. Die Seemänner an Deck hörten das durchdringende Heulen der Kanonen und spürten das Zittern des Schiffs unter den Treffern. Doch es war das französische Schiff, das jetzt das größere Leid erlebte. Es wurde langsamer und begann sich zu neigen, der Rumpf und die Segel von den Schüssen der *Seeadler* zerfetzt.

Schneider spürte die Anspannung in seiner Brust, als er das Szenario vor sich sah. Die Fregatte war im sinken begriffen. Das französische Schiff war nicht mehr in der Lage, weiterzukämpfen. Die *Seeadler* feuerte weiter mit entwaffnender Präzision und als der französische Kapitän der Brigg verzweifelt versuchte, sich in eine bessere Position zu bringen, ereilte die Fregatte endgültig das finale Schicksal. Eine Kugel traf das Pulvermagazin der Fregatte. Mit ohrenbetäubendem Krachen explodierte der Rumpf des Schiffes. Das Schiff zerbrach in zwei Teile, und mit einem bedrohlichen Knarren und Knistern versank es in den tiefen Gewässern.

Doch auch die *Seeadler* hatte ihren Tribut zu zahlen. Überall auf dem Schiff lagen tote und verletzte Männer. Doch Schneider ließ sich nicht ablenken. "Auf das andere Schiff! Keine Gnade!"

Das verbleibende französische Schiff, das bereits dem Sinken nahe war, war jetzt nur noch ein Ziel. Mit letzter Kraft setzten die Männer der *Seeadler* ihren Angriff fort, die verbleibenden Kanonen brüllten, und der französische Stolz brach unter der Wucht der Schüsse zusammen. Das letzte französische Schiff, wie ein toter Riese, fiel dem Meer anheim und versank ebenfalls in den von Trümmern übersäten Wellen.

Das Schlachtfeld war von Zerstörung und Leichenteilen überzogen, die Kriegsschreie der Männer war verstummt, und die *Seeadler* trieb, schwer beschädigt, durch die Wellen. Schneider stand auf der Brücke, den Blick fest und unerbittlich. Er hatte gesiegt, doch der Preis war hoch gewesen. Höher, als Schneider bereit gewesen war, ihn zu bezahlen. Er presste seine Lippen zusammen. Das war ein teuer erkaufter Sieg. Doch seine Mannschaft war begeistert, über den Sieg, den sie über einen zahlenmäßig überlegenen Feind davon getragen hatten, bei dem es sich zudem um reguläre Marineeinheiten der Franzosen gehandelt hatte.

Die Stimmung auf der *Seeadler* erhielt einen weiteren Aufschwung, als ein kleines Boot mit dem englischen Kapitän heranruderte, dessen Schiff Schneider und seine Männer durch ihr Eingreifen gerettet hatten. Er war ein Mann mittleren Alters, seine Züge geprägt von langen Jahren auf See, mit einem Blick, der von Dankbarkeit durchdrungen war. Er trat auf Schneider zu, sein Gesicht ernst, aber voller Bewunderung.

"Kaptain Schneider, ich schulde Ihnen mein Leben und das Leben meiner Crew," begann er und verneigte sich leicht. "Ohne Ihr Eingreifen wäre mein Schiff verloren gewesen, und mein Leben mit ihm. Ich werde dem Gouverneur von Kingston alles berichten, und ich werde sicherstellen, dass Ihr Mut und Ihre Tapferkeit gewürdigt werden."

Schneider neigte den Kopf, seine Augen blieben ruhig und doch schimmerte ein Anflug von Stolz in ihnen. "Es war der richtige Moment, Sir. Sie haben Glück gehabt, dass wir in der Nähe waren," sagte er schlicht und klopfte dem Engländer auf die Schulter, bevor dieser wieder in sein Boot stieg und sich winkend zu seinem wartenden Sschiff rudern ließ. Die hingegen *Seeadler* nahm daraufhin Kurs nach Haiti, und Schneider wusste, dass das Gespräch mit dem Gouverneur von Kingston möglicherweise weitere Unterstützung sichern könnte.

Für die nächsten Tage herrschte eine fast beklemmende Ruhe auf See. Tag um Tag segelte die *Seeadler*, mit minimalen Segeln, durch die Karibik, während die Besatzung sich fieberhaft daranmachte, die beschädigten Bereiche zu flicken und das Schiff wieder voll einsatzbereit zu machen. Die leichter Verwundeten, die am Anfang vor Erschöpfung kaum hatten stehen können, waren nun schon wieder an Deck, halfen den weniger verletzten Kameraden und waren froh, sich nützlich machen zu können. Es herrschte eine stille, geduldige Disziplin an Bord, denn alle waren sich bewusst, dass es keine Pause geben würde, solange das Ziel noch vor ihnen lag.

Das Meer lag in einem trügerischen Frieden. Die Tropenhitze lastete schwer auf der See und ließ die Wellen träge glitzern, als ob auch sie eine Atempause nach dem vergangenen, blutigen Gefecht brauchten. Doch Kapitän Schneider, dessen Kommandobrücke von der salzigen Brise umspielt wurde, hielt den Kurs unbeirrt auf Haiti gerichtet. Sein Blick war ernst, zeitweise fast schon stur. Die *Seeadler* hatte schwere Schäden davongetragen. Die letzten Tage waren sehr hart gewesen. Trotz ihres heldenhaften Sieges über die französischen Angreifer trugen Schiff und Mannschaft die Wunden des Gefechts. Männer bewegten sich vorsichtig über das Deck, ihre Körper mit Verbänden umwickelt, während die Kanoniere ihre zerstörten Stückpforten prüften und die Zimmerleute das Holz flickten, das unter den Schlägen der Kanonenkugeln zerschmettert worden war. Der stete Klang von Sägen und Hämmern war beinahe beruhigend geworden. Ein jetzt fast schon vertrautes Geräusch in einer Welt, die selten zur Ruhe kam. Schneider wollte in eine der geschützten Buchten von Haiti einlaufen um dort die größten Schäden auszubessern.

Am fünften Tag ihrer Fahrt nach Haiti, als die Küste der französischen Kolonie nicht mehr weit entfernt war, erscholl vom Ausguck ein scharfer Ruf. "Segel am Horizont! Ein kleines Boot!" Die Matrosen blickten auf, und Schneider hob den Blick in Richtung des kleinen Punktes am Horizont, der in der Ferne dümpelte. Es war ein einfaches Segelboot, fast schon ein Floß, und schien hilflos den Wellen ausgeliefert zu sein.

"Das sieht nach Schiffbrüchigen aus," murmelte Schneider und gab den Befehl, auf das Boot zuzusteuern. Als die *Seeadler* sich näherte, erkannte die Mannschaft schließlich die beiden Insassen. Drei Frauen, die am Rand des Boots saßen und schwach die Hände hoben, als sie die *Seeadler* entdeckten. Das Boot war ein Bild der Verwüstung. Die Segel hingen in Fetzen, und die Frauen darin wirkten halb verhungert, ihre Kleidung vom Meerwasser durchtränkt und von der Sonne gebleicht. Ihre Gesichter spiegelten Erschöpfung und Verzweiflung wider, und die tiefe Angst in ihren Augen ließ erahnen, was sie durchgemacht haben mussten. Schneider ließ das Segelboot längsseits bringen, und sobald es sicher an der Seite der *Seeadler* festgemacht war, wurden Strickleitern herab gelassen, sodass die Frauen vorsichtig auf das sichere Deck der *Seeadler* überwechseln konnten.

Yvette, Margoux und Fabienne

Die drei Frauen, die sich als Yvette, Margaux und Fabienne vorstellten, sprachen mit schwachen Stimmen. Geschwächt von Hunger und Durst. Erschöpft, verängstigt und spürbarer Unsicherheit. Angst war deutlich bei ihnen erkennbar, war es doch in diesen Zeiten oft so, dass entflohenen Sklaven nur verschwindend wenig Verständnis entgegengebracht wurde. Doch es war Leutnant von Morgentau, der das Gespräch übernahm und die Frauen beruhigte. Sein Französisch war makellos, und seine sanfte, beruhigende Art machte es den Frauen leichter, ihre Geschichte zu erzählen.

Yvette, Margaux und Fabienne berichteten, dass sie als Haussklaven eines wohlhabenden französischen Kaufmanns auf Haiti gearbeitet hatten. Ihre Aufgabe war die Küche gewesen, die sie mit größter Sorgfalt geführt hatten. Sie hatten für das Essen des Hausherrn und seiner Gäste gesorgt, das Brot gebacken und die Vorratsräume verwaltet. Doch das

Leben war eine endlose Folge von Arbeit und Misshandlungen gewesen, und als sich die Gelegenheit zur Flucht ergab, hatten sie alles riskiert. In einer mondlosen Nacht hatten sie ein Boot entwendet und waren aufs offene Meer hinausgefahren, ohne zu wissen, wohin ... einzig mit dem Ziel, der Sklaverei zu entkommen.

Schneider hörte schweigend zu, während von Morgentau übersetzte. Die Wut und Verachtung, die er gegenüber der Sklaverei empfand, stiegen in ihm auf, doch er hielt sie in Schach. Als von Morgentau die Geschichte beendete, sah Schneider den beiden Frauen in die Augen. Seine Stimme war ruhig, aber bestimmt, als er sagte: "An Bord der *Seeadler* seid ihr frei. Ihr habt nichts zu befürchten. Ich werde euch beschützen."

Die drei Frauen sahen sich an und eine tiefe Erleichterung flackerte in ihren Augen auf. Endlich, nach all den entbehrungsreichen Tagen und Nächten auf See, waren sie gerettet. Die Mannschaft, die ihre Geschichte mit angehaltenem Atem verfolgt hatte, zeigte nichts als Mitgefühl. Und als Margaux, Yvette und Fabienne anboten, an Bord zu helfen und sich um die verwundeten zu kümmern, wurden sie mit freundlichem Nicken empfangen.

Margaux, Yvette und Fabienne waren keine Fremden in der Arbeit und legten sofort Hand an, um sich nützlich zu machen. Auf dem Vorschlag von Schneider und von Morgentau begannen sie, sich um die Verwundeten zu kümmern. Mit erfahrenen Handgriffen wuschen sie Wunden aus, wechselten Verbände und bereiteten kräftigende Mahlzeiten für die Männer zu, die nach Tagen der Schmerzen dringend Stärkung brauchten. Die Matrosen, die anfangs noch skeptisch gewesen waren, gewannen schnell Respekt für die Geschicklichkeit und Hingabe der drei hübschen Frauen, die den meisten von ihnen wie Gestalten aus einem alten Märchen vorkommen mussten. Schneider beobachtete dies mit einer stillen Genugtuung. Die *Seeadler* war für die Frauen zu einem Zufluchtsort geworden, und sie selbst zu einer wertvollen Unterstützung für die Besatzung. Yvette, Fabienne und Margaux fügten sich nahtlos ein und waren bald ein geschätzter Teil der Bordgemeinschaft. Sie waren Zeuginnen einer Art von Kameradschaft, wie sie sie auf dem Besitz ihres alten Herrn niemals gekannt hatten und wo es für sie stets nur Verachtung und Misshandlung gegeben hatte.

Nach dieser Begegnung setzte die endgültig *Seeadler* Kurs auf Kingston, wo Schneider hoffte, die dringenden Reparaturen fortsetzen zu können. Die Buchten an der Küste von Haiti erschienen ihm plötzlich zu unsicher. Die *Seeadler* war noch nicht wieder völlig einsatzbereit. Die Küste Jamaikas kam am Horizont in Sicht, und die See legte sich, als ob sie sich selbst vor dem baldigen Landfall verneigen wollte. Schneider sah über das Meer und fühlte eine leise Erleichterung, bald wieder die Docks und Handwerker von Kingston zu sehen.

Die Reise endete ohne Zwischenfälle und als die *Seeadler* in den Hafen von Kingston einlief, wusste Schneider, dass sie hier die Ruhe finden würden, die sie benötigten ... und dass die Geschichten von ihrer tapferen Rettung des englischen Handelsschiffes bereits die Runde machen würden.

Schneider suchte den englischen Gouverneur auf und lieferte dort den Bericht über seine Reise ab. Gouverneur Moore war voll des Lobes. Auf die Bitte von Kapitän Schneider hin ließ er drei Urkunden ausfertigen, die den drei geretteten Frauen die Freiheit aus der Sklaverei zusicherte. Die Frauen waren jetzt freie Menschen. Als Schneider am Abend den Frauen die Urkunden überreichte und durch Leutnant von Morgentau deren Inhalt übersetzen ließ waren die Frauen außer sich vor Freude. Sie hatten etwas erhalten, was für sie unbezahlbar war ... DIE FREIHEIT.

Nach zwei Wochen intensiver Reparaturen und Erholung im Hafen von Kingston war die *Seeadler* bereit, wieder in See zu stechen. Die letzten Gefechte hatten ihre Spuren an Schiff und Besatzung hinterlassen, doch die Werftarbeiter von Kingston hatten die beschädigten Planken ersetzt und die Kanonen in Stand gesetzt. Die Verwundeten, die die Kämpfe überlebt hatten, erholten sich allmählich, und auch der Geist der Crew wurde durch die Ruhe an Land wieder gestärkt. Zudem machte sich die Gegenwart der drei jungen hübschen Frauen bemerkbar, die von der Besatzung wie Schutzengel angesehen wurden.

Schneider wusste, dass sie sich schnell auf die nächste Kaperfahrt begeben mussten. Zeit war Geld, und die französischen Schiffe in diesen Gewässern boten lohnende Ziele. Mit einem donnernden Abschiedsgruß aus den Hafenkanonen von Kingston legte die *Seeadler* schließlich wieder ab und glitt stolz und kraftvoll durch die türkisblauen Wellen der

Karibik. Schneider und seine Männer fühlten sich für die kommenden Herausforderungen bereit. Im Moment war ihnen das Glück hold aber Schneider wusste, das die Glücksgöttin oft launisch sein konnte.

Drei lange Tage segelten sie, stets wachsam und in der Hoffnung, ein französisches Handelsschiff zu erspähen. Die Sonne brannte heiß auf die Deckplanken, und die Besatzung wischte sich den Schweiß von der Stirn, während sie den Horizont absuchte. Schließlich, an einem frühen Morgen, entdeckte der Matrose im Ausguck weiße Segel, die sich in der Ferne gegen das Blau des Himmels abzeichneten.

"Segel an steuerbords voraus!" rief er mit klarer Stimme, die sofort die Aufmerksamkeit des Kapitäns und der Offiziere weckte. Schneider hob sein Teleskop und studierte die Silhouette am Horizont. Die bauchigen Linien und die Takelage des Schiffes ließen ihn auf ein französisches Handelsschiff schließen. Ein kleineres Ziel, doch angesichts der Ruhe auf See und der jüngsten Verluste mehr als willkommen.

Mit entschlossener Miene gab Schneider den Befehl, das gegnerische Schiff einzuholen. Die Besatzung nahm ihre Positionen ein, und die Kanoniere standen bereit, die Preußische Flagge wurde gehisst. Das französische Handelsschiff bemerkte die herannahende Gefahr zu spät, und bevor es reagieren konnte, befand sich die *Seeadler* bereits in Reichweite. Ein warnender Schuss donnerte aus einer der Kanonen und zerriss die Stille des Morgens.

Das Handelsschiff senkte die Segel und ergab sich kampflos, und Schneider ließ eine Prisenmannschaft von zwanzig Matrosen und Seesoldaten übersteigen. Die Besatzung des französischen Schiffes wurde unter Deck in Eisen gelegt. Die Prisenmannschaft würde das Schiff zurück nach Kingston segeln, während die *Seeadler* die Patrouille auf den französischen Handelsrouten fortsetzte. Die Männer waren in guter Stimmung. Es war ein leichter Sieg, der für eine gute Belohnung sorgen würde. Vorerst jedoch begleitete die Seeadler das gekaperte Schiff noch. Erst später würde Schneider einen anderen Kurs anlegen.

Zusammen mit dem Handelsschiff auf dem Wege zurück nach Kingston segelte die *Seeadler* weiter auf ihrer Route, doch bereits am nächsten Morgen bemerkte der Ausguck erneut ein Segel. Dieses Mal war es ein beunruhigenderes Bild. Die Segel gehörten nicht zu einem Handelsschiff. Stattdessen konnte Schneider schon bald das aggressive, raubtierhafte Profil einer französischen Fregatte erkennen.

Das französische Kriegsschiff schien direkt auf sie zuzuhalten. Schneider stellte schnell fest, dass eine Flucht sinnlos war. Der Wind war gegen sie, und die französische Fregatte konnte die *Seeadler* einholen. Die Männer an Bord der *Seeadler* sahen den drohenden Kampf in den Augen ihres Kapitäns und trotz der drohenden Gefahr blieben sie zuversichtlich. Bislang hatten sie jedes Gefecht gewonnen. Trotzdem waren die Umstände ungünstig, da der Feind den Windvorteil hatte. Jeder an Bord wusste, dass es nun keine Möglichkeit gab, sich dem Gefecht zu entziehen.

Schneider erteilte ruhige, präzise Befehle, und die Männer nahmen ihre Positionen an den Kanonen ein. "Wir haben das Überraschungsmoment nicht auf unserer Seite," sagte er mit eiserner Stimme, "aber wir haben den Mut, die Kraft und die Erfahrung. Die Franzosen haben uns noch nicht erlebt ... und das wird sie teuer zu stehen kommen." Seine Männer jubelten. Schneider selbst war jedoch nicht so siegessicher, wie er sich gab. Er hatte Bedenken. Sein Schiff war derzeit nicht in der besten Verfassung für ein Gefecht. Es mangelte ihm jetzt an Männern.

Die *Seeadler* bereitete sich auf das unvermeidliche Aufeinandertreffen vor. Die französische Fregatte kam rasch näher, ihre Kanonen drohend auf die *Seeadler* gerichtet. Kanonendonner ertönte. Dann ein donnernder Einschlag! Die französische Fregatte hatte die erste Salve abgegeben, und die Kugeln zerschmetterten die Bordwand der *Seeadler*. Holzsplitter flogen durch die Luft, und ein dumpfes Stöhnen ging durch das Schiff, als die Männer sich an Deck duckten, um den Geschossen zu entgehen.

Schneider reagierte sofort und gab den Befehl zum Gegenschlag. Die Geschütze der *Seeadler* donnerten in einer gut gezielten Breitseite, spuckten Feuer und Rauch. Die Kanonenkugeln trafen die französische Fregatte an der Seite und ein Gebrüll ging durch das französische Schiff, als die Kugeln die Planken zerschmetterten, das Deck verwüsteten und bereits mit dieser Salve viele Matrosen töteten oder verwundeten. Auf dem französischen Schiff schien die Hölle ausgebrochen zu sein.

Das Gefecht war ein höllischer Austausch von Salven, bei dem beide Schiffe ihre ganze Feuerkraft entfesselten. Die französische Fregatte erwies sich als hartnäckiger Gegner und zielte präzise auf die Masten und Takelage der *Seeadler*, um das preußische Schiff zu lähmen. Doch die Männer von Schneider hielten ihre Positionen tapfer, auch wenn einige von ihnen im Feuerhagel fielen. Die brutalen Schläge, die jetzt die *Seeadler* einstecken musste, waren verheerend. Immer wieder hörte man das Splittern von Holz, das Kreischen von zerrissenen Segeln und die verzweifelten Rufe der Verwundeten. Doch die Männer kämpften wie Löwen. Schneider, mit grimmiger Entschlossenheit, führte Kapitän Schneider seine Besatzung durch die rauchige, von Kanonendonner erfüllte Hölle. Seinen Säbel erhoben, feuerte er seine Männer an, hielt sie aufrecht, auch wenn die Verluste schwer wogen.

Auf beiden Seiten wurden die Decks blutgetränkt. Die französische Fregatte hatte ebenfalls ihre Verluste zu beklagen, doch ihre Übermacht und die größere Feuerkraft schien ihr einen Vorteil zu verschaffen. Als Schneider sah, dass die Franzosen versuchten, sich seitlich an die *Seeadler* zu setzen, um möglicherweise eine Enterung vorzubereiten, erteilte er den Befehl zu einer letzten, alles entscheidenden Salve.

Mit aller verbliebenen Willenskraft feuerten die Kanoniere der *Seeadler* auf die gegnerische Fregatte. Die Kugeln trafen den Rumpf des französischen Schiffes mit voller Wucht und kappten dabei dessen Hauptmast. Der Mast ging über Bord, zerschmetterten die Reling an der Steuerbordseite und bremste das gegnerische Schiff abrupt ab. Zudem neigte das französische Schiff sich jetzt gefährlich nach Steuerbord. Der französische Kapitän versuchte verzweifelt, das Schiff zu stabilisieren, doch es war zu spät. Die Fregatte nahm zu viel Seewasser durch ihre Geschützluken auf und begann zu sinken, während Rauch und Flammen aus dem Rumpf stiegen. Anscheinend war irgendwo Feuer an Bord ausgebrochen, das sich nun ungehindert ausbreitete. Dann explodierte das Pulvermagazin der Fregatte. Zwei kleinere Explosionen folgten, kurz darauf und besiegelten endgültig das Schicksal des Schiffes. Mit einem letzten, donnernden Schlag sank das französische Schiff schließlich in die Tiefen der Karibik, und die *Seeadler* blieb, wenn auch schwer beschädigt, als Siegerin auf den Wellen.

Doch der Sieg hatte seinen Preis. Die *Seeadler* war von den Kugeln der französischen Fregatte zerschossen, und die Verwundeten und Toten lagen auf dem Deck. Blut tränkte die Planken, und die Stimmung war gedrückt. Die Männer, die den Kampf überstanden hatten, halfen einander und legten Verbände an, während Schneider erschöpft und dennoch stolz auf seine tapferen Männer sah. Da erspähte er ein blutiges Bündel, am Fuße des Hauptmastes. Es war Margaux, die von einem scharfkantigen Splitter tödlich verletzt worden war und nun blicklos in den Himmel starrte. Die ganze Mannschaft betrauerte den Tod der jungen Frau, die tapfer im Gefecht den Verletzten helfen wollte. Ihre Freiheit hatte nur kurz angedauert aber Schneider sagte sich, dass sie zumindest in Freiheit gestorben war.

Mit gedrosselten Segeln und vorsichtiger Geschwindigkeit setzten sie den Kurs nach Kingston fort. Die Männer, die noch auf den Beinen waren, halfen bei der Versorgung der Verwundeten und räumten das Deck von den letzten Überbleibseln des Kampfes. Schneider wusste, dass sie den Hafen erreichen mussten, bevor die Schäden an der *Seeadler* noch schlimmer wurden. Als die Küste von Jamaika schließlich in Sicht kam, ging ein Seufzen der Erleichterung durch die Crew. Die Türme von Kingston ragten vor ihnen auf, und das beruhigende Gefühl der Sicherheit breitete sich aus. Die Männer auf den umstehenden Schiffen beobachteten die *Seeadler* aufmerksam, tief beeindruckt von dem Anblick des kampferprobten, stark angeschlagenen Schiffes, das unter allen Widrigkeiten in den Hafen zurückkehrte und ein Prisenschiff im Geleit führte.

Als die *Seeadler* endlich an der Pier festmachte, standen die Männer von Kingston bereit, um das beschädigte Schiff erneut in die Werft zu bringen. Schneider stand an Deck, während er jetzt die dringendsten Reparaturen organisierte. Henry Moore, der Gouverneur von Kingston, kam persönlich um Schneider und seine Männer zu empfangen und ihnen für ihren Mut zu danken.

Die Männer von der *Seeadler* wurden wie Helden empfangen, und auch wenn der Schmerz des Verlusts in ihren Herzen nagte, erfüllte sie der Stolz, eine weitere Schlacht überlebt und ihre Ehre bewahrt zu haben. Trotzdem war sich Schneider bewusst, dass er beizeiten in die Heimat zurückkehren musste. Nicht nur das es ihm allmählich an Leuten für die Besatzung mangelte, seine Leute sehnten sich auch wieder nach ihrer Heimat.

Nach den schweren Kämpfen und der heldenhaften Rückkehr in den Hafen von Kingston vergingen die nächsten zwei Wochen für die Besatzung der *Seeadler* in einem Zustand der Erschöpfung und der Wiederherstellung. Das Schiff lag in der Werft, während die Zimmerleute und Schiffsbauer von Kingston an der Instandsetzung der schwer getroffenen Hülle arbeiteten. Das letzte Gefecht hatte nicht nur die hölzernen Planken erschüttert, sondern auch die Gemüter. Die Verluste unter der Besatzung wogen schwer, und das Fehlen der gefallenen Kameraden hinterließ eine spürbare Lücke auf dem Deck. Schneider nahm sich Zeit, seine Männer zu ermutigen und sie für die Heimreise vorzubereiten, die bald anstand. Bei einem Verlust von jetzt beinahe fünfundzwanzig Prozent seiner ursprünglichen Besatzung war eine weitere Fortführung der Mission mehr als riskant.

Während des Aufenthalts in Kingston sah man die Besatzung selten untätig. Viele arbeiteten an Bord, halfen den Handwerkern oder legten Hand an, um die Takelage zu erneuern, die zerschossenen Planken auszubessern und Segel zu flicken. Der Duft von frisch gehobeltem Holz vermischte sich mit der salzigen Brise des Hafens, und der Klang der Hämmer und Sägen hallte in der warmen karibischen Luft. Die Männer schwitzten unter der Sonne, doch in ihren Augen glomm der stille Stolz, dass sie ihre Ehre und ihr Leben verteidigt hatten … und es ihnen gelungen war ein reichliches Prisengeld zu erkämpfen.

Schneider selbst verbrachte die Tage mit dem Überprüfen der Pläne für die Rückreise. In diesen Gewässern lauerten französische Patrouillen und das Wetter in der Karibik konnte im späten Sommer unberechenbar sein. Nachdem die letzten Reparaturen abgeschlossen waren und sich die Besatzung etwas erholt hatte, entschied Schneider, dass es Zeit war, nach Wismar zurückzukehren. Es war eine schwere Entscheidung aber für Schneider war es der einzig richtige Weg. Die See der Karibik war schon fast ihre Heimat geworden und Kingston, dieser belebte Knotenpunkt, ein Ort, in deren Umkreis es reichlich Beute zu machen gab. Doch die Verluste und die harten Kämpfe hatten gezeigt, dass auch ein erfahrener

Kapitän und ein kampferprobtes Schiff wie die *Seeadler* seine Grenzen hatte. Nach der Überzeugung von Kapitän Lars Schneider war diese Grenze nun erreicht.

"Männer, wir segeln nach Hause", verkündete er eines Abends an Deck, während der Himmel über ihnen in tiefen Orange- und Rottönen glühte. Eine leise, respektvolle Zustimmung ging durch die Reihen. Die Männer waren erschöpft, ihre Seelen von den letzten Kämpfen gezeichnet. Auch sie sehnten sich danach, die heimatlichen Küsten zu sehen, wo Familien auf sie warteten und das Bier in den Tavernen kalt und reichlich war.

Kapitän Schneider suchte den Gouverneur ein letztes mal auf und teilte ihm den Entschluss mit, in de Heimat zurück zu kehren. Gouverneur Moore nickte sinnend. "Ich kann diese Entscheidung gut nachvollziehen, Kapitän Schneider … Ich selbst bin auf dieser Insel geboren worden und es ist meine Heimat. Ich selbst würde auch immer wieder in meine Heimat zurück wollen, wenn ich lange in der ferne bin. Seien sie gewiss, ihre Tapferkeit und Umsicht hat mir imponiert und ihrem König zur Ehre gereicht."

Sinnend schaute der Gouverneur für eine Weile aus einem der Fenster seines Amtssitzes. "Ich werde ein Schriftstück aufsetzen, in dem ich meinen Dank für ihre Taten und ihre vorzügliche Kooperation sowie die Tapferkeit von ihnen und ihrer Besatzung würdigen werde … Bitte überreichen sie dieses Schreiben ihrem geschätzten König. Er wird sicherlich gerne lesen, wie hoch sie in meiner Gunst aufgestiegen sind, Ich wünschte, ich hätte hier mehr Offiziere wie sie, zur Verfügung. Das Schreiben wird ihnen morgen früh auf ihr Schiff gebracht."

Schneider bedankte sich mit gesenktem Kopf, bevor er den Gouverneur verließ. Das Lob freute ihn. Er war sich aber klar bewusst, dass es hart erkämpft worden war und mit dem Blut seiner Besatzung bezahlt worden war.

8.

Heimreise nach Wismar, Sommer und Herbst 1761

Am nächsten Morgen legte die *Seeadler* ab, der Abschiedsgruß ihrer neuen Freunde und Bekannten aus Kingston hallte von den steinernen Kaimauern. Die Segel waren gesetzt, und langsam glitt das Schiff durch die türkisfarbenen Wellen hinaus in das offene Meer.

Die ersten Tage waren ruhig und friedlich. Die sanfte Brise führte die *Seeadler* sicher durch die Karibik, und die Besatzung nutzte die Zeit, um sich weiter zu erholen und die üblichen Routinearbeiten zu erledigen. Schneider ließ von Leutnant von Morgentau genaue Berichte über die in der Karibik erbeuteten Güter anfertigen und den Bestand der drei Truhen mit Goldmünzen zählen, die sich nun in der Kapitänskajüte befanden. Aus rein finanzieller Sicht hatte sich die Mission mehr als bezahlt gemacht und König Friedrich II. konnte durchaus zufrieden sein, mit der Summe an Goldmünzen, die der Staatskasse zukamen. Die Männer nahmen sich auch die Zeit, um persönliche Habseligkeiten zu ordnen, die sie in die Heimat mitnehmen wollten. Viele aus der Mannschaft hatten sich kleinere Souvenirs in Kingston erstanden.

Etwa eine Woche nach dem Auslaufen aus Kingston änderte sich das Wetter. Die Wolken zogen sich zusammen, und die Wellen begannen, bedrohlich zu schwellen. Schneider wusste, dass sie nun in eine Zone eintraten, in der tropische Stürme häufig auftraten. Er gab den Befehl, die Segel zu reffen und das Deck für schweren Seegang vorzubereiten.

Schon bald wurden sie von heftigem Regen und starken Böen heimgesucht. Die *Seeadler* kämpfte sich durch die aufgewühlten Wellen, während der Wind in den Taue peitschte und das Wasser in schweren Fontänen über das Deck brach. Die Männer arbeiteten unermüdlich daran, das Schiff stabil zu halten. Zwischen den Peitschhieben des Regens sah man die Grimassen der Seeleute, die gegen die raue See ankämpften. Jeder Mann an Bord wusste, dass dies nur ein kleiner Vorgeschmack auf das war, was ihnen bevorstehen könnte und jeder Handgriff war präzise und routiniert.

Doch bald klarte der Himmel wieder auf, und die *Seeadler* segelte weiter. Die Besatzung schöpfte Mut aus dieser ersten Prüfung. Die Stürme der Karibik hatten sie nicht in die Knie gezwungen und jeder Tag auf See brachte sie ein Stück näher an die Heimat heran. Noch blieb jedoch die Überquerung des Atlantiks, der seine Kraft bereits auf der Hinreise gezeigt hatte.

Mit der Zeit wurde das Wetter unberechenbarer, die Tropenhitze wich einer zunehmenden Kühle, und die Winde wurden schneidend und launisch. Schneider bemerkte die Müdigkeit seiner Männer, doch er hielt ihre Disziplin hoch und motivierte sie, wachsam und fokussiert zu bleiben. Yvette und Fabienne hatten das Amt des Smutje übernommen, da dieser bei dem letzten Gefecht in der Karibik getötet worden war.

Kapitän Schneider war oft erstaunt darüber, was die beiden Frauen, in der Kombüse, aus den Vorräten zaubern konnten. Nicht nur ihm schmeckte es hervorragend sondern auch die Mannschaft war begeistert. Die beiden Frauen teilten sich die kleine Kabine, in der vorher Peterson gewohnt hatte. Dieser war zu Morgentau gezogen und teilte sich dessen Kabine mit diesem. Eine Regelung, die jeden zufrieden stellte.

Eines Morgens, etwa drei Wochen nach der Abfahrt, braute sich am Horizont ein weiterer Sturm zusammen. Die Wolken zogen sich schnell und drohend zusammen, und die See begann, sich aufzuwühlen. Schneider ließ das Deck sichern, die Segel wurden erneut verkleinert, und die Männer banden sich an die Reling, um nicht über Bord gespült zu werden.

Der Sturm brach in seiner vollen Gewalt über die *Seeadler* herein. Der Wind heulte durch die Takelage, und die Wellen schlugen über das Deck, dass die Männer kaum auf den Beinen bleiben konnten. Mit einer Mischung aus Furcht und Entschlossenheit stemmte sich die Crew gegen die Naturgewalten. Wasser lief über das Deck, und mehrmals drohte das Schiff gefährlich zu krängen, doch durch Schneiders ruhige Anweisungen und die eiserne Disziplin der Männer hielten sie die *Seeadler* auf Kurs.

Der Sturm wütete die gesamte Nacht, und als der Morgen dämmerte, wirkte das Deck der *Seeadler* fast wie ein Schlachtfeld. Zerschmetterte Fässer, zerrissene Taue und verletzte Männer waren überall zu sehen, doch sie hatten den Sturm überstanden. Das hauptsegel war entzwei gerissen worden, obwohl man es gerade hatte reffen wollen ... Nur wenige Momente zu spät, wie sich Schneider eingestehen musste. Zwei Matrosen jedoch waren in der Nacht von einer Sturzsee über Bord gerissen worden. Ihr Verlust traf Schneider schwer.

Nach fünf Wochen auf See erreichte die *Seeadler* schließlich den Ärmelkanal. Die Gewässer hier waren stark befahren, und Schneider wies seine Männer an, wachsam zu bleiben. Die französische Marine patrouillierte in diesen Gewässern häufig und war wachsam. Heute dachte Schneider mit Unbehagen daran, wie groß das Risiko gewesen war, das er damals einging, als er Saint-Malo angriff.

Die *Seeadler* glitt durch das kalte, graue Wasser des Ärmelkanals. Die Männer standen auf dem Deck, die Augen auf den Horizont gerichtet, während die rauen Küstenlinien Englands und Frankreichs in der Ferne vorbeizogen. Der Wind blies hart von Nordwesten, und die See war unruhig. Schneider und seine Besatzung spürten die Nähe ihrer Heimat förmlich. Vierzig Tage waren sie bislang von Kingston auf Jamaika aus unterwegs. Oft mit ungünstigem Wind aber stetig und von Tag zu Tag ein Stück näher an der Heimat. Wismar war nicht mehr fern, und jeder Tag brachte sie einen Schritt näher.

Die *Seeadler* segelte beharrlich gen Norden, während die hohen grauen Felsen der Küste Calais in der Ferne sichtbar wurden. Die See war ruhig, der Himmel von dunklen Wolken bedeckt und ein schwacher Nieselregen ließ das hölzerne Deck feucht glänzen. Die Männer an Bord arbeiteten konzentriert, die Augen jedoch stets wachsam auf das Meer gerichtet. In diesen Gewässern, so nah an Frankreich, konnte jederzeit ein feindliches Schiff auftauchen.

Plötzlich rief der Ausguck laut und deutlich: "Segel in Sicht! Steuerbord voraus!" Alle Augen richteten sich auf den Punkt, den der Matrose mit ausgestrecktem Arm zeigte. Die Silhouette eines Schiffs zeichnete sich am Horizont ab, und während es näher kam, erkannte Schneider die scharfen Umrisse einer französischen Brigg. Die Segel waren prall vom Wind gefüllt, und das Schiff segelte in gemächlichem Tempo gen Osten.

"Franzosen, mit hoher Wahrscheinlichkeit," murmelte Schneider und seine Lippen verzogen sich zu einem Lächeln. "Diesmal können wir uns ein wenig Nachschub und aktuelle Nachrichten holen. Etwas frische Nahrung wäre auch gut. Nicht immer nur das Pökelfleisch und der Schiffszwieback … auch wenn die Zubereitung sagenhaft ist." Er gab die Befehle an seine Männer, das Schiff leise und unauffällig in Richtung der Brigg zu steuern, die sich ihnen langsam näherte.

Der Morgennebel, der über dem Wasser lag, hüllte die *Seeadler* in einen dünnen Schleier, der sie vor den Augen der anderen Mannschaft verbarg. Schneider nutzte dies zu seinem Vorteil und segelte in einem großen Bogen, um sich von der Heckseite der ahnungslosen Brigg zu nähern. Die Besatzung der *Seeadler* bewegte sich lautlos, die Männer duckten sich hinter die Reling, und alle Waffen waren bereit.

"Nun gut, Männer," sagte Schneider leise, "es ist eine französische Brigg, vermutlich ein Frachter. Bereitet euch vor, wir wollen sie im Handstreich nehmen. Eine letzte Prise, bevor wir nach Wismar kommen."

Als sie in Reichweite waren, ließ Schneider die Preußische Flagge hissen und rief dann laut: "Feuer!" Die Kanonen donnern und Kugeln krachten in das französische Schiff. Der überraschende Angriff ließ die Brigg förmlich erzittern, und die französische Mannschaft geriet augenblicklich in Panik.

Das Überraschungsmoment war auf der Seite der *Seeadler*, und die Franzosen erkannten schnell, dass sie mit einer schwer bewaffneten und kampferprobten Mannschaft konfrontiert waren. Nur kurze Zeit später kam von der Brigg das Zeichen zur Kapitulation … ein weißes Tuch wurde empor gezogen und flatterte über dem Deck. Schneider befahl seinen Männern, die Waffen zu senken, und mit gezogenen Säbeln stürmte eine kleine Prisenmannschaft auf das französische Schiff, um es zu übernehmen.

An Bord der Brigg bot sich ihnen ein erfreulicher Anblick. Die Ladebuchten waren mit großen Fässern gefüllt, und der Geruch von Wein erfüllte die Luft. Einer der Franzosen … der Kapitän des gekaperten Schiffs … erklärte widerwillig, dass sie eine wertvolle Ladung Bordeaux-Wein an Bord hatten, bestimmt für die Tafeln wohlhabender Kaufleute in Stockholm.

Kapitän Schneider nickte zufrieden. "Meine Herren," sagte er zu seinen Offizieren, "es scheint, als hätte sich unsere Heimreise soeben verbessert. Diese Weinfässer werden in Wismar ein Vermögen einbringen ... ganz zu schweigen davon, dass wir ein kleines Festessen vor uns haben. Die Brigg hat reichlich frische Nahrung an Bord."

Während die Prisenmannschaft die Brigg sicherte, sammelte Schneider die Besatzung der Franzosen, die nur aus zwölf Seeleuten bestand und ließ sie in das Beiboot der Brigg steigen. Dann entließ er sie in die Freiheit. Die französische Küste war nah und es sollte den Männern möglich sein sie in etwa acht bis zehn Stunden zu erreichen. Dann gab er den Befehl, die *Seeadler* und die Brigg auf Kurs zu bringen.

Am Abend öffneten Schneider und seine Männer das erste Fass und stießen auf ihren unerwarteten Fang an. Der süße, kräftige Geschmack des Bordeaux füllte ihre Kehlen und hob die Stimmung an Bord erheblich. Auch die schwerste Heimreise konnte durch einen solch glücklichen Zufall versüßt werden ... der Wein floss, und die Männer der *Seeadler* lachten und sangen. Schneider achtete jedoch scharf darauf, dass jeder Seemann nur zwei Becher Wein bekam. Betrunkene Seeleute waren an Bord zu nichts nutze und sie waren noch nicht daheim.

Mit der gekaperten Brigg an ihrer Seite und dem wertvollen Wein an Bord der Prise segelten sie weiter Richtung Heimat, bereit, den Fang bald in Wismar für gutes Geld zu verkaufen.

Im Skagerrak, zwischen den Küsten Norwegens und Dänemarks, wurde das Wetter noch einmal rau. Die Wellen schlugen gegen die *Seeadler*, und die Männer mussten alle ihre Kräfte aufbieten, um das Schiff auf Kurs zu halten. Auch das Prisenschiff musste sich mühen, den Kurs zu halten. Doch der Gedanke an die Heimat gab ihnen die nötige Kraft, und das Schiff kämpfte sich durch die grauen, stürmischen Wellen.

Endlich erreichten sie die Küste der Ostsee. Die Männer spürten die salzige Kälte der heimischen Gewässer, und eine gespannte Vorfreude lag in der Luft. Die letzten Tage auf See verbrachte die Crew damit, das Deck zu reinigen, ihre Uniformen herzurichten und sich auf die bevorstehende Ankunft vorzubereiten. Schneider ließ die Kanonen überprüfen und das Schiff putzen ... er wollte Wismar mit Stolz betreten, trotz aller Narben und Spuren der harten Reise. Endlich war die Heimat ihnen wieder nah und mit jeder Stunde kamen sie Wismar näher.

Und dann, eines kalten Morgens, erschien die Küste Wismars am Horizont. Sie umrundeten die Insel Poel und nahmen dann direkten Kurs auf den Hafen von Wismar. Die Kirchenglocken der Stadt läuteten zur Begrüßung, und die Einwohner sammelten sich am Hafen, um das stolze Schiff, seine Prise und seine erschöpfte, aber siegreiche Besatzung zu empfangen.

Schneider stand an der Reling, den Blick fest auf den Hafen gerichtet. Die *Seeadler* war in der Heimat zurückgekehrt. Ein Schiff, welches die Gefahren der Karibik und die Stürme des Atlantiks überlebt hatte. Als die *Seeadler* in den Hafen von Wismar einlief, erhoben die Männer an Bord einen lauten Jubelruf, der von den Menschen am Kai erwidert wurde. Die Heimat hatte sie wieder.

Nachdem sich Captain Schneider und seine Besatzung nach Wismar zurück gekehrt waren, begann Schneider, seine Pläne für das Gasthaus am weiter voranzutreiben. Das Gasthaus, das er vor seiner Abreise gekauft hatte, sollte nicht nur ein Ort für gesellige Abende werden, sondern auch ein Rückzugsort und ein Zuhause für ihn selbst. Das Haus lag günstig im belebten Stadtzentrum und bot eine herrliche Aussicht auf den Marktplatz und die belebten Straßen der Stadt. Doch Lars Schneider wusste, dass solch ein Gasthaus noch etwas Besonderes brauchte, um den Betrieb wirklich zum pulsierenden Leben zu erwecken und ihn zu einem Anziehungspunkt für reisende zu machen ... und dabei kamen ihm Fabienne und Yvette in den Sinn, die beiden Frauen, die er auf dem Weg aus der Karibik gerettet hatte. Schneider musste bei seiner Rückkehr feststellen, dass nicht alles so lief, wie er es sich vorgestellt hatte. Der Koch, der hier ehemals beschäftigt war, hatte das Gasthaus verlassen. Man munkelte, es wären Spielschulden und eine Affäre mit einer verheirateten Frau im Spiel gewesen. Tatsache war, dass der Koch eines Tages nicht mehr erschien und Wismar anscheinend in der Nacht eilig verlassen hatte. Der Wirtschafter, den er von Johanna bekommen hatte, war jedoch noch vor Ort und tat sein möglichstes, um das Gasthaus am laufen zu halten. Zwar hatte Lars somit keinen Verlust gemacht aber von einem echten Gewinn konnte man nur schwer sprechen.

In einem ruhigen Moment im Gasthaus, wo er sinnend an einem der Schanktische gesessen hatte, kam Lars zu einer Entscheidung. Er suchte das das Gespräch mit den beiden Frauen, die zusammen mit ihm aus der Karibik eingetroffen waren. Er fand sie in der Küche, wo Fabienne, die mit einer Selbstverständlichkeit das neue Reich inspizierte, schon Pläne für eine kleine Umgestaltung schmiedete. Neben ihr stand Yvette und half ihr bei der Begutachtung der Vorratskammer. Beide waren sichtbar in ihrem Element und lächelten zufrieden. Sie waren frei, hatten eine Aufgabe und erfreuten sich des Vertrauens, welches Lars ihnen hier entgegenbrachte. Wie sich ihre Zukunft gestalten würde war jedoch noch ungewiss.

"Fabienne, Yvette," begann Schneider und räusperte sich leicht. Die beiden Frauen blickten ihn aufmerksam an, ein Funke von Neugier in ihren Augen. "Ich habe ein Angebot für euch. Ihr habt mir und meiner Mannschaft bereits geholfen, und ich sehe das Potenzial in euch. Wie wäre es, wenn ihr hier im Gasthaus bleibt und für mich arbeitet?"

Fabienne und Yvette sahen sich kurz an, und ein Ausdruck der tiefen Überraschung huschte über ihre Gesichter. "Für euch arbeiten, Kapitän?" wiederholte Fabienne, ihre Stimme neugierig und voller Erstaunen. Schneider nickte mit einem Lächeln. "Ja. Ihr habt ein Talent, das hier am richtigen Ort ist. Fabienne, ich habe gehört, dass ihr eine ausgezeichnete Köchin seid und ich hatte auf der Reise oft genug die Möglichkeit dies auch selber festzustellen. Yvette, eure Art mit den Menschen umzugehen und euer Charme könnten hier im Ausschank einen bleibenden Eindruck hinterlassen. Ich würde euch die oberen Zimmer zur Verfügung stellen, wo ihr euer eigenes Reich habt. Ich lasse dort die kleinen Zimmer erweiter, sodass ihr jede für sich eine gemütliche Wohnung haben sollt. Natürlich würde ich euch auch gut bezahlen. Der Wirtschafter der Freifrau von Ziesewitz hilft euch bei der Buchhaltung. Ansonsten seid ihr diejenigen, die hier das Gasthaus führen sollen … Könnte ich euch beide für diesen Plan gewinnen, meine schönen?"

Die beiden Frauen, die den Gedanken an Sicherheit und Eigenständigkeit nach all den entbehrungsreichen Jahren insgeheim gehegt hatten, blickten einander an. Fabienne hatte schon immer eine Leidenschaft für die Kochkunst und Yvette, die ihren Charme bisher nur zögerlich einsetzte, erkannte plötzlich die Möglichkeit, ein neues Leben zu beginnen. Schließlich trat Fabienne einen Schritt auf Schneider zu. In ihren Augen schimmerten Tränen der Dankbarkeit. "Das wäre... ein Traum, Kapitän Schneider. Ich habe so lange davon geträumt, in einer Küche arbeiten zu können, die ich selbst führen darf. Und das in einem Gasthaus wie diesem ... Natürlich stimme ich zu! ... Yvette natürlich ebenfalls."

Yvette nickte zustimmend und sagte mit einem Lächeln, das Freude und Erleichterung zugleich ausdrückte: "Wir würden sehr gerne für euch arbeiten. Dies ist eine Chance, von der wir nie gewagt hätten zu träumen. Danke, Kapitän Schneider, ich bin wirklich unendlich dankbar. Das werde ich euch niemals vergessen."

Schneider nickte erleichtert. "Das hatte ich gehofft. Ich danke euch beiden, für euer Vertrauen ... Zu aller erst werde ich dafür sorgen, dass einige Dinge in unsere Vorratsräume gebracht werden, die sich noch an Bord der beiden Schiffe befinden. An Bord des vor Calais gekaperten Handelsschiffs befinden sich vierzehn Fass Wein, die ich als Prisenanteil beansprucht habe ... Auf der Seeadler liegen in den Laderäumen rund zwanzig Fässer mit Rum, ein dutzend Kisten mit Gewürzen und sechs Säcke mit Zucker. Ich bin mir sicher, dass ihr diese Dinge gut verwenden werdet." Die beiden Frauen sahen sich kurz an und kicherten dann erheitert. Derart ausgerüstet waren sie natürlich in der Lage im Gasthaus völlig anders zu agieren. Mochte es die Küche sein, wo man nun auf die Kräuter und Gewürze aus der Karibik zurück greifen konnte oder der Schankbetrieb, wo man nun guten Wein und hervorragenden Rum anbieten konnte, Dinge die sonst niemand in Wismar hatte ... jetzt war vieles möglich.

So wurden Fabienne und Yvette nicht nur zu wertvollen Mitarbeitern, sondern auch zur Seele des Gasthauses, was sich in Wismar schnell herum sprach. Während die Renovierungsarbeiten abgeschlossen wurden, begannen die beiden Frauen, ihre jeweiligen Aufgabenbereiche einzurichten. Fabienne verwandelte die Küche in ein kleines Reich, das sie mit Hingabe und Können gestaltete. Sie achtete darauf, dass alle benötigten Gewürze und Zutaten immer griffbereit waren und die Vorratskammer gut bestückt war. Ihre Leidenschaft für das Kochen entfaltete sich jeden Tag aufs Neue, und schon bald erfüllte der verführerische Duft von würzigen Suppen und gebratenem Fleisch die Räume. Yvette hingegen nahm den Ausschank in Besitz und verlieh dem Gastraum eine gemütliche, charmante und einladende Atmosphäre. Mit einer freundlichen Miene und einem offenen Lächeln hieß sie die Gäste willkommen, schenkte ihnen aufmerksam ein und hörte sich geduldig ihre Geschichten an. Ihre exotische Schönheit, ihr natürlicher Anmut und ihre freundliche Art sorgten dafür, dass die Gäste sich in ihrer Nähe wohl und fühlten.

Das Gasthaus erlebte schon bald einen regen Zustrom an Gästen. Die Neuigkeiten über das neu eröffnete Gasthaus des Kapitäns Schneider und die charmanten Frauen verbreiteten sich schnell in Wismar. Die Gäste waren von Fabiennes außergewöhnlicher Kochkunst begeistert und lobten die Vielfalt und den exotischen Geschmack der Gerichte, die sie zauberte. Besonders ihre Art, die Gerichte zu würzen, faszinierte die Gäste ... eine Technik, die sie in der Karibik erlernt hatte und die den Speisen eine exotische Note verlieh. Yvettes freundliche und natürliche Art trug dazu bei, dass sich die Gäste willkommen und geschätzt fühlten. Sie verstand es, mit den verschiedensten Charakteren umzugehen, vom einfachen Seemann bis hin zum wohlhabenden Kaufmann. Oft hatte sie ein offenes Ohr für die Geschichten und Sorgen der Gäste, die ihr gerne von ihren Abenteuern und Geschäften erzählten. Wenn sie lächelte, dann hingen die Männer der jungen und hübschen Frau geradezu an ihren Lippen … Das sprach sich natürlich schnell über die Grenzen von Wismar hinaus herum. "Yvette, dein Lachen ist wie ein guter Schluck Rum nach einem langen Tag auf See," sagte ein älterer Seemann einmal schmunzelnd, während er an seinem Bier nippte. Die anderen Gäste lachten und Yvette errötete leicht, dankte ihm jedoch mit einem strahlenden Lächeln und zwinkerte ihm mit ihren langen Wimpern zu.

Fabienne und Yvette richteten sich in den oberen Zimmern ein, die ihnen Schneider zur Verfügung gestellt hatte. Diese Räume, die bislang ungenutzt geblieben waren, verwandelten sich durch die persönliche Note der beiden Frauen in gemütliche und heimelige Unterkünfte. Yvette stellte ein paar Blumenvasen auf, um somit eine warme Atmosphäre zu schaffen, während Fabienne sich eine kleine Ecke als Rückzugsort zum Lesen und Schreiben einrichtete. Was sie an Möbeln benötigten, das lies Schneider von den Tischlern aus Wismar anfertigen.

Schon bald wurde das Gasthaus zu einem beliebten Treffpunkt und Schneider konnte mit Stolz beobachten, wie sein Gasthaus zum Leben erwachte. Die Gäste kamen, um sich an den schmackhaften Gerichten von Fabienne zu erfreuen und den abendlichen Ausschank mit Yvettes Gesellschaft zu genießen. Die Atmosphäre war herzlich und lebendig, und es gab stets ein Lächeln und ein freundliches Wort für jeden Gast, der das Gasthaus betrat. Durch ihre unverwechselbare Art und ihre Hingabe wurde das Gasthaus schnell zum Mittelpunkt des sozialen Lebens in Wismar. Männer und Frauen aus allen Gesellschaftsschichten, Reisende und Einheimische strömten herbei, um sich am warmen Kaminfeuer niederzulassen und die Gastfreundschaft zu genießen, die Fabienne und Yvette mit unvergleichlicher Herzlichkeit boten.

Schneider beobachtete die lebhafte Entwicklung seines Gasthauses mit tiefer Zufriedenheit. Er wusste, dass er die richtige Entscheidung getroffen hatte, als er Fabienne und Yvette in seine Dienste nahm. Die beiden Frauen brachten nicht nur Wärme und Herzlichkeit in das Gasthaus, sondern auch einen Hauch von Exotik und Leidenschaft, die den Ort einzigartig machte. Für Schneider war das Gasthaus nun ein Ort des Friedens und der Freude, ein Hafen inmitten der unruhigen See seines Lebens als Kapitän. Hier, in der Gesellschaft dieser tapferen und warmherzigen Frauen, fand er einen Ruhepol, der ihm half, die Strapazen der See und der Kämpfe zu vergessen ... zumindest für eine Weile.

Kapitän Lars Schneider saß allein an einem Tisch in seiner Wohnung und betrachtete nachdenklich das frische Dokument, das ihm der Bote überbracht hatte. Der Bote, ein Offizier der Garde, war ein junger Mann, der auf der Reiseroute von Berlin bis nach Wismar unterwegs war und das Schreiben des Königs überbracht hatte. Friedrich II., der König von Preußen, hatte Schneider persönlich befohlen, nach Berlin zu reisen und ihm aus eigenem Munde Bericht zu erstatten.

Die letzten Tage in Wismar waren von regem Handel, Reparaturen am Schiff und der Verteilung der Prisengelder geprägt gewesen. Der Verkauf des französischen Schiffs, das sie in der Nähe von Calais gekapert hatten, führte zu einem erneuten Ansteigen des Prisengeldes, welches nun verteilt wurde. Doch auch während der ganzen Aufregung um den erfolgreichen Abschluss dieses letzten Unternehmens war sein Herz bei

Johanna gewesen, die wieder einmal geschäftlich in Berlin war. Ihre Abwesenheit hatte ihn unweigerlich melancholisch gestimmt. Es war nicht bekannt, wann sie zurückkehren würde, und das machte ihn unruhig. Sie war der einzige Mensch, der in seinem Leben mehr als nur eine flüchtige Rolle spielte.

Als Schneider das königliche Schreiben erneut las, konnte er sich des flimmernden Gefühl der Ehrfurcht nicht erwehren, das bei ihm immer aufstieg, wenn er an den König dachte. Friedrich II. war ein Mann von beispielloser Intelligenz und militärischem Kalkül. Ein König, dessen militärische Taktiken im gesamten europäischen Raum bewundert wurden. Schneider wusste, dass dieser Auftrag mehr war als nur ein formeller Bericht ... es war eine Gelegenheit, den König persönlich zu beeindrucken und vielleicht sogar seine eigene Position zu stärken. Das könnte in der Zukunft sehr nützlich sein.

Er musste sich schnell vorbereiten. Zwei Tage waren vergangen, seit der Bote das Schreiben überbracht hatte und Schneider wusste, dass er keine Zeit verlieren durfte, wenn er den königlichen Befehl mit der ihm gebührenden Eile ausführen wollte. In der Kommandantur der Garnison traf er Oberst Roggenfeldt, der immer noch in der Stadt war. Der Oberst hatte sich in den letzten Tagen intensiv um die Aufteilung des Prisengeldes gekümmert und sorgsam darauf geachtet, dass die Krone ihren Anteil erhielt. Derzeit befand sich der königliche Anteil in der Kommandantur und stand unter Bewachung.

"Ich muss in Kürze nach Berlin aufbrechen, Oberst," sagte Schneider, nachdem er das Dokument übergeben hatte. "Der König verlangt einen persönlichen Bericht von mir. Ich bin mir jedoch sicher, dass die Reise nicht wirklich bedeutender ist, als es zunächst erscheint."

Roggenfeldt nahm das Schreiben und las es aufmerksam. „Ich verstehe, Kapitän. Der König wird wissen wollen, wie sich die Unternehmungen entwickelt haben, und möglicherweise auch, was Ihre weiteren Pläne sind. Ein solches Treffen ist nicht zu unterschätzen. Aber ich schlage vor, dass Sie sich gut vorbereiten, nicht nur in militärischer Hinsicht, sondern auch hinsichtlich der Formalitäten."

Kapitän Lars Schneider nickte nachdenklich. "Ich werde nicht nur mit den Taten berichten, sondern auch mit den Erfahrungen und Eindrücken aus der See. Ich denke, der König wird es schätzen, wenn ich ihm nicht nur die Zahlen präsentiere, sondern auch die strategischen Überlegungen, die zu diesen Erfolgen geführt haben."

In der darauffolgenden Nacht begann Schneider, sich auf die Reise vorzubereiten. Er hatte das Gasthaus in die zuverlässigen Hände von Fabienne und Yvette gelegt. Der Betrieb lief gut, und es gab nur wenig Anlass zur Sorge. Dennoch spürte Schneider, dass die Reise nach Berlin nicht nur eine Reise zu einem König war, sondern auch zu einem neuen Abschnitt in seinem Leben. Die Nähe zu Johanna, die noch immer in Berlin verweilte, trug jetzt dazu bei, dass sich diese Reise fast wie eine persönliche Pilgerfahrt anfühlte. Wenn er etwas Glück hatte, war es ihm vergönnt sie in Berlin zu treffen.

Schneider packte sein Gepäck mit Bedacht. Es war eine Mischung aus persönlichen Sachen und notwendigen Dokumenten, die er dem König vorlegen wollte. Neben den Schriften, die die finanziellen und militärischen Aspekte seiner Reisen darstellten, hatte er auch einige Karten und Navigationsdokumente mitgenommen, um dem König die genauen Routen und Taktiken zu erläutern, die er in den letzten Monaten angewandt hatte. Es war für Schneider von entscheidender Bedeutung, dass er bei diesem Treffen seine militärische Kompetenz unter Beweis stellen konnte.

Zudem packte er eine Uniform ein, die ihm während seiner Zeit auf See gute Dienste geleistet hatte. Zwar war er kein Mann der übertriebenen Zeremonien, aber der König würde seine Erscheinung zu schätzen wissen. Schneider wusste, dass die Etikette am preußischen Hof streng war, und er wollte sich keine Blöße geben. Der Weg nach Berlin war lang und beschwerlich, und Schneider entschied sich, nicht allein zu reisen. Er nahm einige seiner treuen Männer mit, die ihn begleiteten, darunter Leutnant von Morgentau, der für seine Fähigkeit, französisch zu sprechen, und seine ruhige, strategische Denkweise bekannt war und Leutnant Peterson, der sich besonders durch seinen Mut und seinen kühlen Kopf hervor getan hatte. Oberst Roggenfeldt hatte vorgeschlagen, das Schneider den Prisengeldanteil der Krone mit nach Berlin nehmen sollte. Für die Bewachung und den Transport hatte der Oberst eine halbe

Kompanie seiner Soldaten abgestellt, die sie begleiten würden. Das war Schneider durchaus recht. Man konnte ruhig Vorsicht walten lassen, wenn man mit derart viel Gold unterwegs war. Nach außen hin würde alles wie eine kleine Einheit von Soldaten auf ihrem Marsch zu einem unbekannten Ziel aussehen.

Schneider hatte seine Route gut geplant. Sie würden zunächst durch das Landesinnere reisen, durch kleinere Städte und Dörfer, in denen sie möglichst unauffällig bleiben würden. Niemand durfte erfahren, dass ein Mann wie Schneider mit einer so hochrangigen Mission unterwegs war. Der König selbst wollte vermutlich keine Aufmerksamkeit auf seine Aktivitäten lenken ... alles sollte im Geheimen und schnell erfolgen.

"Haltet die Augen offen", sagte Schneider, als sie sich von der Stadt entfernten und in die weiten, offenen Felder eintraten. "Es gibt viele, die wissen könnten, was hier vor sich geht. Wir müssen sicherstellen, dass wir auf unserer Reise nicht in die Fänge von Spionen oder anderen unerwünschten Begleitern geraten."

Die Gruppe setzte ihren Marsch fort und kam schnell voran. Die frische Morgenluft tat ihnen allen gut, und sie hatten das Gefühl, dass sie auf dem richtigen Weg waren. Doch auch in dieser scheinbaren Ruhe war die Anspannung spürbar. Schneider wusste, dass die Sicherheit der Gruppe jederzeit gefährdet sein konnte, doch die begleitenden Soldaten würden nahezu jeden abschrecken. Niemand legte sich mit einer Einheit der preußischen Armee an, wenn es sich nicht vermeiden ließ.

Die ersten Tage der Reise verliefen relativ problemlos. Die Männer reisten zusammen, sorgten sich gegenseitig und hielten Abstand zu den größeren Straßen. Es gab mehrere Dörfer und kleine Städte auf dem Weg, aber sie vermieden es, in ihnen zu verweilen. Dennoch verliefen diese Tage ohne Zwischenfälle, und Schneider konnte sich auf das Wesentliche konzentrieren ... die Vorbereitung auf das, was in Berlin auf ihn wartete.

Leutnant von Morgentau, der das größte Wissen über den preußischen Hof und die dortigen Gebräuche hatte, nutzte die ruhigen Momente, um Schneider auf die formellen Erwartungen des Königs vorzubereiten. "Der König schätzt Klarheit, Kapitän. Er wird einen präzisen Bericht von Ihnen verlangen. Über Ihre Erfolge, über Ihre Taktiken. Die Bedeutung von Kommunikation und Strategie darf nicht unterschätzt werden. Das sind die Dinge, die für den König von ganz besonderem Interesse sein werden."

Leutnant Peterson, der schweigsame Veteran, war während der Reise die Ruhe selbst. Er sprach nur wenig, aber Schneider wusste, dass der ergraute Leutnant in seinen Beobachtungen scharf und präzise war. Oft blickte er mit seinem ernsten Gesichtsausdruck in die Ferne, als wolle er jeden Moment der Reise erfassen, als würde er auf mögliche Gefahren lauern.

Nach weiteren zwei Tagen der Reise durch das ländliche Terrain hatten sie endlich das Gebiet der Hauptstadt erreicht. Berlin war nun nur noch wenige Stunden entfernt. Die Gruppe war erschöpft, aber entschlossen, ihr Ziel zu erreichen. Schneider konnte das vertraute Gefühl einer Reise, die zu einem Ende kommen würde, nicht abschütteln. Doch während er die Gebäude der Stadt in der Ferne erblickte, war ihm klar, dass die wahre Herausforderung nun begann. Der König erwartete von ihm einen Bericht ... aber dieser Bericht war nicht nur eine Sammlung von Zahlen und Fakten. Es war eine Gelegenheit für Schneider, sich als Mann von Substanz zu beweisen, als jemand, der nicht nur auf dem Meer, sondern auch im inneren Machtgefüge Preußens eine Rolle spielen konnte.

Am frühen Nachmittag betrat Kapitän Lars Schneider, begleitet von Leutnant von Morgentau und Leutnant Peterson, sowie den begleitenden Soldaten, die prächtige Halle, die als Audienzsaal im königlichen Schloss diente. Das Schloss, ein monumentales Beispiel preußischer Architektur, war von einem stillen Glanz umhüllt, der nur die Erhabenheit des Ortes widerspiegelte. Doch Schneider, der sich in den stürmischen Gewässern der Karibik ebenso zu Hause fühlte wie auf dem Land, in dem er nun stand, fühlte sich von der Schwere der Wände fast erdrückt. Die Soldaten, die sie begleiteten ächzten unter dem Gewicht der schweren Kisten, die sie trugen. Auf der Reise hatten sich die beiden Kisten auf einem Pferdewagen befunden.

"Bleiben Sie ruhig, Kapitän", flüsterte von Morgentau, der die Situation so gut wie möglich einschätzen konnte. "Der König erwartet uns, und was auch immer er von Ihnen wissen will, er wird es in einer ruhigen, direkten Weise fragen ... Sie haben ihn doch bereits kennen gelernt."

Schneider nickte, nahm noch einmal einen tiefen Atemzug und trat dann entschlossen in den Raum. Der König, Friedrich der Große, stand bereits an seinem Tisch, eine Vielzahl von Schriftstücken und Berichten vor sich ausgebreitet. Der König, in seiner eleganten, aber einfachen Uniform, blickte auf, als Schneider und seine Begleiter eintraten. Ein gutes dutzend hoher Offiziere und Beamte war ebenfalls anwesend und blickte Schneider entgegen.

"Kapitän Schneider", sagte Friedrich II. mit einem Lächeln, das der Entschlossenheit des Mannes vor ihm viel Respekt zollte. "Sie haben eine lange Reise hinter sich. Ich habe bereits von Ihren Erfolgen gehört. Sie haben mehr als nur die französische Flotte geplagt ... Sie haben den Staatskassen Preußens einen beachtlichen Beitrag geleistet, berichtete man mir."

"Majestät, es war eine erfolgreiche Mission", begann Schneider mit festem Blick. "Die *Seeadler* und ihre Besatzung haben unter extremen Bedingungen großes geleistet. Unsere Reise führte uns durch den Skagerrak, den Ärmelkanal und dann weiter über den Atlantischen Ozean, bevor wir die französischen Handelsrouten in der Karibik ins Visier nahmen."

Er fuhr fort und erzählte dem König von den gefährlichen Seeschlachten, den gekaperten französischen Handelsschiffen und dem dramatischen Gefecht mit der französischen Fregatte, das schließlich in der Versenkung des feindlichen Schiffes endete. "Wir haben uns die Beute gesichert und nach Kingston gebracht, wo wir danach die Reparaturen an der *Seeadler* vorgenommen haben. Der Gewinn war beträchtlich ... nicht nur in Form von Vorräten und Waren, sondern auch in Gold, das wir dem französischen Handel entzogen haben."

Der König hörte ihm aufmerksam zu, seine Augen funkelten bei jeder Erwähnung von Gold und anderem Reichtum und er nickte zustimmend. Schneider nahm den Bericht in die Hand, den er vorbereitet hatte. "Majestät, ich möchte Ihnen den vollständigen Bericht über die erbeuteten Schätze überreichen. Das Gold aus der Karibik und das, was wir in Kingston als Prisengelder erhalten konnten, beläuft sich auf eine beträchtliche Summe. Dies ist eine Zusammenstellung von allem, was wir sicherstellen konnten."

Mit einer fließenden Handbewegung überreichte Kapitän Schneider das Dokument, das die Details der Beute und der erbeuteten Fracht enthielt. Auch das Schreiben des englischen Gouverneurs übergab er. Der König nahm es und überflog es rasch. Das Funkeln in seinen Augen verriet, wie sehr er sich über die Nachricht freute.

"Ein beachtlicher Gewinn", murmelte der König, der ein anerkannter Experte in Finanzangelegenheiten war und die Bedeutung dieses Sieges sofort erkannte. "Das ist der Lohn für Tapferkeit und Entschlossenheit. Preußen wird von diesem Gold profitieren, und das Königreich selbst hat einen beachtlichen Vorteil durch diese Unternehmung gewonnen."

Er stellte das Dokument auf den Tisch und trat einen Schritt auf Schneider zu. "Ich muss Ihnen für Ihre Taten danken, Kapitän. Sie haben nicht nur Ihre Nation geehrt, sondern auch einen wichtigen Beitrag zu unserem Wohlstand geleistet. Nicht jeder hätte die Kühnheit, sich einem so gefährlichen Unternehmen zu widmen."

Truhe mit dem königlichen Prisenanteil

Schneider verneigte sich respektvoll. "Es war meine Pflicht, Majestät. Wir haben das Beste aus den Möglichkeiten gemacht, die sich uns boten. Und das Gold, das wir erbeutet haben, ist nicht nur ein Beweis für den Erfolg unserer Mission, sondern auch eine Bestätigung unserer Hingabe und unseres Glaubens an die Stärke Preußens um nicht nur mit Worten zu ihnen zu kommen habe ich den Prisenanteil der Krone mitgebracht."

Er winkte kurz den Soldaten und diese wuchteten die beiden Truhen vor den König. Mit einem dumpfen Geräusch stellten sie die beide Truhen ab und traten zurück. Jetzt hob Schneider die Deckel der Truhen und klappte sie zurück. Rufe der Verblüffung und des Bewunderns wurden laut.

Schneider blickte den König an und verbeugte sich leicht. "Das ist das Gold, welches wir in barer Münze aus der Karibik mitgebracht haben und hiermit der Krone als Anteil überreichen. Der Rest des Prisengeldes befindet sich in Wismar, wo Oberst Roggenfeldt darüber ein Auge hat. Die Veräußerung des zuletzt gekaperten Schiffs und dessen Ladung ist ebenfalls noch nicht vollständig abgeschlossen, euer Majestät."

Friedrich II. trat zu einem Fenster und blickte sinnend auf den weitläufigen Schlossgarten. Die Sonne brach durch die Wolken, und die goldenen Strahlen erleuchteten die prächtige Landschaft. Er schien für einen Moment in Gedanken versunken, doch dann drehte er sich wieder zu Schneider und seinen beiden Begleitern um.

"Ich werde Ihren Bericht und Ihre Erfolge wohlwollend berücksichtigen, Kapitän. Für Ihre Tapferkeit und die Sicherstellung des Goldes werde ich eine angemessene Belohnung an Sie und Ihre Männer überweisen lassen. Doch auch die Zukunft ist entscheidend. Ich erwarte, dass Sie weiterhin im Interesse Preußens handeln. Sie haben das Vertrauen des Königs erlangt … Deshalb frage ich sie, Kapitän, wann sind sie in der Lage erneut in die Karibik aufzubrechen und unseren Feinden dort Schaden zuzufügen?"

Schneider trat einen Schritt vor und neigte erneut den Kopf. "Ich werde alles tun, um Preußen weiter zu dienen, Majestät. Unsere nächste Mission steht bereits auf der Liste. Aber zuerst werde ich mein Schiff gründlich überholen müssen. Auch ist es angebracht, neue Matrosen anzuheuern, da ich große Verluste in den Gefechten erlitten habe … Sobald jedoch diese

Vorbereitungen abgeschlossen sind werde ich natürlich mit meinem Schiff umgehend wieder aufbrechen, wenn ihr das wünscht."

"Das ist ein weiser Entschluss ... ich befürworte ihre nächste Reise und halte es für angebracht, wenn sie diese sehr zeitnah antreten. Sollte Bedarf an Seesoldaten sein, so teilen sie Oberst Roggenfeldt mit, er solle ihnen die erforderliche Anzahl von Soldaten überstellen", sagte der König mit einem Lächeln. "Doch denken Sie daran, dass wir uns nie ganz von den Augen der Feinde befreien können. Wir müssen stets wachsam bleiben, um uns nicht von denen überraschen zu lassen, die uns hinterhältig angreifen könnten."

Schneider nickte zustimmend. "Ich werde alles tun, was eure Majestät wünscht und um das Wohl von Preußen zu sichern."

Der König lächelte verschmitzt. "Gut, Kapitän. Ihre Tapferkeit und Ihr Engagement sind mir nicht entgangen. Ich erwarte, dass Sie sich auch weiterhin in meinem Dienst wissen, wann immer Preußen Sie ruft."

"Eure Majestät", sagte Schneider und verneigte sich ein letztes Mal. "Ich werde für Preußen immer zur Verfügung stehen."

Der König nickte zufrieden. "Gute Reise, Kapitän. Möge das Glück auch weiterhin auf Ihrer Seite stehen."

Dann blickte der König die beiden Offiziere an, die stumm an der Seite von Schneider standen. "Leutnant von Morgentau ... Leutnant Peterson. Ich bin erfreut und stolz auf ihre Leistungen und werde mit Interesse den weiteren Weg von ihnen beiden beobachten ... Sein sie sich gewiss, Ich belohne meine tapferen Offiziere stets."

Als Schneider und seine Begleiter die Audienzhalle verließen, war das Gefühl des Triumphes mit ihnen. Die Anerkennung des Königs war der Höhepunkt ihrer Reise ... und auch der Beginn einer neuen Ära, in der sie weiter für das Wohl Preußens kämpfen würden. Der König hatte jetzt ein Auge auf sie geworfen. Peterson und von Morgentau grinsten zufrieden, während Schneider sich mühte mit unbewegtem Gesicht durch die Gänge der Residenz zu schreiten.

9.

Es schmerzte Schneider, dass er es nicht geschafft hatte, Johanna zu sehen. Als er in Berlin bei dem Gasthaus angekommen war, wo sie logierte wurde ihm nur mitgeteilt, die Freifrau wäre für einige Tage zu Freunden gereist. Man würde sie in etwa einer Woche zurück erwarten. Schneider hatte einen Brief für Johanna hinterlassen und dann seine Rückreise nach Wismar angetreten.

Missgelaunt kam Schneider in Wismar an und sandte seine beiden Offiziere zum Schiff, um dort die ersten Vorbereitungen zu treffen. Der Umstand, dass er Johanna nicht hatte sehen können zehrte an ihm. Am Abend saß er still an einem der Schanktische und starrte in den Becher mit Rum, der vor ihm stand. Plötzlich bemerkte er Fabienne, die neben ihm stand. Die Frau war etwa zehn Jahre jünger als er. Das sah man ihr jedoch kaum an. Ihre Haut war glatt und wirkte geschmeidig. Der Körper hätte auch einer Frau gehören können, die erst Anfang zwanzig war. Yvette hingegen war erst Anfang zwanzig und strahlte die ganze Jugend einer karibischen Schönheit aus, die dazu geeignet war um Männern den Kopf heillos zu verdrehen. Mit einer Handbewegung forderte Schneider Fabienne auf, sich zu ihm zu setzen. Eine Weile schwiegen sie. Dann beugte sich Fabienne etwas vor. Ihre Stimme war fast wie ein Flüstern. Sie besaß einen exotisch anmutenden Akzent aber hatte die deutsche Sprache gut gelernt und sprach sie allmählich fließend. "Manchmal bereue ich, dass ich keine Sklavin mehr bin … Auf Haiti war es nicht ungewöhnlich, wenn der Maitre nachts nach einer Sklavin schickte, um ihm das Bett zu wärmen. Kapitän, ihr könnt euch nicht vorstellen, wie dankbar ich euch bin. Wäret ihr mein Maitre, dann könnte ich euch meine Dankbarkeit in einer Art und Weise zeigen, wie ihr es euch kaum vorzustellen vermögt … Ich bin euch nicht nur dankbar, ich verehre euch auch zutiefst. Ich wollte euch das bereits lange sagen aber es war nie der passende Moment dafür. Heute sage ich euch das als eine freie Frau, die sieht wie der Mann, den sie liebt, sich vor Kummer quält."

189

Lars wurde rot, vor Scham. So hatte noch nie in seinem Leben eine Frau zu ihm gesprochen. Er stammelte einige unzusammenhängende Silben und schluckte dann krampfhaft. Seine Stimme war heiser, als er Fabienne jetzt antwortete. "Fabienne, du bist eine unglaublich bezaubernde Frau und ich fühle mich zu dir hingezogen … aber ich bin doch mit Johanna von Ziesewitz verbändelt. Es wäre wie ein Verrat, wenn ich dem Drängen meines Körpers nachgebe. Das widerspricht meiner Ehre … Verstehe das bitte, Fabienne."

Fabienne blickte ihn eine Weile schweigend an und nickte dann. "Wenn alle Männer derart viel Ehre im Leib haben würden, wie du, mein lieber Kapitän, dann wäre die Welt fraglos besser … Wie dem auch sei. Ich bin immer für dich da. Ich möchte, das dir das bewusst ist."

Die *Seeadler* wurde mit Hochdruck bereit gemacht. Der Ruf von Kapitän Schneider bewirkte, dass sich schnell Matrosen einfanden, die bei ihm anheuern wollten. Von der alten Mannschaft waren, bis auf eine kleine Handvoll, alle wieder dabei. Der Reichtum, den ihnen die Prisengelder eingebracht hatten war fast wie eine Droge. Wann bekam ein einfacher Seemann aus Wismar schon die Gelegenheit dazu, derartigen Reichtum anzuhäufen.

Oberst Roggenfeldt hatte zehn weitere Soldaten für Kapitän Schneider abgestellt, die jetzt bereits von Leutnant Peterson unnachgiebig gedrillt wurden. Die für die Überfahrt in die Karibik notwendigen Vorräte trafen nach und nach ein. Sehr bald schon, würde die *Seeadler* wieder in See stechen können.

Es war ein kalter, grauer Morgen, als die *Seeadler* vom Hafen in Wismar ablegte, die Segel gebläht vom rauen Herbstwind, der ihr Fahrt gab und sie schnell aus den stillen Gewässern der Ostsee hinaus in die Weite der Nordsee führte. Die vertrauten Klänge des Hafenlebens verblassten rasch hinter ihnen, während das große Segelschiff durch die Wellen schnitt und Kurs auf das offene Meer nahm. Der Himmel hing schwer, mit Wolken, die wie eine Bedrohung über ihnen schwebten, als hätten die Elemente selbst die große Reise, die vor ihnen lag, erkannt. Mit Erstaunen stellte Kapitän Schneider fest, dass Fabienne an der Hafenmauer stand und ihm zuwinkte. Er verspürte ein Glücksgefühl, das er nicht beschreiben konnte und winkte zurück, bis der Hafen außer Sicht war. Noch nie zuvor war er von einem anderen Menschen derart verabschiedet worden. Seufzend drehte er sich um und schritt gedankenvoll über das Deck.

Auf der *Seeadler* herrschte geschäftiges Treiben, doch Schneiders Blick ruhte starr in die Ferne, in Gedanken schon bei den tropischen Gewässern, die sie erreichen wollten. Die *Seeadler* segelte stolz und erhaben durch die Wellen, in Richtung der fernen Karibik, die ihr Ziel war. Für einige an Bord war dies das erste Mal, dass sie das sichere europäische Festland hinter sich ließen und sich in die Unberechenbarkeit des offenen Ozeans wagten.

Der Weg bis zum Skagerrack und dort hindurch verlief ereignislos. Auch die Weiterfahrt zeigte sich ohne Probleme. Nachdem sie die Nordsee durchquert hatten, führte der Kurs sie bald in die belebten Wasser des Ärmelkanals. Hier wurden auch die Strömungen tückischer, die Winde unbeständiger. Schneider, stets wachsam, ließ die Flagge Preußens gut sichtbar hissen. Er war gewillt aller Welt zu zeigen, woher man kam. Ein Überfall durch ein anderes Schiff, in diesen belebten Gewässern war sehr unwahrscheinlich, aber die derzeitigen Spannungen in Europa ließen einem intelligenten Kapitän keine Gelegenheit dazu, unbedacht zu sein.

Die Nächte waren still, doch die Mannschaft war aufmerksam. Die Segel flatterten bisweilen nahezu lautlos in der Nachtluft, und das Knarren der Holzplanken mischte sich mit dem gleichmäßigen Rauschen der Wellen. Schneider verbrachte viele Stunden unter dem Sternenhimmel, das Auge auf die dunklen Silhouetten fremder Schiffe gerichtet, die sie gelegentlich passierten. Als erfahrener Seemann wusste er, dass die Reise über den Atlantik besonders anspruchsvoll werden würde. Das Wetter würde rauer werden und selbst unter den besten Bedingungen konnten sie auf Wochen der Entbehrung zählen.

Sobald sie die Küsten Europas hinter sich gelassen hatten, wurde die Weite des Atlantiks zu ihrem ständigen Begleiter. Die See veränderte sich. Die Wellen waren höher, der Wind kräftiger, und die Luft selbst hatte den salzigen, fremden Geschmack der Ferne. Hier draußen, fernab jeder Küste, war das Meer unberechenbar. Schneider wusste bereits aus Erfahrung, dass dies eine Prüfung für sein Schiff und seine Mannschaft werden würde.

Der erste Sturm überraschte sie drei Tage nach der Durchquerung des Kanals. Schwarze Wolken türmten sich am Horizont auf und zogen unaufhaltsam auf sie zu. Der Wind pfiff durch die Taue und das Ruder wurde schwerer zu halten, als die See begann, sich aufzubäumen. Schneider übernahm selbst das Steuer, unterstützt von einem der Steuerleute, rief seine Befehle über den Sturm hinweg, während die Wellen über das Deck peitschten und das Schiff erbarmungslos hin und her warfen. Für einige Stunden hielt der Sturm an, dann war er wieder vorüber. Erneut hatte Schneider die Natur bezwungen.

Die Tage danach waren erfüllt von harter Arbeit. Die Taue mussten neu geknüpft, die Segel geflickt und die Wasservorräte überprüft werden. Doch trotz der Erschöpfung wuchs die Entschlossenheit der Mannschaft. Jeder Blick Richtung Horizont, jeder Sonnenuntergang erinnerte sie daran, dass sie sich unaufhaltsam ihrer Bestimmung näherten, ihrem Ziel in der noch unendlich fernen Karibik. Dort wo Reichtum und Abenteuer auf sie warteten.

Nach Wochen auf offener See begann die Luft, wärmer und schwerer zu werden. Die Sterne funkelten heller, das Meer schimmerte in einem Blau, das sie in der Heimat nie gesehen hatten. Schneider spürte, wie die Anspannung der langen Überfahrt langsam von ihm abfiel. Die Männer wurden lebhafter, sprachen von der tropischen Welt, die sie bald betreten würden, von den Wäldern, Stränden und Hafenstädten der Karibik und dem Wohlstand, der dort wartete.

An einem heißen Morgen, nach mehr vierzig Tagen auf See, rief der Ausguck schließlich: "Land in Sicht!" Die Rufe hallten über das Deck, und die Männer, die in diesem Moment alle wie zu Hause wirkten, versammelten sich an den Relings, ihre Blicke auf das ferne Land gerichtet, das wie ein grüner, tropischer Schimmer am Horizont auftauchte. Es war Jamaika, ihr Ziel ... ein Ort, der für die Männer von der *Seeadler* zugleich Verheißung und Herausforderung bedeutete.

Schneider hielt den Blick fest auf die noch ferne Küste gerichtet, die sich immer deutlicher abzeichnete. Er lächelte, kaum sichtbar. Sollte diese reise ähnlich erfolgreich werden, wie die letzte Reise, so würde er sich endgültig in Wismar niederlassen. Er spürte in den vergangenen Wochen oft das Alter, welches ihm langsam zu schaffen machte und ihm zeigte, dass er nicht mehr die Beweglichkeit eines zwanzigjährigen besaß.

Strand auf einer karibischen Insel

Die *Seeadler* glitt gemächlich in den Hafen von Kingston. Der erste Lichtstrahl der aufgehenden Sonne ließ die Wellen sanft gegen den Rumpf des Schiffes schlagen, und die Palmen am Ufer bewegten sich ruhig im warmen Morgenwind. Kingston erstreckte sich vor ihnen, das Herz von Jamaika. Voller Leben, voller exotischer Farben und Gerüche, die die Männer an der Reling staunend aufnahmen. Die Hafenstadt schien in einem lebendigen Rhythmus zu schwingen, ihre Straßen belebten sich schon früh, und die Laute des beginnenden Tages waren bis zum Schiff zu hören. Die Gebäude ... teils aus Holz, teils aus Stein ... waren lebhaft gestrichen, und überall waren Händler im Hafen zu sehen, die ihre Waren anpriesen und ihren Geschäften nachgingen.

Die Mannschaft konnte sich der Faszination für das fremde Land kaum erwehren, auch wenn die meisten von ihnen bereits hier gewesen waren. Schneider, erfahren und vorsichtig, ließ keinen Moment vergehen und wies die Matrosen an, das Schiff sicher zu vertäuen und das Be- und Entladen vorzubereiten. Das Knarren der Taue, das Kreischen der Möwen und das Rauschen der Wellen vermischten sich mit den Rufen der Seeleute und Hafenarbeiter, die sich eilig auf das Schiff begaben, um die Vorräte aufzufüllen, nachdem Morgentau dem Hafenmeister eine kurze Liste mit den benötigten Dingen überreicht hatte. Es zahlte sich nun spürbar aus, dass Schneider und sein Schiff hier bereits einen gewissen ruf erworben hatten. Schneider war froh, dass sie Kingston sicher erreicht hatten und er wusste, dass dies der perfekte Ort war, um sich für die bevorstehende Reise in Richtung Haiti zu wappnen.

Die Männer begannen mit routinierter Präzision, große Holzfässer mit frischem Trinkwasser auf das Schiff zu rollen, während Säcke mit Mehl, frisches Fleisch und Kisten voller Früchte an Bord gehievt wurden. Der Hafen von Kingston bot ihnen reichlich Auswahl an Proviant. An den Ständen direkt am Ufer türmten sich bunte Früchte, und es duftete nach tropischem Obst, würzigen Kräutern und Rauch von den Kochstellen der Straßenhändler. Schneider wusste, dass die frischen Vorräte seine Mannschaft stärken würden und sie die Moral für die kommenden Wochen auf hoher See deutlich heben würden.

Morgentau, der junge Zahlmeister und erste Offizier, verhandelte mit einem erfahrenen Händler um die besten Preise, für Dinge, die sie nicht über die Hafenmeisterei beziehen konnten. Seine Stimme klang fest, als er auf den Wert von Qualität und Menge bestand, und er verstand es geschickt, die Preise zu drücken. Die Händler respektierten ihn, und Schneider war zufrieden damit, dass er Leutnant von Morgentau diese Aufgabe überlassen konnte. Die Matrosen lachten, während sie sich die frischen Früchte gönnten und das kühle Bier oder einen Becher Wein in den vielen Schänken des Hafens genossen. Einige scherzten darüber, wie es wohl in Haiti sein würde ... ein Ort, den nur ein Teil aus der Crew bisher gesehen hatte. Haiti war jedoch eine französische Kolonie und dort waren sie Feinde. Etwas, das die Franzosen nicht vergaßen und entsprechend reagieren würden, sollte die *Seeadler* auf eine ihrer regulären Marineeinheiten treffen.

Peterson, der robuste zweite Offizier, stand wachsam am Deck und überwachte die Aktivitäten seiner Kameraden. Er wusste, dass diese kleinen Momente des Aufatmens wichtig waren, doch seine Augen blieben wachsam und überprüften immer wieder die Taue, die Verankerungen und die geladenen Vorräte. Peterson hatte die Aufgabe, die Männer für die harte Disziplin der bevorstehenden Unternehmungen vorzubereiten, und Schneider konnte sich auf seine militärische Sorgfalt verlassen. Die frische karibische Luft, die über das Deck zog, schien die Stimmung aller zu heben, und alle Gefahren schienen in weiter Ferne zu liegen.

Nach einem kurzen Marsch durch die Straßen von Kingston, die von exotischen Pflanzen, Kolonialhäusern und Markständen gesäumt waren, erreichte Schneider das Anwesen des Gouverneurs. Das Haus war eindrucksvoll. Ein stattliches Gebäude aus weißem Stein, das den Reichtum und Einfluss der britischen Krone in dieser Region repräsentierte. Palmwedel und duftende Blüten in den Gärten ringsum standen im Kontrast zur militärischen Strenge, die Schneider so vertraut war. Er trat durch das große Eingangstor, und ein Bediensteter führte ihn in den kühlen Innenraum des Gebäudes, wo Marmorsäulen und schwere Holzschränke den Raum dominierten.

Der Gouverneur, Henry Moore, war ein hochgewachsener, stattlicher Mann in seinen Fünfzigern, mit klarem, durchdringendem Blick und einem feinen Gespür für die Politik und die Sicherheitslage in der Region. Er war in ein edles Gewand gekleidet, das ihn als Vertreter der britischen Krone kennzeichnete, und ein leichtes Lächeln spielte auf seinen Lippen, als er Schneider begrüßte. Moore wirkte, als hätte er sich bewusst eine Aura von Selbstbewusstsein und Autorität angeeignet, und Schneider spürte, dass dieser Mann nicht nur die Verantwortung für die Insel trug, sondern auch ein gewiefter Stratege, Diplomat und Politiker war. Beim Eintreffen von Kapitän Schneider lächelte der Gouverneur erfreut.

"Kapitän Schneider," begann Moore mit ruhiger, tiefer Stimme, „es ist eine angenehme Überraschung, Sie so schnell wieder hier in Kingston anzutreffen. Ihre Anwesenheit hier verspricht wohl Abenteuer und vielleicht auch ein paar Spannungen?" Schneider erwiderte das Lächeln des Gouverneurs und erklärte höflich, dass er von seinem König den Auftrag erhalten habe, die Interessen Preußens und der Verbündeten gegen die französischen Schiffe auch weiterhin zu sichern.

Moore war erfreut über diese Antwort, nickte nachdenklich und winkte Schneider in sein Arbeitszimmer, wo an den Wänden Karten der Karibik und von Handelsrouten hingen. Moore zeigte auf einige Orte auf den Karten, während er sprach, und Schneider bemerkte erneut, dass dieser Gouverneur nicht nur ein Administrator, sondern auch ein Mann mit geschultem, militärischem Verständnis war.

"Die momentane Situation hier, Kapitän, ist nicht ganz einfach," begann Moore. "Die Spanier haben ihre Kräfte entlang der Handelsrouten verstärkt. Ihre Kriegsschiffe sind in den letzten Monaten besonders aktiv, und sie scheuen sich nicht, sogar Linienschiffe einzusetzen, um ihre Interessen zu schützen. Auch die Küsten Haitis sind derzeit nicht mehr so unbewacht wie früher."

Diese Information ließ Schneider die Stirn runzeln. Die Aussicht, auf spanische Linienschiffe zu treffen, war alles andere als erfreulich. Ein Gefecht mit einem solchen Schiff würde die *Seeadler* ernsthaft gefährden und womöglich die gesamte Mission gefährden. "Das sind keine guten Neuigkeiten," murmelte Schneider nachdenklich. "Gouverneur, meinen Sie, es wäre wohl besser, eine andere Route zu wählen? Möglicherweise andere Stützpunkte der Franzosen anzugreifen"

Moore lachte leise und schüttelte den Kopf. "Die spanische und auch die französische Kontrolle ist nicht lückenlos, Kapitän. Besonders die vielen kleinen Inseln mit ihren einsamen Buchten bieten viele Möglichkeiten, wenn man sich gut auskennt. Doch seien Sie wachsam. Die Spanier haben in den vergangenen Wochen und Monaten einige unserer besten Kaperkapitäne ergriffen, die ähnliche Pläne hatten. Insgesamt haben wir in den letzten neun Wochen vierzehn Schiffe verloren. Es ist eine Tatsache, dass die Spanier und die Franzosen derzeit erschreckend erfolgreich dabei sind, gemeinsam zu agieren."

196

Nachdenklich nickte Schneider. Die Warnung des Gouverneurs war eine wertvolle Information, für ihn. Wenn er einen Überraschungserfolg gegen französische oder spanische Handelsrouten erzielen wollte, musste er vorsichtig vorgehen und gut vorbereitet sein. Es blieb keine Zeit für falsche Heldenhaftigkeit, ängstliches Zögern oder aber unnötige Risiken. "Vielen Dank, Gouverneur Moore," erwiderte er schließlich. "Ich werde Ihre Ratschläge natürlich beherzigen. Die See ist weit und bisweilen auch unberechenbar. Jede Information kann den Unterschied ausmachen."

Der Gouverneur legte Schneider eine Hand auf die Schulter, und sein ernster Blick wich einem beinahe freundschaftlichen Lächeln. "Kapitän, die Karibik ist ein Paradies ... aber ein gefährliches. Achten Sie auf sich, ihr Schiff und Ihre Männer. Wenn sie erfolgreich zurückkehren, dann verfahren wir wie bereits gehabt … Einverstanden?" Schneider nickte lächelnd und verabschiedete sich mit einer tiefen Verbeugung bei dem Gouverneur.

Zurück an Bord berichtete Schneider seinen Offizieren von den Worten des englischen Gouverneurs. Die Spanier arbeiteten also jetzt gezielt mit den Franzosen zusammen und hatten begonnen, die Küstenpatrouillen zu verstärken sowie die Handelsrouten mit Linienschiffen zu schützen. Schneider entschied, dass es klug wäre, die direkte Konfrontation mit den Spaniern zu vermeiden und stattdessen kleine, gezielte Angriffe auf die Franzosen zu unternehmen, die bislang noch nicht dazu übergegangen waren Linienschiffe in den Einsatz zu bringen sondern sich maximal auf Fregatten zu verlassen, die zugegebenermaßen schneller und wendiger waren.

Die nächsten Tage verbrachte die Mannschaft damit, das Schiff auf die bevorstehende Reise vorzubereiten. Die Vorräte wurden sorgfältig verstaut, die Segel überprüft, und Schneider ließ die Kanonen gründlich inspizieren. Peterson organisierte eine kurze Waffenübung mit den Männern, während Morgentau die Bestandsliste der Vorräte und Waffen überarbeitete. Die Stimmung an Bord war angespannt und voller Vorfreude. Jeder Mann wusste, dass die Reise in die Gewässer der naheliegenden Insel Haiti nicht nur ein Abenteuer war, sondern auch eine große Gefahr mit sich brachte.

Schneider verbrachte die Abende in seiner Kabine, studierte Karten und zeichnete mögliche Routen und Verstecke an Haitis Küsten ein. Die *Seeadler* hatte ihre Vorräte aufgefüllt. Auch Kapitän Schneider verspürte die ungeduldige Aufregung eines erfahrenen Seemanns, der wieder hinaus in die unbekannten Weiten der See segelte. Mit der kühlenden Brise und dem beruhigenden Klang der Wellen unter dem Rumpf segelten sie von Kingston aus nach Nordosten und nahmen Kurs auf die Küste von Haiti. Die Karibik präsentierte sich in leuchtendem Blau und Grün. Das Meer schimmerte unter der tropischen Sonne in einem leuchtenden Türkis, und der Himmel war so klar, dass das Blau schier endlos schien. Für die Männer an Bord der *Seeadler* war dieser Moment das, was sie am Leben auf See liebten und warum sie mit Kapitän Schneider jetzt hier in der Karibik waren ... Freiheit, Abenteuer und die Aussicht auf Beute, die sie zu wohlhabenden Männern werden lassen konnte.

Peterson und Morgentau überwachten das Deck, während die Mannschaft emsig arbeitete. Die Segel wurden beständig nachjustiert, um den Wind voll auszunutzen und alle Besatzungsmitglieder waren wachsam, denn die Reise in diesen trügerisch ruhigen Gewässern brachte jetzt auch die Gefahr einer Konfrontation mit den Spaniern mit sich. Schneider ließ den Kurs streng einhalten, um sicherzugehen, dass sie möglichst rasch und unerkannt in haitianische Gewässer vordringen konnten. Seine Gedanken waren von den Informationen des englischen Gouverneurs über die angestiegene, spanische und französische Aktivität in diesen Gebieten geprägt. Er wusste, dass auch dieses mal das Überraschungsmoment ihr größter Vorteil war.

Am dritten Tag auf See, als das erste Morgenlicht den Horizont erhellte, erschien ein kleiner dunkler Fleck am Horizont. Einer der Matrosen, der am Ausguck stand, rief: "Schiff gesichtet! Kurs Nord-Nordwest!" Schneider nahm das Teleskop zur Hand und untersuchte das Schiff, das allmählich deutlicher wurde. Es war ein französisches Handelsschiff. Deutlich kleiner als die *Seeadler*, mit einem niedrigeren Tiefgang und einer kastenartigen Form, die typisch für Frachtschiffe war. Das Schiff segelte gemütlich vor sich hin und schien sich keiner Gefahr bewusst zu sein.

Schneider musterte das französische Schiff, das kaum bewaffnet schien.

Es war vermutlich ein Frachter, der Gewürze, Zucker oder andere Handelswaren transportierte. Schneider zögerte keinen Moment und gab die Befehle, sich dem Schiff kampfbereit zu nähern und die Segel so zu trimmen, dass sie den derzeitigen Windvorteil ausnutzen konnten.

"Peterson, bereiten Sie sich mit einer kleinen Mannschaft vor, um das Schiff zu entern. Vorher jedoch machen wir uns bereit für ein Breitseitengefecht, falls dies eine Falle sein sollte … Wir werden es bald erfahren und ich will kein unnötiges Risiko eingehen," befahl Schneider mit einem entschlossenen Blick. Peterson nickte, sein kantiges Gesicht spiegelte die Aufregung wider, und er wählte einige dutzend seiner erfahrensten Männer aus, die ihm bei der Enterung helfen würden. Die Männer schärften ihre Klingen und überprüften ihre Musketen, während das Deck in angespanntes Schweigen gehüllt war. Die Geschützluken klappten auf und die Rohre der Bordgeschütze schoben sich langsam aus den Luken. Alles war bereit. Die *Seeadler* näherte sich stetig, während Leutnant Peterson und die ausgewählten Männer sich bereit machten, die Decks des französischen Schiffes zu erklimmen, falls sie die Möglichkeit bekommen sollten, das französische Schiff ohne ein vorheriges Gefecht zu kapern.

Als sie sich nahe genug genähert hatten, dass das französische Schiff die *Seeadler* schließlich deutlich erkennen konnte, hisste Schneider die preußische Flagge und ließ einen einzelnen Warnschuss über den Bug des Handelsschiffs feuern. Der donnernde Knall der Kanone erschütterte die Luft und zeigte dem französischen Schiff, dass es sich ergeben sollte. Die französischen Seeleute starrten entsetzt auf die gut bewaffnete *Seeadler* und erkannten schnell, dass sie gegen eine solche Kampfkraft keine Chance hatten. Aufgrund der Bauweise der *Seeadler* hatten sie diese für ein französisches Schiff gehalten. Mit hektischen Bewegungen hissten sie die weiße Flagge, die Kapitulation anzeigend und ließen ihre Segel zurückrollen, um zu signalisieren, dass sie sich ergaben.

Die *Seeadler* ging längsseits. Leutnant Peterson und seine Männer schwangen sich behände über das Deck des Handelsschiffs und stellten dort schnell sicher, dass keine bewaffnete Gegenwehr zu erwarten war. Die wenigen französischen Seeleute wirkten verängstigt und ihr Kapitän trat vor, die Hände in ängstlicher und beschwichtigender Geste erhoben.

Leutnant Peterson stellte sicher, dass alle Franzosen zusammenblieben und keine Gefahr darstellten. Dann ließ er einige seiner Männer die Ladung des Schiffs überprüfen.

Schnell stellte sich heraus, dass dieses Handelsschiff eine wertvolle Fracht geladen hatte. Kisten voll aromatischer Gewürze, Säcke mit Zucker, und Fässer mit karibischem Rum. Alles waren, die auf dem Wege nach Europa gewesen waren und aus Haiti stammten. Die Laderäume waren randvoll. Schneider war erfreut, denn diese Waren waren auch in Kingston begehrt und würden sich gut verkaufen lassen. Er ordnete an, dass eine ausreichende Prisenbesatzung unter Petersons Kommando auf das Handelsschiff überwechselte, um die französische Besatzung zu bewachen und sicherzustellen, dass die Ladung unversehrt blieb.

"Peterson," sagte Schneider, als er dem robusten Leutnant auf die Schulter klopfte, "übernehmen Sie dieses Schiff und führen Sie es sicher zurück nach Kingston. Ich folge in kurzem Abstand mit der *Seeadler* und gebe Geleitschutz." Peterson nickte und salutierte. Der Plan war simpel, und Schneider vertraute Peterson vollkommen, dass er die Männer in diesem Unternehmen sicher führen würde. Der Leutnant hatte sein Können bereits mehrfach unter Beweis gestellt. Mit zwei Schiffen segelten sie nun zurück nach Kingston, wobei die *Seeadler* das französische Handelsschiff in kurzem Abstand begleitete. Die Rückreise verlief ohne Zwischenfälle, und das Wetter spielte ihnen in die Karten. Nach einem weiteren Tag auf See sahen sie schließlich die vertraute Küstenlinie Jamaikas und einen Tag darauf tauchte auch der Hafen von Kingston am Horizont auf.

Schneider beobachtete die Stadt, die unter der Nachmittagssonne lag, und spürte eine gewisse Befriedigung darüber, dass sie eine erfolgreiche Prise gemacht hatten. Der Anblick von Kingston war für ihn mittlerweile ein vertrautes Bild geworden. Er sah darin die Möglichkeiten, die diese Stadt für seine Unternehmungen bot. Die beiden Schiffe liefen langsam in den Hafen ein und wieder wurden Taue geworfen und Anker gesetzt, während das Hafengeschehen sie umfing. Schneider war zufrieden. Seine erste Kaperfahrt auf dieser Mission war gut verlaufen. Sie hatten keinerlei Verluste zu verzeichnen und die Beute war ansehnlich. Schneider schmunzelte. Er würde seiner Mannschaft drei Tage Landgang gewähren.

Sollten sie ihren Triumph genießen und Erinnerungen an eine angenehme zeit ansammeln. Wer konnte schon wissen, ob auch die weiteren Fahrten derart unblutig verlaufen mochten.

Schneider wusste, dass der Gouverneur von Kingston, Henry Moore, ein wachsames Auge auf die Aktivitäten im Hafen hatte und er wollte ihm diese wertvolle Fracht schnell anbieten, bevor ein anderer Interessent auf die Idee kam, ein lukratives Geschäft daraus zu machen. Zudem würde der Gouverneur sich übergangen fühlen, wenn man ihm nicht als ersten die Prise zum Kauf anbot. Schneider war sich zudem ziemlich sicher, dass kaum ein anderer Händler in Kingston die Möglichkeit besaß, das gekaperte Schiff mitsamt dessen Ladung einfach so zu erwerben. Schon kurz nach dem Festmachen, der *Seeadler*, am Hafenkai begab er sich direkt zur Residenz des Gouverneurs und ließ sich von einem Diener anmelden.

Moore empfing ihn mit einem Lächeln und einer gewissen Neugierde in den Augen. "Kapitän Schneider, ich sehe, Sie waren erfolgreich," bemerkte er, während er Schneider musterte. Schneider berichtete ihm von der erfolgreichen Kaperung des französischen Handelsschiffs und beschrieb kurz die Ladung ... Gewürze, Zucker und Rum. Er übergab dem Gouverneur die Frachtlisten des gekaperten Schiffs.

Der Gouverneur nickte dankend und ging die einzelnen Positionen mit Schneider zusammen durch. Nach einer kurzen Verhandlung einigten sie sich auf einen Preis und Moore willigte erwartungsgemäß ein, das Handelsschiff und die Ladung als ganzes zu kaufen. Die Franzosen wurden von der Hafenwache unter Gewahrsam genommen, während Schneiders Seesoldaten sicherstellten, dass die Ladung ordnungsgemäß an die Lager des Gouverneurs übergeben wurde. Das Geschäft verlief reibungslos, und Schneider spürte, dass der Gouverneur sowohl Respekt für seine Professionalität als auch für seine Entschlossenheit hegte.

"Kapitän, Ihre Aktivitäten hier werden von vielen mit Interesse verfolgt," sagte Moore abschließend mit einem Lächeln, das sowohl Bewunderung als auch eine leise Warnung in sich trug. "Ich hoffe, dass Sie auch weiterhin der Stadt Kingston und somit der englischen Krone dienlich sind." Schneider verbeugte sich kurz und erwiderte das Lächeln. Er versprach Gouverneur Henry Moore, mit vollmundigen Worten, seine

Unternehmungen im Sinne der Verbündeten fortzusetzen. Moore wusste, dass der preußische Kapitän Schneider ein wertvoller Akteur in dieser Region geworden war und so verabschiedeten sie sich mit einem festen Händedruck.

Nachdem der Verkauf abgewickelt war und die Mannschaft sich ihre drei Tage Landgang gegönnt hatten, konzentrierte sich Schneider auf die nächsten Vorbereitungen. Die Vorräte wurden erneut aufgestockt, und die Männer nutzten die Zeit, um ihre Kräfte zu sammeln und ihre Waffen zu überprüfen. Die beiden Leutnants, Peterson und Morgentau sorgten dafür, dass alles an Bord der *Seeadler* in einwandfreiem Zustand war und dass die Mannschaft bereit war für die nächste Fahrt.

Zwei Tage später, nur Stunden nachdem sie endlich alle notwendigen Vorbereitungen abgeschlossen hatten, hissten sie die Segel und verließen erneut den Hafen von Kingston. Das Ziel dieser nächsten Reise war klar. Die Küsten von Haiti unsicher zu machen und den französischen Handel weiter zu stören. Der Himmel war klar, und eine frische Brise füllte die Segel. Schneider stand am Heck und beobachtete völlig entspannt, wie die Küste langsam hinter ihnen verschwand. Er dachte an die Heimat. In Wismar würde jetzt bald Schnee liegen. Dann schweiften seine Gedanken zu Johanna. Er versuchte sich ihr Gesicht vorzustellen aber irgendwie wollte ihm dies nicht gelingen. Immerzu kamen ihm die Gesichtszüge von Fabienne in den Sinn. Schneider seufzte. "Vermutlich werde ich jetzt wirklich alt", grummelte er leise vor sich hin.

Die *Seeadler* schien auf dem Ozean zu schweben, als sie von Kingston aufbrach, das glitzernde Wasser unter ihr war fast wie ein Teppich, der nur darauf wartete, ihre Segel zur französischen Küste Haitis zu tragen. Kapitän Lars Schneider, dessen Augen den Horizont mit einer Mischung aus Kalkül und unstillbarer Entschlossenheit musterten, hatte nur ein Ziel. Er wollte die feindlichen Schiffe aufzuspüren und den Franzosen Verluste zuzufügen, die den Stolz und die Macht Preußens stärken würden ... und ganz nebenbei auch die Geldtruhe von Schneider, denn ein ansehnlicher Teil des Prisengeldes stand ihm zu.

Die Tage vergingen in stetiger Vorbereitung und Anspannung. Schneider hielt die Männer im Training, ließ an den Kanonen üben, die Bestände der Waffenkammer überprüfen und die Matrosen aufmerksam den

Horizont absuchen. Peterson, sein verlässlicher Leutnant und zweiter Offizier an Bord, inspizierte die Männer regelmäßig, gab Anweisungen und sorgte dafür, dass die Disziplin eisern aufrecht gehalten wurde. Sie wussten, dass dies keine gewöhnliche Fahrt war. Die Küsten Haitis waren zwar nicht so dicht besiedelt, wie die Küsten in Europa aber trotzdem gab es dort in vielen Buchten kleinere Fischerdörfer, von denen aus Schiffe aufbrechen konnten. Zudem existierten einige kleinere Küstenstädte auf kleineren Inseln. Französischen Kolonien von denen ebenfalls Schiffe nach Europa segelten. Voll beladen mit dem Reichtum der Neuen Welt. Schneider musste nur vorsichtig genug sein, sich nicht vorzeitig sichten zu lassen. Die *Seeadler* war schnell, wendig und furchteinflößend, wie ein Raubvogel, der seine Beute beobachtete. Kleinere Kriegsschiffe brauchten sie nicht zu fürchten. Die Gefahr lag in den Linienschiffen der Spanier, die mehr als doppelt so viele Geschütze an Bord führten. Doch auch die Franzosen konnten ihm gefährlich werden. Ein Glückstreffer hatte schon so manches Seegefecht vorzeitig entschieden. Bislang hatte Kapitän Schneider die Reichweite seiner Geschütze ausnutzen können. Dies würde er auch in Zukunft tun und versuchen einen kampfstarken Gegner möglichst schon aus der Entfernung zu schwächen oder sogar kampfunfähig zu machen … So weit zumindest der Plan von Schneider.

Am fünften Tag ihrer Reise, in der die Mannschaft in gespannter Erwartung auf die Jagd wartete, kam der Ruf von der Mastspitze, auf den alle gewartet hatten. "Segel in Sicht! Steuerbord voraus!" Die Männer erstarrten kurz, ehe alle auf ihre Posten eilten und die Vorbereitungen trafen, wie sie es unzählige Male geübt hatten. Kapitän Schneider nahm das Teleskop zur Hand und spähte in die Richtung, die ihm der Ausguck gezeigt hatte.

Vor ihm lag ein majestätisches französisches Handelsschiff, ein gewaltiges Schiff mit vollen Segeln, die sich im Wind bauschten und einem hohen Rumpf, der auf eine große Ladefähigkeit schließen ließ. Die Fahne Frankreichs wehte stolz vom Mast. Schneider konnte förmlich den fast betäubenden Duft von Gewürzen und Zucker über das Wasser hinweg wahrnehmen, das verheißungsvolle Rascheln von Gold und die süße Versuchung des Rums. Seine Augen verengten sich und ein harter, entschlossener Ausdruck trat auf sein Gesicht. Ein derart großes Handelsschiff hatte er bislang noch nicht in diesen Gewässern gesehen.

"Bereitmachen zum Angriff! Klar Schiff zum Gefecht! Leutnant Peterson, machen sie alles klar für ein Breitseitengefecht. Der Bursche dort drüben ist mir nicht geheuer," befahl Schneider. Seine Stimme hallte über das Deck. Der Trommler begann seine Trommel zu rühren und die dumpf dröhnenden Laute trieben die Besatzung nun an. Die Männer der *Seeadler* reagierten sofort, und das Deck füllte sich mit dem vertrauten Geräusch von Waffen, die bereit gemacht wurden, von Seilen, die straff gezogen wurden und von Kanonen, die in die Position gebracht wurden, um geladen werden zu können. Sie wussten, dass dies ein gefährliches Manöver werden würde. Das französische Schiff war deutlich größer, als die *Seeadler* und könnte ihnen durchaus Widerstand bieten. Eine Vielzahl von Luken war zu erkennen, die darauf schließen ließ, dass sich dort mindestens dreißig Geschütze an Bord befinden mussten. Ein Gegner also, der in der Lage war, die *Seeadler* abzuwehren. Doch die Gier und die Entschlossenheit, die Beute zu erlangen, trieben sie an.

Zunächst schien das französische Schiff die Gefahr zu ignorieren, was auf die französische Bauart der Seeadler zurückzuführen war, doch als die *Seeadler* mit voll gesetzten Segeln näherkam und die Flagge von Preußen empor zog, wurde das französische Deck hektisch, und das Schiff versuchte, durch eine abrupte Kursänderung und das setzen von weiteren Segeln zu entkommen. Die Franzosen versuchten mit aller Kraft, den Prisenjägern zu entfliehen, aber die *Seeadler* war schneller und auch wendiger. Ein Raunen der Vorfreude ging über das Deck, als Schneider der Mannschaft das Signal zum Angriff gab.

Die erste Salve der *Seeadler* hallte über das Wasser und schlug nahe am Heck des französischen Schiffs ein, was einen Schrei der Panik und des Zorns bei den Franzosen auslöste. Der französische Kapitän hatte offenbar erkannt, dass sie keine Chance hatten, der *Seeadler* zu entkommen. Langsam verringerte sich der Abstand zwischen den beiden Schiffen, bis der französische Kapitän beschloss, sich dem Kampf zu stellen. Eine volle Breitseite donnerte von der Seeadler gegen das Handelsschiff, als dort die Geschützluken geöffnet wurden und sich die Kanonenrohre hervor schoben. Krachend schlug die Breitseite ein. Splitter flogen durch das Geschützdeck des französischen Schiffs. Die Reling zerbarst an mehreren Stellen und sandte ihre Bruchstücke, wie Schrapnells, quer über das Deck. Schreie erklangen. Dann drehte das französische Schiff geschickt ein Stück nach Steuerbord und erwiderte das Geschützfeuer. Die Mannschaft der *Seeadler* bereitete sich vor, die französische Breitseite zu empfangen. Krachend schlug die Salve ein. Zwar war die Zielgenauigkeit deutlich unter dem Niveau der Seeadler aber die ersten Verletzten lagen auf dem deck nun in ihrem Blut und schrien vor Schmerz.

"Zurückschlagen! Peterson eine Breitseite in die Segel von dem Kerl", rief Schneider. Die *Seeadler* erwiderte das Feuer mit einem ohrenbetäubenden Donnern ihrer Breitseite. Das französische Schiff bebte unter dem Aufprall der Kugeln. Die Mehrzahl der Segel hatte nun Löcher und Risse. Teile der Masten stürzten auf das Deck und begruben so manchen Matrosen unter Trümmern. Doch der französische Kapitän ließ sich nicht so leicht einschüchtern und trieb seine Männer an, die *Seeadler* mit aller Macht zu bekämpfen. Die beiden Schiffe tauschten Kanonensalven, das Wasser ringsum schäumte vor Wut und Gischt, während der Rauch die Sicht vernebelte und das Sonnenlicht trübte.

Schließlich gelang es der Besatzung der *Seeadler* die meisten der gegnerischen Geschütze auf der ihr zugewandten Seite auszuschalten. Die Seeadler drängte sich nah an das Handelsschiff heran und feuerte eine letzte Breitseite ab, die sich in den Rumpf des gegnerischen Schiffs bohrte. Erneut ertönten Schreie der Wut und des Schmerzes. Die Seeadler ging geschickt gelenkt längsseits. Aus den Drehbassen wurde jetzt das gezielte Feuer auf die bewaffneten Matrosen eröffnet, die sich an Bord des französischen Schiffs zusammendrängten, um den nun drohenden Entervorgang abzuwehren. Schrille Schreie ertönten und etwa ein dutzend Matrosen mehr lagen auf dem blutverschmierten Deck des Handelsschiffs. Schneider gab den Befehl zum Entern. Ein Sturm aus Schreien, Eisen und Holzsplittern füllte die Luft, als die Enterhaken ausgeworfen wurden und sich in die Planken des französischen Schiffs bohrten. Die Männer der *Seeadler* schwangen sich mit dem Mut der Verzweiflung und der Gier auf das feindliche Deck.

Schneider, Peterson und auch die anderen Männer stürzten sich in die Schlacht, ein wilder Nahkampf entbrannte, in dem jede Seite um ihr Überleben kämpfte. Die verzweifelten Franzosen verteidigten ihr Schiff verbissen, mit allem, was sie hatten. Es gab keinen geordneten Kampf mehr, nur noch einen chaotischen Wirbel aus wilden Hieben, Schüssen und Schreien. Schweiß, Blut und Pulverdampf erfüllten die Luft. Die Männer kämpften auf Leben und Tod. Pardon wurde in dieser Phase von keiner Seite gewährt.

Schneider kämpfte wie ein Löwe. Seine Säbelklinge blitzte in der Sonne, während er sich durch die Reihen der französischen Verteidiger schlug. Neben ihm kämpfte Peterson mit grimmiger Entschlossenheit. Die Männer der *Seeadler* drängten die Franzosen zurück, Stück für Stück. Es war ein erbittertes Ringen, doch schließlich waren die französischen Verteidiger, erschöpft und geschwächt, nicht mehr in der Lage stand zu halten. Zu groß waren die Verluste durch den vorherigen Beschuss gewesen. Die Mannschaft der *Seeadler* überwältigte sie schließlich, trotz aller tapferen Gegenwehr.

Als die französischen Besatzung besiegt und das Schiff endlich gesichert war, befahl Schneider, das französische Schiff zu durchsuchen. Die Männer der *Seeadler* entdeckten bald den Schatz, von dem sie geträumt hatten. Die Laderäume waren vollgestopft mit Gewürzen, feinstem Zucker und Fässern voll aromatischem Rum, ein kostbarer Schatz, der in Europa und auch auf Jamaika Unsummen wert war. Doch der größte Fund wartete in der Kabine des französischen Kapitäns. Eine schwere, unscheinbare Kiste, die sich als gefüllt mit Goldmünzen entpuppte. Als Peterson die Kiste aufbrach und die Münzen aufblitzten, konnte er einen erstaunten Ausruf nicht unterdrücken. Sie hatten einen wertvollen Schatz in ihren Händen, der wohl mehr wert sein mochte, als die gesamte Ladung. Eine Beute, die man sonst nur aus wüsten Piratengeschichten kannte, die in den Tavernen von Jamaika erzählt wurden. Schneider überließ Peterson das Kommando über das erbeutete Schiff. Eine starke Prisenbesatzung wurde an Bord befohlen und die überlebenden Franzosen wurden unter Deck in Ketten gelegt. Dann setzten sie Kurs auf Jamaika, um den Fang sicher zurück nach Kingston zu bringen. Die Rückreise verlief ohne Zwischenfälle, und mit günstigen Winden. Schon nach wenigen Tagen liefen beide Schiffe in den Hafen von Kingston ein. Die Männer wurden von den Hafenarbeitern und anderen Seeleuten mit Respekt und Neugier empfangen. Ihre Beute sprach sich schnell herum, und Schneider spürte den Stolz und die Befriedigung eines erfolgreichen Kapitäns.

Bereits kurz nach dem Anlegen im Hafen begab sich Schneider zum Gouverneur von Kingston, um den Handel abzuwickeln, der nun notwendig wurde. Moore hatte vom Erfolg der *Seeadler* gehört, doch ein solches Prisenschiff mit einer derart wertvollen Ladung hatte er nicht erwartet. Mit Erstaunen blätterte der Gouverneur das Ladungsverzeichnis des gekaperten Handelsschiffs durch und schüttelte dabei immer wieder erstaunt seinen Kopf.

"Kapitän Schneider, Sie sind ein Mann von erstaunlichem Mut, Glück und Geschick. Ein solcher Fang ist von unschätzbarem Wert," bemerkte Moore und nickte anerkennend. Gouverneur Moore war bereit, die Beute zu erwerben und Schneider spürte, wie die Kiste voller Goldmünzen in seiner Kabine ihm und seiner Besatzung ein Vermögen und weiteres Ansehen sichern würde. Die erbeuteten Goldstücke aus der Schatzkiste kamen noch hinzu und vermehrten das Prisengeld jetzt enorm, für jeden Beteiligten der Preußen.

Mit nachdenklichem Blick blätterte der Gouverneur durch das Logbuch des gekaperten Schiffs. Dann sah er Schneider in die Augen. "Dieses Schiff hatte den Auftrag, direkt nach Frankreich zu segeln. Dort wartet man bereits auf die Goldmünzen, die sie in der Kapitänskajüte gefunden haben. Deren Verlust sollte fraglos auch einer derart reichen Nation wie Frankreich schmerzhaft sein … Bedenken sie dies bitte, mein werter Kapitän Schneider ... Es wird der Tag kommen, an dem die Franzosen anfangen werden, gezielt Jagd auf sie und ihr Schiff zu machen. Lange kann es bis dahin jetzt nicht mehr dauern. Dazu sind die Verluste, die Frankreich bereits durch sie und ihr Schiff erlitten hat zu groß. Man wird reguläre Einheiten der Marine damit beauftragen, sie zu jagen und zu versenken. Sollte man sie fassen, dann ist ihnen der französische Kerker gewiss … Möglicherweise auch der Strang, wenn der Gouverneur von Haiti schlecht gelaunt ist."

10.

Kapitän Lars Schneider stand mit ruhigem, aber wachem Blick an Deck der *Seeadler*, während das Schiff sanft in den Gewässern des Hafens von Kingston schaukelte. Die Sonne war gerade über den Horizont gestiegen und tauchte die weite Bucht in ein goldenes Licht, als Schneider zum Gouverneurspalast aufbrach, um sich bei Henry Moore, dem britischen Gouverneur von Jamaika, zu melden. Der Gouverneur hatte ihn durch einen Boten benachrichtigen lassen, er wünsche den Kapitän dringend zu sprechen. Die letzten Wochen auf See waren hart gewesen. Vier kleinere französische und ein spanisches Handelsschiff waren der *Seeadler* in dieser Zeit zum Opfer gefallen. Die Beute war reichlich ausgefallen. Derzeit lag die *Seeadler* bereits eine Woche im Hafen von Kingston und wurde repariert. Wieder einmal galt es, die erlittenen Gefechtsschäden auszubessern. Das letzte Schiff, welches sie gekapert hatten, ein kleines französisches Handelsschiff, hatte sich geradezu verbissen gewehrt und der *Seeadler* mehrere Treffer beibringen können, bevor es schließlich geentert wurde. Schneider und seine Mannschaft hatten reiche Beute gemacht aber auch fünf Seeleute bei dem Gefecht verloren. Somit stieg die Anzahl der Verluste bis jetzt auf elf Seeleute und einen Seesoldaten an. Eine erstaunlich geringe Anzahl an Verlusten, wie es Schneider zum wiederholten male durch den Kopf ging. Die Verletzungen, die auf Seiten der Mannschaft erhalten worden waren, zählte Schneider schon lange nicht mehr. Leutnant von Morgentau führte darüber Buch.

Der Gouverneur, ein entschlossener Mann mit scharfem Blick, begrüßte Schneider in seinem großzügigen Arbeitszimmer. Die Wände waren gesäumt von Karten und Seekarten. Der Duft von Pfeifentabak erfüllte die Luft. "Kapitän Schneider," begann Moore und bot ihm einen Stuhl an, "Ihre Erfolge haben mir und meinem König großen Dienst erwiesen."

Schneider verneigte sich leicht, als Moore ihm ein Glas Wein anbot. "Herr Gouverneur, es ist mir eine Ehre, ihrem geschätzten König zu Diensten zu sein," erwiderte Schneider, ohne Stolz, aber mit aufrichtiger

Entschlossenheit. Moore setzte das Weinglas ab, welches er selbst in den Händen gehalten hatte und lehnte sich vor. "Ich habe eine besondere Aufgabe für Sie, Schneider. Eine Mission von höchster Wichtigkeit." Er griff in eine Schublade und zog ein kleines, ledergebundenes Paket heraus, das mit dem königlichen Siegel versehen war. "Ein britischer Kurier muss dieses Paket sicher nach Norfolk, Virginia, bringen. Die Informationen hierin sind entscheidend für die Sicherheit unserer Kolonien ... und das französische Spionagenetzwerk ist uns dicht auf den Fersen. Sie sind unsere beste Hoffnung, diese Dokumente sicher über die See zu bringen. Ich kann die Wichtigkeit dieser heiklen Aufgabe nicht genug betonen. Mein König wäre ihnen zu Dank verpflichtet."

Schneider nahm das Paket entgegen und nickte dann ernst. "Ich verstehe, Gouverneur. Dies ist ein Auftrag, der etwas neu für mich ist. Bislang habe ich noch nicht als Bote gearbeitet. Es scheint so, als wenn ich dies nun tun müsse, um meinen Verpflichtungen als Verbündeter von England gerecht zu werden. Mein König würde das zweifellos von mir erwarten. Wir werden Norfolk erreichen, komme was wolle."

Nach einer weiteren kurzen Besprechung verabschiedete sich Schneider, kehrte zur *Seeadler* zurück und verkündete kurz darauf seinen Offizieren die neue Mission. Die Männer ... nun bereits gestählte Veteranen, die sowohl die Härten des Meeres als auch die Gefahren der Schlacht gewohnt waren ... nickten mit kühler Entschlossenheit. Diese Aufgabe war gefährlicher, als sie sich im ersten Moment anhören mochte. Doch genau solche Herausforderungen hatten sie zu Seewölfen gemacht.

Mit dem Morgengrauen segelte die *Seeadler* aus Kingston, nahm Kurs auf Virginia und pflügte durch die Wellen wie ein stolzer Raubvogel auf der Jagd. Die ersten Tage der Reise verliefen ruhig, die Winde waren gnädig, und die Mannschaft arbeitete in gewohnter Routine. Schneider ließ die Route regelmäßig überprüfen und die Segel und Waffen inspizieren. Die Männer wussten, dass sie vor der Küste Virginias besonders vorsichtig sein mussten, denn es gab dort immer wieder französische Patrouillen, die jederzeit versuchten, die englische Seefahrt zu behindern.

Am dritten Tag der zweiten Woche auf See, kurz vor Sonnenaufgang, erklang ein Ruf vom Ausguck. "Segel am Horizont! Schiff in Sicht,

Steuerbord voraus!" Schneider ließ sich sein Teleskop reichen und fixierte den Fleck am Horizont. Die Silhouette eines Schiffes zeichnete sich im fahlen Morgenlicht ab. Eine Fregatte, die französische Flagge stolz im schwachen Wind wehend. Der Kapitän lächelte schmal. Es war offensichtlich, dass die Franzosen seine *Seeadler* für ein eigenes Schiff hielten und sich ihnen in einer vermeintlich freundlichen Situation näherten. Bis Norfolk waren es nur noch zwei knappe Tagesreisen. Es war also anzunehmen, dass dieses französische Kriegsschiff in diesen Gewässern derzeit Jagd auf gegnerische Handelsschiffe machte.

"Leutnant Peterson! Klar Schiff zum Gefecht!" Schneider stellte sich neben den Steuermann und sah aufmerksam zu, wie das eingespielte Chaos der Gefechtsvorbereitungen sich entwickelte. Einem Laien wäre es planlos vorgekommen aber Schneider sah die aufeinander abgestimmten Abläufe der Besatzung. Die gut gedrillte Mannschaft reagierte jetzt routiniert und blitzschnell. Die Kanoniere machten ihre schweren Geschütze feuerbereit und warteten dann angespannt auf den Beginn des Gefechtes.

Die französische Fregatte näherte sich ungehindert, ihre Besatzung ahnte noch nichts von dem, was gleich über sie hereinbrechen würde. Als sie nahe genug herangekommen war, gab Schneider laut den Befehl, die französische Flagge zu streichen und die preußische Flagge zu hissen. Im selben Moment donnerte die erste Breitseite über das Wasser.

Die Kanonen der *Seeadler* spien mit einem ohrenbetäubenden Krachen Feuer und Rauch. Die Kugeln schlugen in den Rumpf der französischen Fregatte ein, zertrümmerten Holzplanken und Deckaufbauten, und Schreie von Schreck und Schmerz hallten von drüben herüber. Die Franzosen gerieten in Panik, waren völlig überrascht von dieser unerwarteten Wendung. Chaotische Zustände spielten sich auf der Fregatte *Sirene* ab. Doch die Fregatte war ein reguläres Kriegsschiff. Gut geführt und mit einer eingespielten Besatzung. Man reagierte in kürzester Zeit auf die Situation. Doch die *Seeadler* hatte das Gefecht derzeit noch fest im Griff und nutzte jede Sekunde ihren Vorteil. In schneller Folge wurden weitere Salven abgefeuert, während das französische Schiff jetzt versuchte, ebenfalls die Geschütze bereit zu machen und in eine geeignete Schussposition zu gelangen.

Die französische Fregatte Sirene im Gefecht

Wieder und wieder dröhnten die Breitseiten der *Seeadler* und feuerten ihre Kanonenkugeln in die Fregatte, die nur wenig dagegenzuhalten hatte. Zu viele der dortigen Seeleute waren nicht mehr kampffähig. Der Kapitän der französischen Fregatte lag schwer verwundet auf dem Achterdeck. Sein erster Offizier übernahm das Kommando und spornte seine Leute, mit schriller Stimme, an. Schneider ließ ihnen keine Gelegenheit, das Kampfgeschehen zu diesem Zeitpunkt zu wenden. Die *Seeadler* verfeuerte mit ihren Geschützen jetzt, aus geringer Distanz, Kettenkugeln und Kartätschen, die ein fürchterliches Blutbad anrichteten. Als sich die Schiffe noch näher kamen wurden auch die Drehbassen der Seeadler genutzt und verfeuerten ihre Ladungen auf das Deck und in die Takelage des französischen Gegners.

Schließlich erlahmte der französische Widerstand merklich, Rauch und

Feuer zogen über das zerstörte, blutüberströmte Deck. Die Franzosen waren gezwungen, sich gegen das bevorstehende Entern zu wappnen oder aber hilflos zuzusehen, wie die *Seeadler* sie aus der Entfernung vernichtete. Der erste Offizier der Fregatte war zwischenzeitlich ebenfalls gefallen und lag nun zusammen gekrümmt auf dem Hauptdeck.

"Vorbereiten zum Entern!" rief Schneider. Die Männer griffen nach Enterhaken, Säbeln und Pistolen, ihre Gesichter hart und entschlossen. Die Enterhaken wurden geworfen und die Seiten der beiden Schiffe krachten gegeneinander. Ein letzter Befehl Schneiders und die Männer schwangen sich an Bord des gegnerischen Schiffs.

Es war ein wilder, brutaler Kampf Mann gegen Mann. Schneider führte seine Männer entschlossen an. Sein Säbel blitzte im Morgenlicht, und mit präzisen Schlägen und Stoßen setzte er sich gegen die französischen Soldaten und Matrosen zur Wehr. Die Männer der *Seeadler* kämpften mit unerschütterlicher Entschlossenheit, und schon bald begann sich das Blatt endgültig zugunsten der Preußen zu wenden. Die Franzosen, völlig desorientier und ohne die innere Kraft, weiterhin Widerstand zu leisten, ergaben sich schließlich. Jubel stieg von der Besatzung der Seeadler empor. Nur wenige der französischen Seeleute hatten diesen Kampf überlebt, der schon fast einem Massaker geglichen hatte.

Peterson wurde mit einer Prisenmannschaft an Bord der *Sirene* geschickt. Schneider plante, die eroberte Fregatte nach Norfolk zu bringen. Dort würde man sicherlich Interesse an dem Schiff haben. Die weitere Reise wurde durch die angeschlagene Prise stark verlangsamt aber sie kamen ohne weitere Probleme voran. Die Küste Virginias erhob sich bald vor ihnen und der Hafen der Stadt Norfolk lag ruhig und unberührt da, als die Schiffe in die Bucht einfuhren.

Schneider indes suchte den Kommandanten der Stadt auf, um Bericht zu erstatten und die Dokumente zu übergeben, die der Grund der Reise waren. Der Offizier ... ein älterer, rauer Mann mit scharfem Blick und langjähriger Erfahrung im Kampf gegen die Franzosen ... hörte ihm aufmerksam zu. Schneider schilderte das Gefecht mit nüchternen Worten. Dann wies der Kapitän darauf hin, dass sich die ehemals französische Fregatte nun als Prise im Hafen befände. Der englische Colonel lachte herzhaft und klatschte begeistert in seine Hände.

"Kapitän Schneider, Ihr Mut und Ihre Taten sind nicht weniger als heroisch," sagte der Kommandant anerkennend. "Diese Fregatte wird uns im Krieg gegen die Franzosen sicher noch von unschätzbarem Nutzen sein. Selbstverständlich werde ich das Schiff gemäß der Prisenordnung ankaufen."

In den folgenden zwei Wochen blieb die *Seeadler* in Norfolk, wo Kapitän Schneider und seine Mannschaft ihr Schiff in Stand setzen ließen. Die Schäden waren nicht erheblich und so gab es keine Schwierigkeiten bei der Ausbesserung der erlittenen Beschädigungen. Die Männer genossen die Möglichkeit auf Landgang und auch Schneider war froh, sich die Stadt ansehen zu können und einfach einmal einige Tage zu bekommen, in denen er sich erholen konnte.

Die emsigen Handwerker des Hafens Norfolk und Besatzungsmitglieder arbeiteten unermüdlich daran, das stolze Schiff wieder seetüchtig zu machen. Segel wurden geflickt, Planken repariert und die Kanonen überprüft, bis die *Seeadler* wieder bereit war, um erneut in Richtung Jamaika auszulaufen. Schließlich, als alle Reparaturen abgeschlossen waren und das Schiff in neuer Pracht erstrahlte, nahm Schneider erneut Kurs auf Kingston. Die Rückreise verlief ruhig, das Meer schien ihnen gnädig zu sein, als ob es ihren Sieg anerkennen würde. In Kingston angekommen, begab sich Schneider sofort zum Gouverneurspalast, um Moore Bericht zu erstatten. Der Gouverneur hörte voller Interesse zu, nickte anerkennend und erhob schließlich sein Glas. "Kapitän Schneider, Ihre Mission war ein voller Erfolg. Dank Ihnen sind die Depeschen sicher angekommen und überdies hat das französische Marineaufgebot einen herben Schlag erlitten. Ich werde meinem König Bericht erstatten. Er wird Ihre Taten zu schätzen wissen."

Während der abschließenden Gespräche mit dem Gouverneur teilte dieser Schneider ein Gerücht mit, das ihm kürzlich zu Ohren gekommen war. "Kapitän, ich habe gehört, dass die Spanier derzeit große Mengen Schätze auf Kuba ansammeln. Es scheint fast so, als würden sie alles, was sie in der Neuen Welt aufbringen können, in einem riesigen Konvoi in Richtung Europa schicken wollen, sobald sich die Gelegenheit bietet. Laut den Aussagen von Kapitänen sollen jede Woche mehrere Schiffe in den Hafen von Havanna einlaufen. Dort warten sie derzeit. Gerüchten zur

Folge sollen die Spanier bereits mehrere Linienschiffe in den Gewässern von Kuba zusammen gezogen haben. So weit ich aus den Berichten schlau geworden bin, befinden sich weitere Kriegsschiffe auf dem Wege nach Kuba." Die Worte des Gouverneurs klangen geheimnisvoll und verheißungsvoll zugleich.

Schneider hörte aufmerksam zu, und ein Lächeln stahl sich auf sein Gesicht. Die Spanier hatten ihre Handelsrouten bisher gut geschützt, aber diese neue Information bot ihm eine mögliche Gelegenheit, ihre Verteidigung zu überwinden, die nun geschwächt war. Sollten sich deren Kriegsschiffe in Havanna konzentrieren, dann würden die anderen Häfen und auch Handelsschiffe zweifellos ungeschützt sein. Dies ließe sich ausnutzen.

Die Sonne stand hoch über der *Seeadler*, als sie an einem klaren Morgen die Küste von Kingston verließ. Kapitän Schneider stand nachdenklich auf dem Achterdeck und blickte mit scharfem Auge gen Westen. Sein Ziel war ehrgeizig und riskant. Die Küste von Kuba, wo spanische Handelsschiffe die Waren der Neuen Welt geladen hatten, um sie zurück nach Europa zu bringen. Diese Route war berüchtigt für ihre Reichtümer, doch auch bekannt für die spanischen Kriegsschiffe, die wie Raubtiere darüber wachten. Dennoch verspürte Kapitän Schneider die unbändige Entschlossenheit in sich, den Spaniern die Beute zu entreißen. Er wusste, dass dies die Gelegenheit war, um mit einem Schlag reich zu werden. Das Risiko mochte zwar hoch sein aber er hatte sich entschieden, diese eine Fahrt noch zu tun, bevor er in die Heimat zurück segeln wollte.

Der Wind trug die *Seeadler* schnell voran und die Tage vergingen ohne nennenswerte Zwischenfälle. Die Mannschaft war wachsam, und Schneider ließ sie regelmäßig Manöver üben, um die Wendigkeit und Geschwindigkeit des Schiffes voll auszunutzen. Er wusste, dass sie nur so eine Chance hatten, sollte ein spanisches Kriegsschiff ihnen begegnen. Sie mussten ihren Reichweitenvorteil der Geschütze genauso ausspielen, wie die Wendigkeit und Geschwindigkeit der *Seeadler*. Peterson und Morgentau teilten seine Gedanken zu diesem Plan mit einer Mischung aus Sorge und Stolz. Beide Offiziere kannten die Risiken, waren jedoch bereit, an seiner Seite zu kämpfen. Auch sie waren an der möglichen

Beute interessiert, die man machen konnte. In Europa war es nahezu unmöglich derartige Reichtümer anzuhäufen und Geld hatte schon immer vieles erleichtert.

Nach fünf Tagen, in denen sie die glühende Hitze und die wechselnden Winde der Karibik erduldet hatten, liefen sie aus einer kleinen Bucht einer namenlosen Insel aus, wo sie Frischwasser an Bord genommen hatten. Da rief der Matrose vom Ausguck herab die Meldung einer Sichtung. "Segel in Sicht! Steuerbord voraus!" Ein Schiff kam um die Biegung der Bucht herum und versperrte ihnen somit den Weg in die offene See. Die Mannschaft erstarrte einen Moment lang, ehe alles in Bewegung geriet. Schneider schnappte sich sein Teleskop und richtete den Blick auf das entdeckte Schiff. Es war ein stattliches spanisches Kriegsschiff, ein Linienschiff mit schweren Geschützen, die sich bedrohlich in den Geschützpforten abzeichneten. Schneider spürte, wie seine Muskeln sich anspannten. Die Spanier hatten den Windvorteil und er konnte derzeit nur schwer manövrieren, da sich Sandbänke an den Seiten der *Seeadler* befanden. Der Feind besaß etwa sechzig Geschütze, war also der *Seeadler* deutlich überlegen. Das Linienschiff hätte zu keinem schlechteren Zeitpunkt auftauchen können. Dies würde kein leichtes Gefecht werden, aber sie hatten keine Wahl. Schneider konnte nur versuchen, alle Möglichkeiten auszuschöpfen, die ihm blieben. Eine Flucht war nahezu unmöglich und eine Gefangennahme durch die Spanier würde für die meisten der Besatzung sowie für ihn und seine Offiziere mit Sicherheit den Strang bedeuten. Die Spanier waren nicht dafür bekannt, mit den Mannschaften von Kaperschiffen sonderlich sanft umzugehen. Die *Seeadler* war in diesen Gewässer allmählich bekannt geworden und die Spanier würden bei einem Sieg keine Gnade zeigen.

"Bereitmachen zum Gefecht! Alle Mann auf Gefechtsstation! Zieht unsere Flagge auf!" befahl Schneider mit fester Stimme. Die Männer der *Seeadler* eilten über das Schiff, um die Kanonen vorzubereiten und das Schiff gefechtsklar zu machen. Der spanische Kapitän hatte offenbar die *Seeadler* schon lange vorher entdeckt, da er sichtlich kampfbereit war.

Der Himmel zeigte keine Wolken, als die beiden Schiffe aufeinander zuliefen, nur das Meer schien die angespannte Atmosphäre zu spiegeln. Der spanische Kapitän eröffnete das Gefecht und die erste Breitseite donnerte über das Wasser. Der Schall der Kanonen hallte durch die Luft, und die Geschosse schlugen ins Wasser rund um die *Seeadler*. Sie spritzten Gischt hoch und Wasser prasselte auf das Deck. Die Spanier hatten die Distanz jedoch noch nicht richtig eingeschätzt und die meisten Kugeln gingen fehl.

"Ruder hart Backbord! Bereithalten für die Breitseite!" rief Schneider. Der Steuermann hatte, die Hand fest um das Ruder geschlossen und führte den Ruderbefehl sofort aus. Die Seeadler wendete geschmeidig, und als sie endlich in Position war, donnerte eine Breitseite zurück. Die Mannschaft zielte präzise und routiniert. Fast wie bei einer Übung. Einige Kugeln durchschlugen die Holzplanken des spanischen Schiffs und ließen Splitter wie tödliche Pfeile über das Geschützdeck des gegnerischen Schiffs fliegen. Doch die Spanier ließen sich nicht so leicht einschüchtern. Das spanische Linienschiff war ein massives, schweres Schiff und konnte jeden Schlag einstecken. Sie erwiderte die Breitseite und feuerte eine Salve ab, die nun die *Seeadler* heftig durchrüttelte. Das Knarren der Holzplanken, Pfeifen der Splitter und das Kreischen der Metallbeschläge erfüllten die Luft. Die Kugeln prallten auf das Deck, zerschmetterten die Reling und forderten bereits erste Opfer unter der Besatzung. Schneider spürte, wie ein heftiger Schmerz durch seinen linken Arm fuhr, als ein Splitter ihn traf, aber er ignorierte die Wunde. "Weiterfeuern! Leutnant Peterson lass auf die Masten und Takelage zielen. Vielleicht gelingt es uns denen einen Mast zu kappen. Dann hätten wir die Möglichkeit zur Flucht, wenn das Linienschiff mit uns nicht mehr mithalten kann" rief er und hielt sich aufrecht an der Reling des Achterdeck.

Die Männer der *Seeadler* feuerten zurück, doch sie mussten sich auf ihre Beweglichkeit verlassen, um dem massiven Feuer der Spanier zu entgehen. Schneider ließ das Schiff immer wieder die Position wechseln, sie drehten und wendeten die *Seeadler* in schnellen Manövern, während die Kanoniere ihre Geschütze so schnell abfeuerten, wie sie nur konnten. Jeder Schuss konnte entscheidend sein. Das spanische Schiff bewegte sich langsamer aber es war unerbittlich und schien eine endlose Reserve an Kanonenkugeln zu besitzen. Immer wieder gelang es den Spaniern einzelne Treffer auf der *Seeadler* anzubringen.

Mit einem mutigen Manöver ließ Schneider die *Seeadler* erneut die Breitseite präsentieren und sie feuerten eine besonders gut gezielte Salve, die das Deck des spanischen Schiffs verwüstete. Doch das Glück war nicht auf ihrer Seite. Die Spanier feuerten zurück und ein gewaltiges Krachen erschütterte die *Seeadler*, als ein Schuss das Hauptmastsegel durchschlug und Teile des Mastes absplitterten. Eine Wolke aus Holzsplittern und Rauch erfüllte das Deck. Schneider konnte die Schreie der Verletzten hören.

Schneider spürte, wie er selbst schwankte. Sein Blick verschwamm einen Moment lang und er fühlte einen brennenden Schmerz in seiner Seite, wo ihn ein Holzstück aus dem Mast gestreift hatte. Doch er biss die Zähne zusammen, griff die Reling und befahl den Männern weiterzufeuern. "Wir dürfen nicht aufgeben! Kämpft um euer Leben, Jungs. Die Seeadler wird siegreich sein!" rief er mit donnernder Stimme und fühlte, wie die Entschlossenheit seiner Männer erneut aufflammte.

Mit einer günstig gezielten Breitseite trafen sie das feindliche Schiff an einer kritischen Stelle, auf Höhe des Geschützdecks. Ein Glücksstreffer. Es folgte ein donnerndes Geräusch, als die Kanonenkugel das Magazin des Schiffes traf. Eine gewaltige Explosion erschütterte das mächtige Linienschiff, das auseinander brach und in einer wirbelnden Wolke aus Feuer und Rauch zu versinken begann. Die Spanier, die das Inferno überlebten, sprangen ins Wasser, während ihr Schiff jetzt rasch sank und die *Seeadler* das Schlachtfeld als Sieger verließ. Schneider klammerte sich an der Reling fest, um nicht zu stürzen. Blut lief ihm aus der Seite und der Schulter. Er blickte über das Deck und sah überall Männer aus seiner Besatzung liegen. Viele von ihnen bewegten sich nicht mehr und lagen nur still in Blutlachen. Der Sieg war teuer erkauft. Die *Seeadler* hatte schwere Schäden erlitten. Ihr Deck war von Splittern übersät, die Planken zersplittert, und der Hauptmast gefährlich beschädigt. Schneider ließ die Verletzten versorgen, doch die Schreie und das Stöhnen seiner Männer hallten ihm nach und erinnerten ihn beständig daran, wie teuer dieser Sieg gewesen war … und wie Knapp. Sie hatten Glück gehabt. Wäre das Gefecht noch eine Weile weiter verlaufen, dann hätte die weitaus größere Feuerkraft der Spanier schließlich zu deren Sieg geführt. Er wusste, dass ihre einzige Chance darin bestand, zurück nach Kingston zu segeln, um die nötigen Reparaturen durchzuführen und die Verletzten dort versorgen zu lassen. Die Rückfahrt war mühsam, das Schiff ließ sich schwer steuern. Schneider wusste, dass sie Glück hatten, wenn jetzt kein weiteres Schiff ihnen begegnete. Ein erneutes Gefecht hätte die angeschlagene Seeadler wohl kaum überstanden. Die Besatzung arbeitete unermüdlich daran, das Schiff soweit wie möglich zu stabilisieren. Peterson war überall dabei, um selbst mit Hand anzulegen und bei den Reparaturen zu helfen. Leutnant von Morgentau befand sich unter Deck. Der junge Mann war von zahlreichen Splittern getroffen worden und hatte viel Blut verloren. Derzeit war noch ungewiss, ob er überlebte.

Schneider hatte sich nur provisorisch verbinden lassen und hielt seitdem unentwegt Wache am Steuerruder. Der erste Steuermann war ebenfalls gefallen und der zweite Steuermann war verletzt worden. Im Geiste ging Schneider die Schlachtrechnung durch. Fast die Hälfte seiner Besatzung war tot. Eine Vielzahl der Überlebenden waren verletzt und derzeit nicht in der Lage bei den Arbeiten zu helfen. Schneider seufzte. Der Sieg war derart knapp gewesen, dass man kaum von einem echten Sieg sprechen konnte.

Nach Tagen der entbehrungsreichen Fahrt, in denen sie verbissen um das Überleben kämpften, erblickten sie schließlich die Küstenregion von Kingston. Die erschöpften Männer jubelten leise und Kapitän Schneider atmete erleichtert auf, als die *Seeadler* schließlich am Hafenkai von Kingston festmachte. Allen Leuten im Hafen von Kingston war bereits auf den ersten Blick klar, dass es reines Glück war, dass die Seeadler den Rückweg noch geschafft hatte.

In den folgenden Wochen wurde die *Seeadler* unter größter Sorgfalt repariert. Die Verluste in der Mannschaft wurden betrauert und von ihren überlebenden Kameraden geehrt. Schneider ruhte sich in dieser Zeit aus und heilte langsam von seinen Wunden. Es würde noch Wochen dauern, bis das Schiff instand gesetzt worden war und die Überlebenden alle wieder einsatzfähig wären. Morgentau humpelte bereits wieder über das Deck und machte Bestandskontrollen. Dies hielt den Jungen Mann aufrecht und beschäftigt.

Die *Seeadler* lag angeschlagen und stumm im Hafen von Kingston, ihre einst majestätischen Masten und Takelage beschädigt, die Planken übersät mit Spuren des erbitterten Gefechts, das sie gegen das spanische

Kriegsschiff geführt hatten. Das Schiff hatte die Schlacht überlebt, doch es war ein harter Sieg gewesen, und die Narben, die es nun trug, zeugten von dem blutigen Kampf auf hoher See. Die Mannschaft, einst eine stolze und gut trainierte Truppe, war durch die zahlreichen Verluste deutlich geschwächt worden. Viele der Männer hatten ihr Leben verloren, andere lagen noch immer schwer verletzt in den Lagerräumen oder auf einfachen Feldbetten, wo sie von den wenigen Ärzten, die sie in Kingston erreichen konnten, versorgt wurden.

Kapitän Schneider selbst war ebenfalls nicht unversehrt geblieben. Tiefe Schnittwunde an Schulter und Rippen, sowie zahlreiche Prellungen und Schrammen hatten ihm schwer zugesetzt. Die Ärzte in Kingston behandelten ihn gewissenhaft, doch er wusste, dass die Heilung Zeit brauchen würde. Auch in der Besatzung war die Zahl der Verwundeten noch immer hoch. Die Ärzte arbeiteten unermüdlich, um einige der schwer verwundeten Männer am Leben zu halten. Nicht immer gelang dies. Die heißblütigen Kämpfer der *Seeadler* waren nun hilflos und fristeten ihr Leben in der Hoffnung, die Heimat wiedersehen zu können. Manche litten an Fieber und auch Infektionen. Der modrige Geruch von Verbänden und Heilkräutern füllte die Räume, die sonst vom Duft des Meeres und des Holzes erfüllt waren. Schneider hatte mit dem Leibarzt des Gouverneurs gesprochen. Der Mann zeigte sich als Realist und sagte Schneider, dass einige der Verletzten nur noch geringe Chancen auf ein Überleben haben würden. Vor alle die inneren Verletzungen, die teils nur schwer erkennbar waren taten hier das ihrige.

In den ersten Wochen starben weitere Männer. Dann jedoch kam der Zeitpunkt, an dem die Ärzte Schneider erklärten, sie wären sich sicher, dass alle Verletzten, die sich jetzt noch an Bord befanden, letztendlich genesen würden. Für Schneider war dies die beste Nachricht seit langer Zeit. Sein Gesicht war hager geworden, seine Haut blasser als sonst. Die Verletzungen, die er selbst erhalten hatte, waren nicht spurlos an ihm vorüber gegangen.

11.

Heimreise nach Wismar, Sommer - Herbst 1762

Die Monate verstrichen und der Alltag im Hafen von Kingston kehrte langsam zurück. Die Besatzung der *Seeadler* erholte sich allmählich, doch die Stimmung an Bord war merklich gedrückt. Die Männer, die sich von ihren Wunden erholten, sprachen oft leise miteinander und tauschten Geschichten über die verlorenen Kameraden aus. Sie wussten, dass jede Schlacht einen Preis forderte. Doch der Kampf gegen das spanische Kriegsschiff hatte ihre Grenzen auf eine Weise überschritten, die sie noch lange beschäftigen würde.

Währenddessen wurden an der *Seeadler* umfassende Reparaturarbeiten vorgenommen. Zimmerleute, Schmiede und auch Segelmacher arbeiteten unermüdlich daran, das Schiff wieder in einen kampffähigen Zustand zu versetzen. Neue Planken wurden eingesetzt, die geborstenen Kanonen ersetzt und die zerrissene Takelage neu gespannt. Schneider überwachte diese Arbeiten so oft es ihm sein Gesundheitszustand erlaubte. Es war ihm wichtig, dass sein Schiff nicht nur funktionierte, sondern dass es in bester Verfassung war, um die gefährliche Reise zurück in die Heimat anzutreten. Den Atlantik zu überqueren war kein Kinderspiel.

Mit dem ersten Herbstwind und einer frischen Morgenbrise verließ die *Seeadler* Ende August 1762 den Hafen von Kingston. Der Blick der Besatzung lag auf dem weiten, offenen Meer, während die Rufe der Hafenarbeiter und das Gekreische der Möwen hinter ihnen verklangen. Die Monate der Erholung und der schmerzhaften Genesung hatten ihre Spuren hinterlassen, doch die Männer waren entschlossen, die lange Heimreise anzutreten, nun da das Schiff repariert und die Besatzung wieder einsatzbereit war.

Kapitän Schneider stand an Deck und sah sich das vertraute, doch veränderte Bild seiner Mannschaft an. Die Narben des letzten Gefechts waren nicht nur auf der Haut der Männer, sondern auch in ihren Augen zu sehen. Die Toten waren an fremder Küste beigesetzt worden, und die Lücken in der Mannschaft wurden jedem deutlich, der das vorherige Bild kannte. Schneider wusste, dass diese Reise keine gewöhnliche Heimfahrt werden würde. Die Erinnerungen an die erbitterte Schlacht, das spanische Kriegsschiff und das Leid der Verwundeten begleiteten ihn und seine Mannschaft wie Geister an Bord. Allerdings waren die Männer auch langsam wieder zuversichtlicher. Die Aussicht auf die Auszahlung des Prisengeldes war wie ein ferner Tag, an dem endlich der Lohn für alle Mühen und Schmerzen gezahlt wurde … und dieser Tag schien nun schon beinahe greifbar zu werden.

Der erste Offizier, der junge Leutnant Kornelius von Morgentau, der selbst ebenfalls Verletzungen davongetragen hatte, trat an Schneiders Seite und nickte ihm zu. "Die Männer sind bereit, Kapitän", sagte er mit einem Anflug von Stolz in der Stimme. Schneider erwiderte das Nicken und gab das Kommando, alle Segel zu setzen. Mit jedem gehissten Segel schob sich die *Seeadler* kraftvoller in die Strömungen des Meeres, die sie hinaus auf die offene See zogen.

Die Winde waren freundlich und das Meer lag friedlich, als die *Seeadler* Kurs gen Nordosten nahm. Die Sonne schien warm auf die Männer herab. Der Sommer schien ein letztes Mal seine goldene Umarmung zu entfalten, um sie aus der Karibik zu verabschieden, bevor der Herbst endgültig die See erobern würde. Schneider hatte den strikten Befehl gegeben, bei Sichtkontakt mit anderen Schiffen, sofort den Kurs zu ändern, um ein Gefecht zu meiden. Derart dünn besetzt, wie die Seeadler jetzt war, konnte man nicht die volle Kampfkraft einsetzen. Die Verluste des letzten Gefechts hatten ihm gezeigt, wie schnell das Blatt sich auf See wenden konnte. Die Sicherheit seiner Mannschaft und die sichere Heimkehr standen für ihn über jedem möglichen Preis, der auf feindlichen Schiffen zu holen war.

Die Tage auf See verliefen ruhig. Die Besatzung hielt sich an den geregelten Tagesablauf, der das Bordleben prägte. Am Morgen wurden die Decks geschrubbt, die Segel überprüft und die Vorräte gesichtet. Die Wochen in Kingston hatten ihnen frische Vorräte eingebracht, und so waren die Fässer gut gefüllt mit Wasser, Fleisch, Obst und Gemüse. Pökelfleisch und Zwieback würden erst später auf dem Speiseplan stehen. Selbst ein paar Säcke mit frischen Zitronen hatten sie mitgenommen, um dem Skorbut vorzubeugen, dem oft heimlichen, aber gefährliche Begleiter der Seeleute. Die Engländer hatten einst erkannt, dass man mit dem Saft von Zitronen den Auswirkungen von Skorbut entgegentreten konnte.

Tag um Tag segelte die *Seeadler* weiter nach Nordosten. Der Anblick von Land war schon längst außer Sicht. Nur die weite, unendliche Fläche des Ozeans begleitete sie. Die Sonne brannte nicht mehr so heiß wie in der Karibik, doch die Winde wurden stärker und die Männer spürten, wie die Jahreszeit sich zu verändern begann. Die Nächte wurden länger und kühler und an manchen Abenden, wenn die Sterne klar über ihnen funkelten, hörte man leise Gespräche unter den Matrosen, die sich auf die Rückkehr nach Wismar freuten. Geschichten wurden ausgetauscht, und Träume von einem warmen Bett und einem heißen Mahl machten die Runde.

Schneider verbrachte die meiste Zeit an Deck, den Blick fest auf den Horizont gerichtet. Seine Gedanken wanderten immer wieder zu den Ereignissen der vergangenen Monate. Er dachte an die Kämpfe, die er geführt und die Opfer, die sie gebracht hatten. Die Verlockung des Prisenjägerlebens war immer noch stark, doch er wusste, dass seine Männer nun Erholung brauchten und dass sie alle eine Heimkehr verdient hatten. Er selbst war davon nicht ausgenommen, wie er sich eingestehen musste. Die Küste Europas schien ihnen zwar noch fern, doch die Heimat rückte mit jedem Tag ein kleines Stück näher.

Als die *Seeadler* die Gewässer vor der französischen Küste erreichte, verstärkte Schneider die Wachsamkeit und ließ stets mehrere Männer Ausschau nach anderen Schiffen halten. Französische Patrouillen oder spanische Kriegsschiffe könnten jederzeit ihren Weg kreuzen. Unter allen Umständen wollte Kapitän Schneider das Risiko meiden, jetzt noch in ein weiteres Gefecht verwickelt zu werden. Die Männer hielten die Augen offen und meldeten jede Bewegung am Horizont. Doch alles blieb ruhig und die eine einzelne Fregatte, die sie eines Abends am Horizont sichteten, konnten sie in der Nacht abhängen. Danach blieb das Meer weit und leer, und keine Segel tauchten auf, die ihre Reise bedrohten.

Die Fahrt durch den Ärmelkanal erwies sich als ruhig, doch Schneider ließ nichts dem Zufall überlassen. Die *Seeadler* glitt jetzt durch die oft gefährlichen Gewässer mit einer Stille und Vorsicht, die untypisch war für ein Kriegsschiff. Die Besatzung hielt beinahe den Atem an, als sie die französischen Küstenlinien passierten. Erst als sie die Küstenlinie wieder hinter sich gelassen hatten und in die Weite der Nordsee abschwenkten, wagten sie es aufzuatmen.

Der Übergang in die Ostsee, durch das oft sturmumtoste Skagerrak war für die Männer der *Seeadler* ein bedeutender Moment. Die Gewässer, die sie nun durchsegelten, fühlten sich vertrauter an. Die Wellen und Winde sprachen eine Sprache, die sie verstanden. Viele der Matrosen waren an diesen Küsten aufgewachsen und die Ostsee bedeutete Heimat. Die *Seeadler* wurde von einer kühlen Herbstbrise begleitet, die das Holz des Schiffes stöhnen ließ, doch die Männer an Bord schienen von neuer Kraft erfüllt.

"Bald sind wir zu Hause", sagte Leutnant Peterson sinnend zu Schneider, der während der Reise die Männer stets aufmunterte und jetzt ebenfalls mit leuchtenden Augen die Küste erspähte, an der das Schiff vorüber zog. Die Spannung an Bord löste sich langsam. Man konnte förmlich fühlen, wie die lange Reise zu Ende ging. Schneider fühlte das Gleiche, wie seine Männer ... ein leises Ziehen in der Brust, das ihm sagte, dass er endlich wieder heimkehren würde.

Anfang der zweiten Woche im Oktober, bei Sonnenaufgang, tauchte die vertraute Küstenlinie von Wismar am Horizont auf. Die ersten riefen die Sichtung aus und bald sammelte sich die gesamte Besatzung an Deck, um den Anblick zu genießen. Das kleine, unscheinbare Hafenstädtchen war für die Männer der *Seeadler* in diesem Moment ein Ort der Hoffnung und des Friedens. Selbst die härtesten Seeleute wurden still, als die Türme der Kirchen Wismars langsam näherkamen.

Mit präziser Hand führte Schneider die *Seeadler* in den Hafen. Er selbst stand am Steuerruder. Die Matrosen standen stramm und hielten sich an den Seilen fest, während das Schiff in das ruhige Wasser des Hafens glitt. Die Geräusche der Stadt wehten ihnen entgegen, die Rufe der Händler und das Klappern der Pferdehufe auf den Pflastersteinen erfüllten die Luft. Der Geruch von Land, von feuchtem Holz und frisch gebackenem Brot mischte sich mit der salzigen Luft und wirkte auf die Männer wie eine Verheißung. Etwas, was sie alle vermisst hatten, wonach sie sich lange gesehnt hatten.

Am Kai hatten sich Freunde, Familienmitglieder und Schaulustige versammelt, die gespannt auf die Rückkehr der *Seeadler* warteten. Die Nachricht von ihrer Heimkehr hatte sich wie ein Lauffeuer verbreitet und als das Schiff schließlich im Hafen anlegte, brach ein spontaner Jubel unter den Wartenden aus. Die Männer an Bord winkten begeistert und einige lachten und klatschten sich gegenseitig auf die Schultern. Es war ein langer und harter Weg gewesen, doch nun waren sie endlich wieder zu Hause.

Nachdem die *Seeadler* festgemacht war, bestieg Schneider das Deck und sah sich einen Moment lang um. In den Augen seiner Männer lag Stolz, Erleichterung und die unausgesprochene Dankbarkeit, diese Reise nach all den Gefahren überlebt zu haben. Die Verluste und die Kämpfe hatten sie gezeichnet, doch das Feuer des Lebens brannte noch immer in ihnen. Schneider war sich bewusst, dass für manche die Heimkehr ein Moment des Abschieds sein würde, dass einige von ihnen nicht wieder zur See fahren würden. Doch für diesen einen Augenblick zählte jetzt nur die Heimkehr. Endlich waren sie zurück.

Schneider atmete tief ein, ließ den Anblick von Wismar auf sich wirken und schloss dann für einen Moment die Augen. Diese Rückkehr war für ihn und seine Männer der Abschluss einer schwierigen, mutigen und entbehrungsreichen Reise, doch sie bedeutete auch den Beginn eines neuen Kapitels, das vielleicht weniger blutig, aber nicht weniger bedeutungsvoll sein würde … Zumindest jedoch mit deutlich mehr Geld für jeden, als sie zu Anfang der Reise besessen hatten. Der jeweilige Anteil am Prisengeld, das sich in mehreren schweren Kisten auf dem untersten Deck befand, dürfte mehr als nur ausreichend sein, sie alle zu gemachten Männern zu machen.

Als die *Seeadler* sicher im Wismarer Hafen eingelaufen vertäut war und das aufgebrachte Murmeln der Menge langsam verebbte, nahm die Besatzung in kleinen Gruppen das Land in Besitz. Manche Männer eilten zu ihren Familien, wenn diese in Wismar lebten, andere machten sich auf, um endlich einige Schritte auf dem festen Land zu tun. Kapitän Lars Schneider stand still an der Reling, den Blick über den Hafen schweifen lassend, der sich nun von dem lebhaften Jubel und dem Emotionssturm der Rückkehr in eine ruhige, beinahe gedämpfte Stille verwandelte. Die frische Luft der Heimat duftete nach Salz angespülten Algen und Holz, aber auch nach Veränderungen. Schneider spürte es in der Luft ... etwas war anders.

Einige Minuten vergingen, bevor er sich von der Reling löste. Mit einem letzten Blick auf das Schiff, das ihm in den letzten Monaten ein treuer Begleiter gewesen war, drehte er sich um und betrat den Kai, um in die Stadt zu gehen. Er wollte sich bei Oberst Roggenfeldt zurückmelden, wie es Brauch war. Schon von Weitem hörte er die Rufe und das lebhafte Gespräch der Bürger, die von der Rückkehr der *Seeadler* erfahren hatten. Doch es war nicht die übliche Feierlichkeit, angesichts des erfolgreichen Heimkehrers, die er durchaus erwartet hatte, sondern etwas anderes, das in der Luft lag. Es war wie ein flimmernder Hauch von Unsicherheit und Veränderung.

Die gepflasterten Straßen von Wismar, normalerweise belebt von den rasch vorbeihastenden Kaufleuten und Handwerkern, wirkten heute ungewöhnlich ruhig. Die meisten Händler und Arbeiter schienen zu Hause zu bleiben. Als er den Stadtplatz betrat, begegnete er den ernsten Blicken der wenigen, die unterwegs waren. Ihre Gesichter waren von der Nachricht, die gerade die Stadt durchzogen hatte, gezeichnet.

"Seid gegrüßt, Captain", rief ein alter Bekannter aus einer der Gassen. Es war der Schuhmacher, der vor einigen Jahren einmal ein Paar Stiefel für Schneider gemacht hatte. Stiefel, die ihn in zahlreichen Stürmen begleitet hatten. Doch diesmal war in der Stimme des Mannes keine Freude zu spüren. Eher eine Art von Unsicherheit. Schneider trat näher. "Was gibt es Neues?", fragte er, wobei er sich der Anspannung des Moments nicht entziehen konnte.

"Hört man nicht?", fragte der Schuhmacher, die Stirn in Falten. "Preußen hat das Land verlassen. Mecklenburg ist nicht länger unter preußischer Herrschaft. Der Krieg ist endlich vorbei. Im letzten Monat wurde der Friedensvertrag ausgehandelt. Der König von Preußen hat alle Truppen abgezogen. Unsere Stadt ist nun wieder ganz Mecklenburg ... Was nun kommen mag ist eher ungewiss." Die Worte des Schuhmachers hallten in Schneiders Kopf wider.

"Aber... Oberst Roggenfeldt?" Schneider fragte nach einer Weile, als ihm klar wurde, dass die Nachricht noch weitaus mehr Bedeutung hatte. "Was ist aus ihm geworden?" Der Schuhmacher grinste fröhlich.

"Er ist wie immer in der Kommandantur", antwortete der Schuhmacher, der in die Richtung des Rathauses deutete. "Er ist wieder im Dienst von Mecklenburg, hat das Amt des Stadtkommandanten übernommen. Er ist in der Stadt, als ob nichts gewesen wäre. Den ganzen Krieg über hatte er hier alles im Griff, aber jetzt... alles hat sich geändert. Die alten Mächte sind wieder da und wir werden wohl noch früh genug sehen, was kommt. Ich persönlich denke jedoch es wird sich für uns einfache Leute nichts ändern. Der Adel jedoch wird das etwas anders sehen."

Schneider stand da, die Worte des Schuhmachers nachklingend. Er wusste, dass der Krieg das Ende einer Ära markiert hatte. Der Aufstieg und Fall von Ländern, von Königen und von Einzelnen, die diesen Streitigkeiten als Schachfiguren dienten. Doch für ihn selbst war der Krieg stets eine Reise zu einer neuen Freiheit gewesen, eine Freiheit auf den weiten Ozeanen, die er als Freibeuter in den letzten Jahren erkundet hatte. Nun, da der Krieg beendet war, fühlte sich diese Freiheit plötzlich in Frage gestellt. Schneider wusste ganz plötzlich nicht, was er in Zukunft tun sollte. War er jetzt überflüssig geworden?

Ohne ein weiteres Wort ging Schneider die Straße hinunter und erreichte bald das imposante Gebäude des Stadtkommandanten, ein Bauwerk, das im Krieg eine wichtige Rolle in der Stadtverwaltung gespielt hatte. Die Wände des Gebäudes wirkten nun irgendwie weniger einladend, fast so, als spiegelten sie die Veränderungen der Stadt wider. Es gab keinen preußischen Adler mehr an der Wand. Stattdessen prangte das Wappen von Mecklenburg, das wie eine Erinnerung an eine Zeit ohne Krieg da war. Die Soldaten trugen noch die alten preußischen Uniformen aber das würde sich wohl ebenfalls schnell ändern.

Als Schneider eintraf, wurde er sofort von einem der Wachsoldaten erkannt. Der Soldat führte ihn ohne Verzögerung in das Büro von Oberst Roggenfeldt. Der Oberst, ein Mann in den späten Fünfzigern, war ein erfahrener Soldat, aber auch ein Mann von eisernem Willen. Er hatte in einigen Scharmützeln gekämpft und viele politische Intrigen und auch unerwartete Wendungen überstanden. Doch der Krieg, der das Leben der Männer auf so tragische Weise verändert hatte, war nun vorbei, und mit ihm jetzt auch die Rolle der preußischen Kriegsführung in dieser Region. Roggenfeldt saß an einem schweren Schreibtisch, der mit Dokumenten bedeckt war. Als er den Raum betrat, blickte er von den Papieren auf, und ein flüchtiges Lächeln huschte über sein Gesicht, bevor es sich wieder verflüchtigte. "Ah, Kapitän Schneider", sagte er mit einem Hauch von Überraschung. Dann stand er auf und trat hastig um den Schreibtisch herum. Wortlos nahm er Schneider in den Arm und drückte ihn fest. "Ich hatte gehofft, dich bald zu sehen. Willkommen zurück, Lars. Es tut gut dich gesund zu sehen."

Schneider nickte ihm lächelnd zu und setzte sich auf einen der Stühle vor dem Schreibtisch. "Ich habe gehört, dass Preußen jetzt aus Mecklenburg abgezogen ist. Der Krieg ist ebenfalls beendet." Schneider konnte das Gefühl nicht abschütteln, dass etwas Unausweichliches nun eingetreten war. Es fühlte sich irgendwie irrational an.

Roggenfeldt lehnte sich auf seinem Stuhl zurück und verschränkte die Hände vor sich. "Ja, der Krieg ist vorbei. Mecklenburg ist wieder ein unabhängiges Land. Preußen hat alle seine Truppen zurückgezogen. Die Preußen haben nicht mehr die Kontrolle hier und wir müssen uns wieder auf die alten Strukturen besinnen. Ich wurde wieder in mein Amt als Stadtkommandant eingesetzt. Es ist für mich fast so, als hätte der Krieg und die Besetzung nie stattgefunden … Ich gestehe, es wirkt irgendwie Fremd. Ich habe gestern einen Boten empfangen, der mir Dokumente überbrachte. Die neue Regierung entsendet in den kommenden Wochen einige Beamte hierher nach Wismar. Ich selbst bin in meinem Amt bestätigt worden, doch der Bürgermeister wird wohl ersetzt werden."

Schneider starrte ihn einen Moment lang an, bevor er langsam fragte: "Was bedeutet das für mich, Oberst? Was bedeutet das für uns, die wir für Preußen auf den Meeren unterwegs waren?" Die Frage lag schwer in der Luft.

Roggenfeldt seufzte und ließ die Hände sinken. "Es bedeutet, dass die Zeit der Freibeuter und Prisenjäger vorüber ist, Schneider. Wir sind keine Kriegsparteien mehr. Die Geschäfte werden nun wieder nach den alten Regeln laufen. Deine Aufträge als Freibeuter sind damit hinfällig. Was du und ich getan haben, war dem Krieg geschuldet, aber jetzt ist er beendet."

Schneider blickte nachdenklich aus dem Fenster. Die Straßen von Wismar, die sich von der maritimen Hektik wieder in eine Zivilisation verwandelten, schienen nun wie eine andere Welt. "Also ist es alles nun vorbei", murmelte er leise. "Kein Kämpfen mehr auf den weiten Meeren. Keine Goldschätze und keine französischen Handelsschiffe mehr. Keine Freiheit mehr auf den Wellen."

"Es ist eine andere Art von Freiheit", erwiderte Roggenfeldt ruhig. "Es gibt keinen Ruhm mehr zu ernten, keinen Krieg mehr zu führen. Aber vielleicht ist es die Zeit, ein neues Kapitel aufzuschlagen. Du bist ein erfahrener Mann, Schneider. Es gibt viele Möglichkeiten, was du tun könntest. Vielleicht sogar im Dienste Mecklenburgs. Es gibt immer Arbeit zu tun, auch in Friedenszeiten … Ganz davon abgesehen bist du wahrlich auch kein Jungspund mehr. Wolltest du dein ganzes Leben nur in Gefahr verbringen? Ich hatte dich anders eingeschätzt."

Schneider saß eine Weile in Gedanken versunken. Der Gedanke, ein neues Leben anzufangen, in einer Welt ohne die ständige Bedrohung von Schlachten und Prisen, ließ ihn zugleich erleichtert und leer fühlen. Er dachte an seine Männer, die zusammen mit ihm auf der *Seeadler* die Wellen durchbrachen und nun alle auf der Suche nach einem neuen Sinn im Leben waren. "Ich weiß nicht", murmelte er schließlich. "Ich habe nie viel von den Strukturen gehalten. Aber ich nehme zur Kenntnis, was du sagst." Dann grinste er Roggenfeldt fröhlich an. "Ich werde schon sehen, was das Leben für mich bereithält. Schließlich habe ich einige Pläne und will auf meine alten Tage wirklich nicht bei Sturm und Kälte, völlig durchnässt auf einem Deck stehen, wenn ich auch vor einem warmen Kamin sitzen kann."

Roggenfeldt schmunzelte und nickte dann verstehend. "Du wirst deinen Platz finden. Sowie wir alle. Es gibt immer einen Weg, Schneider, Du bist nicht der einzige, der sich fragen muss, was als Nächstes kommt."

Schneider stand auf, und der Oberst folgte seinem Blick, als er das Büro verließ. Die Tür schloss sich hinter ihm mit einem dumpfen Geräusch. Die Veränderung war gekommen ... abrupt und auch unaufhaltsam. Die goldene Zeit der Freibeuter war vorbei. Aber wie der Wind sich ändert, so tat dies auch die Zukunft.

Die Sonne war längst untergegangen, als Kapitän Lars Schneider sich an das Steuer seines Lebens erinnerte. Die *Seeadler* war zwar zurück im Hafen, aber der wahre Sturm tobte in seinem Inneren. Als er den Gasthof betrat, in dem er die letzte Zeit seines Lebens, vor der Abreise in die Karibik verbracht hatte, spürte er sofort die vertraute Wärme des Ortes, der ihm in vielen Stunden ein wohliges Zuhause gewesen war. Die Luft war erfüllt von dem Geruch frisch gebrühten Kaffees und dem Holzfeuer im Kamin, das knisterte und prasselte, als wolle es ihn in den sanften, beruhigenden Sog des Alltäglichen ziehen. Doch die schweren Worte, die ihm bereits im Vorfeld zu Ohren gekommen waren, wollten einfach nicht verblassen.

Fabienne und Yvette, die beiden Frauen auf deren Schultern die Geschicke des Gasthofes gelegen hatten, standen bereits in der Ecke des kleinen, gemütlichen Schankraumes, als er die Tür öffnete. Ihr Blick fiel auf ihn, als er eintrat, und in ihren Augen lag etwas, das zwischen Besorgnis und Zögern schwang. Yvette, die jüngere der beiden, trat einen Schritt auf Schneider zu und reichte ihm ein Glas, das sie ohne ein Wort aus der Theke geholt hatte.

"Für dich, Kapitän. Du hast uns viel zu erzählen und ich glaube, du könntest einen guten Schluck gebrauchen", sagte sie mit einer Stimme, die von einem unmissverständlichen Verständnis für die Situation zeugte. Schneider nahm das Glas mechanisch und starrte auf das klare, dunkle Getränk, das in der flimmernden Lichtquelle des Kaminfeuers funkelte. Er war zu müde, zu erschöpft, um eine Antwort zu geben. Er nahm einen tiefen Schluck.

"Schneider…", begann Fabienne schließlich, als die Stille zwischen ihnen schwerer wurde, "wir müssen dir etwas berichten. Es ist besser, du erfährst es von uns, bevor dir der Tratsch von Wismar die Nachricht zuträgt. Setze dich hin." Ihre Stimme war leise, fast bedächtig, als wolle sie sicherstellen, dass die Worte, die sie aussprach, das Gewicht dessen trugen, was sie ihm jetzt mitteilen wollte. "Es geht um die Freifrau von Ziesewitz."

Schneider sah von seinem Glas auf und der Ausdruck in seinen Augen veränderte sich. Für einen Moment lag die Erinnerung an Johanna in der Luft, eine Erinnerung an eine Zeit, in der die Dinge einfacher schienen.

Eine Zeit, in der es noch einen Ort für die Zuneigung und das Vertrauen gab, die er für sie empfand. "Was ist mit ihr?", fragte er, seine Stimme klang härter, als er beabsichtigt hatte.

"Sie ist weg", antwortete Fabienne mit einem kleinen Seufzen. "Nach dem Abzug der Preußen hat sie das Landgut endgültig verlassen und ist nach Berlin umgesiedelt. Ihren Verwalter hat sie entlassen. Der alte Mann hatte sowieso die meiste Zeit bei uns gearbeitet … und das tut er jetzt auch noch. Es scheint, als ob sie sich vor den Repressalien fürchtet. Sie hat immer gut mit den Preußen zusammengearbeitet und jetzt ist sie nicht mehr sicher hier ... Den Gerüchten nach ist sie seit einigen Wochen mit einem Grafen aus Brandenbug verlobt … Es tut mir leid, Lars."

Die Worte trafen ihn wie ein Schlag, als ob der Boden unter seinen Füßen plötzlich nachgegeben hätte. Eine kühle Leere breitete sich in seiner Brust aus, und für einen Moment konnte er sich nicht rühren. Es war, als sei ein unsichtbares Band, das ihn an die Freifrau von Ziesewitz gebunden hatte, jetzt urplötzlich zerrissen worden, ohne dass er sich dagegen wehren konnte.

"Berlin", murmelte Schneider. "Sie ist also fort. Ich hatte ihr in Berlin einen Brief hinterlassen. Hat sie eine Antwort darauf gesendet?"

Fabienne schüttelte stumm den Kopf. "Nein, sie hat nicht geantwortet. Ihr Fortgang hat alle überrascht. Der Verwalter erzählte, als sie ihn gekündigt und vom Hof geworfen habe, wäre ein Stattlicher mann bei ihr gewesen. Später haben wir erfahren, dass dies wohl der Graf gewesen sein soll. Du musst wissen, Schneider, dass das Leben hier sich verändert hat. Nicht nur die Stadt, auch die Menschen sind anders geworden. Viele, die einst gut mit den Preußen auskamen, sehen sich nun plötzlich mit einer Zukunft konfrontiert, die unsicher ist. Deshalb haben viele von ihnen die Stadt und auch Mecklenburg verlassen. Sie haben Angst."

Ein bitteres Lächeln huschte über Schneiders Lippen. Er konnte nicht anders, als sich von einer gewissen Bitterkeit überwältigen zu lassen. Die Freifrau, die ihn auf ihrem Landgut so oft mit freundlichen, aber auch zärtlichen Gesten behandelt hatte, war fort, und mit ihr schwand auch das Bild einer besseren, einfacheren Zeit. Es war eine Zeit gewesen, in der er noch Hoffnungen hatte, in der er sich zumindest sicher sein konnte, dass die Welt um ihn herum ein wenig beständiger war. Doch diese Welt war nun zusammengebrochen. Schneider fühlte sich in diesem Moment von der Realität überrollt. Tief in seinem inneren fühlte er sich von Johanna verraten. Dann erinnerte er sich mit kristallener Klarheit an ihre Worte, bezüglich des Standesunterschiedes zwischen ihnen und ganz plötzlich verstand er, was sie ihm schon damals hatte sagen wollen.

"Das ist es also", sagte er schließlich, der Klang seiner Stimme war in diesem Moment schwermütig und leer. "Das war's dann. Ein weiteres Kapitel meines Lebens ist geschlossen."

Yvette und Fabienne schwiegen, als sie die Enttäuschung in Schneiders Augen sahen. Sie hatten den Schmerz in seiner Miene erkannt und wussten, dass es besser war, ihm Raum zu lassen. Doch es war schwer, ihm diesen Raum zu geben, wenn sie wussten, wie er sich fühlte. Fabienne blickte kurz zu Yvette und diese nickte stumm, bevor sie leise davon ging. "Was wirst du tun?", fragte Fabienne vorsichtig.

"Was bleibt mir anderes übrig als erst einmal alle meine Pflichten zu erledigen, die meiner noch harren. Das ist meine verdammte Pflicht. Was danach kommt, weis ich noch nicht", antwortete Schneider, ohne sie anzusehen. "Es gibt nichts mehr hier. Ich bin allein. Sie ist weg und das war alles, was mir geblieben ist. Ich selbst hätte das viel früher als ein hoffnungsloses Unterfangen erkennen müssen. Ich werde mich nicht weiter an falsche Hoffnungen klammern."

An diesem Abend zog sich Schneider in seine Wohnung zurück. Er ließ sich in den Stuhl fallen, den Blick aus dem Fenster in den dunklen Hafen gerichtet, der von den letzten goldenen Strahlen des untergehenden Mondes beleuchtet wurde. Der Klang der Stadt draußen war nur noch ein ferner Echo, das sich in den Wänden seines Gasthofes verlor. Er goss sich ein weiteres Glas ein, diesmal mit mehr Schwung, als er sich gewohnt war. Der bittere Geschmack des Alkohols durchdrang seinen Körper, und er schloss die Augen, als wolle er das alles für einen Moment vergessen.

Doch der Kummer, den er spürte, war tief, und kein Glas, keine Menge Alkohol konnte ihn davon befreien. Die Tage zogen sich hin und jedes Mal, wenn er versuchte, seine wirren Gedanken zu ordnen, fand er nur die Leere, die er spürte, als die Nachrichten von der Freifrau zu ihm gekommen waren. Die Welt schien sich weiterzudrehen, aber er selbst stand still. Lars verbrachte die nächsten drei Tage fast ausschließlich in seiner Wohnung. Er vermied es, das Gasthaus zu betreten, denn dort warteten die neugierigen Blicke der Leute, die immer noch von den Abenteuern der *Seeadler* und den vergangenen Monaten sprachen. Doch für ihn waren all diese Gespräche leer und bedeutungslos geworden. Die Pläne, die er für die Zukunft gemacht hatte, wirkten nun wie Schäume auf der Oberfläche eines gewaltigen Meeres, das sich ruhig und unaufhaltsam ausbreitete.

Es war die Kälte der Einsamkeit, die Schneider zu einem immer tieferen Abgrund führte. Jeder Schluck aus der Flasche war ein weiterer Schritt in die Dunkelheit, die sich in ihm ausbreitete. An diesem dritten Tag stand er auf, taumelnd und benommen und öffnete das Fenster. Der Wind wehte kühl und frisch, doch es gab keinen Trost in diesem Wind. Nur ein weiteres Zeichen der Trennung, der Isolation. Der Blick auf den Hafen, das leise Plätschern des Wassers, all das erschien ihm nun wie der Schatten einer Erinnerung, die ihn in die Ferne zog. Der Krieg war vorbei, die Freiheit, die er auf den Meeren erkämpft hatte, war dahin. Und die Freifrau von Ziesewitz, das einzige Bindeglied zu einer besseren Zukunft, war fort. Die Tage vergingen, und Schneider ließ sich von der Flut der Enttäuschung und des Schmerzes treiben. Abends betrank er sich regelmäßig in seiner Wohnung. Essen mochte er nichts und alles, was er noch zu erledigen hatte verschob er von einem Tag auf den nächsten.

Eines Tages wurde er durch ein lautes Klopfen an seiner Zimmertür geweckt. Er war wieder einmal im Polstersessel eingeschlafen, nachdem er am Abend, mehr als ihm guttat, aus einer Rumflasche getrunken hatte. Schneider öffnete die Tür und erblickte Leutnant Hajo Peterson, der mit missmutigem Gesicht vor ihm stand. Der Leutnant schob in in das Zimmer und schloss die Tür hinter sich. Einen Moment schaute er Schneider nur schweigend an. Dann legte er ihm die Hand auf die Schulter, als er ihn mit gesenkter Stimme ansprach. "Ich habe das von der Freifrau schon vernommen. Es tut mir aufrichtig leid, Kapitän."

Peterson trat einen Schritt zurück und blickte seinem Kapitän in die Augen. Seine Stimme war jetzt eindringlich. "Darf ich den Kapitän darauf aufmerksam machen, dass heute die Prisengelder verteilt werden sollen? Morgentau und die noch verbliebenen Seesoldaten bewachen das Schiff und die Ladung. Unsere Mannschaft ist bereits vollzählig an Bord und erwartet ihren Kapitän, der noch dringende Geschäfte innerhalb der Stadt tätigen musste … Die Vorschriften und auch die Bürokratie sind bisweilen unerquicklich."

Kapitän Schneider grinste. Peterson bot ihm hier gerade eine Erklärung auf einem Silbertablett an. Schneider nickte und begann sich dann eilig anzukleiden. Schon kurze Zeit später verließen sie die Wohnung des Kapitäns. Fabienne stand am Fuße der Treppe und lächelte die zwei Männer an, die nun die Treppe herab kamen. Schneider deutete eine Verbeugung vor ihr an. "Ich muss dringend zum Hafen. Ich werde dort erwartet. Ich sorge dafür, dass die Ladung, die mir gehört in das Gasthaus verbracht wird." Er lächelte Fabienne schüchtern an. "Ich hoffe, du wirst mit dem, was ich mitgebracht habe zufrieden sein, Fabienne."

Sie trat ganz nahe an ihn heran und plötzlich berührte ihre Hand seine Wange. Ihre Stimme brachte die Wärme der Karibik zu ihm, obwohl sie nicht mehr als nur ein Flüstern war. "Ich bin mit allem zufrieden, was du mir bringst … Hauptsache, du selbst kommst zurück. Hast du das noch immer nicht erkannt, Lars?"

Die Verteilung der Prisengelder ging rasch vonstatten. Die Listen, die Leutnant von Morgentau so penibel geführt hatte halfen jetzt unendlich dabei. Schneider ließ durch einige Matrosen die Leute aus mehreren Fuhrunternehmen herbei rufen. Diese sollten jetzt die Fässer mit Wein und karibischem Rum, die schweren Kisten mit den Gewürzen sowie die Zuckersäcke und Kaffeesäcke, die Tabakballen und die Ballen mit den kostbaren Soffen in das Gasthaus bringen. Trotz der vorhandenen pferde und Fuhrwerke würden die Arbeiter wohl den ganzen Tag damit zubringen, da sie mehrfach fahren mussten. Schneider blickte Peterson und Morgentau an. Eines war noch zu erledigen. Der Prisengeldanteil für den König von Preussen. Es widersprach Schneiders Ehre, diesen einfach einzubehalten, zumal man nicht wusste, wie der König in Berlin darauf reagierte, wenn er davon erfuhr.

Mit entschlossenem Blick wandte er sich an seine beiden treuen Leutnants, Peterson und von Morgentau. "Wir reisen nach Berlin, Männer," sagte er leise. "Es ist an der Zeit, dem König seinen Anteil am

Prisengeld zu übergeben und ihm Bericht zu erstatten. Ich möchte dem König auch die Flagge unserer Seesoldaten übergeben. Es ist eine Frage der Ehre, wenn sie zurück an Preußen geht, nachdem wir in Saint-Malo unter ihr gekämpft haben." Die beiden nickten, die Ernsthaftigkeit der bevorstehenden Mission war ihnen sichtlich bewusst. Sie hatten viel durchgestanden und diese Reise würde das letzte Kapitel einer langen, gemeinsamen Geschichte abschließen.

Die beiden Truhen mit dem Gold, welches dem König zustand wurden auf einen Pferdekarren gehoben. Die beiden etwas kleineren Truhen, in denen sich der Anteil von Schneider befand fanden ebenfalls dort Platz. Auch die beiden kleinen Truhen, die Peterson und Morgentau gehörten wurden auf den karren gehoben, der nun schon verdächtig knarrte. Dann setzten sie sich in Bewegung und marschierten zum Gasthaus, wo die schweren Truhen von Schneider sowie Peterson und Morgentau, von keuchenden Soldaten, in die Wohnung von den Schneider verbracht wurden. Die Seekisten der drei Offiziere würden von den Fuhrleuten gebracht werden.

Die Reise nach Berlin führte sie durch herbstlich gefärbte Wälder und kühle, neblige Täler. Schneider, Peterson und von Morgentau waren in gedämpfter Stimmung, die Straßen schienen friedlich, und die Schrecken des Krieges schienen mit jeder zurückgelegten Meile weiter zu verblassen. Die Städte, die sie passierten, lebten auf; Händler priesen ihre Waren lauter an, und Bauern auf den Feldern wirkten erleichtert, wieder in Ruhe ihrer Arbeit nachgehen zu können. Doch die drei Männer blieben konzentriert, wissend, dass sie eine wichtige Pflicht zu erfüllen hatten. Sie reisten in drei Wagengespannen. Im ersten saßen die drei Offiziere, dann folgte das Gefährt mit den Schatztruhen und als Schlusslicht kam ein Wagen, auf dem sich die restlichen Soldaten befanden. Nur neun der Seesoldaten hatten das karibische Abenteuer überlebt. Sie folgten eisern und unbeirrbar ihren Offizieren.

Endlich erreichten sie Berlin. Die preußische Hauptstadt, die trotz der langen Kriegsjahre an Reichtum und Bedeutung gewonnen hatte, wirkte lebendig und stark. Die Gebäude zeugten von Stärke und Pracht, und Schneider fühlte sich zugleich heimisch und überwältigt. Es war das Zentrum der Macht von Preußen. Hier regierte der Mann, dem er und seine Mannschaft ihre Dienste anvertraut hatten. König Friedrich II. der Herrscher von Preußen, den man später einmal Friedrich den Großen nennen würde.

Nach einer gründlichen Ankündigung und einiger Wartezeit wurden sie in das königliche Schloss geleitet. Sie durchquerten lange Hallen, die mit prächtigen Gemälden und goldverzierten Wandbehängen geschmückt waren. Schließlich führte sie ein Kammerdiener in einen Raum, in dem der König wartete. Friedrich stand in schlichtem, aber sorgfältig gewähltem militärischen Gewand am Fenster und wandte sich langsam um, als Schneider und seine Leutnants eintraten, gefolgt von den neun Soldaten, die die beiden Truhen schleppten. Die Überraschung in seinen Augen war unverkennbar. Einige Offiziere und Beamte waren ebenfalls anwesend.

"Kapitän Schneider," begann Friedrich und musterte ihn eingehend. "Mit ihnen habe ich wirklich nicht mehr gerechnet. Sie haben ihre Fregatte zurückgebracht und sich bis nach Wismar durchgeschlagen?" Seine Stimme trug einen Ton von Unglauben, aber auch von Interesse und Respekt.

Schneider trat vor, verneigte sich tief und antwortete mit fester Stimme: "Majestät, es war meine Pflicht. Ich bin gekommen, um Ihnen den Anteil der Krone an unserer Beute zu überreichen." Er nahm das versiegelte Lederpaket aus der Tasche seines Uniformrocks und trat vor, um es dem König zu überreichen. Auch Peterson und von Morgentau verneigten sich ehrfurchtsvoll und traten dann zurück, wartend, was der König wohl tun würde.

Friedrich betrachtete das Paket einen Moment lang und öffnete es schließlich behutsam. In der stillen Kammer hallte das leise Rascheln des Papiers nach, und der König las aufmerksam die Aufzeichnungen, die Aufschluss darüber gaben, was der Krone von jeder Prise zustand. Der König hob den Blick und nickte anerkennend. "Ich hatte nicht erwartet, dass Sie je zurückkehren würden, Kapitän Schneider. Doch es scheint, als habe der Krieg einen unverhofften Schatz hervorgebracht."

Ein Lächeln zuckte über Schneiders Gesicht. "Es war damals mein Ziel, Euer Majestät zu dienen. Deshalb habe ich Euch damals hier in Berlin aufgesucht. Meine Männer und ich haben dafür gekämpft, unsere Gegner aus den Gewässern zu vertreiben, um Eurer Krone Ehre zu machen. Darüber hinaus waren wir Soldaten von Preußen … Die Ehre gebietet es uns, unsere Pflichten auszuführen, bis wir unsere Pflicht endgültig erfüllt haben … Nun haben wir die Priesengelder hier, damit Eure Majestät darüber verfügen können."

Die Soldaten wuchteten die Truhen vor den König und Schneider öffnete die Truhendeckel. Glitzernd brach sich das Licht an den Goldmünzen. Von den anderen Anwesenden waren leise laute der Bewunderung zu hören. Erneut verbeugte sich Schneider und reichte dem König ein Bündel. "Dies ist die Flagge unserer Seesoldaten. Wir haben in der Vergangenheit stets ehrenvoll darunter gekämpft. Es ist mir eine Ehre, sie an Preußen zurück zu geben."

Friedrich sah Schneider aufmerksam an und wechselte dann den Blick auf die beiden Leutnants, die still und respektvoll hinter Schneider standen. "Diese Männer, sie haben Ihnen treu gedient, Kapitän?"

Schneider nickte stolz. "Leutnant Hajo Peterson ist ein erfahrener und tapferer Soldat, der mir und der Mannschaft unzählige Male das Leben gerettet hat. Leutnant Kornelius von Morgentau, auch wenn er noch jung ist, hat sich als kluger Stratege und gewissenhafter Offizier erwiesen."

Der König nickte langsam, dann trat er vor die beiden Leutnants und musterte sie eindringlich. "Es ist angemessen, dass Ihr Dienst und ihre Verdienste gewürdigt werden." Er drehte sich zu einem Offizier in der Nähe um und gab ihm ein knappes Zeichen. Der Offizier nickte und trat einen Schritt zurück, um eine formelle Proklamation zu beginnen.

"Ich, Obest von Schwerin, stellvertretend für meinen Monarchen, Friedrich II., König von Preußen, ernenne Hajo Peterson und Kornelius von Morgentau in Anerkennung ihrer Tapferkeit und ihres treuen Dienstes zu Hauptmännern der preußischen Armee." Der Offizier ließ die Worte durch den Raum klingen und Peterson und von Morgentau nahmen die Auszeichnung mit feierlicher Würde entgegen.

"Ich danke Ihnen, Majestät," sagte Peterson, die Stimme mit Emotion erfüllt. „Es ist eine Ehre, die ich nicht in Worte fassen kann."

Von Morgentau verbeugte sich tief und sprach leise, aber voller Stolz: "Majestät, ich werde diese Ehre mein Leben lang verteidigen."

Friedrich nickte knapp, dann wandte er sich Schneider zu. "Und Sie, Kapitän Schneider, haben nicht nur Ihre Pflicht erfüllt, sondern der Krone außergewöhnlichen Dienst erwiesen. Es ist selten, dass jemand so viel Mut, Ehre und Hingabe zeigt." Er hielt einen Moment inne, als schätzte er das Gewicht seiner nächsten Worte ab. "Daher ernenne ich Sie, Lars Schneider, zum Oberst der preußischen Armee. Sie haben sich diese Auszeichnung wahrlich verdient."

Schneider spürte, wie sein Herzschlag schneller wurde. Die Worte des Königs hallten in ihm nach, und er verneigte sich tief. „Majestät, ich danke Ihnen von Herzen. Sie sind sehr gütig."

Der König lächelte. Etwas das man selten bei ihm sah. Sein Blick fiel auf die Soldaten, die Stumm in Präsentierhaltung im Raum standen. "Ihr seid also der Rest, der tapferen Kerls, die unter diesen Offizieren gedient haben ... Wohlan, ich befördere euch alle zu Feldwebeln. Möget ihr eure Tapferkeit und euren Mut an weitere Generationen von Soldaten geben, auf das diese von euch das Soldatenhandwerk erlernen."

Die Stille in dem prunkvollen Raum schien die Bedeutung des Moments zu betonen. Die Männer der *Seeadler*, die das Blut und die Gefahren des Krieges geteilt hatten, standen nun geehrt und befördert vor dem König. Der lange Weg, den sie gemeinsam gegangen waren, hatte sie von den unbarmherzigen Schlachten in der Ostsee und Nordsee sowie der Karibik bis in die mächtigen Hallen Berlins geführt. Hier erhielten sie die Anerkennung, die sie sich durch ihre Taten verdient hatten.

Nach der Zeremonie nahmen sie Abschied vom König und verließen den Palast. Das Gewicht ihrer Auszeichnungen war nicht nur in den Rangabzeichen spürbar, die sie nun trugen, sondern auch in ihren Herzen. Sie hatten etwas erreicht, das nur wenige jemals würden nachfühlen können ... sie hatten ihrem Land gedient, ihr Leben riskiert und waren dafür geehrt worden. Auch wenn dieses Land nun nicht mehr dasjenige Heimatland der meisten von ihnen war. Nur der junge von Morgentau stammte ursprünglich aus Preußen, da er in Kolberg aufgewachsen war.

"Nun, Oberst Schneider," sagte Peterson schließlich mit einem leichten Grinsen. "Es scheint, als hätten wir etwas erreicht, das wir uns nie hätten träumen lassen."

Schneider lachte leise, die Härte des vergangenen Krieges war für einen Moment vergessen. "Hauptmann Peterson, Hauptmann von Morgentau. Ich hätte mir keine besseren Männer an meiner Seite wünschen können."

Von Morgentau, der jüngste von ihnen, blickte stolz in die Ferne. "Was auch immer die Zukunft bringt, ich bin bereit. Als wir gegangen sind hat mich einer der offiziere angesprochen, ich solle mich in zwei Wochen auf der Kommandantur in Kolberg einfinden. Man hat ein Kommando für mich. Ich bin Preuße und werde meinem König weiterhin dienen. Unsere frisch beförderten Feldwebel werden mir folgen. Das haben sie mir bereits zugesagt."

Peterson schmunzelte. Er würde nach Wismar zurück kehren. Im Stab von Oberst Roggenfeldt wartete bereits ein Posten auf ihn. Davon abgesehen plante Peterson sich ein kleines Häuschen am Stadtrand von Wismar zu erwerben. Das Kapital dafür besaß er nach diesen Reisen.

Die Rückreise nach Wismar verlief ohne Besonderheiten. Sie kamen schnell voran und das Wetter spielte ebenfalls mit. Es war noch einmal warm geworden, so wie es bisweilen auch Anfang Oktober vorkommt. Schneider blickte auf der ganzen Fahrt schweigend aus dem Fenster der Kutsche. Jetzt hatte er seine Pflichten erfüllt und verfiel wieder in einen Zustand des Selbstmitleides. Endlich erreichten sie Wismar. Schneider wirkte etwas hilflos, als er aus der Kutsche stieg und langsam sein Gasthaus betrat.

Die Tage verstrichen, doch Lars Schneider hatte das Gefühl, als würde die Zeit in einem undurchdringlichen Nebel verfließen, der sich über seine Gedanken und seine Welt gelegt hatte. Der Hafen von Wismar war noch immer der gleiche, das geschäftige Treiben der Seeleute, das Klirren der Hämmer und das Zischen des heißen Wasserdampfs von den Schiffen, die repariert wurden. Aber all das schien für Schneider nur noch wie ein ferner Klang aus einer anderen Welt, eine Erinnerung an bessere Zeiten. In den letzten Tagen hatte er sich immer wieder in seiner Wohnung verschanzt, das Fenster geschlossen, die Vorhänge zugezogen und sich von der Außenwelt abgewandt. Er hatte keine Aufgabe mehr und das Verhalten von Johanna fraß an seiner Seele. An den Abenden betrank er sich regelmäßig in seinen Räumen und schlief dann auf dem Polstersessel ein, der neben dem Fenster stand.

Es war Fabienne, die nicht locker ließ. Sie hatte ihn stets im Auge behalten, wusste, dass es ihm nicht gut ging und sie entschloss sich, nicht einfach zuzulassen, das er sich aufgeben konnte. An diesem Tag, als der Wind von der Ostsee herüberzog und die Wellen leise gegen den Hafen schlugen, klopfte sie erneut an seine Tür. Es war ein kräftiger, bestimmter Klang, der sich gegen den stillen Raum abzeichnete. Schneider saß am Fenster, starrte ins Leere und bemerkte das Klopfen nicht sofort. Doch nach einem weiteren, etwas lauteren Klopfen erhob er sich mit einem Stöhnen und öffnete die Tür.

Fabienne stand dort, die Arme vor der üppigen Brust verschränkt, ihr Blick fest, aber nicht unfreundlich. Ihre Züge waren von einer feinen Entschlossenheit gezeichnet, als wäre sie bereit, in den Kampf zu ziehen. Sie war nicht hier, um ihm Mitleid zu schenken. Sie war hier, um ihn zu wecken.

"Lars, du kannst dich nicht so hängen lassen!", sagte sie, die Worte scharf wie ein Windstoß. "Du bist nicht der Mann, der sich von einem Verlust so einfach niederdrücken lässt. So kenne ich dich nicht und ich lasse es nicht zu, dass du dich einfach aufgibst."

"Ich weiß nicht, wie es weitergehen soll", murmelte Schneider, sein Blick war leer. "Es fühlt sich an, als wäre alles vorbei. Der Krieg ist vorbei, die *Seeadler* ist zurück, und ich… Ich habe nichts mehr, worauf ich mich stützen kann. Wismar gehört wieder zu Mecklenburg, was im Grunde gar nicht so schlecht ist, denn es ist mein Heimatland. Ich komme nur nicht darüber hinweg, dass Johanna mich einfach so hat fallen lassen, wie einen schmutzigen, benutzten Lappen.."

"Was redest du da?", erwiderte Fabienne energisch. "Du hast noch mehr als genug! Du hast das Gasthaus, welches du immer besitzen wolltest, die *Seeadler* und du hast dein Leben! Du hast dir all das erarbeitet, Schneider. Aber du lässt es gerade aus den Händen gleiten, als wäre es nichts! Ganz davon abgesehen gibt es noch mehr als nur diese eine Frau auf der Welt! Verdammt, Lars! Beginne wieder zu Leben … Das bist du dir selbst schuldig."

Sie trat einen Schritt näher und obwohl sie ihn nicht anrührte, konnte Schneider die Intensität ihres Blickes spüren. Er hatte sie nie wirklich als die Frau gesehen, die sie war ... stark, klug, voller Mut, von einer fast magischen Anziehungskraft und wunderschön. Entschlossenheit sprühte förmlich aus ihrem Blick. Jetzt, endlich, in diesem Moment, begriff er, dass sie viel mehr war als nur eine zufällige Bekannte, die in den letzten Jahren Zeit mit ihm verbracht hatte und dafür sorgte, dass sein Gasthaus florierte.

"Du bist nicht allein", fuhr sie fort, die Stimme weicher, doch nicht weniger bestimmt. "Es gibt immer einen Weg, mein lieber Kapitän. Aber du musst aufhören, dir einzureden, dass das Ende gekommen ist."

Er seufzte tief und ließ sich in einen Stuhl fallen. "Ich weiß nicht, ob ich noch etwas will. Ich weiß nicht, ob ich überhaupt noch kämpfen kann."

"Kämpfen?", wiederholte sie, und in ihren Augen flackerte etwas, das eher wie ein Funke des Widerstands war. "Kämpfen, Schneider, bedeutet nicht immer, gegen einen Feind zu ziehen. Manchmal muss man einfach gegen sich selbst kämpfen, gegen die Dunkelheit, die einen niederdrückt. Glaube mir, ich habe genug erlebt um das beurteilen zu können."

Schneider blickte auf, und in diesem Moment, als er in ihre Augen sah, spürte er zum ersten Mal seit langer Zeit ein Gefühl der Klarheit. Vielleicht war sie recht. Vielleicht hatte er sich zu lange in seiner eigenen Trauer verloren, zu lange im Schatten der Vergangenheit verharrt. Er hatte immer auf die nächsten Abenteuer gehofft, auf den nächsten Sieg auf See, doch jetzt, als er die Augen von Fabienne sah, verstand er, dass er für das, was vor ihm lag, auch ein neues Ziel finden musste.

"Was soll ich tun?", fragte er schließlich, und obwohl er es beinahe laut ausgesprochen hatte, klang es mehr wie ein Flüstern.

"Du fängst an, wieder zu leben", sagte Fabienne und reichte ihm eine Hand, als wolle sie ihn aus seiner Dunkelheit herausziehen. "Du kümmerst dich um das Gasthaus, um die *Seeadler*, und du beginnst, dir ein neues Leben aufzubauen. Aber du brauchst das nicht allein tun, Lars.

Du hast Menschen, die sich um dich kümmern … Ich bin immer für dich da, wenn du jemanden brauchst … Wenn du das nur endlich zulassen würdest."

Und so begann Schneider, sich wieder der Welt zu stellen. Es war ein langsamer Prozess, eine Wiedergeburt aus den Schatten der letzten Wochen. Zuerst kümmerte er sich um die *Seeadler* … er sorgte dafür, dass sein Schiff gründlich inspiziert und repariert wurde. Einige ansässige Händler hatten bereits angefragt, ob sie das Schiff mieten könnten, um damit ihre Waren zu transportieren. Doch es war nicht der Handel oder der Profit, der Schneider wieder in Bewegung versetzte. Es war der Alltag, das Anpacken und die Arbeit, die ihn aus seiner Lethargie befreiten. Die ersten Tage waren schwer, der Körper schmerzte von den ungewohnten Bewegungen, doch nach und nach kehrte seine Energie zurück. Er fand sich wieder in seiner gewohnten Form, als der Mann, der stets in Bewegung war, als der Kapitän, der nie aufhörte, nach vorne zu blicken. Er beschloss allerdings, nicht mehr zur See zu fahren. Er hatte erkannt, das diese zeit für ihn vorüber war. Ein anderer Kapitän würde die *Seeadler* für ihn kommandieren und mit dem Schiff Handelsreisen unternehmen.

In diesen Tagen verbrachte er viel Zeit an der frischen Luft, am Hafen oder entlang der Küste, immer in Begleitung von Fabienne. Es war eine Art stille Begleitung, ohne Druck, ohne Erwartungen. Fabienne wusste, dass er noch nicht bereit war, alles zu verarbeiten, aber sie half ihm, indem sie einfach da war ... ein ständiger Begleiter in den Stunden, in denen er sich von seiner Trauer befreien musste. Etwas, was ihm immer leichter fiel und er konnte auch wieder lachen.

Eines Abends, als der Himmel sich in sanfte, goldene Farben verwandelte und die Sonne langsam hinter dem Horizont verschwand, saß Schneider an einem der Schanktische im Gasthaus. Die Geräusche des Hafenlebens drangen in den Raum, die Stimmen der Gäste, das Klirren der Gläser, und der Geruch von frisch gebratenem Fleisch lag in der Luft. Fabienne saß ihm gegenüber, ein Glas Wein in der Hand, und starrte für einen Moment in die Ferne, als wolle sie die richtigen Worte finden.

"Lars", begann sie leise, "ich muss dir etwas sagen." Schneider sah sie an, überrascht. Ihre Stimme war sanft, aber in ihr lag eine Tiefe, die er bis dahin nicht bemerkt hatte. "Was ist los, Fabienne?", fragte er, seine Stimme rau von den Gesprächen der letzten Stunden. Fabienne schloss die Augen für einen Moment, als wolle sie sich sammeln. Als sie wieder sprach, war ihre Stimme fest, ohne Zögern. "Ich habe mich in dich verliebt, Lars. Bereits damals, als du uns gerettet und mir die Freiheit gegeben hast. Hast du das denn wirklich nie bemerkt?"

Schneider erstarrte, das Glas in seiner Hand fühlte sich plötzlich schwer an. Ein Hauch von Verwirrung und Überraschung überflutete ihn.

"Du… Was?", fragte er, und seine Stimme klang fast ungläubig.

"Ja", antwortete Fabienne, ihre Augen blickten unerschrocken in seine. "Ich weiß, dass du vielleicht überrascht bist und vielleicht auch verwirrt. Aber es ist die Wahrheit. Ich habe mich in dich verliebt, seitdem wir uns kennengelernt haben. Und ich kann es nicht länger für mich behalten. Ich will dich. Ich will, dass du mich als die Frau nimmst, die ich dir sein will. Am Tage und ganz besonders in der Nacht."

Schneider starrte sie an, als würde er in einem Traum gefangen sein. Er hatte Fabienne immer als eine verlässliche Freundin, eine kluge Geschäftspartnerin und eine starke Frau angesehen. Sie war immer an seiner Seite gewesen, ohne dass er je daran gedacht hatte, dass ihre Gefühle tiefer gehen könnten. Doch jetzt, in diesem Moment, als sie es ihm sagte, begann er die tiefe Zuneigung zu spüren, die sie ihm entgegenbrachte … eine Zuneigung, die stärker war als die Bande, die ihn an Johanna und an die Vergangenheit gebunden hatten … und die auch er für Fabienne empfand. Er hatte es sich bislang nur nicht eingestanden.

"Fabienne… Ich weiß nicht, was ich sagen soll", stammelte Schneider.

Fabienne lachte leise. Es hörte sich fast an, wie das Schnurren einer Katze. "Du musst nichts sagen, Lars. Du musst mir nur zuhören. Ich habe nie gewollt, dass du dich unter Druck gesetzt fühlst. Aber ich wollte, dass du weißt, was in meinem Herzen ist." Sie nahm das Glas aus seiner Hand und stellte es auf den Tisch, ihre Hand berührte sanft seine.

Ihre Stimme bekam einen rauchigen Ton und ihre Augen blitzten. "Ich will, dass du mich jetzt mit in dein Zimmer nimmst. Mir endlich zeigst, was ein Mann einer Frau geben kann, wenn sie ungestört sind und sich lieben. Komm und ich zeige dir, was eine Frau einem Mann geben kann, den sie liebt. Du wirst es nicht bereuen."

Mit diesen Worten stand sie auf, griff seine Hand und zog ihn hinter sich her zur Treppe. Lars begriff, das diese Nacht etwas anstrengender werden würde, als seine vergangenen Nächte, die er alleine verbracht hatte. Der Weg zurück in die Vergangenheit war versperrt, aber der Weg nach vorne war offen ... und vielleicht auch voller Möglichkeiten und vieler schöner Momente, die er nun nicht mehr alleine verbringen musste.

Nach dieser Nacht war Lars gewiss, dass er in Fabienne etwas gefunden hatte, was er sich schon sein ganzes Leben gewünscht hatte. Wo Johanna noch schüchtern und zurückhaltend war, da gab sich Fabienne, wie eine Wildkatze, die ihn mit ihrer ungezügelten Leidenschaft und Liebe völlig in Beschlag nahm. Lars lächelte zufrieden, als er erschöpft in den Armen von Fabienne einschlief, während draußen bereits der Morgen graute. Das Leben war schön und lebenswert.

Fabienne

Der Autor, Olaf Thumann

Olaf Thumann, geboren 1966 ist Wirtschaftsfachmann. Er lebt in Norddeutschland. Seit seiner frühen Jugend begeistert er sich für SF-Literatur. Er schreibt jedoch auch Romane, die in den Bereichen Fantasy und Geschichte liegen.

Das Schreiben von Büchern bezeichnet er selbst als sein Hobby. Unübersehbar in seinen Schriften sind seine Erfahrungen und Kenntnisse aus den Bereichen Militär, Geschichte und Wirtschaft, die einfließen.